北岳山
八判洞
仁王山
三清洞
嘉会洞
孝子洞
景福宮
独立門
安国洞
朝鮮総督府
社稷
光化門
仁寺洞
阿峴洞
慶熙宮
鍾路
毛廛橋
徳寿宮
南大門

朴景利
パク・キョンニ

完全版

土地

15巻
（全20巻）

金正出＝監修
清水知佐子＝訳

CUON

完全版

土地

15巻

◉

目次

第四部　第四篇　仁実の居場所

第四部　第五篇　悪霊

【凡例】

◉訳注について

短いものは本文中に〈　〉で示し、＊をつけた語の訳注は巻末にまとめた。

◉訳語について

原書では農民や使用人などの会話は方言で書かれているが、日本の特定地方の方言で訳すと、その地方のイメージが強く浮き出てしまうことから避けた。訳文は標準語に近いものとし、時代背景、登場人物の年齢や職業などに即して、原文のニュアンスを伝えられるようにした。

原書には、現在はあまり使われない「東学党」などの歴史用語や、不適切とされる表現もあるが、描かれている時代および原文の雰囲気を損ねないために、あえて活かした部分がある。

◉登場人物の人名表記について

人名は原書で漢字表記されているものは、基本的にその表記を踏襲した。また、朴景利が自ら日本語訳を試みた第一巻前半の手書き原稿が残されており、この原稿から採用した漢字表記もある。なお、漢字表記が日本語の一般名詞と重なり読者に混乱を招くものはカタカナ表記とし、翻訳者が漢字を当てたものも一部ある。

◉女性の呼称について

農家の女性の多くは子供の名前に「ネ（네）〈母〉」をつけた「○○の母」という呼び方をされている。子供のいない女性などは、実家のある地名に「宅（テク）」をつけて呼ばれる。たとえば「江清宅（カンチョンテク）」は、江清から嫁いできた女性である。「宅」は「誰それの妻」を意味する場合もあり、「金書房宅（キムソバンテク）」は「金書房」と呼ばれる男性の妻であることを表す。また、朝鮮では女性の姓は結婚後も変わらない。

第四部　第四篇

仁実(インシル)の居場所

三章　強盗事件

兜率庵（トソルアム）で思いきり昼寝して夕飯をごちそうになった後、外が薄暗くなったのを確認してから寛洙（グァンス）は門の外に出た。

「では、そこで会おう」

蘇志甘（ソジガム）の言葉に寛洙はうなずいた。

「気をつけて」

後ろから蘇志甘の緊張した、ささやくような声が聞こえてきた。月が出ない陰暦の月末だったからだろう。山裾の村に到着した時、辺りは真っ暗だった。酒幕（チュマク）〈居酒屋を兼ねた宿屋〉に入った寛洙が言う。

「酒を一杯くれ」

客としゃべっていたおかみが、

「ああ、やってられない」

と言いながら立ち上がった。

「客が酒をくれって言ってるのに、嘆くことはないだろう」

「口癖なんだから仕方ないでしょう」

けんか腰だ。

「どうせなら、ああ、南無観世音菩薩とでも言ったらどうだ」

おかみがけらけら笑う。

「あたしが念仏を唱えるだって？　南無観世音菩薩なんて言ったら男たちがみんな逃げちまうよ。そしたらどうやって食べていけっていうんですか」

「畑でも耕すんだな」

「誰かさんにそっくりだ」

「お前の旦那なんかに似てるもんか」

「旦那なんかいない。やぶにらみの山の男が、たまに酒を飲みにくるだけですよ」

「だったら、ひもだな」

寛洙はカンセの顔を思い浮かべながら笑う。

「ひもだったらまだいい。若い女がどうして酒なんか売るんだ。山で木の根っこを掘ってでも暮らせるだろうって、偉そうに。ふん！　まあ、ちょっと言ってみただけだろうけどね」

いつだったか、寛洙はカンセと一緒に酒を飲みに来たことがあって、おかみの顔を覚えていたし、生い立ちもちょっと知っている。チュンメ婆さんの姪だと聞いた気がするが、おかみは寛洙を覚えていなかった。寛洙は時間を計るかのようにゆっくり酒を飲む。

「ねじけた星回りだが、口先だけでもそんなことを言ってくれる人がいるだけましな方だ」

客がひとこと皮肉を言った。

「まあまあ、ねじけた星回りだっておっしゃいましたかね。だったら、お宅の人生は火のし*で伸ばしたみたいだってことかい？　百結（ペッキョル）先生*みたいな格好をしてるくせに。巾着に酒代が入ってるのかどうかも怪しいね」

「これは、ひどいしっぺ返しだな」

男は一本取られたとばかりに大笑いする。

「口ではかなわないぞ」

寛洙がひとこと付け足す。

「弱い女なんだから、口先だけでも仕返ししないとね。誰かさんの言うとおりひもでもいたら、酒代を踏み倒そうとする男のすねをへし折っちまうだろうけど。じたばたしたって運命は変わらないよ。あたしだって、いい家に生まれてたらどこかに嫁に行って、共に白髪の生えるまで仲むつまじく暮らしてただろうに。世情ってのは厳しいもんだ」

「……」

「盲人になりたくてなる人はいないし、口のきけない人になりたい人もいないさ。見たり、聞いたりできる奴は恵まれてる。目が見えなかったりしゃべれなかったりしたら、だまされたり奪われたりする。世の中はそんなもんですよ。力もお金もない人は、ひっくり返って背中を踏まれるのが常だ。ふん！　寺に行っても同じですよ。哀れな人を救うだなんて、とんでもない。金持ちが来たら喜んで飛び出していくくせに、貧しい人は門前払いだ」

「寺で門前払いされるなんて、初めて聞いたな」

寛洙が言った。それには答えず続ける。

「いつだったか伝道婦人が来て、イエス様を信じて悔い改めよって言うんだけど、悔い改めれば食べていけるって言うのかねえ。かかとの高い靴を履いて、髪をお団子にして、どれだけ物知りなんだか知らないが、本を抱えてね。あの人たちはみんな、食べていけるからああやって教えを説いて回ってるんだよ」

「よくそんなにしゃべれるな」

客が言った。寛洙はおかみの愚痴を聞くのをやめて、酒卓に酒代を置いて立ち上がった。ほろ酔い加減の寛洙の顔を川風がなでていく。

「誰も好き好んで目が見えなくなったり、口がきけなくなったりするわけじゃない。ふん、間違っちゃいないな」

そうつぶやくと突然、熱い涙が頬を伝う。赤いチマ〈朝鮮の民族服のスカート〉にくすんだ緑のチョゴリ〈民族服の上衣〉を着た娘の栄善（ヨンソン）の顔が浮かんだのだ。目的もなく漆黒の夜道を歩いている自分が情けなかった。

（父親らしいこともしてやれなかったくせに、何でこんなに寂しいんだ）

寛洙は足を止めて土手に座り、たばこを口にくわえた。赤く燃えるたばこの火。それが赤いということを初めて知ったかのように目の前のたばこを見つめる。風に吹かれて火花が散る。肺の奥まで深く煙を吸い込んで吐き出す。

(栄光(ヨングァン)がいたら、こんなに寂しくなかっただろうな。娘はどうせいつか嫁に行くんだから)

辺りは真っ暗で、川面だけがきらめいていた。川の向こう側で明かりがまたたいているが、四方はしんと静まり返っている。

「希望がなければ、希望が」

わずかながら寛洙を慰めてくれることがあるとすれば、義父母となったカンセ夫婦の以前と変わりない心遣いだ。おかげで、暮らしは楽ではないにせよ、栄善は婚家で肩身の狭い思いをすることはないだろう。それに、学校は出ていないものの、婿になった輝(フィ)にも満足していた。

「与えられた運命に従って生きていくしかない。ふん、あの子だって、なりたくて白丁(ペクチョン)の孫娘になったわけじゃない」

寛洙はたばこを捨てて立ち上がった。

平沙里(ピョンサリ)の手前で寛洙は、川沿いの道から外れて茂みの中へと入っていった。昔、金平山(キムピョンサン)が貴女(クィニョ)に会うために三神堂(サムシンダン)*へと通っていたあの道だ。道というより茂みをかき分けていく。三神堂に近づくと、

「やっと来ましたね」

という声が聞こえた。

「ああ」

寛洙が答えた。延鶴(ヨンハク)が待っていた。二人は追い抜いたり、追い越されたりしながら楼閣と草堂とは違う方へと、さらに茂みをかき分けていく。いくらも進まないうちに竹やぶが現れた。竹やぶに沿ってしばらく行くと、祠堂(サダン)〈位牌を祭るほこら〉の前に到着した。暗くて祠堂はほとんど見えなかった。延鶴が祠堂の扉を開けると、辺りに明かりが広がった。

「入って下さい。もしもの時は私がせき払いをしますから」

「わかった」

寛洙が素早く祠堂の中に入り、扉が閉まると辺りは闇に沈んだ。祠堂の扉に黒い幕を垂らして明かりを遮断していたのだ。吉祥(キルサン)が、ろうそくの火をつけて座っていた。

「体はすっかり良くなったのか」

寛洙が聞いた。

「大丈夫だ」

吉祥が答えた。今は崔参判(チェチャムパン)家*の当主と言っても差し支えない吉祥だったが、二人は少年期を同じ村で過ごし、夜になると漢福(ハンボク)の家に集まってわらじやざるを編みながら時局や東学*の話をした仲だ。吉祥は彼らに文字を教えたりもしながら思春期を過ごした。そして、吉祥と寛洙は潤保(ユンボ)や金訓長(キムフンジャン)の後について一緒に山に入った。互いの過去について恥ずかしいことは何もなかった。今の境遇がどうであれ、吉祥に敬語を使うのは寛洙の自尊心が許さなかったし、吉祥も昔とは違う寛洙の態度を決して受け入れられなかっただろう。寛洙は、人前では吉祥のことを還国(ファングク)の父さんと呼んだが、それは崔参判家という家柄のせいではない。間島（カンド）*で独立運動に従事し、この先、環（ファン）〈九泉（クチョン）〉の代わりに諸事を指揮するであろう吉祥に対する敬意の表れだった。

「結婚式は無事に済んだのか」

「まあな」

　相手が吉祥でなければ、寛洙は、貧乏人の結婚式なんて簡単なもんだと、きっとそう答えていただろう。寛洙の性格を知っている吉祥は祝い金を送っただけでそれ以上のことはしなかった。強情で反抗心の強い宋（ソン）寛洙が意外に思慮深いのは、彼を知っている人なら誰もが認めていることだ。だから寛洙は、今日まで生き残ることができた。吉祥の問いかけに貧乏人がどうのこうのと言わず、「まあな」と答えるのは繊細な証拠だ。

「寂しいだろう」

「寂しくないと言ったら嘘になるが、娘はいつか嫁にやらないといけないからな」

「それはそうだ」

　向かい合って互いの顔を見る。ろうそくの火が揺らめき、二人の男の顔を交互に照らす。その祠堂は彼らとは何の関係もなく、そこに入るのは冒涜（ぼうとく）とも言える行為であることを二人は自覚していた。それは、崔氏代々の先祖を祭った所だ。いくら国のためとはいえ、二人は萎縮してしまう。賎民にとっても位牌は大事で、恐ろしいものだ。向かい合って互いを見つめていた二人は、どちらからともなく目をそらす。どこで生まれたのかもわからない吉祥には祭るべき先祖も両親もいない。寛洙には両親はいたけれど、父親がどこでどうやって死んだのかもわからず、母親は生死すら不明だから忌日があるはずもない。盂蘭盆（うらぼん）〈陰暦七月十五日〉になると、女房が寺に出かけて顔も知らない義父の冥福を祈るのがせいぜいで、母親に関しては、どこかで生きているかもしれないというかすかな希望を捨て切れず、供養もできずにいた。

「事はうまく進んでるのか」

寛洙が聞いた。

「抜かりなく準備するにはしたが」

「三月三日〈陰暦。春の到来を祝う祝日〉に変わりはないんだろう?」

「ああ」

「だったらいい。俺も事前に手を打ってあるし、あとは仕上げをするだけだ」

「前に言ったとおりで計画に変更はないが、それでも張（チャン）〈延鶴〉さんにもう一度詳しい話を聞いておいた方がいいだろう」

「そうだな……。俺はそろそろ行かないといけないが、俺たち、また会えるかどうか」

「何を言うんだ。必ずまた会える」

「いや、そんなつもりで言ったんじゃない。一つ頼みがあるんだ」

「……」

「その」

と言うと寛洙は、懐を探って封筒を取り出した。その瞬間、吉祥の顔に怒気が浮かんだ。その封筒は吉祥が祝儀を入れて送ったもので、未開封のままだった。

「お前、思ったより度量が狭いんだな」

「最後まで話を聞け。まあ、俺の度量が狭いのはそのとおりだが」

寛洙が苦笑いした。彼は再び懐に手をやって写真を一枚取り出し、吉祥に渡した。吉祥は写真を受け取り見つめる。

「俺の息子だ」

写っているのは高普〈高等普通学校〉の制服を着て制帽をかぶった、寛洙に全く似ていない少年、いや青年だった。

「急いでいるから詳しいことは話せない。東京にいるといううわさを聞いたが、俺にはどうしようもなくて。還国が留学してるだろ。無理な頼みだとわかっちゃいるが、写真を手掛かりにうちの息子を捜してこの封筒を渡してほしいんだ」

「こいつめ」

吉祥が笑った。

「やっぱり度量が狭いな。強盗のまね事をしようって奴がこんなせせこましいことを。お前らしくもない」

吉祥は写真だけをチョッキのポケットに入れ、封筒は押し返した。

「仲間たちと酒でも飲め。俺は飲んでる場合じゃないから」

しばらく黙っていた寛洙が答える。

「じゃあ、そうするよ。ところで、うちの息子だが、まず同じ学校を出た学生を捜し出せば、還国もそんなに苦労しなくて済むかもしれない。あの学校からも何人か日本に留学してるから」

「心配するな」

「そろそろ俺は行かないと。崔氏のご先祖様に、おいこら！　無礼な奴めって言われそうで、うかうか長居しちゃいられない」

初めて寛洙は冗談を言った。

外に出た寛洙は心も足取りも軽かった。寛洙が来た道を戻ると、延鶴は黙って後をついてきた。ほかのことを期待して吉祥に写真と封筒を差し出したわけではなかった。俺の息子を頼むと言えなくもない。これまでの縁を思えば、崔家で栄光一人の面倒を見るぐらい、無理なことでもないはずだ。だが、寛洙はこれまでそう考えたことはなかった。忙しくて考える余裕もなく、ただ、栄光に金を送ってやらなければといつも考えていた。しかし、吉祥が心配するなと言った時、寛洙は自分の頼み以上のことを吉祥が考えていることに気づいた。

三神堂の前まで来ると寛洙は、足を止めて延鶴を待つ。

「月末の夜だから、ほんとに暗いな。鼻を切られたって相手の顔もわからない」

延鶴がつぶやきながら近づいてきた。

「あれは何だ」

寛洙が聞いた。暗闇の中に二つの光が見えた。

「山猫でしょう。村の鶏を捕って食おうと山から下りてきたみたいです」

光は間もなく消えた。

「三月三日……いい時期だ。月末の夜は避けたし」

「そうですね……すると、このまま南原（ナムオン）に行くつもりですか」

「ああ。行って求礼（クレ）で泊まる。求礼まで行けなきゃ花開（ファゲ）で休めばいい」

「山の人たちは出発したんですか」

「ああ」

「大丈夫でしょうか」

「何がだ」

「あの人たち」

寛洙はたばこを取り出してくわえた。マッチで火をつけて一服吸ってから言う。

「だから、二手に分かれたんじゃないか。どちらかに何かあった時のために」

「私はそれより、あの人たちを信じていいのかどうかと思って。今さら心配したってどうにもなりませんが」

「あの人たちを信じられなければ、世の中に信じられる人なんて誰もいない。もっとも、悪賢くなれないのが気がかりではあるが、場合によっては、はっきりものを言う人よりも、へらへら笑っている人の方が長く持ちこたえられるかもしれない。それに、お前が思っている以上に大変な苦労に耐えてきた人たちだ」

「あの人たちは、先頭に立つわけじゃないから何とかなると思うんですが、実は、一番心配なのは孫泰山(ソンテサン)です」

延鶴は泰山に、南原の吉(キル)老人の誕生祝いの席で初めて会った。しかし、会う前から延鶴は彼について詳しく知っていた。調べるのが延鶴の任務であり、一度会えば十分で二度会う必要はなかった。その時、延鶴は泰山のことを良く思わなかった。聞いていたよりもはるかに軽率だったからだ。

「気の小さい奴だな。いつになく、なんでそんなに心配ばかりしてるんだ」

延鶴は暗闇の中でくすりと笑った。

「大勢が関わっていることだから、ここでばれるか、あそこでばれるかと、知らず知らず心配になるみたいです」

「ばれる時はばれて、うまくいく時はうまくいく。昨日今日に始まったことじゃないのに……泰山のことは俺もあれこれ手を打っておいた。ほかの手が及ばないかぎり当分は使い道がある。だから、尹必求(ユンピルグ)も緊張させておいたんだ」

「晋州(チンジュ)の件は、万全に仕組んでおきましたから心配しなくても大丈夫です」

「心配するなだと？　心配したって仕方ないが、油断はするな」

たしなめるように言った。

「それはそうですが」

「まだ何か言い足りないのか」

「いいえ、私は。寛洙兄さんは、何か言い忘れたことはありませんか」

「特に変更はないし、俺も何も言うことはない。遅くなったからもう行け」

「土手道まで一緒に行きましょう」

二人は黙ったまま暗闇をかき分けて歩く。ミミズクが鳴き、時々、山の獣が草むらをごそごそと通り過ぎる音が聞こえた。

「栄万(ヨンマン)は元気か」

寛洙が聞いた。

「元気ですよ」

「子供は何人だ」

「一人死んで、三人だって言ってたような」

「月日の経つのは早いな。いつの間にそんなになったんだ」

「四十を超えると、月日が飛ぶように過ぎていく気がします」

「そうだろう、あっという間だ。お前の従兄の女房は母親に似たのかもしれんな」

「長男の嫁としてはよくやっている方で、食べていくのに苦労はしたけど、今は随分楽になったみたいです」

「俺たちの子供の頃の、斗万(ドゥマン)の母ちゃんぐらいの年になっただろうな」

「兄さんより三つほど上のはずです」

「そうだな。俺と同い年の斗万の姉ちゃんだから。嫁に行った日のことを思い出す」

「……」

「それはそうと、お前の親戚は麗水(ヨス)じゃ有名な金持ちなのに、どうしてこんなことをしてるんだ。お前もほんとに変わった奴だ」

「変わっているのは私だけじゃありません。兄さんも相当なものですよ、まったく」

寛洙は大声で笑う。

「私が崔家の仕事をするまでは、麗水でどうにか食べていける程度でした。兄さんが言うほど金持ちではなかったし、金持ちになったからって今になって世話になるわけにもいきません。それに金持ちなのは本家であって、私は甥っ子ですから。こうして生きるのも運命ですよ」

「ちょっとは助けてくれるのか」

「いいえ。食べるのに困っているわけでもないし……帰ってこいって。帰ってきたら面倒を見てやるって言ってます」

　これからのことを思うと、くだらない話をしている場合でもなかったし、そんな心境にもなれなかった。特に寛洙はそうだ。二人とも緊張していて、会話はほとんど無意識のうちに交わされていた。しばらく沈黙が続いた。土手道に近づくと、

「栄光から何の連絡もないんですか？」

　と延鶴が聞いた。

「うわさを耳にはさんだが、大した話じゃない……」

「還国の父さんが還国に言いつけていました。東京に行ったら、栄光がどこで何をしているのか調べるようにって」

「どうして栄光が東京にいることを知ってるんだ」

「私が話しました」

さっき写真を渡した時、吉祥はそんなことはおくびにも出さなかった。

「還国もまじめだから、できる限りの努力をするでしょう。居所さえわかれば、どうにかなりますよ」

「実は、さっき吉祥に会った時、頼んだんだ」

「寛洙兄さんが？」

「仕方ない。俺は今まで父親らしいことは何もしてやれなかった。あいつを責めるわけにもいかないし、子供のためなら何だってやるさ」

寛洙はため息をついた。

土手道まで来ると二人は別れた。それから十日余り後の三月三日に晋州で相撲大会があり、泰山が出場した。咸陽(ハミャン)代表の泰山は、賞品の黄牛は取れなかったものの、固城(コソン)の李壮士(イチャンサ)〈壮士は力の強い人の意〉と最後まで競り合い、大した人気だった。技は李壮士の方が上手だから黄牛は彼のものになったが、力では泰山の方が強いと言われていた。見物人の中に交じって相撲を見ていた延鶴は、しかめ面をしながら尻を払い、立ち上がった。散らばっていく見物人の流れに身を任せて歩きながら、

（あんなことをしていていいのか）

と心の中でつぶやいた。

（人の目に付かないように、後先考えて行動せよときつく言われてるだろうに）

もちろん、泰山は何度も注意を受けた。しかし、いざ土俵に立つと注意などすっかり忘れてしまい、ひたすら勝負欲に燃えるのだった。ぎりぎりのところで負けた彼は間違いなく、

「後先考えろなんて言われてなければ、黄牛を手に入れるぐらい朝飯前だったのに、ちくしょう！」

と言っていただろう。

（やはり、寛洙兄さんの選択は間違いだったかもしれない）

延鶴が戻ると崔家は空き家のようにがらんとしていた。それもそのはず、この大きな家には下女の安子（アンジャ）と安子の夫しかいなかった。

「良絃（ヤンヒョン）はどこへ行ったんだ」

安子の夫の朴書房（パクソバン）*に聞いた。

「下の坊ちゃんと一緒に川辺に行きました」

延鶴は安子夫婦だけを残して行ったり来たりしていた。崔家の人たちはソウルの客が帰った後、全員そろって平沙里へ行き、学校が始まると允国（ユングク）と良絃が晋州に戻ってきた以外は、まだ平沙里にとどまっていた。還国は何日か前に日本へと発った。毎年、陰暦の正月前後に、祭祀（チェサ）〈先祖を祭る法事のような儀式〉を行うために家族で平沙里に行くのが慣例だったが、今回は獄中で苦労した吉祥の静養のために長く滞在し

ているようで、寺参りをするという話もあった。

「誰が勝ったんですか」

朴書房が聞いた。

「固城の人だ」

「見物人はたくさんいましたか」

「ああ」

延鶴が気乗りしない返事をすると、朴書房は裏庭に戻り、延鶴は板の間(マル)の端に腰掛けた。

(もし、しくじったら、もうおしまいだ)

最初から延鶴は、泰山を引き入れるのに気乗りしなかった。悪賢くはなかったが、自分の能力に比して野心が大きく、向こう見ずなのが欠点だった。そして、彼は道理のためにというよりも、戦闘で片手を失った父に対する幻想のために立ち上がったのであり、彼の資本は体力だけだった。延鶴が、南原の吉の家であった集会の後、寛洙に、

「孫泰山は慎重さに欠けます」

と意見を言った時、寛洙は、

「使い方次第だ。前に出て騒ぐ奴も、後ろにさっと引き下がる奴も必要だ。あいつが一人で全部やるわけでもないんだし」

と答えた。

「それは、そのとおりですが」

延鶴がそう言うと、

「大胆なのが玉にきずだが、根は悪い奴じゃない」

と寛洙は気にしない。

延鶴は家の中を一周する。今夜、実行に移す計画はかなり前から準備していた。吉祥は出獄して間もないので、今回は寛洙が計画したのだ。

「役所に爆弾を投げるより効果的だ」

吉祥は待っていたとばかりに賛成した。

「成敗(せいばい)と実利、そして人心の三つを得ることができる。暗殺や爆破を実行するには銃器や爆弾の確保が必要だがそれは不可能だし、必ずと言っていいほど捕まってしまうから、人員を大事にするという意味においてもいい考えだ」

そうして計画は細部まで綿密に検討され、寛洙が間島に行ってきてから決定された。吉祥を朝鮮に縛っておくために五百石の土地を差し出した西姫(ソヒ)はもちろんその計画を知らなかったが、計画を指示する立場にある吉祥としては、その五百石の土地の大義名分が立つ。

夜が訪れた。話し声もやがて途絶え、良絃も安子のそばで眠りに就いたのか家の中はひっそりと静まり返っていた。遅くまで勉強していた允国の部屋も明かりは消えていた。

延鶴は家に入らなかった。行廊棟(ヘンナン)*の一番端にある部屋に木枕を置いて横たわり、天井ばかりぼんやりと見つめていた。時々、延鶴は崔家に泊まっていたから、朴書房がオンドルの火を入れておいてくれたようだ。部屋は暖かかった。静寂を破り、大庁(テチョン)*の柱時計が振り子を揺らしながら鈍い音を立てる。行廊にもかすかにその音が聞こえてきた。延鶴は耳をそばだてて時計が打つ音を数える。十二回だった。延鶴は十回打つ時も、十一回打つ時も数えた。再び辺りは静寂に埋もれる。延鶴は起き上がってたばこに火をつける。

その頃、二人の怪しい男が金斗万の家の塀を乗り越えようとしていた。斗万は最近、ある金持ちが住んでいた家を購入して生活の規模を拡大し、酒の卸売業をやめて醸造業だけに力を注いでいる。ソウル宅(テク)もビビンバ屋から手を引き、妻としての地位を固めていた。その夜、斗万の家にはソウル宅と針母(チンモ)*、下女の三人しかいなかった。従業員は皆、醸造場に行っており、斗万は父親が危篤なので下の息子の起東(ギドン)と一緒にトッコルに行って留守だった。

「第二夫人、起きて下さい」

ソウル宅は夢うつつに誰かの声を聞いた。

「さあ、起きて下さい」

「きゃ、きゃあ!」

「静かに。声を上げたらけがをしますよ」

ソウル宅はその時初めて、胸にひんやりとしたものが突きつけられているのに気づいた。

「だ、誰ですか」

ソウル宅は激しく震えていた。部屋の中も外も暗かった。真っ暗闇だった。恐怖に震えるソウル宅には、地獄の淵で音だけが響いているように思えた。

「私たちは、上海臨時政府*から来ました。こんな方法でしか軍資金を調達する方法がありません。許して下さい」

「お、お金、お金なんて、家には、お、お金はありません」

「のんびりしてる時間はない。醸造場の資金にするために市場の店を二つ売り払いましたよね。調べはついているんです。さあ、金庫を開けなさい。私たちは死も辞さないでここに入ってきたんです。金庫を開けないなら、あなたを殺します」

刃先がぴたりと胸に突きつけられた。ソウル宅は本能的に、手探りしながら、膝歩きで金庫のある所へ近づく。短刀は背中に突きつけられていた。

「あ、あの、く、暗くて、ああ！」

沈黙を守っていたもう一人の男がマッチを擦った。金庫の扉が開き、マッチの火が消えた。男は火の消えたマッチ棒を口にくわえ、もう一本マッチを擦った。顔は布で覆われていた。体は痩せている方だった。短刀を突きつけているソウル言葉の男はがっしりしていて、声からすると若そうだった。マッチを擦った男は金庫の中の現金を確認した後、また火の消えたマッチ棒を口にくわえた。そして、金庫から金を取り出して左右のポケットに入れた。

「では、私たちが無事に帰れるよう、ちょっとだけ我慢して下さい」

彼らは準備してきた縄でソウル宅を縛った後、口にさるぐつわをかませ、風のように塀を越えて消えた。
ところが、同じ時間におかしなことが起きていた。李舜徹(スンチョル)の家の塀に二人の男が体をくっつけて立っていた。

「明かりのついている所が主人の部屋だ」

一人の男がささやいた。そして、体の大きい男を塀の上に押し上げた。塀を越えた男、泰山は辺りの様子をうかがうと明かりのついている部屋に真っすぐ向かった。沓脱ぎ石の上には靴が一足あった。泰山は迷わず部屋の戸をすっと開けた。パジチョゴリ〈男性の民族服。パジはズボン〉を着てぼんやり座っていた舜徹の父、李道永(ドヨン)が振り向いた。

「あっ！」

ひどく驚いた様子で、立ち上がりかけたが座り込む。アレンモク*には布団が敷かれていた。

「上海臨時政府から来た」

泰山は、いざとなれば道永に殴りかかれる体勢だった。道永はただ黙って泰山を見つめていた。

「黙って言うことを聞くんだ。金持ちの家に国のために使う金を借りに来たんだが、いやとは言わせない。親のいない子はいないし、国のない民もいない。俺の言ってることが間違っていないと思うなら、おとなしく金を出せ」

「……」

「耳が聞こえないのか、口がきけないのか。言うことをきかないと」

と言うと泰山は、強盗ではなく窮状を訴えに行くのだから、言葉遣いには気をつけろ、時間を長引かせるんじゃないぞ、という寛洙の言葉を思い出した。

「俺は、学もないし礼儀知らずだから、許して下さい。だけど、壮士の息子として恥ずかしいまねはしません。時間がないから詳しい話はできませんが、とにかく、早く！」

と言うと、

「あそこだ」

と道永は文匣（ムンガプ）〈文具を入れる小さなたんす〉を目で指した。

「わあ、ひどいな。俺は子供じゃないんだから。ご主人がこっちに持ってきてくれないと」

「本当にしょうがない奴だ。そんなことでは大事は成し遂げられんぞ」

と言って道永は、文匣を開けて薄い札束と厚い札束を取り出した。

「とにかく、感謝します。申し訳ないが、ちょっと縛らせてもらいますよ」

泰山は、持ってきた縄で道永を縛りながら、

「夜を徹して勉強したところで、国のためにはなりません。俺は、拳一つで倭奴〈日本人の蔑称〉を十人倒せます」

とくだらないことを言い、縛り終えるとさるぐつわをかませた。そして、金を持って明かりを消した。

「ご主人、何の抵抗もしない人にこんなことをして申し訳ない」

泰山は悠々と部屋を出た。家の外に出る時、

「男はこれぐらい度胸がないとな」

と言い、大声で笑いたそうだったが、連れの男が泰山の腕をさっと引っ張った。

夜の十二時過ぎ、通りには行き来する人が何人かいて、飲み屋や女郎屋からは酒興に乗じる女たちの笑い声や酒に酔った男たちの声が漏れ聞こえてきた。十二時から夜明けまでは長いようで短く、事は計画どおりに進んでいるようだった。夜が明け、通りがぼんやりとした朝霧に覆われた頃、街は非常事態となった。ソウル宅は針母によって発見された。道永は、ソウル宅よりずっと後になって妻が発見し、警察に通報した。泣いて目を腫らしたソウル宅は比較的正確に昨夜の一件を説明し、強奪された金は三千円だと言った。知らせを受けてトッコルから駆けつけた斗万は死人のような顔色になって、

「奴らめ、必ず捕まえてやる！　俺の金を取り返して警察に寄付しますから、あいつらを捕まえて下さい！」

と、つたない日本語で叫んだ。三千円は少ない金ではない。面（ミョン）〈村に相当する行政区分〉事務所の書記〈事務員〉が十年分の給料をそっくりそのまま貯めても、それほどにはならないだろう。金が惜しくて恨めしくてたまらなかった。だが、斗万は、それ以上に恐怖におびえていた。短刀を手に夜中に侵入してきた怪しい男たち、臨時政府から来たという彼らに対する恐怖ではなく、日本の警察に対する恐怖だった。上海臨時政府ではなく、単純に金を奪いに来た強盗だったなら、斗万の口から寄付という言葉は出なかっただろう。臨時政府と内通しているのではないかと疑われでもしたら、三千円どころか破滅まで覚悟しなければならない。自分を窮地に追い込んだ彼らに対する憎しみはもちろん大きく、斗万は心から彼らの逮捕

を望んだ。一方、ぐったりとその場に座り込んでいる道永に、二人の刑事が事件の経緯を聞いていた。道永は、

「中背で痩せ形でした」

と、ひどい汗を流しながら言った。

「言葉遣いはどうでしたか」

「ソウル言葉でした」

実におかしなことだ。泰山は中背でも痩せ形でもなかった。道永がしょうがない奴だと言った泰山は、ソウル言葉どころか、方言もひどい方で品がなかった。

「金斗万氏のお宅に侵入した者たちと人相や身なりが似ていますね。凶器は？」

「短刀でした」

「時刻は」

「それが……一時を過ぎていたと思うんですが、はっきりわかりません」

道永は事実とは違うことを言い続けた。泰山は短刀など持っていなかったし、侵入時刻も十二時過ぎだった。

「奴らは、金斗万氏のお宅を襲った後にここに来たんだな。何人でしたか」

「二人でした」

道永はまだ汗をかいていた。顔面は蒼白だった。

「運が悪かったんです。お金は取られましたが、もう済んだことですし、このままでは病気になってしまいますわ。悪い夢を見たと思いましょう」

舜徹の母親がこらえきれずに言った。

「お前は黙っていなさい」

道永は、くずおれそうな体を起こしながら妻をたしなめる。かなりきつい口調だった。うわさでは大した家柄でもなく、何とか手紙を書いたり読んだりできるぐらいの学しかないそうだったが、ひどく痩せているせいか、それともつるの細い眼鏡ときちんと手入れされた口ひげのせいか、彼は金に汚い商人には見えなかった。道永の話を手帳に書き込んでいた刑事は、舜徹の母の言葉が気に障ったらしく、

「我々はあなた方の被害が問題なのではありません。これは署長の首がかかった大事件です。大日本帝国の警察の恥なんだ。一晩に一ヵ所ならまだしも二ヵ所もやられるなんて。あきれてものも言えない」

と険しい声で言った。彼は朝鮮人刑事だった。

「お前は奥に入っていなさい。みだりに男の話に割り込むんじゃない」

道永は眉間にしわを寄せて妻にもう一度言った。

「割り込むだなんて、とんでもない。あなたの具合が悪そうだから言ってるんですよ」

「おい！」

「はいはい、わかりましたよ」

舜徹の母は夫の命令には逆らえず、奥へ引っ込んだ。

「奴らめ、逃がすもんか。いい機会だ。この辺りの不穏な輩(やから)を根絶やしにしてやる」

一緒に来た日本人刑事が言った。稲妻のように迅速な日本の警察は、通報を受けるとすぐに晋州から抜ける道を一斉に封鎖し、不穏分子ではないかと目をつけてあった人たちの家に警察官を大勢送り込んで捜査を進めていた。もちろん、崔家にも警察が押しかけた。

「ところで、李道永さん」

刑事が鋭い声で呼んだ。

「五千円といえば、そうそう拝むことのできない大金ではありませんか」

「……」

「そんな大金を、まるで持っていってくれと言わんばかりに家に置いておくなんて、どう考えても変だ」

大事な話はこれからだと言うように、刑事は道永を穴が開くほど見つめる。

「被害に遭った人に何てことを言うんですか！　泥棒に持っていってもらうために金を家に置いておく人なんかいません！」

「泥棒ではないだろう」

「それなら誰だと」

「臨時政府の者が軍資金を持っていったということですよ」

「誰であれ、他人の金を強奪したなら泥棒だ」

道永は顔を赤くして怒った。

「ああ、そんなに腹を立てないで。なぜ現金が置いてあったのか、話していただければ済むことです」

しばらくすると、道永は怒りを静め、本来の声で言う。

「私はもともと銀行に預金したりはしません」

「そうですか。それで、金庫でもなく文匣の中に何でも大事に入れておくんですか？　理解できませんね」

「家にはそもそも金庫はありません。これは私の考えですが、金庫というのは、ここに金があると泥棒に教えてやるようなものではありませんか。私が現金を管理する理由をあなた方に話すことはできません。これは私の秘密ですから。しかし、五千円がなぜ文匣の中にあったのか、それはお話しできます」

「聞かせてもらいましょう」

相手が地方の有力者なだけに、刑事も顔色を見て口調を和らげた。

「私の事業が事業ですから、いつも運転資金が十分になくてはならず、土地を買うことができませんでした。ところが、昨年の秋にちょうどいい土地があると聞いて二度見に行き、契約したのが一ヵ月前のことです。今日が残金を払う日だったのですが、昨晩、あんな目に遭ってしまって。残金を受け取る人はこの騒動を知って家に帰ったか、あるいはまだ近くにいるかもしれません。これでよろしいですか。契約書もあります」

「ならば、その金があることをどうやって知ったのか」

「それは、私が聞きたい」

「内部事情をよく知っている者の仕業みたいだが」

「さっき、あなた方は大日本帝国の警察の恥だと言いましたが、これは私、李道永の恥です。私が親日派だというのはよく知られたことだとはいえ、これからは世間の笑い者です。晋州の人たちが手ごわいのはあなた方もよくご存じでしょう。親日で金もうけをしたのに、臨時政府の人たちに金を強奪されたなんていい気味だ。そんなことを言いふらされたら、商売上がったりです。警察がちゃんと取り締まっていたら、こんなことは起きなかったはずです。図々しいにも程がある。被害者に向かってよくもそんなひどいことを」

「まあまあ、落ち着いて下さい。我々も神経が逆立っていまして、気分を悪くされたなら許して下さい」

ずっと汗をかき続け、顔を赤くしていた道永は、かっと腹を立てたかと思うとその場に倒れた。気を失ったのだ。

「ああ、あなた！　大変だわ！」

庭でうろうろしていた舜徹の母が駆け寄ってきた。そして、医者を呼んでと大声で叫んだ。

道永は極度の緊張のせいで気絶した。彼は、毒蛇みたいな刑事の目に怖気づき、震えていたのだ。

四章　葬式の日の夜

　事件から四日が過ぎても、警察は犯人の手がかりすら見つけられずにいた。張りつめた空気の中、晋州の人々は何かが起こりはしないかと待っていたが、十日過ぎると緊張は緩み、人々は事件を楽しみ始めた。どこへ行ってもその話題で持ち切りで、知らない人同士で目が合うと、目で合図したり、耳打ちや身振りで伝え合った。

（しっかり隠れろ。髪の毛が見えるぞ。しっかり隠れろ）*

　聞こえない叫び声が次第に都市を席巻していった。概念的でしかなかった、上海にあるというわが臨時政府、人々はその存在を実感し、無気力になっていく自分自身を奮い立たせ、希望の光を見いだした。失った祖国を取り戻すのだ！　それは、老若男女、富める者、貧しき者、誰にとっても胸躍ることだった。敵よりも憎い裏切り者や反逆者、同じ民族から出た親日派と日本の手先を懲らしめたことも人々を興奮させた。もし誰かが通りに軍資金の募金箱を置いたなら、その瞬間だけは、人々は指輪もかんざしも抜いて入れ、持っている金を全部入れてしまいたい心境だっただろう。荷物運びの男もかゆを売っていた老婆も、一日のもうけを残らず入れようと思っただろう。允国も、南江の砂原に走っていき、ごろごろ転がった。

体のかゆい犬みたいに転がった。転がりながら叫んだ。

（お父さんだ！　みんな、お父さんがやったんだ！）

允国は何も知らなかったが、何もかもわかるような気がした。わかるような気がして血がたぎった。允国も警察に呼ばれて取り調べを受け、晋州の家が捜索されたのはもちろん、平沙里（ピョンサリ）にも刑事が押しかけて家の中を調べ、村の人たちまで呼び出して聴取した。刑事がそれとなく事件に関連していないかと探りを入れた時、吉祥（キルサン）はぼんやりと刑事を見つめて答えた。

「うちだって、あれぐらいの金なら用意できます。なのに、わざわざ他人の家に押し入って盗んだりなんかしません」

「しかし……」

「しかし？　しかし、何ですか。私はここに来て三カ月近く静養しているが、私の魂が抜け出して強盗したとでも言うのですか」

「お宅に被害がなかったからです。被害に遭った家よりもお宅の方が金持ちなのに、おかしいじゃないですか」

「はて。なぜうちを狙わなかったか。確かに変ですね。監獄暮らしをしたから大目に見てくれたのか」

「ちょっと、革命の志士さん。ふざけないで下さい」

「ふざけるなだって。それはこっちの台詞です。商売人なら現金がたくさん手元にあってもおかしくないし、私はずっとここにいたと言っているではありませんか」

「……」

「だけど、わかりませんよ。うちも狙っていたのかもしれないし。まあ、一晩に二軒襲うのだって大変なのに、三軒なんてとても無理だったでしょうけど」

「面白がっているみたいですが、何がそんなに楽しいんですか！」

「だったら、大声で騒ぎましょうか？　それもすでにやってみたが、無実だと騒いだところで罪を強引に押し付けられては大変だ。疲れるだけですよ」

そうして、互いに聞きたくない話がしばらく行き交い、刑事は尻尾を捕まえられないまま帰っていった。疑いがあろうがなかろうが、犯人を捕まえられずに焦り目を光らせている警察としては、吉祥の前歴を勘案して彼を晋州まで連れていき、取り調べることもできた。しかし、多分に親日的に見える西姫（ソヒ）の存在があった。普段から陰になり日なたになり金を振りまいていたのが効いたわけだ。

李道永（イドヨン）と金斗万（キムドゥマン）のところの何の関係もない書記が言いようのない苦痛を受けた。体がぼろぼろになるまで拷問され、切羽詰まって手当たり次第に名前を口にし、関係のない人々がひどい目に遭わされた。とにかく、二人の書記はぼろぼろだった。戦争で負傷した兵士のように悲惨な犠牲だった。その間、斗万は誰かに会うたびに、俺の金を強奪した奴らを捕まえたら、短刀で腹を突き刺して殺してやるとわめいた。誰かにそそのかされて俺の家に入ってきたんだろうと興奮し、虚空に拳を突き上げて騒いだ。しかし、斗万の言葉に相づちを打つ人はいなかった。損害が大きいのは運が悪かったからだと慰めていた人たちも次第に彼を避けるようになり、興奮する斗万をじっと見つめると何も言わずに踵（きびす）を返したりした。仕方なく斗万も悪態をつかなくなったが、警察が、斗万が臨時政府と内通していたという疑いを全く持っていないことがわかると、金が惜しくて一人くよくよしていた。

「あんなに苦労して稼いだ金なのに。血と汗を流して稼いだ金を失って、信頼も失って。ああ、胸が張り裂けそうだ！」

斗万は自分の胸をたたいた。ソウル宅で、口をとがらせて言った。

「どうしてあの日に限ってトッコルに行ったんですか」

「行きたくて行ったんじゃない！　父親が死にそうだっていう時に、息子が行かないわけにはいかないだろう！」

「まだ死んだわけじゃないでしょう。それに、行ったのはともかく、その日のうちに帰ってこなかったのはどういうわけですか。帰ってきていたら、金を取られることはなかっただろうに」

本妻がいる所に泊まってきたことの方が、ソウル宅には腹立たしかったようだ。

「弱い女を一人残して、男二人が一度に家を空けたのが間違いです。あたしを馬鹿にしてるんでしょう。泥棒まであたしを馬鹿にして、第二夫人、起きて下さいって言ったんだから」

と言って泣いた。

「刃物を持った男が二人も入ってきたら、俺がいたってどうしようもなかったさ」

「あたしは今、お金のことを言ってるんじゃありませんよ！　二人とも気遣うところを間違っている。あなたはお金が第一で、人の命は考えもしないし、起東(ギドン)にしたって、父親が帰れないなら一人ででも帰ってくるべきだ。あの子たちに誠心誠意尽くしたことを思うと腹立たしいやら、悲しいやら。昼も夜も勉強できるように支えてあげたのは誰だと思ってるんです。道具袋を背負って大工をしていたあなたが醸造場の主人になれたのも、子供たちが東京に留学できるのも、中学校に行けるのもみんなあたしのおかげなのに、ひど過ぎる。糟糠(そうこう)の妻？　糟糠の妻はあたしの方だよ。何の役にも立たない本妻が糟糠の妻だなんて、笑わせないで。生みの母親？　ふん！　あたしが刺されて死んでたら、せいせいしたでしょうね！」

ソウル宅は神経質に叫んだ。金を一生懸命稼いでいた時とは違い、大きな家に引っ越してきてから金持ちの奥様として振る舞ってきたソウル宅は、これまでどおり従順ではあったけれど、ひどいかんしゃくを起こすことが時々あった。だが、彼女の言うとおり、起成(ギソン)と起東に誠心誠意尽くしたのは事実だ。子供を産めなかったソウル宅は将来を考え、マクタル〈斗万の本妻〉から夫を奪ったのと同様に、二人の息子も徹底して自分の子供にしようと努力した。だから、ソウル宅が一番嫌いなのは、夫だけでなく起成と起東がトッコルに行くことだった。

あの日、斗万と起東が家を空けたのは偶然だった。二平(イピョン)老人が危篤だと聞いてトッコルに行くには行ったが、今日か明日が峠だというのも何日も前から言われていたことで急に知らせが届いたわけでもなかったし、普段、両親をおろそかにしていた斗万があえてその日に行く理由はなかった。ただ、その日は三月三日で醸造場は休みで、従業員たちも皆、相撲見物に出かけていたので、その隙を縫って斗万は息子を連れてトッコルに行ったのだが、いつものように母親が帰してくれなかった。床に就いていた二平老人の目も切実だったので、仕方なく一晩泊まったのだ。

月日は滞りなく過ぎていった。陽暦の五月に入った晋州の市街地は、緑がすがすがしく、人々は活気にあふれて見えた。五月が過ぎ、六月が過ぎて夏に差しかかると、今日か明日かと言いながら三カ月以上持ちこたえていた二平老人は、ついに他界した。トッコルの喪家にはかなり多くの弔問客が訪れた。永八（ヨンパル）夫婦と、姻戚に当たる張延鶴（チャンヨンハク）の姿もあったが、弔問客のほとんどは、市場の商人たちと酒類の事業をしている人たちだった。大衆というのは絶えず我慢しているものだが、変化に対して性急で、胸に怨みや悲しみを抱えていてもすぐに諦め、忘れてしまう。神出鬼没という言葉がしばらく流行したけれど、夏頃には人々の心も次第に落ち着き始めた。

　そうして人々は言動に気をつけながら、心の扉を閉じ、そろばんを弾いた。喪家に集まった商人たちはその代表的な存在だった。彼らは、臨時政府を名乗り軍資金を奪った男たちが捕まらないからといってすぐに独立できるわけでもないのに、独立さえかなうならこんな店など売ってしまってその金を差し出したって構わないと言っていた。ところが、時が流れ、激高していた感情が引き潮のように引いてしまうと、独立はまだまだ遠いということに彼らは気づいた。斗万を避け、悪態をつく斗万をにらんでいた人たちはまた戻ってきて、斗万に深い弔意を示した。

「死んでしまったら二度と会えないのに、どれだけ寂しいことか。それでも二平老人は幸せな人だった。息子たちが成功するのを見て亡くなったんだから。あんたは親孝行者だ」

　そう言いながら固く手を握る人もいた。不祝儀をたっぷり出す人もいた。傷ついた心を元に戻すために。

　しかし、喪家を出て土手道を過ぎると、

「生きていくには仕方ないさ。ちくしょう！　金はいい、金の力はほんとにすごいもんだ！」

　そう言って自嘲する人もいただろう。五日で葬儀は終わった。喪に服す間、五福*に恵まれたと言われる娘で、麗水（ヨス）に嫁いだ善（ソン）が一番悲しげに泣いた。

「可哀想なうちの父さん。息子と婿に恵まれたって人は言うけど、一日たりとも心の休まる日はなかった。家族のために骨身を削って。そんなことしたって無駄なのに。あたしも猫の手も借りたいほど忙しいとか、嫁いだ娘は他人だからと言って一度も親孝行らしいことはしなかった。いい暮らしをしたのは斗万たちだけだ。一生麦飯を食べて働き通しで、ああ、可哀想な父さん！　あの女のせいで、仲のいいことで有名なうちの家族がこんなことになってしまうなんて、ひど過ぎる」

「いつまでも、めそめそして」

　斗万が気に入らなさそうに舌打ちした。

「そっとしておけ。悲しいのは当然だ」

　延鶴が言った。手伝いに来た村の女たちも裏庭で手を動かしながら、せっせと口を動かしていた。

「嫁ぎ先が金持ちだから、言いたい放題だね」

「ああ、ほんとだよ。そうでなきゃあんなことは言えないだろう」

「偉そうな口をたたくだけのことはある。善のお舅さんが来て、葬式の費用にって大金を置いていったらしい」

「それだけじゃないよ。喪服もどっさり持ってきて、葬式に使う魚もたっぷり麗水から持ってきたそうだ。

氷を詰めて車で運んできたって」

「金持ちは違うね。可哀想なのは起成の母ちゃん〈マクタル〉だ。実家の家族が一人もいないから、大声で泣くこともできない」

「実家に誰かいたら、ただじゃおかなかっただろうよ。所構わずやってきて、思いきり懲らしめてやったに違いない」

「何もわかっちゃいないね。あの女のおかげで斗万は、今みたいな暮らしができるんだよ」

「金の子牛を持ってきたとでも言うのかい？　後家だか出戻りだか、三流妓生（キーセン）〈芸妓〉だか知らないが、独り身の若い女が大金を持ってたはずがない。もし大金があったら、斗万みたいな大工についてくるもんか。一生懸命働いたから金持ちになったんだよ」

「確かに、女がいくらでしゃばったところでたかが知れてる。可哀想なのは起成の母ちゃんだ。両親やきょうだいが生きていたらね。本妻なんだし、男の子を二人産んでやったのにって、大騒ぎだったはずだ」

「葬式に来た時のあの女の態度を見たかい？」

「ああ、見たさ。普通の女じゃない。怖い物知らずだ」

「肌は黄色くて、唇はヒ素にでもかぶれたみたいで」

　善よりもっと悲しんでいるのはマクタルだった。だが、マクタルは泣けなかった。やるべきことが多かったからでも、娘ではなく嫁だったからでもなかった。

「あの女め、あんなのは母親じゃない。子供がいるから偉そうにしてないで、後ろに引っ込んでろっていうんだ」

　という夫の口癖のせいだった。そのうえ、一緒に喪に服していたソウル宅がひと騒ぎして晋州に帰ってしまったせいでもあった。ソウル宅に対する家族の表情は冷たく、村の人々の視線も痛かっただろう。実際、ソウル宅は必要以上に疎外された。だが、どの家であれ冠婚葬祭の時には厳密に序列を守るものであり、ソウル宅はそれを受け入れるべきだった。しかし、彼女は自分のことを敵陣に飛び入った一羽の鳥のように感じたのか、

「あたしはここにいる資格はありません。どうぞ皆さんで楽しくやって下さい。あたしは晋州に帰ります」

と目をむき、斗万に向かって金切り声を上げた。二人は大勢の前で口論し、ソウル宅は正気を失ったようにわめき立て、泣き叫びながら帰っていった。

「あんな悪い女は見たことがない。ソウルの女はしきたりも知らないのかい。ここがどこだと思ってるんだ！」

　斗万の母は激怒した。

「母さんは黙ってて。昔から、転がってきた石がもともとあった石をはじき飛ばす[*]って言うじゃない。あんな人は、相手にしないのが一番よ。あたしは、痛かった歯が抜けたみたいにすっきりした。可哀想なマクタルの姿を見なくて済むし」

　善は、斗万に聞こえるように大声で言った。周りからは非難の嵐だった。怒った斗万は罪のないマクタルをいじめ、顔を合わせるたびに取って食うかのような恐ろしい目でにらんだ。あんなに頼りにしていた

義父の死を前に、マクタルは泣くこともできなかった。

墓までついていった人たちのために、庭に張られた幕の下には食べ物が用意されていた。白髪頭になった永八は体力のある方だったので墓まで行き、延鶴もついていった。墓から帰ると何人かの村人と永八、斗万、宗鶴（チョンハク）〈善の夫、延鶴の従兄〉が酒膳を囲んだ。

「天気もいいし好喪（ホサン）〈長寿で幸せだった人の葬儀〉だから、終わりがいい」

「八十歳にもなってないのに、何が好喪だ」

「五十を超えるのも難しいのに、七十を超えたら立派な好喪だろう。子や孫も元気だし、下の世話をしてもらいながら生きるのも罪だ」

村人たちの話を聞いていた永八老人が、

「おい、それぐらいにしとけ。年寄りの前で悪口を言う気か」

と言った。

「いやいや、何てことを言うんですか。若い者にはまだまだ負けてないのに。どうぞ私の酒を受けて下さい」

永八老人はついでもらった酒を飲み干し、ひげに垂れた酒を手のひらで拭いながら言う。

「青春は短い。あっという間だ。年を取るなんて人ごとみたいだったが、いつの間にか一人ずついなくなってしまって……寂しくてしようがない」

「死ぬのに年は関係ありません。運命に従って生きるだけです」

「平沙里で龍（ヨン）が死んだ時には無念で地面をたたきながら泣いたが、二平兄さんを埋葬した今は、北風に吹かれて一人立っているみたいな気分だ。人の一生ははかない夢みたいなもんだけど、考えてみたら長い付き合いだった。同じ村で生まれ、一緒に大きくなっていろんなことを経験した。そのいろんなことが、どうしてこんなに鮮明に思い出されるのか。若い頃、二平兄さんは仲間外れにされていたが、酒も飲まずに死ぬほど働いて。自分のことしか考えてないって怨んだりもしたけど、斗万の母ちゃんがあまりにもいい人で……二平兄さんは長生きすると思ってたのに」

「自分のことしか考えないっていうのは、遺伝だな」

　宗鶴が言った。もちろん冗談だった。

「いや、とんでもないことだ。斗万がいくら金を稼いだって父親の足元にも及ばない。大豆を植えた所には大豆が生え、小豆を植えた所には小豆が生える*ってな。二平兄さんは一度も誰かをだましたり、悪いことをしたりはしなかった。融通が利かなかっただけだ」

「それならまるで、俺が誰かをだましたり、悪いことをしてるみたいに聞こえるじゃないですか」

　かっとなって斗万が言った。

「馬鹿正直にやっていたら商売にならないし、金持ちにもなれない。だから、悪いこともするんだろう。今も思い出す。誰も手をつけない砂利だらけの土地を畑にするんだって、がりがりに痩せた体で必死に耕してた二平兄さんの姿がはっきり思い浮かぶよ。土地への恨（ハン）*がどれだけ強かったのか。そうやってお前たちを育てたんだ」

斗万は何も言い返さなかった。

「だが、年を取ってからはいろいろ後悔してた」

「何をですか」

宗鶴が聞いた。

「ああ、ちょっとな。もう過ぎたことだ」

「一緒に山に入らなかったことですか」

斗万が聞いた。永八老人は黙っていた。

「後悔なんてしてませんよ。もし山に入ってたら、命を全うできなかったでしょう。家族は散り散りになってただろうし。父さんはそんなことで後悔はしていない」

「命は天が与えてくれるものだし、人が食べるのは一日せいぜい三回だ。あの世へ財産を全部持っていく気か。年を取ったら財産なんてどうでもよくなる。人生をよくよく振り返れば、間違った行いだけが重荷になる。ほどほどに暮らすのが一番だ。そう思うと、二平兄さんの人生も悪くなかったかもな」

一方、内房（アンパン）〈主婦の居室〉では永八老人の女房〈パンスルの母〉と向かい合って座った斗万の母が涙を流していた。五日葬（オイルジャン）*を執り行う間、斗万の母が慟哭することはなかった。最後に墓をなでながら、

「斗万の父ちゃん、あたしもすぐに行くから心配しないで下さいな。修羅場を見ずに行ってよかったですよ。あたしもすぐに行きます」

と言い、声を殺して泣いた。

「そろそろ行きましょう」

栄万(ヨンマン)が母親の腕をつかんで立たせた。

「離しなさい。あたしは一人で帰れる」

そう言うと、後ろを振り返らずに山を下りた。

「あの人が生きていたら、あの女はあんな態度を取らなかったはずだ。とてもあんなことはできなかったはずだよ」

手拭いで涙を拭きながら斗万の母はしゃがれた声で言った。パンスルの母も涙を拭った。

「ほんとにあきれたもんだ。何て礼儀知らずなんだろうね。葬式の途中で帰ってしまうなんて、目から火が出そうなほど腹が立ちましたよ。だったら、最初から来なきゃいいのに」

「舅が死んだから、怖いものはないってことなんだろうよ。あたしたちとは違う。あたしたちは、思ったことはそのまま口に出すし、正月一日に決心したことは一年中忘れないけど、あの女は表裏がある。どれだけ要領がいいのか、子供たちまで手なずけて。起成も起東も自分の母親を馬鹿にしてる。あの女は男を自分のものにして、子供たちまで奪っていった。あたしたちが目を光らせてなかったら、とっくの昔に起成の母ちゃんを追い出してただろうよ。ほんとに恐ろしい女だ。これからいったいどうなるか」

「心配しないで下さい。栄万がいるじゃないですか」

「それがせめてもの救いだけど……あたしも先は長くない。今すぐにでも死にたいよ。斗万の奴ときたら、口を開けば、親らしいことは何もしてくれなかったって言って。まあ、確かにそのとおりだけどね」

「そんなことないですよ」

「それだって斗万が言い出したことじゃないんだよ。ソウル宅にいつも言われてるからだ。子供の話をしたところで自分の顔に泥を塗ることにしかならないけど、黙ってると怒りが込み上げてくる」

「我慢することです」

「栄万も斗万の世話になったことはない。まじめに働いたから田んぼを手に入れることができたんだ」

「そうはいっても、兄弟じゃないですか」

「あたしたちはみんな、死んだあの人だって病気になって寝込むまで、一生懸命田んぼを耕した。なのに、子供のおかげでいい暮らしをしてるって言われる。それもみんな、あの女が言いふらしたせいだよ。あの女は自分のおかげでいい暮らしをしてるって言いたいんだ」

「そんなのは何の役にも立ちません。子供を産んだわけじゃないし、正式に結婚したわけでもない。年を取ったら自分が可哀想なだけです」

「そうじゃないからあたしはこんなことを言ってるんだ。五十年以上一緒に暮らした人を見送った後に息子の悪口を言ってるのには、ちゃんと訳があるんだよ。あの人が死んで事情がすっかり変わっちまった。これからは、あたしの言うことなんか聞きやしないだろうし、斗万には父親が生きている時に思いどおりにできなかったことが一つあって……」

「……」

「この間のあの女の態度を見る限り、斗万はあの話を持ち出すに違いない」

「どんな話をですか？」

「起成の母ちゃんに、離婚しようって」

「そんな」

「一度、そういうことがあったんだよ。容姿が気に入らないって」

「容姿が何だっていうんですか。家事を切り盛りする女房に向かって。妓生でも学校の先生でもないんだから、身づくろいしなくて当然ですよ。街で暮らして朝晩のご飯だけ作ってるわけでもないんだし、それに百姓仕事はきつくて誰にでもできることじゃありません」

「そのとおりだ。母親が不細工だと子供の将来に良くない、今では自分も晋州では名の知れた人士だから恥ずかしいって言うんだよ。まあ、それはいつもの口癖だからいいとして、籍を抜いて他人になったら、金をやるから寺に行くなり何なりしろって」

「ひどいことを言うもんだ。そろそろ息子に嫁をもらおうかって年なのに、斗万は気がおかしくなっちまったんですね」

「もう随分前のことだよ。それで、うちの人が棒切れを持って殺してやるって斗万のことを追いかけて。大騒ぎだったよ」

「まあ、そんなことがあったんですか」

「どうしてあたしがこんなことを言うのか、これでわかったかい。必ず離婚を持ち出すはずだ。うちの嫁が可哀想で仕方ない」

「心配しないで下さい。起成と起東も黙っちゃいませんよ。もう子供じゃないんだし」

「あんたには、ほんとにいらいらするね。今まで何を聞いてたんだい。母親の心配をする子たちなら、あたしはこんなに気をもんだりしないよ」

「だけど、姉さん。そうはいっても、斗万もまさか糟糠の妻を追い出したりはしませんよ。そんなことをしたら、晋州の街を堂々と歩けなくなります」

「何も知らないからそんなことが言えるんだよ。斗万より起成と起東の方がもっとひどい。結婚する年になったっていうのにねえ。あの子たちが母親をかばえば、斗万だって何もできなくなるだろうけど」

いつだったか、実の母親のことをおろそかにし、ソウル宅の肩を持つので、斗万の母は二人の孫を叱りつけたことがあった。

「お祖父さん、お祖母さんが晋州の母さんのことをあまりにも見下して憎むから、かえって同情してしまいます。人は感情の生き物なんです。僕たちの目から見ても、ひど過ぎると思います」

起成は冷淡に言った。

「お前たちも、お前たちの父さんもトッコルに行かせないあの女が正しいって言うのかい」

「正しいとは思いません。だけど、父さんを理解してあげないと。男女は気が合わなければ、どうにもなりません。二人をどうやって愛し合わせるっていうんですか。それは無理です。あり得ないことで、道徳的にも間違っています。西洋ではお互い好きで結婚しても、嫌いになったら離婚してまた結婚するのは普通のことです。妾(めかけ)を囲うよりずっとましではありませんか」

起成は生意気に知ったかぶりをした。

「この子ったら！　あたしたちは西洋人じゃない、朝鮮人だ」

「悪い風習は変えていかないと。そうでないと朝鮮は文明国になれません。正直言って、トッコルの母さんはあまりにも無知で、どう見ても晋州の母さんとは比べ物になりません」

「晋州の母さんって言うのはやめなさい！」

「いけませんか？」

「こいつめ！　おばさんだよ。晋州の母さんだなんて、とんでもない」

「あきれた。お祖母さんもちょっとは頭を使って下さい。言葉にお金はかかりません。いつもそんなふうだから、家の中が騒がしいんです。認めるところは認めないと。あの人の功を無視することはできないでしょう」

「あの、不細工な女め！」

「美人な方ですよ」

わざと怒らせるように言った。

「学もあるし、頭もいいし、晋州の母さんに会っていなかったら、父さんは大工の仕事を続けていたに違いない。お祖父さんとお祖母さんは公平じゃない。ちょっと新しい考え方で理解したらどうですか」

起成は意地悪く笑いながら言った。

「お前に何がわかるんだ！　尻の青い若造のくせに」

「わかってないのは、お祖父さんとお祖母さんです」

「それでもあたしたちがかばってきたから、お前たちの母さんは今まで追い出されずに済んだんだ。あの化け狐みたいな女め。人の家をめちゃくちゃにして！」

「世の中は変わったし、うちの家はもっと変わったんです。お祖母さんも古いやり方を通そうと思わないで下さい。子供だからって、親の言うとおりにはなりません。子供が一生共に暮らす女を、どうして親が選ぶんですか。そんな旧習は一日でも早く捨てなければ、お互いにとって悲劇です。父さんも苦しみ、晋州の母さんも苦しみ、幸せな人は誰もいません。僕たちもつらいですから」

「それで？」

「え？」

「それでお前はどうしたいんだい」

「これは、僕の問題ではありません。当事者である三人で解決すべきです」

「だったら、お前は誰から生まれたんだ。誰のおなかの中から出てきたんだと聞いてるんだ。天から降ってきたのかい。獣だって自分の母親のことがわかるのに、お前の言うとおりなら、日本まで行って勉強してきたお前の言うとおりなら、来世は獣にも劣るあいつらの世界になる」

あの時、斗万の母は絶望した。

「子供はいないのが一番幸せだって、昔の人の言ったことは正しいね。子供なんていたって無駄だ。学があろうがなかろうが関係ない……。うちの人が、自分が死んだ後のことを心配して土地を全部、起成の母ちゃんの名義に変えたんだ。権利書は栄万が保管してる」

「え？　土地を全部、嫁の名義にしたんですか？」

「ああ、そうだよ。そのせいでひともんちゃくあったさ。だけど、それも心配だ。強盗に金を取られた話を持ち出して、事業の資金に権利書を寄こせって言うに決まってる。うちの人も死んじまったからね。栄万がどこまで持ちこたえられるか。あれこれ考えると、起成の母ちゃんの将来が心配だよ。泣いて帰る実家もないし、自分の取り分をきっちりもらう性格でもないし」

外では、誰かが陰暦の三月三日の話を始めた。あの事件以来、被害者である斗万に初めて会う人もいたから、知りたがるのは当然だ。斗万は、葬式が終わったらさっさと晋州に帰りたかったが、人の目があるのでとてもそんなことはできず、憂鬱な気分で座っているとその話が持ち上がったのだ。

「朝鮮人は滅びて当然だ。他人がうまくいくと夜も眠れないのが朝鮮人だろ。どこのどいつか知らないが、うちに金があるって教えたんですよ」

「書記が随分ひどくやられたそうじゃないか。釈放されたところを見ると、罪には問われなかったみたいだが」

宗鶴が言った。延鶴と栄万は酒の席に加わらず、むしろの端に並んで座って黙り込んでいた。

「腹の中では何を考えてるか、わかりませんよ」

「だったら、お前は書記を疑ってるのか」

「まあ、市場の店を売ったことを知っている人は多いでしょうけど。ともかく、内情を詳しく教えてやって手を組んだに違いありません。犯人が捕まったら、ぶっ殺してやります」

「まだ捕まっていないとなると、永遠に捕まえられそうにないけどな」

永八老人が言った。

「罪を犯した奴らは、いつか捕まります。血と汗を流して稼いだ人の金を盗んでおいて、そんなに長くは逃げ回れませんよ」

「お前の話を聞いてると、臨時政府の人たちじゃなくて、まるで強盗だな」

「おじさん、どうしてそんなことを言うんですか」

「俺が間違ったことを言ったか」

永八老人は意地悪そうに笑いながらとぼける。

「臨時政府だって泥棒は泥棒でしょう。臨時政府なら床に額をつけて、臨時政府の旦那様、金を上納しますって言わなきゃならないんですか」

永八老人は何も言わなかった。代わりに宗鶴が反応する。

「人の心なんてそういうもんなんだから、かっかするな」

「ええ、よく知ってます。人の心はよくわかってますよ。金のない奴は言いたい放題だ。口一つで万古の忠臣にもなり、国の独立も成し遂げ、言うのはただですからね」

「斗万、金のない奴の中には俺も入っているが、それでもお前は奴ら呼ばわりするのか」

永八の言葉に斗万は鼻白み、口をつぐむ。

「今日みたいな悲しい日には楽しい話をしようじゃないか。さあ、酒を飲んで。いくら好喪とはいえ、死んでしまった親にはもう会えないんだから」

村人のその言葉も斗万にとっては痛かった。

「酒がなくなったな」

と村人が言うと、

「やかんを下さい」

と言って栄万がひょいと立ち上がり、台所に行って酒を持ってきた。そして、さっきのように延鶴と並んでむしろの端に座る。しばらく沈黙が流れた。日は西の方に沈んでいた。夕焼けで真っ赤に染まった空をカラスの群れが鳴きながら飛んでいく。何人かが立ち上がり、挨拶をして帰った。葬式の手伝いをしていた村の女たちも、食べ物を分けてみんな帰っていった。一人、二人と帰っていくと、その空いた席が残った人々の心に空しさとなって染み込む。織り目の荒いカラムシのトゥルマギ*〈民族服のコート〉を着て、色あせた夏の帽子をかぶった二平老人が、

「起成！」

と言って今にも門から入ってきそうだった。起成は孫の名前だが、時には嫁や女房を呼ぶのにもそう言った。

本家に来た栄万の子供たちは、幕の下に大人たちが座っているのを見て何も言わずに帰っていった。マクタルは台所のかまどに腰掛け、前掛けで顔を隠して泣いていた。栄万の女房は、泣いている義姉をぼん

やり見つめていた。葬式が終わるまでずっと哭をしていた善は疲れ切ってしまったのか、小さい部屋に入ったまま物音一つ立てなかった。

「朝鮮全土を隈なく探したって、うちのお義父さんみたいな人はどこにもいない。あたしが畑の草抜きをしていると、お前はもういいから帰って麦でもひきなさい、畑の草は俺が抜いとくからって……。そんなお舅さんはどこにもいないよ。少しも休まないで仕事して、息子がいるのに人並みにどこにも行けないまま死んじゃって」

栄万の女房は独りつぶやくと、腕組みをして台所の床にうずくまる。マクタルは、大樹のように頼りにしていた義父が今はもうこの世にいないということが信じられなくて泣いていたが、悲しいのはそのせいだけではなかった。二平の初孫であり、自身の長男である起成は間違いなく電報を受け取ったはずなのに、葬式が終わった今も日本から帰ってこなかった。次男の起東も、墓から真っすぐ晋州に帰ってしまった。母親にひとことも言わずに帰ってしまったのだ。昔は、夫はいなくても息子たちがいた。それだけでもマクタルは十分に幸せだった。

辺りは暗くなり始めた。田んぼからはカエルの、山からはカッコウの鳴き声が聞こえてきた。栄万の女房が柱に提灯を掛ける。同時に内房でも油皿に火をつけたのか、障子戸が明るくなった。

「さっき、山でふと思ったんだが……」

斗万が少し慎重に切りだした。

「あの事件に宋寛洙が関わってるんじゃないか」

空いた席を埋めるように延鶴と栄万が酒膳を囲んで座っていた。延鶴が斗万の目をじっと見つめる。

「ひどいことを言うんだな。もう忘れろ。そのうち世の中の人がみんな泥棒に見えてくるぞ。これだから、人は何かを失うと罪を犯すんだ」

延鶴が言い終える前に、

「無実の人に罪を着せる気か」

と永八が言い、きせるに火をつけかけてやめると斗万をにらむ。

「宋寛洙って、いったい誰だ」

宗鶴が聞いた。

「白丁なんですが、前に農庁（ノンチョン）*と白丁がやり合った時に俺が農庁にただで酒をくれてやったって、言いがかりをつけてきたことがあるんです。とても悪い奴です」

「いくら口が悪いからって、間違ったことは言うな。寛洙は白丁じゃないだろ」

「おじさんが騒ぐことないでしょう。他人のことなのに。白丁の家に婿に入ったら白丁だ。何が違うって言うんですか」

「白丁だろうが何だろうが、俺はお前の根性のことを言ってるんだ。子供の頃から一緒に大きくなった仲じゃないか。たとえ誰かがそんなことを言ったとしても、事情をよく知っているお前が弁明してやるべきだ。お前は間違っている。寛洙が衡平社（ヒョンピョンサ）運動とやらをやっていたとはいえお前には関係ないことだし、先頭に立っていたのは新式学問をやっている人たちだ」

「あいつは、俺が成功するのが悔しくて、会うたびに俺のことをけなしていました。それに、ちょっと考えてみて下さい。衡平社運動をしたからって、警察が寛洙を捜すと思いますか。何か別の、法に引っかかることをしたから警察に追われてるんです」

「だったら、なくなったお前の金のせいで追われてるって言うのか」

「ほほう、おじさんもとぼけたふりをして」

斗万はまだ寝たくない子供みたいに、寝付けない病人みたいに、いら立たしく、もどかしかった。しらばっくれる永八老人が憎らしかった。

「俺が言いたいのは、寛洙が身分もわきまえないで独立運動だか何だかをやってるってことです」

「つまり、独立運動をしているから、強盗事件にも関係しているかもしれないって言うのか」

「まさに、そのとおりです」

「この野郎！　人の助けにはならなくとも、足は引っ張るな。お前の言うとおりなら、警察に追われてる奴が、どうぞ捕まえて下さいって晋州に現れるはずがないだろう。何の便りもなく、死んだのか生きているのかすらわからないんだぞ」

二人は言い争うが、延鶴と栄万は終始一貫、沈黙を守り、酒の肴をつまんでばかりいた。

「おじさんの言うとおりなら、この金斗万は天下の無法者ということになりますが、ええ、そうだとしましょう。だけど、どうしておじさんはそんなに騒ぎ立てるんですか」

「騒ぎ立てるだと！」

「ええ、そうじゃないですか。おじさんは、寛洙の潔白を証明できるんですか」

「だったら、お前は寛洙がやったと証明できるのか」

「斗万！」

「義兄さんは黙っていて下さい。みんなで結託しやがって」

「斗万！　それぐらいにしておくんだ。お前の父さんの友人なら、お前にとっても父親同然だろ」

「ふん！　類は友を呼ぶって言うが、みんな仲間だから肩を持つんでしょう。義兵だか東学だか知らないが、昔、仲間だったことはわかってるんです」

「何だと」

「うちの父さんが山に入らなかったことを後悔してただって？　とんでもないことを言わないで下さい。義兵のまねをしようが、東学に入ろうが、満州に行って独立運動をしようが、それはおじさんの勝手であって、うちの父さんは後悔なんかしていない。何がうれしくて後悔なんかするもんですか」

「言いたいことはそれだけか」

　永八老人は立ち上がった。

「こいつめ！　ああ、お前の言うことは正しい。俺は東学も義兵もやったし、満州に行って独立運動もした。それがどうした。この年寄りの首に汚い縄を掛けて倭奴のところに連れていこうっていうのか。連れていったら、たっぷり褒美をもらえるだろうな。俺はもう十分生きた。そんなのは怖くも何ともない。この親不孝者め。自分の根っこを断ち切る気か」

言い争う外の気配に、場が場なだけに我慢していた内房の老女二人が、仕方なく戸を開けて出てきた。

「あんた、どうしたんですか。ちょっと飲み過ぎだと思っていましたが、若い人たちの前でみっともない」

パンスルの母が夫の腕をつかんで引っ張り、斗万の母は息子の顔を穴が開くほど見つめた。

「日が暮れて晋州に帰るのも大変だし、栄万のところに泊まった方がいいですね」

ようやく延鶴が立ち上がった。

「ああ、それがいい」

宗鶴も腰を上げた。延鶴は、よろける永八老人の脇の下に腕を差し込んで支える。

「この野郎！　この老いぼれの首に縄を掛けて倭奴のところに連れていけって言ってるのに、どうして何も言わないんだ」

「ああ、困ったもんだ。年寄りがみっともないまねをして」

「何も知らないお前は黙ってろ。あいつは、あ、あいつは、金のためなら自分の父親の墓場だって売ってしまう……」

永八老人が酒を飲み過ぎたのは事実だ。いくら達者でも年には勝てない。

「おい！」

栄万が台所に向かって叫んだ。栄万の女房が走って出てきた。栄万が言う。

「二人をうちにお連れして寝床を用意しなさい」

「はい」

パンスルの母と栄万の女房が永八老人を支えたので、延鶴は後ろに下がり、彼らが門の外に出た後に酒の席に戻る。

「何も、あそこまで言うことはないだろう。もう怖いものはないってことかい。いったい何様のつもりだ」

斗万の母は息子をじっと見つめ、低い声で言った。斗万は母の視線を避けていたかと思うと、

「どうして俺ばかり責めるんですか。俺は何も悪いことはしていないのに、みんな、俺の顔を見るたびに突っかかってきて。悔しいのは俺の方だ。俺の米を食って、俺の金を使って、両親やきょうだいにまで責められたら悲しくてやってられません」

と泣き顔になった。

「あたしたちは、お前の米は食べてないし、お前の金も使っていない。お前の父さんは病気になって寝込むまで労を惜しまず働いた。父さんが息を引き取る時に何て言ったか、もう忘れたのかい？　人を傷つけるなって言われたのをもう忘れたのかって聞いてるんだ。もう何も言うことはない。パンスルの父ちゃんと母ちゃん、それから、このあたしを連れていきなさい。連れていって、独立運動をしたって突き出せばいい。そしたら、褒美もたくさんもらえるだろうし、持っていかれたお金と帳尻が合うだろうよ」

「あきれた」

「あきれたのはあたしの方だよ。いくらお金が好きだからって、罪のない人を陥れちゃいけない。お前の父さんを埋葬したばかりなのに、正直に生きてきた、父親も同然の人を陥れるなんてとんでもない」

「陥れるだなんて。事実を話しただけです」

「寛洙の話をどうして持ち出すんだ。生活の苦しい友達を助けてやらないのはおろか、子供のいる人を窮地に追いやるなんて！」

さっと駆け寄って息子の胸倉をつかむ。

「お義母さん、我慢して下さい。俺も同じ気持ちです。でも、親子でこんなことばかりしていたら愛想が尽きて……」

宗鶴が二人を引き離す。

「あたしだって、こんなことはしたくない。子供の頃は、親に似ない子供はいないって思ってたけど、間違ってた。金があったって仕方ない。家族がばらばらなんだから」

婿の顔を見るのが決まり悪かったのか、斗万の母は、

「起成の母ちゃん、あたしは栄万の家に泊まるからね」

と言うとさっと出ていく。葬式の最後がめちゃくちゃになった。斗万は、げんこつを食らわされたようにぼんやり座っていた。胸倉をつかまれても、母親は母親だ。しつこく、一番強く攻撃したのは母親だったのに、斗万は母親が出ていってしまうと突然酔いが回ったような、不思議な孤独感に陥る。義兄と延鶴に対する気まずさも感じた。そうして、ずっと黙ったままの弟、栄万が怖くなり始めた。予想は当たった。

「兄さん」

と栄万が呼んだ。

「兄さんは、自分の代のことしか考えていないのですか」

「……?」

「自分の代だけで終わらせるつもりなら、好きなようにすればいい」

「何が言いたいんだ」

「俺は、子供や孫の代まで続くことを望んでいるから、こうなったら兄さんと縁を切るしかない」

「もうちょっとわかりやすく話せ」

「だったら聞くけど、兄さんは倭奴が千年も万年も朝鮮を治め続けると思ってるんですか」

「……」

「朝鮮の民が千年も万年も倭奴の僕(しもべ)として生きていくと兄さんは信じているのですか」

「先のことは誰にもわからん」

「そうですよね。俺にもわかりません。だけど、もし朝鮮が独立したら兄さんは逆賊になることだけは間違いないし、三族*を滅ぼすということになったら、兄さんと俺の子供たちは助かりません」

「お前、何を言ってるんだ。今はそんな時代じゃない。この開明の時代に三族を滅ぼすだと? 寝ぼけたことを言いやがって。ははははっはっはっ……ははははっ……」

だが、笑い声は空虚で、少し気勢をそがれたようだ。母親に胸倉をつかまれた時にすでにしょんぼりしてはいたけれど。宗鶴が延鶴をちらりと見る。二人の目がぶつかり合った。おとなしく酒でも飲んでいろと言うように、延鶴は宗鶴の碗に酒を注いだ。

「兄さんは俺が思ってたよりずっと馬鹿だ」

「何だと？」

「商売の素質があって金もうけはしたかもしれないが、稼いだ金の管理は全くなってない」

「生意気なことを言いやがって」

「晋州の李さんとかいう人にはまだまだ追いつけません。角の生えた黄牛みたいに、あちこち走り回ったところで角が折れるだけで、得るものは何もありません」

「お前に晋州の何がわかる。偉そうな口をきくな」

「どうしてですか。俺には耳も目もあります。李何とかっていう人は口が堅いけど、うわさでは金を奪われたんじゃなくて差し出したんだ。だから、俺たちは針の一本でもあの家に行って買おうって。事実はともかく、みんなそう思っているのに」

斗万はとても驚いた。

「誰がそんなことを言ってるんだ」

斗万も似たような話を聞いたが、その家の商品を買おうという民心の動きは知らずにいた。

「小間物売りの婆さんが言ってた。失った金が戻ってくればもちろん幸いだけど、兄さんが罪のない人のことを告げ口したからって金は戻ってこない。敵が増えるだけだ。黙っていても戻ってくる金は戻ってくるし、戻ってこない金は戻ってこない。家も土地も全部奪われたわけじゃないんだし、頼むからそんなことはやめて下さい」

一つひとつ噛んで含めるように話す栄万は、その問題についてよくよく考えてみたようだった。さっき、斗万の口から寛洙の名前が出た時、延鶴は背筋が凍りそうだった。延鶴が晋州に帰らないでぐずぐずしているのは、久しぶりに宗鶴と会って積もる話もあるから、端から見て少しも変ではなかった。しかし、実は、この間の斗万の心境や今の状況を把握するのが主な目的だった。しかも、寛洙の名前が出たので延鶴は余計に席を立つことができなくなった。

延鶴は時々、図体が大きいうえに年を取ってぜい肉のついた従兄を見つめる。義弟の斗万よりは余裕があり、大らかな方だが、彼も実利には目ざとい人だ。延鶴の遠慮がちな視線が栄万に移る。酒を飲めないわけではなかったが、栄万は延鶴と同様、今日は酒を口にしなかった。すっかり垢抜けて商売人らしくなった兄に比べて栄万はまぎれもない農民だった。手は熊手みたいで、顔は黒く、日に焼けた髪の毛も黄ばんでいた。

「兄さんの言うとおり、三族を滅ぼすようなことはないとしても、褒められることではありません。他人に後ろ指を差されながら学校に通わせたところで、子供は一人前にはなれないというのが俺の考えです。俺は独立運動をする器でもないし、漢字をちょっと読める程度だから面事務所の書記にもなれないし、一生、田畑を耕して暮らすだろうけど、後先を考える力はあります」

この機会に、久しぶりに斗万と向かい合って座っていることだし、父親の葬式も終わり義兄もいる場だからこそ、家のことまではっきりさせておかなければと栄万は決心していたようだ。ある種の責任感も強く感じていただろう。

「擦り傷を手当てもせずに放っておいて引っかき回したところで、悪化するだけです。馬鹿な奴の言うことだからと耳にふたをしたり、はねつけたりしないで、よく考えてみて下さい。それに、幸せだ不幸せだと言ったところで、不幸な時には親兄弟、幸せな時には他人が役に立つものです。今回のこともそうですが、家のこともです。男と女にはそれぞれやるべきことがあるんです。考えの狭い女の言うことばかり聞いていないで、ほかの家族の話にも少しは耳を傾けて下さい。子供を作って一緒に暮らしている糟糠の妻ならまだしも、女なんていい時はいいけど仲たがいすれば赤の他人で、害悪を及ぼすのもよくあることです。俺が兄さんにこんなことを言うのは初めてです。もう父さんもいないんだから、家族がお互いに支え合って生きていかなければなりません。他人から怨みを買うようなまねをしてもいけないし、家族にひどいことをしてもいけません。それに、いくら信じているからといって男が女に何もかも話すのもいけないことです」

栄万の言葉はどこか意味深長だった。宗鶴が酒を注いだ。

「ちょっと喉を潤しながら話せ」

「今日は飲みません」

義兄の手を押しのけて、

「それに、もう言うこともありません」

と言った瞬間、栄万の顔にははにかむような色が浮かんだ。

「栄万の方がお前より度量が大きいな。一つも間違ったことを言ってない。今ここには家族だけしかいないから言うが、倭奴に捕まらないように気をつけるんだ。栄万の言うとおり独立運動はしないまでも、出しゃばって怨みを買うのは良くないし、間違ったことは言うべきじゃない。腕は内側に曲がる*って言うだろう。朝鮮の方が弱いから、今はどうにもならないが」

延鶴の言葉に斗万は沈黙を守った。

「俺の考えでは」

延鶴が再び、慎重に口を開いた。

「日本の警察は並大抵じゃない。事件が事件なだけにシラミ潰しに捜査するだろうから、捕まるのは時間の問題だ」

「そうだろうか」

宗鶴が疑問を呈した。斗万と栄万はちょっと意外だという表情だ。

「同様の事件で捕まらなかったことはほとんどありません。本当に臨時政府の仕業だったのかも疑わしいし、いっそのこと単なる強盗だったなら後で悪い影響もないだろうけど」

「悪い影響って?」

ぎくっとした様子で斗万が聞き返した。

「一つは、臨時政府と内通しているんじゃないかと警察が疑ってる」

「そ、その点は俺も考えたし、李道永という人もそのせいで取り調べを受けたみたいだし……」

斗万の目が不安げになる。

「二つ目は反対に、犯人が捕まって親日派だと目をつけられた日には、水鬼神*みたいに足を引っ張られることだってある」

延鶴は無表情だったが、恐ろしい話だった。

「お、俺は巡査や刑事でもないし、金をちょっと稼いだからって、し、親日派だとは言えない」

と言うと斗万は、こんがらがった頭の中を整理するかのように考えにふける。しばらく緊迫した空気が流れた。延鶴の話は斗万だけでなく宗鶴と栄万にも恐怖心を抱かせた。

「もっとも、親日派に向かって爆弾を投げ、刃物を振り回す人もいるって言うから……あれこれ本当に厳しい世の中だ」

宗鶴がつぶやいた。

寛洙の名前が上がらなかったら、延鶴はそんな不必要な話はしなかっただろう。それに、そんな話をして気持ちが楽になるわけでもなかった。相当な危険が伴うからだ。斗万は強い疑惑を感じる。吉祥の存在が大きく浮かんだ。だが、疑惑が深まれば深まるほど恐怖心も膨らんでいった。

五章　東京の仁実（インシル）

仁実（インシル）が滞在している家を訪ねるたびに燦夏（チャンハ）は、言いようのない屈辱を感じた。そんな屈辱的な訪問を一度ならず、およそ一週間に一回、ほぼ慣例的に実行している自分が哀れでもあった。あえて理由を挙げるなら、あの時、緒方と仁実を残し、逃げるようにして一人帰ってきてしまったから責任が全くないとは言えず、緒方との友情も、柳（ユ）仁実が同胞だというのも理由と言えばそうだった。しかし、厳密に言うと、それはあくまでも緒方と仁実の問題で、燦夏が関与しないからといって道徳的に非難されることではなかった。相手が苦しい状況にあるなら、経済的にいくらか援助するだけでも燦夏は道理を尽くしたことになる。だが、仁実が請う援助はそんなものではなかった。彼女なりに金の準備はできているようだった。

あれは七月初旬のことだった。朝鮮で起きた排華事件が日ごとに拡大し、激しさを増しているという新聞記事を燦夏は読んでいた。満州の吉林省にある万宝山付近で、中国人農民と朝鮮人農民の間に発生した衝突事件が「朝鮮日報」の号外などで扇動的に報道され、朝鮮に居住する中国人に対する襲撃、虐殺という大惨劇が各地で繰り広げられた。端的に言うと、それは朝鮮人の愚かさと日本の邪悪さが巧妙に重なって起こったとんでもない蛮行で、台湾の霧社事件*を連想させた。

（卑劣なまねをしやがって。これでは救済不可能だ。関東大震災の時に朝鮮人を虐殺した日本のことを、どの面さげて非難すると言うんだ。本当に忌まわしい）

新聞をくしゃくしゃにすると、下女の春が手紙を一通持ってきた。手紙を読む気分でもなく、春に茶を入れてくれと頼んだ燦夏は、たばこをくわえて火をつけた。

（朝鮮では、死傷者が出たという報道はなかったのに、これはいったいどういうことなのか）

燦夏は一日中、気分がすぐれなかった。夕食の時も彼は憂鬱そうだった。今、朝鮮で起きていることが燦夏を憤慨させ、深い失望を抱かせたのは少しも不思議なことではなかった。良識のある朝鮮人なら、誰もがそうだっただろうから。しかし、燦夏の感情が最近バランスを失っているのも事実だ。夕食を終えると妻の則子（のりこ）が、顔色が良くない、気分が悪いのかと聞いてきた。だが、燦夏は首を振っただけで書斎に入った。半日放っておいた手紙を燦夏は何気なく手に取り、封筒をひっくり返した。意外にも仁実という名前がきちんとした字で記されていた。手紙は、ソウルではなく東京から送られたものだった。

前略　抜き差しならない事情があり、趙（チョ）先生にお目にかかりたく存じます。よろしければ、七日に時間を作っていただけますでしょうか。日比谷公会堂の前で、午後三時から四時までお待ちしています。お越しにならなくても仕方ないと思っています。

簡潔で事務的な内容だった。しかし、燦夏はなぜかどきりとした。抜き差しならない事情という言葉の持つ緊迫感もそうだったが、最後の「仕方ないと思っています」という言葉から切迫した仁実の心情が読み取れた。

（何事だろうか）

一番に思い浮かんだのは、仁実が官憲に追われているのではないかということだった。

仁実は日比谷公会堂の脇に立っていた。車から降りる燦夏を少し離れた所から見つめたまま動かなかった。仁実は、近づいてくる燦夏を真っすぐ見つめていた。髪の毛一本乱れないようにとかしつけた髪をアップにして結び、白地に灰色の水玉模様の入った、ゆったりしたワンピースを着ていた。

「お久しぶりです」

燦夏が先に挨拶をした。仁実は黙っていた。

「お元気でしたか」

また燦夏が言った。仁実は笑わず、頭だけ下げて挨拶をした。顔色は蒼白だった。どこかですれ違っても気づかないほどやつれていた。頬骨が飛び出ていて、目も鋭かった。

「日陰に行って、ベンチに座りましょうか」

と言いながら仁実は先に立って歩き始めた。やつれた顔と肩先とは違い、ゆったりしたワンピースの中で動く体は随分ふっくらしていた。燦夏は一瞬、息が詰まりそうになった。後ろから誰かに首を押さえられているような気がした。

（どうしてこうなるんだ！）

燦夏はハンカチで額の汗を拭いながら歩く。

（あいつ、何てことをしてくれたんだ！）

と思いながらも、燦夏は緒方に対する深い哀れみを感じた。仁実と燦夏は木々の間にあるベンチに座る。

樹木は青々しているというよりも黒く見えた。その中にいる仁実は、まるで草木染めでもしたかのように緑に見えた。それは燦夏の錯覚だったが、緑色の女みたいな印象を与えた。にわか雨が降り、稲妻が走る直前のように黒い森の中の空間が明るく見えた。仁実は緑色の女だった。

「申し訳ありません」

視線を遠くにやったまま仁実が言った。

「どうされたのですか」

燦夏の問いに仁実は答えなかった。仁実は燦夏の心を推し量るようにじっと見つめた。

「醜い姿をお見せして、申し訳ありません」

申し訳ないという言葉を繰り返した。

「東京にはいついらしたんですか」

「だいぶ前です」

「まだ会っていないのですか」

燦夏はなぜか、仁実は緒方に会っていないだろうと思った。

「はい」

「彼は今、札幌にいます。中学校で教師をしているそうです」

「……」

「会った方がいい。私が連絡をして差し上げましょうか」

「いいえ」

「……」

「私は、あの人に会うために日本に来たのではありません」

遠くを見つめていた仁実は足元の白い運動靴に視線を移す。

「私が説明しなくても、趙先生はご存じのはずです」

「……」

「私たちはもう終わりました。後悔していません。怖くもありません。ただ、つらいだけです」

「……」

「真実が現実の中で醜く見えるのは……どうしてでしょうか」

燦夏は仁実の言葉を聞きながら、道徳とヒューマニズムについて、

「ええ、もちろん違います。時には、相反するでしょう」

と言っていた緒方の言葉を思い出した。

「人類は、互いに敵として生きなければならないからです。人は決して現実からは逃れられませんが、醜いだなんて思わないで下さい。私たちはただ、疎外されているだけなのです」

「私たち……」

仁実は、燦夏が日本女性と結婚していることを思い出したようだ。

「もちろん、いろんな面において仁実さんと僕の事情は異なりますし、生半可な僕は、苦痛みたいなものも船酔い程度にしか感じていません。激しく考えて行動する人は、それだけ苦痛も激しいのでしょうけれど」

言葉はどれも無意味で表面的だった。多くの人たちが木々の間を散歩していた。雨が降るのか蒸し暑く、風もかなり湿気を含んでいた。木の枝に止まった鳥たちは翼を持ち上げ、懸命に羽繕いをしていた。

(任明姫……彼女も恋愛をすれば仁実さんみたいになるだろうか。いや、違うだろう。違うはずだ。どうして俺はまた、あの人のことを考えているのだろうか。愛想が尽きるほどひどい女のことを)

燦夏は沈んだ気持ちを奮い立たせるように胸を張り、強い口調で、

「どうするつもりなんです」

と聞いた。

「趙先生」

「どうぞ、お話し下さい」

「先生にお目にかかりたかったのは、子供の問題を相談するためです」

一瞬、仁実の目が鋭く光った。燦夏は当惑する。すでに予想していたことだ。だが、いざ仁実の口から子供という言葉が出ると——しかもためらうことなく、まるで刃を突きつけるように——当惑するしかな

かった。

「私は、朝鮮で子供を産みたくありませんでした。産んでも朝鮮には連れて帰りません。子供はここにいなくてはならないのです」

数百回、数千回練習した台詞のように、仁実の声ははっきりしていた。どれだけ激しく、いったい何度、自分を責めたのだろう。羞恥心は完全に擦り減っていた。仁実はむしろ、堂々としていた。

「気持ちはわかります。わ、わかりますとも」

燦夏の方が息苦しかった。心の中では何という女だと思いながらも、あたふたと言葉を続けた。

「ということは、仁実さんは朝鮮に帰るということですか。子供を置いて？」

「満州か中国に行きます」

「気持ちはお察しします。だけど、別の選択肢もあるのではないですか」

「どんなことですか」

「僕のように、疎外されたまま生きることだってできるはずです。あの人と結婚して……」

燦夏の声は次第に、ささやくように小さくなった。しばらく仁実は黙ったままだった。しかし、心が揺らいでいる様子ではなかった。ぼんやりしていた。通り過ぎる人の中から誰かを捜しているかのように。

そして言う。

「私たちは終わったんです」

「このことを緒方さんは知っているのですか」

「いいえ」

「だったら、相談してから別れても遅くはありません」

「いいえ、違います。違うんです」

と言うと、突然、仁実の声が沈んだ。

「私はあの人に、命より大事なものをあげました。もう何もあげるものはありません」

命より大事なもの、それは単に女の純潔のことを言っているのではないと燦夏にはわかっていた。祖国に身を捧げることを誓った女が、祖国への反逆行為をしたという意味であることを。それにもかかわらず、燦夏は、

「今度は、あなたが受け取る番です」

と言った。

「説明しないとわかりませんか。もっとも、先生に理解する義務はありませんけれど。私は泣き叫びました。私たちの愛は恥ずかしいものではなかったと。ですが、私のやったことは、石で殴り殺されて当然の背信行為だったと認めます。そのうえで、私は誰にも従わないと決心しました。私は新しい道を行きます。ええ。私には償うべき罪は何もなく、人間を窮地に追い込むあの非情なものと闘うのです」

沈んだ声だったが、言葉ははっきりしていた。しかし、仁実はほとんどパニック状態だと燦夏は感じた。

「ごめんなさい。私は今、頭がおかしくなっているのかもしれません。でも、子供は日本にいなければならないんです。緒方次郎の子供でも柳仁実の子供でもありません。この時代の落とし子なのです」

「仁実さん！」

「……」

「あの人の所へ行きましょう。行って話し合うんです」

「そういうつもりなら、趙先生にお目にかかりたいとは言いませんでした。私は、子供を産んだ後、どうしていいかわかりません。道端に捨てるわけにも、病院から逃げ出すわけにもいきません。趙先生が探して下さい。子供を育ててくれる所を」

仁実は初めて涙を流した。

「なぜ、緒方さんと話し合おうとしないのですか。彼は子供の父親でしょう」

「いいえ。それは駄目です。彼には話せません」

「どうしてですか。なぜ、話せないのですか」

燦夏は駄々をこねるように言った。

「私たちはもう終わったんです。二度と会ってはいけません。子供の父親でも母親でもあってはならない……絶対に知らせてはならないのです」

むせび泣く。小鳥のようにむせび泣く。

「自分を捨てて、自分のすべてを捧げなければ、生まれ変われない気がするんです。いつまでもあの人のことを考え続けそうで。あの人もそうだと思います。こんな結果になるなんて、お、思いもしませんでした」

さらにむせび泣く。

「わかりました。わかりましたから、もう泣かないで下さい。泣かないで！」

燦夏は怒りを感じながら叫ぶように言った。燦夏も理性を失っていた。そして、彼らの悲劇に巻き込まれていった。

通り過ぎる人たちがちらちらと二人を見る。彼らの目に二人は、深い事情のある恋人同士として映っただろう。その後、燦夏が仁実の部屋を訪ねていくたびに、深い事情のある男女と誤解された。誰も燦夏に、あなたは子供の父親ですか。あなたはあの女性の夫ですか、恋人ですかと尋ねないから、燦夏にはその誤解を解くすべがなかった。勝手に恋人だ、子供の父親だ、いや、愛人だと想像し、そんな目で見るのだからどうしようもない。ぞっとするほど屈辱的なだけだった。燦夏は今の自分の役割を妻の則子に押しつけようかとも考えた。だが、そうすると仁実がどこか知らない所へ逃げていってしまいそうで、考え直した。今日も燦夏は、その屈辱的な訪問を敢行するために、百貨店で果物のかご盛りを一つ買った。

百貨店を出ようとすると、

「まあ、サンカ〈燦夏〉さん！」

と女が呼んだ。

「ああ」

燦夏は足を止めて挨拶をした。

「お久しぶりです」

「こちらこそ」

洗練された洋装の女は則子より三つか四つ年上の従姉、野田真理子だ。

「果物を持って、どこかお見舞いにでも行くんですか」

「はい」

「せっかくですから、お急ぎでなければコーヒーを一杯、ご一緒しませんか」

「ええ」

二人は百貨店の近くにある喫茶店に入る。

「則子も芙美(ふみ)も、元気ですか」

コーヒーを飲みながら真理子が聞いた。

「元気です」

「こんな偶然でもなければ、なかなか会えませんね」

「まめな方ではなくて」

「貴族だからって、私たちを見下してるんじゃありません?」

「とんでもない。野田さんを見下すなんて」

真理子の夫はかなりの高級官僚だ。

「それで、今は何をなさってるんですか」

「家で無駄に時間を過ごしています」

「サンカさんはお金持ちですから、家で研究することもできますわね」

「翻訳なんか、研究ではありません」

燦夏は笑う。

「それも一種の英文学研究でしょう」

「どうでしょう……」

「学校はどうして辞めたのですか」

「もう随分前のことですよ。続けても仕方ない」

「どうしてですか」

「日本では、朝鮮人は中学校の教師にもなれないのに、大学の講義を持つなんて夢のまた夢です」

「まあ、それはひどいですね。とんでもないことだわ。それは間違ってる」

「仕方ありません。そんなこともご存じないのですか」

真理子は多少、戸惑っているようだった。

「でも、サンカさんは違うんじゃないですか」

「同じですよ。僕の国籍は正真正銘、朝鮮ですから」

一瞬、真理子の目つきが鋭くなった。

「私も朝鮮の植民地政策には批判的です。民族性がどうのとかっていうのも、日本人の偏見だと思います。ですが、七月の中国人虐殺を新聞で見て驚きました。サンカさんは、それについてどうお考えですか」

「許しがたい蛮行です」

「本当に野蛮でした。新聞を見て震えましたよ。どれだけ驚いたことか」

「不徳の至りです」

「ええ、そのとおりです。私の認識もすっかり変わってしまったわ。もう、日本人の偏見だなんて言えなくなりますね」

「そうですか？」

燦夏は大声で笑った。

「いや、そのとおりです。関東大震災の時の朝鮮人虐殺について、僕たちも何も言えなくなりました」

「まあ！　サンカさんも意地悪だこと」

と言ったが、真理子の顔には不快の色がありありと浮かんでいた。燦夏は時計を見て立ち上がった。

「そろそろ行かないと」

「そうですか？　では」

喫茶店を出た燦夏は、吐き気がするほど胸が苦しかった。そして、車を待っている間に妻の言葉を思い出した。

（真理子姉さんは、ちょっとでしゃばりなんです）

あまり人の悪口を言わない則子がそんなことを言った。車から降りて歩きながら燦夏は、

（どうしてこの頃、俺はやたらと激情するんだろう。みっともない。倭奴に物乞いでもしたような気分だ。

もう二度と来ない、子供が生まれるまで絶対来ないと思うのはやめよう。仁実さんは朝鮮人のヒロインではないか）

仁実との対面も気まずいし、周囲の目がとげのように痛く感じられ、燦夏は仁実を訪ねた帰りにはいつも二度と来るもんか、子供を産んだという知らせがあるまでは絶対来ない、そう決心していた。

だが、一週間ほど過ぎると不安になり始める。仁実が自殺したかもしれないという妄想のせいだ。

「形も残らないほど破壊する、そんな方法があることが慰めです。どこで、いつということだけは私の権利であって、自由ですから」

その言葉を聞いた時、燦夏は仁実が憎かった。しかし、仁実にしてみれば、頭にまとわりついて離れない考えが思わず口をついて出ただけで、燦夏を脅そうと思って言ったのではないようだった。

（今ごろ、冷たい死体になっているかもしれない）

燦夏は何度も、札幌にいる緒方に連絡したい誘惑にかられた。自分に任された役割から逃げ出したかったからだ。だが、則子に押しつけようとしてやめた時のように、諦めるしかなかった。緒方に会えば、仁実は自ら命を絶つかもしれないという恐れを払いのけることができなかった。燦夏は肝が据わっている方ではないものの、果断で冷たい一面があり、決してひ弱な男ではなかった。日比谷公園で仁実に会った瞬間、彼らの悲劇に引き込まれたのは哀れみからだったが、一方で、仁実の姿に自分を重ね合わせたからかもしれないし、東京での遁世（とんせい）に近い生活から脱出する道を探してあがいていたからかもしれない。

家の女主人が玄関を開けてくれた。束髪に黄ばんだ櫛（くし）を挿した面長の女で、口元に黒いほくろがあった。

燦夏はそのほくろを見ると、なぜかいつも気分が悪かった。エプロンで手を拭きながら女は、

「いらっしゃいませ。今回はちょっと遅かったですね」

と言って妙な笑いを浮かべた。媚びのようでもあり、嘲笑のようでもあった。いつものことだが、気分は良くなかった。もちろん女は、訪ねてくる男について仁実に根掘り葉掘り聞いていた。だが、仁実は知り合いだとしか言わなかった。仁実は女の好奇心を満たしてやる心の余裕も、周りに気を使う余裕もなかった。実際、知り合いだという以外に言うこともなかった。

「上がって下さい」

「はい」

「若い女が一人で暮らすなんて、可哀想だこと」

礼儀正しくて、おとなしくて、貴公子みたいな燦夏。ある意味、貴公子でもある燦夏に対して女はいつも丁重だった。

「いろいろお世話になります」

「妊娠してるから、私も気になるんですよ」

ぎしぎし音が鳴る、よく磨かれていて滑りそうな階段を上っていく。その段数は、仁実の身に不安を感じている時は多く感じられ、気まずい対面を思うと少なく感じられた。部屋の前で深呼吸をしてから戸をたたく。

「はい」

「趙燦夏です」

「入って下さい」

いつものとおり、仁実は両膝を立て、壁にもたれるようにして座っていた。彼女は息苦しそうで、腹はさらに大きくなっていたが、逆に腕と肩は痩せて見えた。

「どうですか」

かご盛りの果物を脇に置いて座りながら燦夏はもう一度聞く。

「体の調子はどうですか」

初めて燦夏が訪ねてきた時、仁実は、

「もう来ないで下さい」

と言った。最初の頃は、燦夏が来るたびに必ずそう言っていた。しかし、最近はもう言わない。言ったところでどうせ燦夏は来るからなのか、自分の考えに没頭していてささいなことは忘れてしまっているからなのか、知りようもなかったけれど。

「これからは、付き添いが必要だと思います」

「まだ大丈夫です。必要になったら、ここのおばさんにお願いします」

「明日にでも、一人来てもらいましょうか」

「いいえ。まだ、一人でいたいんです」

「食事の準備もあるのに……それに、部屋も一階に移った方が良くありませんか」

「お願いですから」

仁実は一瞬、哀願するような表情になった。遠慮ではなく、どうか放っておいてくれという頼みだった。帰るタイミングだったが、燦夏は体が床にくっついたみたいに動けなかった。仁実は一人になりたがっているし、燦夏も息の詰まりそうな場所から逃げ出したかったのに……哀れみだった。それは、燦夏の心の底から湧き出る哀れみのせいだった。燦夏は、自宅の庭で盛りを迎えたアジサイのことを考えていた。じめじめした日陰で見事に咲くアジサイ。病室には飾らないというアジサイが次第に緑に変わっていくのを見た時、燦夏は、日比谷公園で緑色の女と錯覚した仁実の姿を思い出したのだ。

二人ともぼんやりした表情で黙って座っていた。仁実は、燦夏がいることも忘れているようだった。燦夏は、この漠然とした沈黙を破ることができなくもなかった。仁実さんはこれからどうするつもりなのか、ソウルの家族には消息を知らせるべきなのではないか。すでに話したことではあったが、もう一度聞くこともできた。緒方に関する話をもう一度ぐらいは切り出して、心境の変化を促すこともできた。しかし、燦夏は知っていた。仁実が切実に待っているのは何なのかを。それは、生まれてくる子供の話だ。仁実は燦夏が来るたびに子供について具体的に相談することを期待していた。だが、燦夏には子供に関する具体的な方策はなかった。いや、方策がないというよりは、どの道を選択すべきなのか判断できずにいたというのが正しくて、もっと言えば、その問題について考えたくなかった。時々、頭に浮かぶのは、里子に出すという方法だったが、そうするのがいいと思っていたわけでもなかったので、口に出せなかった。里子に出すというのは、養育費を渡して他人の家に子供を預けることで、母親の体が弱いとか、病気になったとか、子供の数が多いとか、さまざまな事情で子供を田舎の家などに預けることが少なくなかった。かなり裕福な家でも、乳母を置く代わりにそういった方法で子供を養育することがあった。燦夏がなかなかそれを言い出せないのは、もしかすると、時間を稼ぎながら仁実の心境に変化が訪れるのを待っているからかもしれない。

（世を離れ、どこか田舎に行って人知れず二人で暮らすこともできるのではないか。一人の男と女として、民族という枠はかなぐり捨て、階級などには構わず……。民族とはいったい何なのか。それには多分に見栄がある。自愛という利己心も必ずある。侵害する方にも侵害される方にも。俺は今、何を考えているんだろう。民族とは……結局は必要に応じて集まった集団であり、群れを成す動物と変わらない、生存のための集団ではないか。ただ、少し露骨に言うと、人間は本能を愛だと言い、寂しさから必死に逃れようとすることを愛だと言い、真実だと言う。そんな不安定な人間を収容した集団は、祖国という垣根で囲われ、一つの血統というひもで縛りつけられる。

祖国！　血統！　それは絶対的なものなのか。恒久不滅のものであり、離脱してはならないのか。生存のための共同体？　果たしてそれは共同体だったのか。大部分の人々は、民族の、国家の、そして少数の人間のための踏み台に過ぎなかった。日本に対して民族的な怒りを感じるのは、感情だ。腕は内側に曲がると言うように、それはほぼ理性ではない。だが、あの女は、感情よりも理性の方が強いようだ。もし、朝鮮人同士で不倫をし、子供を産んでいたらあの女はどうなっていただろうか。きっと、屈辱に耐えながら子供を育てていただろう。捨てることなど選択しなかったはずだ。男と女、そして生まれてくる一つの命との結合を阻害するのは、民族という命題だ。大きいものは常に小さいものを抹殺し、食い尽くしてしまう。その正当性、その論理に終わりはないのだろうか。終わりはないのだ！　終わりは……）

燦夏はたばこに火をつけた。そして、ポケットの中からちり紙を取り出し、たばこの灰を払い落とす。そうしながら燦夏は、仁実をだしにして今の自分の境遇を正当化しようとしていることに気づく。恥ずかしさのような、痛みのようなものがしばし胸をかすめたかと思うと、すぐに息苦しくなった。四方の壁を拳で殴りつけてみたものの突き破って出ていく道がないような絶望感。生そのものについて、真実や真理について、何一つつかむことのできない絶望を感じる。

部屋の中は明るい。六畳の和室の壁には服を掛ける所もなかった。部屋の中は引っ越した後みたいにがらんとしていた。押し入れが一つあり、すべての所持品をその中に入れてあるようだった。窓の外の手すりに手拭いが二枚掛かっていた。そして、窓の向こうの空には雲が流れていた。かすかな風が時々入ってきて、熱くじめじめした心と体を冷やしてくれる。

（日本の女たちにはそんな葛藤は特にないみたいで、則子もそんなことはほとんど感じていないようだ。もっとも、日本の女と暮らす朝鮮の男はたまにいるが、日本の男と朝鮮の女が一緒に暮らすのは見たことがない。日本の男と暮らす朝鮮の女たちは閉ざされた鉄の門をくぐり抜けてきたのだろうから、あの人だって血まみれになるのは当然だ。そんな意識の差はいつ、どこから始まったのか。慕華思想*が支配的だった時代にも女が異民族の男を迎え入れることは命を失うより恐ろしいことだった。彼女たちは生のすべてを失ったと思い、世の中も彼女たちに対して過酷だった。彼女たちは、故国と絶縁しなければならなかった。

仁実さんは満州か中国に行くと言った。それは永遠に故国には帰らないという意味だったのだろうか。意識の壁にとらわれた過去の朝鮮の女たち、そして、今を生きる女たち。仁実さんは彼女たちと少しも変わらないというのか。彼女たちよりもむしろ徹底して強い貞操観念を持っていたに違いないが、猛烈な反日思想の塊だった彼女が自分自身を裏切った。彼女の言葉どおり、新しく生まれ変わるために？　わかるような気もするが、本当に大した矛盾だ。少なくとも彼女は、社会主義に染まった女ではないか。

人は誰でも、慣習的な意識と思想の間に多少のずれがあるものだが、仁実さんのずれの度合いは広くて深過ぎる。矛盾だ、矛盾。それを克服しなければ、自分をずたずたにする結果にしかならない。真実、真理？　それは果たして正しいのだろうか。善、それはいつも絶対的ではないはずだ。人間が死ぬのは一つの真実だ。その真実のせいで人間は、死の恐怖へと追われていく。だとすると、人間にはそれを克服する以外に道はないのだろう。ふん！　何を突拍子もないことを考えてるんだ。三度の飯を食って時間を持て余している豚に思弁の奴隷になる資格はない。やめておこう、やめるんだ。きりがない）

一杯の飯の方が象牙の塔より大切なんだぞと言っていた友人の言葉が、燦夏の頭にふと浮かんだ。

（それは豚の発想だ）

誰かがその言葉に反論した。

（君も大したことないな。君が思うほど人間は偉大じゃないという事実をしっかり覚えておくことだ。偉大さなんて、人間の自画自賛だ。この中に審判官がいるとでも言うのか。神が姿を現さない限り真相はわ

からない。結局、人間も一杯の飯のために闘ってるってことさ）

仁実は呆然としたまま座っていた。刑務所にいた時もこんなふうに一日中座っていたのだろう。燦夏は帰るべきだった。そろそろ帰らなければと思いながらも、部屋を出て一階に下り、口元に黒いほくろがある女主人と顔を合わせるのがいやだった。もしかすると燦夏は、仁実と自分がそれぞれの得体の知れない時間に没頭し、束縛されている状態が好きだったのかもしれない。

（緒方次郎は仁実さんと知り合ってからコスモポリタンだか何だかになったんだろうか。あるいは、その思想のせいであの女を愛するようになったのだろうか。まただ。つまらないことを考えて。緒方はただ女を愛し、仁実さんはただ男を愛せなかっただけだ。いったい、この女をどうすればいいんだ。朝鮮のジャンヌ・ダルクにでもなろうというのか。そんな立派な女じゃない。自らを完全燃焼させて自己の完成を企んでいるのか。それはまたご立派なことだ。この女は、自分の中に他人と自己が共存する博愛主義者なのか。もちろん、それも違う。この女は、そんな偽善者になるにはあまりにも純粋過ぎる。朝鮮の女が囚われていた場所から抜け出して最先端の流れの中に飛び込み、その二つの牙で頭と体をずたずたに噛みちぎられた、そんな犠牲者に過ぎないのか。この女のことを整理しなければならない。何であれ、一つ克服しなければならない。俺はずっと同じことを繰り返し考えている。空しい自問自答、終わらないこと、これは妄想だ。終わりのない妄想だ）

通りの方からラッパの音が聞こえてきた。この時間に豆腐売りは来ないだろうにと思いながら、燦夏はとっさに立ち上がった。ラッパの音は遠ざかっていった。

「では」

とひとこと言い、

「また来ます」

と言い足して部屋を出ようとすると、

「ありがとうございました」

と仁実が言った。燦夏は驚いたように振り返る。

「あ、いいえ。大事になさって下さい」

燦夏は外に出た。すみませんという言葉は何度も聞いたが、仁実がありがとうと言ったのは今日が初めてだ。


燦夏が帰った後も仁実は壁にもたれて座り、手拭いが二枚掛かっている手すりの向こうの空をぼんやりと眺めていた。空と雲と手拭いしか見えない空間、そこを時々鳥が横切っていった。静かな時間だ。意識の中で体を揺らし、叫んでも、静かな時間から抜け出すことはできない。クモの糸に引っかかったチョウのように、わなに掛かった獣のように絡みつく時間の糸。さなぎになってしまいそうな気分だった。

仁実はそれを押しのけるようにして立ち上がった。立ち上がった後もしばらく空を見つめていたが、ゆっくりと押し入れを開け、トランクの上に畳んでおいた服に着替える。白地に灰色の水玉模様の、ゆったりしたあのワンピースだ。髪をなでつけ、カヤツリグサで編んだ夏用のハンドバッグを取り出した仁実は、その中に財布とハンカチを入れ、ふろしきを折り畳んで入れる。そうしてぼんやり立っていたかと思くなかった。

ぅと部屋を出た。予定日まで優に一ヵ月あった。誰の目にも妊婦だとわかったが、おなかはそれほど大き

路面電車を乗り次いで仁実が行ったのは新宿にある三越百貨店だった。彼女は店内をうろうろ歩いて靴下を一足買い、また何度かぐるぐる回ってハンカチを一枚買い、しばらくしてから赤ちゃんの帽子を一つ買った。しかし、彼女は買い物をするために来たのではなかった。物を買うことには目的も意味もなく、徘徊する場所代として料金を払う行為に過ぎなかった。あの二階の部屋は、一人でいてもいつも誰かが近くにいるみたいだった。部屋の中の物をすべて押し入れの中に入れて空き部屋のようにしたけれど、それでも隣に誰かがいるように感じられた。暑いので人出はやや少ないとはいえ、百貨店の中はにぎわっていた。その人混みの中をゆっくり進みながら仁実は、まるで無人の境を歩いているような気がした。彼女はあの場所から脱出するために、静止した時間から脱出するために出てきたのだ。

最近は一週間に二回ほど外出している。地下鉄に乗って浅草で降り、その界隈をさまよい歩くこともあったし、ある時は、丸ビルのあるオフィス街を歩き回ったりもした。電車に乗って適当に降り、ずっと歩き続けたこともあった。東京に来た当初は、今みたいに体が重くはなかったので遠出を楽しんだ。京都にも行き、奈良にも行った。芦ノ湖で青緑色の水面をいつまでも見つめていたり、横浜の埠頭まで行ってぼんやり立っていたこともあった。港にはものすごい数の船が泊まっていた。商船も旅客船もあった。仁実は、「赤玉」という赤いネオンのカフェがあったあの夜の港を思い出し、黒い服を着た、青ざめた顔の明姫を思い出した。

汽車に乗ったり路面電車に乗ったりすると、レールを走る時の震動がまるでピリオドを打つように一つひとつ伝わってくる。それは、刻一刻と時間から脱出しているという実感だった。歩くのもそうだった。一歩一歩踏み出すたびに時間をかけて前に向かっている感覚。とにかく、どこかで降車するということは、かすかではあるけれど希望だった。いくばくかの安心感でもあった。東京での長い滞在、その期間は数カ月に過ぎなかったが、仁実にとっては十年、百年に感じられる時間との闘いだった。

百貨店を出た。日が落ち、外はたそがれていた。日が暮れるのを待っていたかのように、通りは人でごった返していた。辺りにはネオンサインと街灯がともり、巨大都市は虹に包まれたようにおぼろげで、たそがれが深まっていくにつれてきらびやかなにぎわいを見せ始めた。果物の完熟した香りのようでもあり、腐り始めた臭いのようでもある都市の息遣いを漂わせながら、行き交う人々は皆、金色のたそがれに染まっていた。胸をときめかせながら夜を迎える準備をし、夢見るように歩いていた。菊池寛の『真珠夫人』に憧れる女が歩いていき、ヴェルレーヌの詩に魅入られた青年が歩いていく。甘ったるい虚無主義と悲観主義。都市のたそがれは、そして夏のたそがれは、微風に揺れる街路樹と相まって甘く悲しく人々を魅惑する。都市の哀愁、栄光と自負と錯覚。暗闇が押し寄せるにつれてネオンサインはひときわ鮮やかになる。星より近くて星より美しい。

ナポレオンもアイスクリームの味は知らない。あらためてその言葉を思い起こさせるネオンサイン。仁実は街路樹の下に立っていた。モダンで、スマートで、エキゾチックで、たとえそれが映画の看板みたいなものであっても、都会に憧れ、満喫する人々とかけ離れた現実の中にいる仁実は、錯覚や幻想に浸る余地のない膨らんだおなかを抱えて巨大な都市の夜を見つめていた。ローマ帝国は軍事、土木、法整備に注力し、特に土木はその規模があまりにも壮大で、大ローマ帝国の威容を見せつけて周囲を震撼させた。それと同じように、関東大震災以降の日本の都市建設には本当に輝かしいものがあった。島国である日本は有史以降初めて、清という大国を抑え、畏敬してやまない白人の国、ロシアを牽制し、アジアの強国として飛躍した。千載一遇のチャンスを迎えた日本がよく使う野暮ったい言葉の中に、一等国民というのがある。一等国民にふさわしく、いやそれ以上に外見を整えなければならないのだから、それこそ未曾有の摩天楼を築きたかったに違いない。

げたを履き、内股で、落ちている小銭を探すように地面を見下ろして歩く彼らが、新しいものや大きいものなら何でもアリのように集めてきて建設した都市。チャンバラ映画には江戸の下町娘や侍が登場するけれど、東京にはもう江戸の名残はほとんどなく、パリにロンドン、ニューヨーク、モスクワがあった。流行なら何でも採り入れてめまいがするほど変貌を重ね、歓楽街、遊興街、芸能界は欧米をしのぐほど開放的で、マッチ箱やポスターの裸体の絵は、彼らの伝統である男女混浴と同じぐらい自然だった。エログロの本があふれ返り、新橋の芸者が社交ダンスを踊るようになって随分になるし、成金の夫人たちはゴルフに興じている。

もっとも、関東大震災の前にもすでに、一万人のサラリーマンを収容し、一日に三万人以上が出入りする巨大な丸ビルができていた。日本人の拡張論は都市や文物に限ったことではなく、軍国主義に通じ、世界進出を図る彼らの野望の表れだった。一方、「土方殺すにゃ刃物はいらぬ。雨の三日も降ればよい」という流行り言葉がある。雨が長引けば仕事のできない土木作業員は刃物がなくても飢えて死ぬという意味で、つまり、都市近郊にはそうした階級がいるのだ。一方、農村では小作料が払えず、農機具に差し押さえの赤い紙が貼られているという現実がある。

　政争があり、暗殺があり、クーデター計画があり、階級闘争、労働争議、女性解放運動があり、十人の労働者の二十年分の給料よりはるかに多い金を一部屋の装飾に使う成金がいる。しかし、それらはすべて日本の顔に過ぎない。化粧をしようが、整形手術をしようが、醜いできものにばんそうこうを貼ろうが切り取ってしまおうが、それは顔に過ぎない。日本の心臓は天下無敵の軍備だ。『三国遺事（サムグクユサ）*』に出てくる、牛を引いていた老人が断崖絶壁に咲くツツジの花を手折って水路（スロ）夫人に捧げながら歌った『献花歌（ホンファガ）*』。冬のナラの木みたいに無常な老人の行為から連想されるのは、出陣する夫のかぶとに香をたく日本の女だ。生と死を超越した行為に、一見、共通点があるように思えるが、私たちは香をたく女に戦争の美学を見いだしているのだ。

　とにかく、募集に応じて連れてこられた数多くの朝鮮の民は、恐ろしいむちの下でこの世とあの世の境をさまよっている。彼らはもちろん、東京のきらびやかな夜の明かりを知るはずもなく、日本の力を誇示する都市を見たこともなく、歓楽街の厚化粧した女の笑い声を聞いたこともない。山奥の炭鉱の村のバラックで疲れ切って眠る彼らは、日本の力をむちゃ木刀によって感じるだけで、抵抗する気力も残っていなかったが、東京の留学生たちはどんな気持ちで東京を見つめていたのだろうか。募集で連れてこられた労働者と留学生の事情には天と地ほどの差がある。今は夏休みだから留学生の大半は朝鮮に帰っているだろうが、残っている者の中には、敵地の心臓部である東京の通りでふらついている留学生がいるかもしれない。財力であれ、頭脳であれ、あるいは家柄であれ、彼らは選ばれてここに来た。希少な存在としての彼らの誇りは大したものだっただろう。しかし、その誇りは東京にいても変わりなかっただろうか。

朝鮮時代に差別的待遇を骨の髄まで味わわなければならなかった妾の子のように、彼らは東京の地で骨身に染みる差別にどうやって耐えてきたのだろうか。目に見えるすべてのもの、直面するすべてのものが、自分たちの土地を奪い、尊厳を奪い、根を抜いて踏みつける日本の実相を留学生たちはどう見たのだろうか。その力に心酔し、刃を折って敬意を表しただろうか。巨大な力に恐怖を感じただろうか。あるいは、歯ぎしりをして憎んだだろうか。羨望（せんぼう）の念、侮蔑感、明日を待つ忍耐？　いずれにしても、表向きは、彼らがわが民族に背中を向けてきたことに変わりない。彼らのほとんどは出世志向だったから。

日本統治下での出世とは何を意味するのか。朝鮮で指導的な知識人だった儒者（ソンビ）*は完全に崩壊した。その座を受け継いだ東京の留学生たちの葛藤と苦悩は、個人的な悲劇であると同時に朝鮮民族の悲劇でもある。合理主義的な知識が切実に必要なのは事実だが、彼らが身につけてきた日本の価値観によって歴史がずたずたに引き裂かれ、それによって朝鮮民族の精神が破壊される危険性と損失は深刻だ。それは後日、長きにわたって染みわたり、自己を否定し、自害する現象となって朝鮮の民を苦しめるだろう。実際、葉（ヨプ）銭（チョン）*という自虐の言葉が留学生の間で広まっていて、働かなくても生きていける階層は安易にダンディズムの無風地帯に逃げ込み、学問の価値はどこどこ産の紅茶やどこどこ産の服地ほどのものに転落した。また、ある連中は反日の足がかりを社会主義に見いだすほかなく、またある者たちは啓蒙主義に依拠し、キリスト教と連合しながら朝鮮のものを破壊しているが、実はそれは、日本が望んでいることだ。彼らは徹底した民族主義者を自負する人たちでもあり、中には未来の官職を夢見て六法全書を猛烈に読み込みながら機会不均等を嘆いている人もいる。

東京の通りは、いや、新宿の通りは暗くなっていた。仁実は歩き始める。足がとても重かった。立っていた時は全く感じなかった肉体が、突然彼女を圧迫し始めた。どこでもいいから座りたかった。だいぶ歩いたようだ。紺地に白抜きでうどんと書かれた文字が目についた。仁実はそこに入って座った。空席がいくつかあったが、客は割に多い。ほとんど若い人たちだ。うどんを一杯注文した仁実は、頬杖をついてぼんやりと壁を見つめる。

「お待たせしました」

エプロンを着けた男がうどんをテーブルの上に置きながら白い歯を見せて笑う。

「ありがとう」

不愛想で気の強い朝鮮人とは違い、日本の商売人や飲食店の店員はとても親切で丁寧なのが特徴で、客もそれに対して礼を言うのが普通だ。うどんからネギとかまぼこのにおいが漂っていた。仁実は足が重いだけでなく、ひどくおなかがすいていた。朝、冷や飯に水をかけてたくあんと一緒に二口、三口食べただけだったので、温かいうどんを見ていると少し幸せな気分になれた。でも、それは一瞬のことだった。仁実は箸を持ち上げられなかった。前にもそんなことがあった。東京に来て勉強していた頃、一人で食事をしていると鼻筋がじんとして骨身に染みる寂しさを感じた。強い性格なのでめったにそんな感情に陥ることはなかったが、一人で食事をしていると、冬の原野を歩いているようで寂しくなったのだ。

刑務所にいた時は、食事を前にすると食べる行為自体がこのうえなく卑しいことのように思われた。下水溝をうろつきながら飯粒を拾って食べる一匹のネズミのようで、自分がごみになっていく気分だった。拷問を受け、日本の警察にひどい罵声を浴びせられた時も自分のことを卑しいとは思わなかったけれど。今回、東京に来て……卑しいとか寂しいとかいうのはすべてぜいたくな感情であることに仁実は気づいた。食事をするとか何食か食いはぐれるとか、そんなことはただ無意識に流れていくことに過ぎなかった。いくらか自虐の念があったせいかもしれない。仁実はゆっくりとうどんを食べ始めた。

「それはみんな、わかりきったことだ」

後ろから聞こえてきたのは朝鮮語だった。

「それがどこであれ、問題は問題だ」

その後はよく聞き取れず、仁実は関心もなかった。しばらくしてから、彼らの笑い声が聞こえてきた。若者たちの笑い声だった。仁実は箸を置いた。事が一つ済んで肩の荷が下りたような気分だ。知らない間に客は帰ってしまったのか、店の中が広く見えた。エプロンをした男も所在なく立っていた。仁実は帰らなければと思いながら、なかなか立ち上がれなかった。後ろで朝鮮語で話していた青年たちは帰るようだ。彼らは仁実に背中を見せるように立ち、うどん代を払っていた。白いシャツに黒いズボンをはいていた。仁実はやっと立ち上がった。二人の学生のうちの一人が振り返った。その瞬間、仁実と目が合った。

「あれ」

還国（ファングク）だった。彼は自分の目を疑いつつも、急いで仁実に近づいた。

「仁実さん！」

還国は無意識に仁実の腕をつかんでいた。還国は仁実を見て驚いたというよりも、仁実の妊娠した姿に驚いた。腕をつかんだのは仁実が危うげに見えたからだ。

「離して」

仁実は冷たく言った。そして、ゆっくり歩いてうどん代を払い、外に出た。決して人違いでも錯覚でもないと還国は思った。彼女ははっきりと朝鮮語で、「離して」と言ったのだ。

六章　栄光（ヨングァン）の負傷

何度寝返りを打っても寝付けなかった。還国（ファングク）は起き上がった。たばこに火をつけ、さっき見ていた画集をまた手に取ってカンディンスキーの絵を見つめる。華麗で夢のような色彩の世界。還国はカンディンスキーの絵が好きだった。カンディンスキーが抽象画家であり理論家であることは、絵を勉強している人なら誰でも知っていることだったが、彼の初期の絵に関心を持っている人は周りにほとんどいないようだった。一年中、雪と氷に覆われていて色彩に乏しいであろうロシアで、どうすればこんな色遣いを生み出すことができるのか、カンディンスキーの初期作品を見るたびに還国は、神秘と憧れを感じていた。友人たちは、芸術そのものよりも詩人エセーニンと舞踊家イサドラ・ダンカンの恋愛に興味を持つようにカンディンスキーとニーナの恋愛について話をするが、還国はなぜかそれが気に入らなかった。俗物的に思えたのだ。

　夜は更けていくが、まだ眠れそうになかった。キャンバスの前に立ってみる。しばらく鏡の前に自分の姿を映すように立っていたが、ペインティングナイフで絵の具を練ってキャンバスに塗り、見つめる。長い間、還国はそうしていた。明け方になってやっと、降り注ぐ雨の音を聞きながら眠りについた。目を覚ますと窓の外は明るかった。雨はやみ、太陽は中天に昇っていた。明け方に雨が降ったからよかったものの、そうでなければ徹夜するところだった。

障子や廊下のガラス窓も開いたままで、蚊取り線香は燃え尽きて灰になり、皿に落ちていた。裏庭は十坪ほどあるだろうか。下宿の主人によってよく手入れされた木々は生き生きしていた。こけむした石も青々していて涼しげだった。木の葉に宿った滴が日差しを受けて輝いている。雨がやんでからあまり時間が経っていないらしい。雨どいからぽつぽつと水が落ちる音が聞こえてくる。枕を胸元に抱えてうつ伏せになった還国は、たばこをくわえて火をつけ、灰皿を引き寄せる。何かに強く打たれたような感覚がずっと続いている。

(そんなはずはない。そんなはずは)

形容しがたい不思議な感情が押し寄せる。理性では抑えがたく、理由もわからない。離して。あれは決して柳仁実(ユインシル)の声ではなかった、仁実でなければ、人違いならどれだけよかったかと還国は思った。あれは何だったのか、何が起こったのか想像すらできなかったが、何かが起きたことだけは確かだった。何かおぞましいことが起きたという漠然とした思い、それは仁実の妊娠と関係があった。離して。非情なあの声は仁実に関わるある事情のせいだろうという推測にもかかわらず、還国は好奇心や心配よりも強い裏切りを感じた。

(いったいなぜ、仁実さんが妊娠しているんだ!)

仁実は結婚してはならず、子供を産むことも許されない人であるかのように、それはまるで既成事実であるかのように、彼女を神聖不可侵の女だと思っていたことに、それが侵されて初めて還国は気づいたのだ。

淡い恋心とでもいおうか、青春の傷跡というべきか、楊ソリムの姿と手の甲の傷は、哀れみと嫌悪感と自責の念として還国の心の中にまだ残っている。朴外科医院にいた許貞潤と結婚し、女の子だったか男の子だったか子供を産んだといううわさを聞いたが、ソリムのことを考えると還国は今も愉快な気分にはなれなかった。

愛を告白したわけでもなく、自分の感情に確信も持てないままソリムの手の傷を見てしまい、嫌悪と共に感じた責め苦と哀れみに苛まれていた記憶が還国の青春を多少病的なものにしてしまったのは事実だ。だが、還国が若い女性に無関心なのは、ソリムのせいだけではない。還国の意識の底には母である西姫、任明姫、柳仁実という抜きん出た三人の女性がいた。西姫は母親なので血縁者としてより近い感情を抱いていたが、明姫と仁実は他人だから距離があり、その距離のせいでかえって謎めいていて、蜃気楼のように神秘的な対象として意識の深い所にあった。それは、カンディンスキーの初期の絵が好きで憧れる気持ちに似ていたかもしれない。

（そんなはずがあるもんか、そんなはずは！）

膨らんだ腹、寂しげな顔、冷たく光る瞳。昨日の夜、うどん屋で会った仁実はシュールレアリスムの絵のように奇異で非現実的で、遠い彼方に立っている木彫りの人形のようでもあった。別れた後にこうして思い出すと、とても現実だとは思えなかった。

（なぜだろう）

再び考え始める。しかし、堂々巡りだった。離してと言っていた誰かの声と妊婦の姿があるだけだった。

還国はすっくと起き上がった。手早く布団を畳んで外に出ると顔を洗って戻ってきた。

「崔さん、食事はどうされますか」

下女のお初が聞いてきた。髪をとかす手をとめた還国は、時計を見る。

「もうこんな時間か。十一時を過ぎてる」

「寝坊だこと」

お初は含み笑いを浮かべて言った。還国と同じ年頃で、色黒で、くりっとした目に顔も真ん丸だった。

「そんなこと言わないでくれよ。明け方になって寝たんだから」

「そうなんですか？　私はその時間には起きていました。強い雨の音で目が覚めたんです。ものすごく怖くて」

「どうして？」

「空でどんどん、がらがらって音がして、雷がぴかぴかって」

「どうしようかな」

「何をですか」

「十一時に朝ご飯を食べるのも変だし、お昼まで待つことにするよ」

「そうですか。じゃあ」

お初は部屋の戸を閉めた。還国はちり紙で櫛を拭いて引き出しの中に入れ、廊下に出る。柳の木の下にあるくり鉢ほどの大きさのこぢんまりした池でフナが二匹泳いでいた。周りにコケの生えた小さな庭石を配置し、ちまちまと造られた池は、時間を持て余したこの家の年寄りの手慰みだった。

(俺はいったい、どういう立場なんだろう)

仁実と出会ったのは別として、最近の還国の周辺事情は昨晩の一件に負けないぐらい憂鬱で、憂鬱という程度を通り越し、ある危機意識として還国に迫ってきていた。上海臨時政府を名乗り、巨額の金を強奪していった晋州(チンジュ)の事件、その話を聞いた時、允国(ユングク)と同じく還国は父が関わっていると直感した。だが、還国は允国のように血をたぎらせるというよりも、父を連想した意識そのものに深い警戒心を抱いた。父を連想した瞬間、還国は自らを危険人物だと認識した。もし、自分が警察の取り調べを受けることになったら、いや、拷問を受けたらどうなるか。拷問が怖かったのではない。還国は耐え抜く勇気ぐらいはあると思った。怖いのは心の内がばれるのではないか、知らないうちに取調官が自分の本心に気づくのではないだろうかということだった。つまり、自分の力を確信できないのと、その事件が未解決に終わることを望み大げさに警戒する、そんな心理的なものだったのだろう。そして、朝鮮で起きているさまざまな事件は還国の緊張をさらに大きくした。新幹会(シンガンフェ)*の解散、芸盟(イェメン)*の検挙、最近あった中国人襲撃事件など、一連の事件を東京で見ている還国には目に見えない日本の包囲網が狭まっていくように思え、何かわからない陰謀が図られている予感がした。

夏休みなのに還国が東京に残っているのは、父、吉祥(キルサン)の指示によるものだった。朝鮮の事情が複雑だから帰ってこなくていい、代わりに宋栄光を捜せと人づてに伝えてきた。春、晋州での事件が起きる直前に還国は東京に来た。家を発つ時、父は栄光を捜すように念を押した。雰囲気からして非常に重要なことだとは思っていたが、再び伝言を寄こしたのを見るとただ事ではないらしい。それは、栄光が寛洙の息子であるということからも感じられた。還国は寛洙についてある程度知っていた。寛洙はたまに晋州の家に出入りしていたから、彼が衡平社運動や、かつて義兵として山に入ったことなどひととおりは知っていた。だが、還国は、衡平社運動が寛洙のやっていることのすべてではないと感じていた。

とにかく還国は、父の言いつけどおり故郷に帰らなかったが、帰らない表向きの理由がいくつかあるにはあった。還国は、通っていた大学を辞めてこの春、東京美術学校に入った。だから、目的と選択の変更によって準備すべきことがあるとも言えるし、画材を担いで郊外に出かけ、スケッチするという名分もある。やりたいこと、やるべきことではあり、休みを利用してそれらをするのだという言い訳が成り立つ。美術学校に移ったのには父、吉祥の助けがあった。

「難しい時代を生きていくには自由業が有利だ。行動にもある程度自由が利くし、もし、還国がためらっているなら、勧めてやりたいぐらいだ。素質もあるし、気持ちをほぼ固めたようだから、承諾してやった方がいい」

「ですが、あの子にはこの家を継ぐ責任があります」

「国がなければ家も何もない。そのうち、俺たち朝鮮民族に切迫した事態が押し寄せるだろう。これからの世の中はお前が想像する以上に変わるだろうし、その点を肝に銘じなければならない。正直言うと、俺は還国の日本留学を良くは思っていない。還国は中国に行って勉強すべきだ。お前がそれだけは譲れないことを知ってはいるが」

結局、西姫は吉祥に説得されたように見えたけれど、西姫は心の底から納得しない限り折れる女ではなかった。西姫は考えたのだ。自由業という言葉には多少の効果があり、中国留学云々は脅迫に近いものだったが、それより西姫は還国の決心が固いことを知った。決心が固いなら、反対したところでお互いを傷つける結果にしかならないから、西姫は自分から折れることにしたのだ。それに、息子に説得されるより夫に説得される方が母としての威信が傷つくこともない。吉祥も、西姫が夫に服従し、自分から折れたのではないことを知っていた。吉祥は西姫の賢明さを信じていたし、自分を曲げない性格を愛していた。

しかし、将来の方向性が変わったからといって、還国の留学生活に大きな変化があったわけではなかった。これまでも還国は絵を描き続けていて、唯一変わった点があるとすれば、法律書の代わりに美術関連の本を読む時間が増えたことぐらいだった。老夫婦がやっているこぢんまりした下宿。しかも、部屋は離れだったからいつも静かだし、空間も裏庭まで合わせると広い方で、アトリエはなくても不便はなかった。老夫婦は士族出身でかなり教養があり、家族関係はよくわからなかったが、生計のためではなく寂しいから下宿生を置いているらしい。還国は彼らにとってぴったりだった。男前でおとなしくて、礼儀正しくさっぱりした性格の還国を気に入っている老夫婦は、卒業するまでいてくれと頼むほどだった。

東京での還国の身辺は単純で、きちんと整理されていた。問題は晋州にあり、栄光を捜さなければならないという責任感が彼の肩に重くのしかかっていた。栄光を捜すのは思ったほど容易ではなかった。東京に戻ってきてから釜山（プサン）のP高普出身の学生に会い、話を聞いて回った。彼らの紹介で、ほかの大学や専門学校にいるP高普の卒業生にも会った。しかし、栄光を見たという人はいなかった。栄光を全く知らないという人もいた。日が経つにつれて還国は焦った。自信がなくなった。この広い東京で栄光を捜すのは難しいことだと気づいた。果たして、栄光は東京にいるのだろうか、それすら確信が持てなかった。それから半月ほど経っただろうか。還国は画材を担いで多摩川のへりを歩いていた。

「あの、ちょっと」

と話しかけてきた人がいた。朝鮮語だった。

「ひょっとして、崔（チェ）還国さんではないですか」

角刈りで、顔色の悪い中背の青年だった。

「そうですが……」

青年は急に明るい顔になり、

「俺、金秀奉（キムスボン）だよ」

「……？」

「わからないか？　普通学校の五年まで一緒だった金秀奉だ。わかるだろ？」

「あ、ああ！」

「思い出したか」

「ああ、そうか。そうだな。金秀奉だ！」

「やっとわかったか」

急に元気がなくなり、残念そうな顔色を浮かべた。だが、還国はうれしかった。

「まあ、お前と俺は境遇が違うから、簡単に思い出せないのも無理はない。気づかないまま通り過ぎてたって仕方ないし」

「何を言うんだよ。東京にはいつ来たんだ？」

「たぶん、お前と同じ頃のはずだ」

寂しいのを通り越して、秀奉の顔に悲哀のようなものがにじむのを還国は感じた。

「今、何をしてるんだ？」

「……」

「学校に通ってるのか」

「学校？ 聴講生も学生と言えるのかな。まあ、都合上、学生とは言ってるけど。ははははっはっ……ははは……」

悲哀はどこかへ飛んでいき、秀奉は快活に笑った。

「とにかくうれしいよ。どこかでゆっくり話をしよう」

「そうしたいところだが……」

秀奉はためらう。

「連れがいるから今日はこれで。また今度会おう」

秀奉は振り返った。還国も秀奉の視線を追って彼の後ろの方に目をやったが、連れと言える人の姿はなかった。高い空に雲が浮かび、川岸に白い水鳥が何羽か止まっているだけだった。

「連れも一緒に来ればいい」

「いや、そういうわけにはいかないんだ」

「恋人と一緒なのか」

還国は笑いながら言った。

「好きに考えろ」

秀奉も笑った。

「じゃあ、ちょっと待ってくれ」

還国は手帳を取り出し、素早く自分の下宿の住所を書く。そして、その頁を破って秀奉に差し出した。

「俺の住所だ」

秀奉はそれを受け取って見つめる。

「それより、一度外で会おう。会う日を決めて」

「そうするか」

「いつがいい？」

「今日は日曜だから、明日じゃなくて……水曜はどうだ」

「俺はいつでも構わない。夏休みだから」

「ああ、休みなのにどうして帰らないんだ」

「やることがあって」

会う時間と場所を決め、還国は秀奉と別れた。しばらくしてから還国は、無意識に手のひらで額を打った。

（どうしてそれを思いつかなかったんだ！）

秀奉が釜山のP高普と関係があることを思い出した。普通学校五年の時に釜山に転校した秀奉は、その後P高普に入学したと誰かに聞いたことがあったのだ。

（水曜日に会うんだから）

それでも不安で、焦りを感じた。掌中の魚を逃した気分だった。会う約束をしたのは幸いだったが、約束を守ると信じていいものか、何かの事情で来られなくなったら、住所のメモを頼りに彼が訪ねてこない限り、還国が秀奉に会うすべはなかった。還国は、栄光を捜さなければならないという強迫観念のようなものに追い詰められていた。しかし、秀奉に会ったところで彼が栄光を知っていて、栄光を捜す端緒を握っているという保証はない。約束の日の約束の時間まで還国は焦っていた。ところが、秀奉は栄光を知っていた。知っているだけでなく、二人はとても近い所に住んでいた。

「どうしてあいつを捜してるんだ」

「その人の父親と俺の父さんは、子供の頃から仲が良かったんだ」

「それはよくある話だ」

「それで、その人の父親に頼まれたんだ。必ず捜し出して直接渡してくれって、金を託されて」

還国は慎重に、父、吉祥のことを持ち出さずに話をし、秀奉はなぜか深刻な表情をしていた。

「金だけならお前に託してもいいんだが、その人の父親が必ず直接会って渡すようにって、とても丁寧に頼まれたから」

「まあ、もっともな話だ。あいつの状態はあまり良くない。ひどいもんだ」

と言って秀奉は栄光との関係を話し始めた。

「栄光とは子供の頃から知っている仲だ。俺たちが晋州にいる時、近くに住んでてな。だから、家の事情もよく知ってる。釜山に引っ越した後、栄光に会ったのは高普三年の時で、あいつは一年だった。栄光の家は、釜山に来てから何度も引っ越したみたいだった。旧知のよしみでうちの家に間借りして、一年余り住んでたよ。釜山に来た当初は、店も構えて家もあって、それなりに暮らしてたんだけど、お前も知ってのとおり、栄光の父さんは日本の警察に追われてるから……栄光と俺は学年が二つ違うが、年は一つしか違わない。確か、お前とは同い年のはずだ。高普に遅く入ってきて、何が原因だか退学になって、ちゃんと通ってれば今年は卒業だったのに……すっかり壊れてしまった。立ち直れるかどうか」

還国は頭の中で考えを巡らせ、慌てることはしなかった。普段の落ち着いた態度で秀奉の話を聞いていた。

「俺も家の事情が事情なだけに大学に行くことは望めないし、家では卒業したら金融組合に就職して結婚しろって言われて、それで、えいやって船に乗ったんだ。ほかにどうしようもなかったし、自分の血気だけを信じてな。けど、とんでもなかった。ほんとにとんでもない。朝鮮で高普出身と言えばいい方だが、日本では人間のくずだ。朝鮮から金を持ってきて勉強してる奴ら以外は全員、人間のくずなんだ。朝鮮で倭奴の使い走りだって指を差されてた番頭はおろか、小僧にもなれやしない。力仕事しかない。工事現場でれんがを担いで、土砂を運んで、まともな親方に出会えなければ仕事も賃金もちゃんともらえない。日本では朝鮮人は人間じゃない。くずだ。中国ではイギリス人が、自分たちのバーに中国人とハエが出入りするのは遠慮願うって言ったらしいが」

「帰ればいいじゃないか」

「今さら帰れない！」

「今も工事現場に出てるのか」

「ちょっと前まで植木屋にいたんだけど、冬は仕事がなくて。まあ、工事現場も冬は仕事がないのは同じだけどな。今は古物商だ」

「くず拾いのことか」

「いや、ちゃんとした格好で、ごめん下さいって一軒一軒訪ね歩いてる」

というと秀奉は大声で笑った。

「それで、人が出てきたら、いらないものを売ってくれって言うんだ」

「その方がうまくいくのか？」

「ああ、ましさ。ちょっと学があるっていうのは元手になるし、同情も買って、それに何よりも自由だから。卑屈になることも多いが、誰かに指図されることはない。工事現場に集まってくる連中は、ほんとにいろいろだ。何かにつけて刃物を持ち出してけんかする奴がいるかと思えば、警察の手先もいるし、アナキストも共産党もいるし、飯だけ食わせて賃金を全部巻き上げる組織もある。労働がつらいのもあるが、そんなことのせいで息が詰まりそうだ。その現場でも人種差別に地域対立と、人間っていうのはあくどくて、悪さにおいては底なしだ。若い頃の夢なんて泡よりも空しいものさ。この世に甘いものはない。どこへ行ってもな」

「だったら、帰るんだ。俺も同じさ。両親のおかげで留学なんかしているが、ただぶらぶらしてるだけだ」

「俺は帰らない。青雲の志なんてそんな馬鹿みたいなロマンチシズムなんか、とっくの昔になくしたよ。だけど、これは俺の闘いの過程だ。俺は、白旗を挙げて帰りはしない」

「お前の個人的なことを言ってるのか、それとも民族的なことか」

「実は、どっちなのか俺にもわからない。とにかく帰らない。ぶらぶらしてるなんて、お前らしいな。だが、ここに来ている同級生たちは違う。判事に検事、高級官僚にでもなったかのように傍若無人だ。犬畜生め！　倭奴にはぺこぺこするくせに同族には横柄に振る舞いやがって。テロでもやりたい気分だよ。お前にはわからないだろうけど」

「そういう人もいるにはいるさ。お前だって彼らの立場になってみればわかる」

秀奉は言葉を失ったように還国を見つめて言う。

「共産主義だ、社会主義だと騒いでる奴らは俺を見ると逃げていく。金をゆすり取られると思うらしい。

まあ、俺の身なりがみすぼらしいからだろうけどな。ほんとに笑わせるのは、そいつらがいい身なりをしていて、女を連れてカフェに行き、高級酒を飲んでいるってことさ。ふん、あきれたもんだ」

「それについては、俺も言うことはない。それはそうと、栄光という人の近況を教えてくれないか」

「これまでの事情は知ってるのか？　朝鮮であったことについて」

「少しは聞いてる」

「だったら、それについては何も言わない。去年の夏の終わりだったか、釜山の家で東京の住所を聞いて栄光が俺を訪ねてきたんだ。今にも死にそうだって言いながら。ひどい格好だった。駅前で倭奴とけんかして留置場で一晩過ごしたらしくて、額にはあざができていた。もともとあいつの性格は過激でな。泥棒でも強盗でも何でもやる、朝鮮には帰らないって言うから、卒業を目前にして飛び出してきたその気持ちがわからないわけではないが、軽率だってたしなめた。そしたら、俺の立場になってみろって。飛び出してきたんじゃなくて退学になったのにどうしろって言うんだってわめくんだ。とにかく、頭が痛いよ。男前で頭もいいのに。お前も会ってみれば、あいつがどんな状態かわかるさ。可哀想だと思うが、時々いやになる」

「とにかく会わなければならない。今すぐにでも」

「今は無理だ」

「なぜだ」

「ここにはいない」

「何だって？　どこへ行ったんだ！」

「関西に仕事に行った」

「仕事に行った？」

「建設現場だよ。知り合いの親方に頼んでやったんだが、いつまで続くやら。俺と一緒に古物商をやったっていいし、前にいた植木屋に口をきいてやることもできるけど、あいつの気性を何とかしないと。世の中がどんなものか知らないことには、命がいくつあっても足りない」

還国はまだ栄光に会えずにいる。栄光を捜していた時の焦りとは違い、今は栄光との対面に不安を感じていた。相手がすんなりこちらの好意を受け取ってくれるか、傷だらけの若い彼が、どう見ても自分より恵まれているように見える還国を反発せずに相手にしてくれるだろうか、それは極めて疑問だった。実際、還国は最初からそう感じていた。

還国は大抵、老夫婦と一緒に食事をする。昼食の膳に彼らと還国は向かい合って座った。お初が給仕をした。

「崔さん、どうしたんですか」

「え？」

還国は有吉老人の妻、お島の顔を見つめる。紺色に白い模様が入った絣（かすり）の着物をきちんと着たお島は微笑みながら聞いた。

「珍しく寝坊をして、それも十一時まで寝ていたそうだけど」

「すみません。昨日の夜、明け方まで寝られなかったんです」

「男は、きちんとし過ぎているのも良くない。時々寝坊もして、怠けたりした方がいいんだ。崔君はおとなし過ぎる」

有吉老人が言った。七十歳近い老夫婦。有吉老人は痩せぎすで眼鏡をかけていて、お島は多少太っていたが醜くはない程度で、小ぎれいに年老いた健康な夫婦だった。

「あなた、そんなことはありません。崔さんはお酒も飲むみたいです。たばこも吸いますし」

お島は夫が還国を非難したと思ったのか、一生懸命弁護している顔つきだった。

「すみません。酒を飲むことは秘密だったんですが、お初が告げ口したんですね」

「告げ口したというより」

とお初が言い訳しようとすると、

「お初、心配しなくていい。崔君が酒を飲むと聞いて、ちょっと安心したよ」

と言う有吉老人の言葉に皆が笑う。

「あなた！」

「まだ言いたいことがあるのか」

有吉老人はお新香をぽりぽり食べながら老妻を見つめる。

「そうではありません。崔さんはうちの民雄によく似ています。あなたはそう思いませんか」

「お前の目には崔君が民雄みたいに不細工な男に見えるのかね。これは大変だ」

「それはひど過ぎます。うちの民雄だってまあまあですよ。崔さんほどではないけれど。私は性格が似ていると思うんです」

「民雄って誰ですか」

還国が聞いた。お島が答える。

「一人しかいない、わが家の孫です」

「一度も会ったことがありませんが」

「ここにはいないから」

口の中に飯を入れたまま有吉老人が答えた。首をひねる還国にお島が説明してやる。

「今、あの子はイギリスに行っているんです。留学です。崔さんより二、三歳上かな。二十四歳ですから」

「どうして一人しかいないお孫さんを?」

「遠くへ行かせたのかって？　みんなそう言うんですけど、事情があるんですよ。あの子の父親が死んで十五年、民雄が九歳の時に息子は死にました。東大出身で、将来は教授か文士として大成するだろうって周りからは言われていました。英文学専攻で、イギリスに留学したがっていたんだけど、一人息子だったから私たちも反対して、本人もそれを振り切るほどの勇気はなかったみたいです。そうして若くして死んでしまったから、せめて孫には思いどおりにさせてやりたくて。そういうことです」

お島は淡々と話していたが、最後はうやむやにして話を切った。有吉老人も無表情で食事をしていた。一瞬、還国の胸に老夫婦の寂しさが痛いほど伝わってきた。今まで孫がいるという話をしなかったのも、

自分に卒業までいてほしいと言ったのも、何もかもが理解できた。食事が終わって緑茶を飲んだ後、

「ごちそうさまでした」

と挨拶をし、還国は離れの自分の部屋に戻った。還国はどうしようかと考える。趙燦夏（チョチャンハ）を訪ねていこうかと思ったが、仁実のことをどう聞けばいいのか、自分が見たことをどう話せばいいのか自信がなかった。自信がないというより、仁実のために沈黙を守るのが正しいのではないかとためらわれた。

「崔さん！」

お初が呼んだ。

「お客さんですよ、崔さん」

「ああ」

還国は立ち上がった。裏庭を回って玄関の方に出ると、お初は還国をちらりと見て、

「何かちょっと」

とためらうように言った。

「どうした」

「変な人みたいです」

「怖い人？」

「いいえ……」

「みすぼらしいんだな」

お初はうなずいた。

「みすぼらしいのと変なのとは全然違う」

還国は秀奉が訪ねてきたのだろうと思った。そのとおりだった。彼は塀にコウモリみたいに貼りついていたが、門を開けて還国が出ていくと慌てて近づいてきた。

「俺と一緒に行ってもらう所がある」

「とにかく、ちょっと入れ。いつでも出かけられるから」

「そうじゃなくて、急いでるんだ」

普段着なのか、前に二度会った時よりも秀奉の服装はひどく、みすぼらしいのを通り越してぼろぼろだった。顔色も悪く、ひどく緊張していた。

「栄光のことだ」

(何かあったんだな!)

ようやく還国は気づいた。

「ちょっと待っててくれ」

部屋に戻った還国は机の引き出しの中から金を取り出し、ズボンのポケットに突っ込んで急いで外に出た。

「行こう」

秀奉の足は速かった。還国も急ぎ足で彼の後をついていきながら聞いた。

「何があったんだ」

「死にそうだ」

「何だって」

「取りあえず病院に担ぎ込んで、ここに走ってきたんだ」

「死にそうだって、どういうことだ」

「そんな説明をしてる暇はない。さあ、急ごう」

路面電車に乗り、乗り換えながら秀奉から聞いたところによると、昨晩十二時を過ぎた頃に栄光が現れたらしい。秀奉は、また何かやらかしたなと思った。予定より早く帰ってきたうえに衣服は破れ、顔には擦り傷があり、見た目からそう判断したのだ。秀奉が間借りしている三畳の部屋に入った栄光が、訳もなく大声で笑って言ったのは、「酒をおごってくれ」というひとことだった。

「こいつめ、ふざけやがって。金を稼いできたなら、お前がおごれよ。何で俺がおごるんだ」

と言うと栄光が答える。

「仕事も何も、終わる前に帰ってきたから一銭ももらってない」

「どうしてだ」

「一人殴り倒して逃げてきたんだ。あいつら、ハチの群れみたいに飛びかかってきやがって、あのままやられてたら死んでたに違いない」

「救いようがないな。言っただろ。我慢しろよ。まるで、馬の耳に念仏だ。もう知らないぞ。好きにしろ！」

「あいつら、鮮人だの何だのって、はらわたが煮えくり返るようなことを言うから我慢できなかったんだ。俺も後悔してる」

「日本で鮮人と言われていちいちけんかしてたら、首がいくつあったって足りない。お前は鮮人だろ。倭奴だって言うのか。チョッパリ〈日本人の蔑称〉め！」

そう言うと秀奉は腹立ちまぎれに酒を買いに行き、栄光と一緒に飲んだ後、さほど遠くない所にある栄光の住まいまで送ってやった。栄光は、貧民窟と変わりない長屋の一角に間借りしていた。翌日、久しぶりに飲んだせいか体調がすっきりせず、朝寝坊していた秀奉は、女の叫び声に驚いて起き上がった。外に出てみると、栄光と一緒に暮らしている女が立っていた。

「栄光さんが死にそうなんです。た、助けて下さい。ううううっ……。な、殴られて」

女は震えながら叫んだ。

「訳もわからず飛んでいったさ。長屋の裏にある空き地に行ったら、栄光がうつぶせに倒れていて、すでに奴らは皆、逃げた後だった。あまりのひどさに目を開けて見ていられなかった……顔はぺしゃんこに潰れてるし、抱き起こしたら、腕と脚が折れていたのかだらんと垂れて、まるでハンマーでたたき壊されたおもちゃみたいだった。意識もなくて、恵淑(ヘスク)さんが言うには、がっしりした男が三人やってきて、いきなり栄光を空き地に引きずり出して殴ったらしい。おそらく、栄光が殴り倒した奴の仲間が追いかけてきて報復したんだ。これじゃあ、栄光はいつまでたってもまともな人間になれない。生きていたとしても体が不自由になっちまう。困った奴だ。あれだけ言って聞かせたのに。日本に来て死ぬ決心をしたとしか思えない」

栄光が運び込まれた病院は神田の辺りにあった。外科専門の個人病院だが、規模はかなり大きかった。秀奉と還国が病院の扉を押して入ると、廊下の脇の長椅子に身をすくめて座っていた若い女が立ち上がった。

「どうなりましたか」

秀奉が女に聞いた。女というよりも少女みたいに幼く見え、子供のようにおびえていた。

「何も聞いていません」

「俺が医者に会おう」

診察室のドアを開けてまるで攻め込むように入っていくと看護師が何か言ったが、還国は構うことなく医師の前に立った。

「患者の保護者です」

処方箋を書いていた医師は眼鏡の奥の目を上に向けて還国を見た。四十代半ばの気難しそうな男だ。彼は再び処方箋を書き、それを看護師に渡すと還国を見つめた。

「すみません。患者の容体はどうなんでしょうか」

「どの患者ですか」

「宋栄光です」

「ああ、あの朝鮮人」

と言った。そして、意外だと言うように還国の身なりをじっと見る。

「どうなんですか、容体は」

「かなり重篤です。全身すっかりやられています。内臓からも出血しているし」

「そ、それで、助かる見込みはあるんですか」

「手術の準備をしていますから、手続きをして下さい」

「はい。そ、そうします。先生、よろしくお願いします。どうか彼を助けて下さい。よ、よろしくお願いします」

還国が振り返って部屋を出ようとすると、

「患者とはどんな関係ですか」

と聞かれたので、とっさに、

「いとこです」

と嘘を言った。どんな関係かと尋ねる医師の声は、官憲や警察官の声に似ていた。

「いとこか、いとこにしては……わかりました。外で待ってて下さい」

診察室を出てドアを閉めた瞬間、還国はもう少し医師に取りすがっておけばよかったと後悔した。

「何だって？」

秀奉が聞いた。

「手術をしなければならないって」

「命に別状はないのか」

「もし見込みがないなら手術はしない。とにかく待とう。俺は窓口に行って手術の手続きをしてくる」

手続きをしてくるというのは金を出すという意味だった。

「すまないな」

秀奉は還国の手を握って頭を下げた。女は正気を失ったように震えてばかりいた。秀奉が還国の下宿に駆け付けた一番の理由は、手術だろうが入院だろうが、必要な金のことを考えたからだ。

「へ、恵淑さん」

秀奉の呼びかけに女はうろたえる。

「俺の友達で栄光の友達でもある崔還国。そして、こちらは姜(カン)恵淑さん」

と秀奉が紹介した。恵淑はうつむき、黙っていた。

「崔還国です。大丈夫ですよ、きっと」

七章　永鎬の母の頼み

漢福が肥料をやってきちんと手入れしておいた畑に、キムジャン*用の白菜が指先ぐらいの長さに伸びていた。

　豆畑の雑草を抜き、トウガラシをむしろに広げて乾燥させ、麦をひいて、洗濯をし、永鎬の母は一日中、あれこれと手当たり次第に仕事をし、日が西に傾いた頃、合間を縫って畑に出てきた。

「家族が一人減ると忙しくて目が回りそうだ。イノがいたら、麦をひくのも、洗濯も、家の仕事はみんなあの子がやってくれたのに、これじゃとても畑に出る暇がない。間引くのが遅れて畑がぐちゃぐちゃだ」

　永鎬の母はぶつぶつ言いながら白菜を間引き始めた。

「あんな家に嫁にやるぐらいなら、いっそのこと独り身のまま死なせる方がましだった。親に甲斐性がないばっかりに……一生泣いて暮らすのかと思うと、ああ、つらくてたまらないよ」

　まだぶつぶつ言っていると、

「うちはやっと芽が出たところなのに、あんたんちは早く植えたんだね」

　と言う声が聞こえ、

「え？」

と永鎬の母が顔を上げる。天一（チョニル）の母がかごを頭に載せて畑の脇に立っていた。

「ええ、ちょっと早めに植えたんです。トウガラシを摘みに来たんですか」

永鎬の母は鎌を手にしたまま、汗でぬれた髪を腕でかき上げながら言った。天一の母はかごを置いて答える。

「トウガラシも旬を過ぎたのか、摘むほど残ってないね」

「最近、雨が少なかったから。まだ旬は終わってないですよ」

「雨がちょっと降ってはやんでの繰り返しだったからね。天気がいいのも考えもんだ」

天一の母はチマの裾を引っ張り上げて汗をふき、かさこそと麻のチマから音を立てながら畑に下りてくる。天一は結婚して息子と娘ができ、次男の富一（プイル）も結婚して娘が一人いる。娘も嫁にやった天一の母は肩の荷が下りて気持ちが緩んだのか、近頃めっきり老けた。ろくでなしで、とんでもなくがめついマダンセの女房だった天一の母は、夫の生前は彼の行いのせいで他人に迷惑をかけることを恐れてこっそり尻拭いをし、寡黙で身だしなみもきちんとしていた。なのに、今は昔と違って言葉遣いも身なりもだらしなかった。畑にしゃがんだ天一の母は永鎬の母と一緒に白菜を間引く。

「そんなことしなくていいですよ」

「じっとしてても仕方ない」

「一日中働いたんだから、ちょっと休まないと」

「仕事が宝だよ。じっとしてたら、あれこれ考えて病気になっちまう」

「何を心配することがあるんですか。親としてやるべきことは全部やって、子供たちもみんな独立して、何の心配もないでしょう」

「そんなこと言わないでおくれ。生きてると何もかもが空しくてね」

「何かあったんですか」

「何にもない。人生はそんなもんだってことさ。トウガラシを摘んでたら、急に涙が出てきてね」

「子供たちに冷たくされたんですね」

「そんなんじゃない」

「……」

「天一の父ちゃんが恨めしい」

「まったく、天一の母ちゃんったら」

「あの人は他人には随分ひどいことをしたけど、女房をののしったりたたいたりはしなかった。この世であたしのことをあんなふうに大事にしてくれる人は誰もいない。あたしを置いて先に逝っちまったのが、恨めしくて腹立たしいよ」

「もう随分前のことなのに、いつまでそんなことを言ってるんですか」

永鎬の母は笑う。

「それが、そうじゃないんだ。子供と一緒に何とか生きなきゃってあくせくしてた時は何も思わなかったんだけどね。孝行息子より、いくら悪い人でも連れ合いの方がましだという昔の言葉は正しい。何もかもが悲しいよ。山に日が落ちるのを見ても、川が流れるのを見ても悲しみが込み上げてくる。あたしも若い時は口数が少なくておとなしいって言われてたし、やたらと無駄口をたたくお婆さんを見て、あたしはあいうふうにはならないって思ってたけど、思うようにはならないもんだ」

「他人から見れば、天一の母ちゃんみたいに何の心配もない人はいませんよ。天一が家を買ったそうじゃないですか」

「家は買ったさ。あの子もこれで一安心だ」

そう言いながらも、しわだらけの顔に寂しさが浮かぶ。

「だったら、晋州(チンジュ)に行けばいいじゃないですか。都会だから、うんざりする畑仕事もしなくて済んで楽でしょうに」

「あの子も、自分は長男だから母ちゃんと一緒に暮らさなきゃって言ってるけど、あたしはいやだね。知らない土地に行きたくない。一度行ってみたけど、息が詰まって暮らせそうになかった。ここにいれば、しゃくに障ることがあっても、鎌とむしろを持って畑に出てこられるけど。ああ、あんたの家はイノが嫁に行って人手が足りないだろう?」

「ええ」

永鎬の母はぎくりとして力なく返事した。

「あたしも娘を嫁にやってから寂しくてね。夜も眠れないよ。イノは嫁ぎ先で幸せに暮らしてるのかい?」

「そんなはずありませんよ。お舅さんとお姑さんがいないからちょっとましかもしれませんけど。とはいえ、小姑は姑と同じだから、気苦労が絶えないと思います」

「家を用意してくれるって言わなかったかい」

「言うのは簡単ですよ。今のところはまだ」

永鎬の母は気乗りしない返事をしながら手の甲で汗を拭うが、彼女の顔は一瞬しょんぼりし、青ざめて見えた。イノの祖父〈金平山（キムピョンサン）〉のせいで嫁ぎ先を見つけられず、気をもんでいた漢福夫妻は、晩春に仲人の言葉を信じてイノを統営（トンヨン）に嫁がせた。

たとえ仲人の言葉を信じられなくても嫁がせるしかなかったが、相手は幼い頃に両親を亡くして姉の家で育ったといい、イノの二倍近い年で三十歳を超えていて、義兄が市場で魚屋をやっているので今日まで一緒に商売をしてきたという。結婚式だけ挙げるのであれば花婿が貯めた金はあり、義姉が家の保証金を出してくれるという、おおむねそんな話だった。永鎬の母が、その年になるまで結婚できないのは何か事情があるのではないのかと言うと、

「幸せに暮らせるかどうかは本人次第で、うちみたいな境遇で相手を選ぶことはできない。だからといって、いつまでも娘を家に置いておくわけにもいかないし」

きせるをくわえて座っていた漢福は絶望したような顔で言った。結局、イノは嫁に行った。しかし、人づてに聞こえてくる話によると、家の保証金を出してくれるというのは嘘だった。イノの夫は愚かな男で義兄の店の従業員に過ぎず、イノも忙しい家の仕事を手伝うために迎え入れられただけだ。相手は初婚で

もなかった。義姉に酷使され、虐げられた前妻は、耐えきれずに逃げたということだった。漢福夫妻は、だまされたとは口にもできなかった。相手がいくらろくでなしでも、イノは殺人者の孫娘であり、物乞いの娘なのだから何も言えなかった。覆水盆に返らずだが、盆に返したところで何か妙案があるわけでもなく、死ぬまで一人の夫に仕えて幸せに暮らしてくれればと思うだけで、ほかに望みようもなかった。昨晩も永鎬の母は娘を思って泣いた。

「こんな土地なんて売ってしまって、お義兄さんの所へ行って暮らしましょう。満州に行くんです」

「何を言うんだ！」

蚊やりに火をつけようとしていた漢福が怒鳴った。

「向こうに頼る人のいない人たちだって、家族と別れて満州に行ってるじゃないですか。うちはお義兄さんがいて、来いって言ってくれるのにどうして行かないんです」

「つまらないことを言うんじゃない」

「イノをあんなふうに嫁にやってしまって。永鎬はどうなるんですか。康鎬(カンホ)と成鎬(ソンホ)はどうなるんですか。誰も知らない土地に行って、子供たちを一人前にしてやらなければなりません」

「いずれ、うちにふさわしい相手が見つかるだろう。成り行きに任せればいい」

「縁談がないから言ってるんですよ。永鎬をあのまま放ってはおけません」

「広い世の中、可哀想な人はいくらでもいる。俺たちは相手を選べる立場じゃないだろう？　心根が優しくて可哀想な子がいたら、連れてくればいい」

「ほんとにのんきですね。あたしだって、何も好きで知らない大国に行こうと言ってるんじゃありませんよ」

「兄さんのいる所へ行くなんて、夢にも思わないことだ。俺は故郷に根を張って生きる。人に何て言われようと、両耳を塞いで生きるんだ」

漢福は頑として言った。

「永鎬はどうするんだい」

天一の母は白菜を間引く手を止め、まぶしいほど白い翼を扇みたいに広げて飛ぶシラサギを見上げながら言った。

「秋には結婚させないと」

「そうなんですが」

「しょんぼりして、どうしたんだ。話はないのかい」

「ええ……いつものことですよ。結婚相手を探すのは簡単じゃありません」

「うちも縁談があるたびに、天一の父ちゃんの性格のせいでいろいろ言われたもんさ。だから、親ってのは子供の結婚を邪魔するようなまねをしちゃいけない。苛性（かせい）ソーダを飲んで死んでしまいたい時も子供の将来を考えて……」

「天一の母ちゃんがそうなら、世の中に生きていたい人はいませんよ」

「他人の事情なんて、深い所まではわからない」

「それはそうですね。永鎬の父ちゃんが目をつけていた娘が一人いるにはいるんですが」

「そうなのかい？」

「あたしは見たこともないんですけど」

「この辺の娘じゃないようだね」

「ええ。だけど、永鎬の父ちゃんが話を切り出す前に嫁に行ってしまったんです。その娘は普通学校も出ていて、うちからの求婚を断わる家柄でもないし、永鎬が警察に捕まったから急がなかったんですけど、がっかりですよ」

「そんなことがあったのかい」

二人は畝間に移動して座る。

「もう、それぐらいにしたらどうですか」

「いいや」

「帰って休んで下さい」

「まだ明るいのに」

天一の母はどうしてなのか、家に帰りたくない様子だった。かごを持ってトウガラシ畑に出てきた時、腹を立てていたようだった。

「ん？　あれは貴男の父ちゃんじゃないかい」

天一の母の言葉に永鎬の母は顔を上げる。

「花婿みたいに着飾ってどこへ行くんだか」

「ほんとですね。いつも汚い格好をしてるのに、何事でしょうか」

「馬子にも衣装って言うけど、着飾るとまともな人に見えるね」

目は粗いがカラムシには違いなく、しかも、単衣のチョゴリを着てパジの裾を締め、白いコムシン〈伝統的な形をしたゴム製の履物〉に紗のチョッキまで着ている貴男の父は、どこへ行くのか両腕を振って歩いていく。彼の姿が視界から消えると、天一の母は言った。

「死んだうちの人もそう言われてたけど、貴男の父ちゃんはまるで牛だよ牛。おでこに牛って書いた紙を貼り付けて生きてる人だ」

「だけど、天一の母ちゃんが謝って回ってたから、お宅は近所で悪く言われなかった」

「何も大したことはしてないけど、亭主があんまりもめ事を起こすもんだから、あたしが後始末をするしかないだろう。亭主が馬鹿なまねをしたら、女房が尻拭いしないと。子供のためにも他人にとやかく言われないようにしなきゃね。なのに、あの夫婦ときたら亭主も女房もろくでもない。何日か前に騒ぎがあったのを知ってるだろう？」

「何がですか」

「知らないみたいだね。ヤムの母ちゃんが気絶したんだよ」

「どうしてですか」

「成煥(ソンファン)の祖母ちゃん〈錫(ソク)の母〉が何日も家にじっとしてるっていうから、ヤムの母ちゃんが様子を見に行ったんだよ。そしたら、福童（ポクトン）の女房が来てて、貴男の母ちゃんと一緒にかめのそばでキムチを漬ける材料を準備してたらしいんだけどね」

「二人は親しいみたいです。食べ物もあげたりもらったりして」

「気が合うから、最近仲良くしてるみたいだね。それで、ヤムの母ちゃんが入っていっても、若い二人は声もかけずに不満気にじっと見てたそうだ。ヤムの母ちゃんは気分が悪くてしょうがなかったって言ってた。成煥の祖母ちゃんが板の間の端にぼんやり座っているのを見たヤムの母ちゃんが、どうして最近、じっと座ってばかりいるんだいって聞きながら板の間に上がったら、成煥の祖母ちゃんの目に涙がいっぱいたまってたそうだ。孫たちは川辺に行ったのか姿が見えなくて。そしたら、年寄りは出されたご飯を食べておとなしくしてればいいのに何で余計なことを言って回るんだろうって、聞こえよがしに福童の女房が言ったらしくてね。心配しなくても貴男の母ちゃんはあの子たち〈錫の子供たち〉の叔母さんなんだから、飢え死にさせるはずはないのにって」

天一の母はその日あったことを詳しく説明した。ずけずけものを言うヤムの母が、板の間の端に腰掛けながら、

「類は友を呼ぶって言うけど、ひどいもんだ」

と皮肉を言うと、

「オボクの祖母ちゃん〈ヤムの母〉、それはどういう意味ですか」

と福童の女房が目をむいて問い詰めた。

「わからないのかい。胸に手を当てて考えてみるんだね」

手に持っていたキムチの材料をさっと放り投げて立ち上がった福童の女房は、

「貴男の母ちゃん、あたし帰る」

と言い、枝折戸(しおりど)を勢いよく閉めて出ていってしまった。

「どうして他人のことに口出しするんだろうね。おせっかいを焼くのは自分の家のことだけにしとけばいいのに」

と、貴男の母は口をとがらせた。

「あの女は、何で人の家に来てあれこれ指図するんだ。礼儀を知らないんだから仕方ないけど、成煥の祖母ちゃんにご飯を作ってあげたこともないくせに。なってないよ。貴男の母ちゃん、聞いたところじゃ、あんたは福童の母ちゃんと随分仲がいいみたいなのに、母ちゃんにはどうしてあんなに冷たくするんだ。あたしが来るといやがるから来ないでおこうと思うけど、成煥の祖母ちゃんがあんまり可哀想で来てみたら、このありさまだ」

「そんなに可哀想なら、オボクの祖母ちゃんが面倒を見たらどうですか」

「ああ、そうするよ。あんたたちさえいなけりゃ、家も田んぼも畑も、面倒を見てくれる人は近所にいくらでもいる」

貴男の母はしゅんとするが、

「ヤムの母ちゃん、もういい。お願いだから、そんなことは言わないでおくれ」

成煥の祖母のむせび泣くような声に、しょんぼりしていた貴男の母は、

「何で泣くのよ！　人が来たらすぐ泣き声になって。あてつけがましいったらありゃしない」

と、ぶつぶつ言いながら母親をにらみつけた。

「何てことだ。あんたみたいな子供はいない方がましだよ。ひどいもんだ」

「何がですか。子供の悪口を言いふらしてる母親だって良くないんですよ」

「冗談じゃない。あんたたちの母ちゃんは、あんたたちをかばうのに必死なんだ。罰当たりなことを言うんじゃないよ。昔から、苦労して育てた子は親に感謝することを知らなくて、たくさん食べた子は悪いことをするって言うけど、似た者同士、仲がいいことだ。よその子を拾ってきて大事に育てて、家も土地も譲って結婚させたのに、悪い嫁のせいで福童の母ちゃんは寿命を全うできずに死んじまった。そんな嫁と一緒になって母ちゃんをいじめるのかい？」

「憶測でものを言わないで下さい。福童の母ちゃんは汚いうわさのせいで死んだんです。嫁のせいじゃありません」

「そのうわさを流したのは誰だったかね。この村にいられるだけでもありがたいと思うべきなのに、慎むどころか、人の家に来て年寄りをいじめるなんて。お前が母ちゃんを大事に思っていないからだ。悪口を言われても当然の女まで一緒になって、年寄りはおとなしくしてろだって？」

「村中にあたしたちの悪口を言いふらすから」

と言い終える前に、

「そうか。だからお前は母ちゃんを家に閉じ込めてるんだね」

「な、何ですって！」

貴男の母の顔が青ざめた。

「今に痛い目に遭うよ。罪を犯した分だけ罰が当たるもんなんだ。親を泣かせておいて自分だけ幸せになれると思うかい？　とんでもない。そんなことはあり得ないんだからね。他人にだってそんなに冷たくはしないだろうに」

ヤムの母の言い方もひどかった。言葉というのは、一度吐き出してしまうと収拾がつかなくなるようだ。

「ええ、だったら、オボクの祖母ちゃんは悪いことをしたから、旦那や娘が病気で死んで、今も家の中に死に損ないがいるんですか」

貴男の母は目を真っ赤にしてわめき立てた。

「何だって？　な、な、何て言った？　この悪い女め。お前なんか殺して……」

と言うと、ヤムの母はばたりと倒れて気絶したのだった。

「そんなことがあったんですね。オボクの祖母ちゃんも随分きついことを言ったようですが、貴男の母ちゃんったらそんな胸に刺さることを……二番目の娘は、母親や甥っ子たちにこれ以上にないほど良くしてやってるらしいけど」

「同じ母親から生まれても、子供っていうのはいろいろだ。何だかんだ言っても子供は親の思うとおりにはいかないね。自分が親になっても親の気持ちはわからないんだから。錫の母ちゃんがどれだけあの子たちのことをかばってきたか。あの子たちはここを出たら生きていけない。娘も子供だからね。それなのに、貴男の母ちゃんときたら、錫の母ちゃんが自分たちの悪口を言ってるなんて話を真に受けて。だからといって、娘夫婦を追い出すことなんてできないし。親のいない孫たちも可哀想だよ。貴男の父ちゃんが役立たずなら、女房が面倒を見なきゃ。似た者夫婦で困ったもんだ。あれじゃあ、後で錫に合わせる顔がないだろうに」

「ああいう性格なんだから、どうしようもありませんよ。妹とは全く違う……妹はお正月にも、母親や甥っ子たちの服とポソン〈伝統的な靴下〉まで作って送って寄こしたらしいですよ。畑仕事も家の仕事も多いし、お舅さん、お姑さんと一緒に暮らしながら服を縫うのに夜寝る暇もなかったでしょうに」

「ほんとだよ。知らないふりだってできるのに。貴男の母ちゃんはそれも気に入らないらしい。人っていうのはいろいろだから。昔の話だけど、日照り続きの年でね。うちの人は、あんたも知ってのとおり分別のない人で、夜に人の田んぼの水門を開けに行ったんだ。夜が明けたら村が騒がしくなるのは目に見えてるっていうのにね。だから、こっそりついていって水門を閉めたさ。いくら家長とはいえ、間違ったことをした時には女房が止めないと。そうすれば、旦那の悪口も減るし、子供の将来も開けるし」

「そのとおりです。天一の母ちゃんは子供たちの縁談をまとめるのも上手でした」

「それはそうだね。縁談はあたしの方から持ちかけた」

「これで大体終わりました。帰りましょう」

二人は立ち上がった。そして、田んぼの用水路で顔を洗って足を浸ける。

「永鎬の母ちゃん」

「はい」

「おとなしくてきれいな娘が一人いるんだけど」

「え？」

天一の母は声を立てて笑う。

「これは、あたしじゃなくて酒幕の栄山宅（ヨンサン）が言ってたんだけど、うちの養女はおとなしくてきれいだって」

「ええ……」

答えはすっきりしなかったが、永鎬の母の表情は正直だった。

「少しでもその気があるなら、ヤムの母ちゃんを訪ねていくといい」

「オボクの祖母ちゃんをですか」

「ちょっと聞いた話があってね」

「どんな話ですか」

「行ってみればわかる。あたしもおとなしくていい子だと思ってたんだよ」

「ええ……、オボクの祖母ちゃんは、ヤムのことでそれどころじゃないと思うんですけど」

「昨日、今日に始まったことじゃないし、今すぐどうこうなるわけでもないから大丈夫だよ」

「良くならないんですか」

「治る見込みのない病気だから、一日や二日で容体は変わらないだろうよ。ヤムの母ちゃんも子供のことで苦労が絶えないね。おや、永鎬の母ちゃん、崔参判家にまた刑事が来たよ」

「え？」

　おびえた永鎬の母が振り返る。上り坂を、洋服姿の見慣れない男が一人、崔参判家に向かってゆっくりと歩いていた。しかし、それは刑事ではなかった。緒方次郎だった。

「倭奴はほんとにしつこい」

「犯人はまだ捕まってないみたいですね」

「もう随分前のことだ。捕まえられっこないさ。とっくの昔に金も人も大国に渡ってるだろう。倭奴がいくら有能でも捕まえられないだろうって、みんな言ってる」

「還国のお父さんは晋州にも行かずにここにいたっていうのに、どうしてまた訪ねてきたのか」

「刑務所帰りだからみたいだよ。愛国者だって」

「ええ……」

「ひどい奴らめ、滅びてしまえばいい。罪のない人を撃ち殺して。うちの息子たちだって賢ければ愛国者になって父親の敵を討つんだろうけどね。あの日のことを思うと今でも目の前が真っ暗になる。子供たちは自分のことばかりで、親のことなんかこれっぽっちも考えてない。父親の命日のこともあれこれ言うばっかりで何もしないから、祭祀の時には涙が出るよ。運転手だから仕方ないけど、天一が父ちゃんの祭祀に出ることはほとんどないし。あの子も悪いと思ってるのか、晋州で一緒に暮らそうって言うんだけど、行く気はないね。あたしが生きてる間はそうしたくない……。あたしが死んだら、天一の父ちゃんの墓の草刈りぐらいはしてくれるんだろうか」

　五広大(オグァンデ)*を見物していて日本の官憲に銃殺された犬マダンセの死は、時が経つにつれて天一の母の心の中で新しくなっていくようだ。村に頑として残ろうとする漢福も、悲しみを忘れようとするのではなく覚えておこうとしているのかもしれない。彼らは、アンズの木に首をつって死んだ母を、五広大見物の場で銃殺された夫を忘れないでおこうとしているのだ。

　翌日の夕暮れ時だった。永鎬の母は、午前中に作っておいたヨモギの蒸し餅を小さなかごに入れて麻布をかぶせると、それを持って家を出た。くねくねした下り坂を下って石垣のそばまで来ると、ヨプの母が両脚を伸ばして座っていた。

「ここで何をしてるんだい」

「ん？」

　ヨプの母はぼんやり永鎬の母を見つめる。そうして目をぱっと見開くようにして、

「もう死んでしまいたいよ」

と頭を抱えて横に振る。

「どうして」

「運が悪いにも程がある。毎日毎日こんなんじゃ、生きていけない」

「……」

「ただでさえ、禹(ウ)さんの夢を見たら一日中落ち着かなくて、禹さんのことばかり頭に浮かんできて怖くて

夜道も歩けないのに、ほんとに頭がどうにかなりそうだ。あたしは見たとおりに話しただけなのに何が悪いって言うんだ。禹さんの家族は、あたしがちゃんと証言しないからソングの父ちゃん〈呉〉の懲役が四年になった、死刑になっても怒りが収まらないのにって怨みつらみをぶつけてくるんだよ。それはまあいいとしても、あれこれ意地悪されて、事あるごとに絡まれて、本当にひど過ぎる。あの悪党たちとけんかしたところで勝てやしないし」

その間の事情は永鎬の母も知っていた。

「我慢しなさい」

「今日だって、禹さんの息子がうちの豆畑に牛を放して、畑をほじくり返したんだ！　一度や二度ならまだしも、ほんとにやってられないよ。誰一人、注意してくれる人もいないし」

「誰があの家族に注意できるもんか。仕返しされるのは目に見えてるのに」

「みんな、怖くて黙ってる。だからあの家族はやりたい放題なんだ。ずっとあんな調子なら、あたしたちがやり返さないと。雷に打たれるのは罪を犯したからだって言うけど、これ以上の悪運はない」

「生きていくには仕方ない。我慢するんだよ。これでも食べて」

永鎬の母は、かごの中の蒸し餅を少しちぎってヨプの母の手に持たせる。

「家に帰って心を落ち着けなさい。道端に座ってたってどうにもならない」

永鎬の母はヤムの家の枝折戸のところまで来た。もう一度よく考えるかのように足を止め、鼻水をすすると庭に入っていく。洗濯しておいた服に着替えはしたけれど、麻のチマの丈は短くてのりが利き過ぎで、裾からのぞく細いふくらはぎはまるで鶏の脚みたいだった。ヤムの家の草ぶき屋根の向こうにある茂ったケヤキの間を、二羽のカササギが飛んでいく。日はまだ残っていると言いたいのか、カササギの動きはのんびりしている。

「誰もいないのかな」

永鎬の母はせき払いをする。

「どうしてこんなに静かなんだろう」

下の棟の、ヤムが寝ている部屋でせきの音がした。ヤムの母と言うが、ヤムは四十を超えている。永鎬の母は、いくら病人だからといってよその男と二人きりで話すわけにもいかないので声をかけなかったが、なぜか不気味な感じがした。

帰ろうかと思いながら台所をのぞいてみる。台所の床はきれいに掃いてあった。棚には大きな鉢がきちんと伏せてあり、釜のつばはふきんで拭いたのか、ぴかぴかしていた。

「家を空けてみんなどこへ行ったんだろう」

台所から出ると、大きい部屋の沓脱ぎ石の上にわらじが一足あるのが見えた。

「ヤムの母ちゃん、いらっしゃいませんか」

無駄足だと思ったが、せっかく来たのだし、何かあったのかもしれないと不安にもなったので呼んでみた。

「誰だい」

大きい部屋の戸が開いた。

「誰か来たのかい」

ヤムの母がむくんだ顔を出した。

「誰もいないかと思いましたよ」

永鎬の母はうれしそうに言った。

「ちょっとうとうとしてたみたいだ」

「お一人のようですね」

ヤムの母はそれには答えず、

「体がわら束みたいに重い。雨が降るのかね」

と乱れた髪をなでつけながら板の間に出てくる。

「みんな、どこかへ行ったんですか」

「ああ、家族はみんな、求礼(クレ)の嫁の実家に還暦の祝いに行った。病人がいるから、あたしは行けないけど」

「はあ……」

「何の用だい」

永鎬の母はめったに村を歩き回ることがないので、ヤムの母はいぶかしがる。かごの中に何が入っているのかはわからなかったが、食べ物を分けに来ただけではなさそうだった。

「その、話もあるし、子供たちが食べたいって言うから餅を作ったんで、ついでに持ってきました」

ヤムの母はかごを受け取り、麻布を持ち上げて中をのぞく。

「ヨモギの蒸し餅だね。あんたんちも家族が多いんだから、自分たちで食べればいいのに」

台所から皿と小さなくり鉢を持ってきたヤムの母は、皿にヨモギの蒸し餅を移しながら少しつまみ食いする。

「おいしいね」

残りはくり鉢に移して食器棚にしまい、皿に載せた餅はヤムのいる部屋に持っていく。部屋の戸を開けて皿を置きながら声をかける。

「ちょっと食べてみなさい。しっとりしてて食べやすい。水をあげようか」

「いりません」

ヤムの低い声が聞こえてきた。

「よくかんで食べるんだよ。胸焼けしないようにね」

ヤムの母が板の間に戻って腰掛けたのを見て、永鎬の母は聞いた。

「容体はどうですか」

「前は犬焼酎(ケソジュ)*を作って飲ませてたけど、最近は食欲が出てきた」

と言いながら、長いため息をつく。

「顔がむくんでるみたいだけど」

「あれこれ気に障ることがあってね。一度はらわたが煮えくり返るとこんな顔になる。胸がどきどきして夜も眠れない。まあ、そのうちむくみも取れるよ」

永鎬の母は天一の母から話を聞いていたので、なぜはらわたが煮えくり返るのか想像がついた。だが、貴男の母ちゃんと何かあったみたいですねとは言わず、ヤムの母も、死に損ないという言葉を口にするのもおぞましいのか一切何も言わなかった。ヤムの母の言うとおり、気に障ることがあるせいで顔がむくんでいるのも事実だが、家族のいない部屋でヤムの母は一人泣き、そのまま居眠りしてしまったのだ。

「部屋に入ろう。裏の戸を開けておいたから涼しいよ」

ヤムの母は今さらながら息子の部屋に神経を傾け、慌てて言った。

「はい」

永鎬の母もヤムを気遣い、板の間に座って話すようなことでもなかったので、そそくさとヤムの母の後について部屋に入る。本当に裏の戸が開いたままで柿の木が一本ある裏庭が見え、部屋の中に涼しい風が入ってきた。ヤムの母は習慣みたいに床をぞうきんがけしながら、

「あんたたちは、昔は苦労したけど今はちゃんと暮らしてる。永鎬の母ちゃん、あたしはどうしてこうなんだろう。一難去ってまた一難だ」

ぞうきんを隅に押しやり、ごみでも入ったように目をこする。

「人生はそんなもんですよ。ヤムさえ元気になれば、ヤムの母ちゃんも何も心配することはありません」

「そうだね。あの子さえ良くなれば、あたしは明日死んでも悔いはない。可哀想なヤム、温かいご飯の一杯も食べられずに十年以上もよその地で苦労して母親と弟を食べさせてくれたのに、自分はあんな体に

なってしまって、あたしは本当に罪深い母親だ」

「あまり心配しないで下さい。良くなりますよ」

「ああ……少し動けるようにはなったけど」

ヤムの母の顔はなお暗かった。それは、ヤムの病気のせいだけではなさそうだった。

「それで、話って何だい」

「大変な時にあたしがこんなことを言っていいのかどうかわかりませんが」

「大変でない時なんてない。いつものことだよ。話してみなさい」

「昨日の夜、永鎬の父ちゃんとも相談したんですけど、うちの永鎬のことで……学校も中退して家にいるから気持ちが定まらないみたいなんです」

「そりゃあそうだろう。当然だよ」

「ソウルか日本に行って勉強を続けたいと思ってるはずです。そんなお金もありませんが、また捕まったらどうしようって心配だから、結婚でもさせようかと思って。そういう年頃ですし。いいえ、遅いぐらいです」

永鎬の母は、話してもいいものかと悩んでいる表情で、ヤムの母はすぐに永鎬の母が訪ねてきた理由に気がついた。

「実は、昨日、天一の母ちゃんから聞いた話もあって、夜に永鎬の父ちゃんに相談したんです」

「酒幕の淑(スク)との仲を取り持ってくれってことかい？　そうだろう？」

ヤムの母は初めて笑った。

「い、いいえ。仲を取り持ってほしいというより、ヤムの母ちゃんの考えはどうかなと思って相談しに来たんです」

永鎬の母は言いにくそうにしていた。

「相談するも何もない。いい子だよ。おとなしくて、優しくて、境遇は良くないけどこの辺であれほどの子はいない」

「ええ。あたしも見たことがあるから知ってます。慎ましくて。だけど、永鎬がどう思うか心配で」

と言うと永鎬の母は慌てる。お前たちが何を言うのかと非難を受けそうだと思ったからだ。

「親が結婚しろと言ったらするもんだ」

「近頃の子供たちは、新式教育を受けていて自己主張をするんです。自分の家のことを棚に上げて身の程知らずなことを言うようですが、子供も頭でっかちになってしまって」

「実は、栄山宅があたしに言ったんだよ」

「酒幕のおかみさんがですか」

「ああ、漢福の家の嫁に淑はどうかって、ちょっと聞いてみてくれってね。そこへうちの長男があんなふうになって帰ってきたもんだから、すっかり忘れてた」

「ええ。それで、ヤムの母ちゃんは」

「うむ、天一の母ちゃんに言ったことがある。栄山宅が言うには死んだ亭主、ほれ、あの道楽者の爺さんの息子だって奴が訪ねてきて、淑を嫁にもらって居座るつもりだったらしい。棒切れを持って追い払ったけど、心配だから急いで淑を嫁にやらないとって言うんだよ」

「そのうわさは私も聞きました」

「前世で因縁でもあったのかね。赤の他人の娘を大事にして。あたしたちから見ても淑は幸せ者だよ。栄山宅は淑を嫁にやることだけを考えている。世間並みに嫁入り道具も用意するんだって言ってね。ここだけの話、あんたたちも嫁を探すのは難しいだろう？」

「それは、そのとおりです」

「あたしの言うことを悪く思わないでおくれ。あの子は一人で流れ歩いてたわけでもなく、父親が栄山宅に預けていったんだ。それに、酒幕にいると言ったって客に酒をつがせるわけでもないし、とても大事にしてたよ」

一人で流れ歩いていたわけではないというのは、永鎬の母にとって胸の痛い言葉だった。しかし、ヤムの母が意地悪でそう言ったのではないこともわかっている。一人で流れ歩いていたお前もこうやって子供を産んで立派に暮らしているじゃないか。そういう意味だということもわかっている。

「だけど、あの子を嫁にやってしまったら、酒幕のおかみさんはどうやって生きていくんですか」

「寺にでも行くつもりらしい。永鎬の母ちゃんは余計なことを考えないで、あたしの言うことを聞くんだ。この縁談は、あんたたちのためにもまとめないといけない。わかったかい？」

「はい」

「お互いに人柄を気に入ってるんだから、これっぽっちも余計なことは考えるんじゃないよ」

「ところで、気になることが一つあるんですが」

「何だい?」

「うわさを信じてるわけじゃないんですが、つまり、その、こんなこと言ってもいいかどうか」

「あたしたちの仲で言えないことなんてない」

「崔参判家の二番目の坊ちゃんとうわさが」

と言うと、ヤムの母は笑った。

「その話ならあたしも知ってる。それには訳があるんだよ。あの坊ちゃんが家出をしてあちこちさまよった末に、川辺に倒れていたのを淑が見つけたんだ。それで、栄山宅と一緒に酒幕まで連れてきたんだけど」

「そうじゃなくて」

「洗濯場の話かい?」

「はい」

「まったく、みんなおしゃべりだね。考えてもごらん。倒れた時に助けてもらったんだから、どこかで会ったら挨拶するのが道理だし、それに、あの坊ちゃんは変わってるらしいよ。みんな公平に暮らさなきゃならないし、身分が高いとか低いとかそんなのはもうないんだからって、坊ちゃんって呼ばれるのを嫌うんだそうだ。そうやって差別をしないから、淑にも話しかけるんだよ。それに、淑が慎ましいから、坊ちゃんが万が一にでも思いを寄せているとしよう。だからといって、あんたたちが遠慮することはない。

崔参判家の坊ちゃんが好きな娘を嫁にするなんて、光栄なことじゃないか。淑は自分の立場をよくわかってる。洗濯場でちょっと話をしたからって、それは到底無理なことだ。だから、あたしが思うに、結婚させるなら早ければ早いほどいい。ここだけの話だけど、崔参判家にとっても喜ばしい話じゃないか。うわさを消すことになるわけだからね」

「そう言われればそうですね」

永鎬の母の顔が初めて明るくなった。

八章　牛耳里(ウイリ)で

肌が焼けるような暑い日だった。流れる汗も汗だったが、湿った空気がべたべたと体に絡みついた。火の鬼神と水の鬼神がいっぺんに飛びかかってきたような、頭がおかしくなりそうな天気だった。寒いとか暑いとか涼しいとか、あるいは景色がいいとか悪いとか、容姿がどうとかいう感覚的な表現を嫌う柳仁性(ユインソン)は、食べ物に関しても、おいしいとかまずいとか、しょっぱいとか水っぽいとか誰かがそんなことを言おうものなら、

「おいしければおいしそうに食べろ。まずければさじを置いて。男がそんなみっともないことを口にするんじゃない」

と厳しく注意して相手の面目を潰した。そんな仁性も今日みたいな天気は耐えがたいようだ。舎廊(サラン)*の戸を大きく開け放ち、上等な麻で作った単衣のチョゴリの結びひもをほどいたままずっと汗を拭いたりうちわであおいだりしていると、鮮于(ソヌ)〈鮮于は二文字姓〉兄弟が訪ねてきた。

「こんな日に部屋の隅っこで体力を消耗するのは、それこそ不経済というものだ」

くぐり戸を開けて舎廊の狭い庭に入ってきた鮮于逸(イル)が大きな声で言った。

「不経済か……」

結びひもを結んで立ち上がりながら仁性がつぶやいた。灰色のズボンに半袖のシャツを着た鮮于信(シン)が笑いながら挨拶をした。頬骨が突き出ていて両頬がへこみ、キツネみたいな顔つきだ。それでも鋭さはだいぶ薄れたようで、甘く清潔そうな印象を与える笑い方は以前と変わりなかった。逸は麻のスーツ姿で、蝶ネクタイにパナマ帽までかぶっていた。

「上がれよ。何をそんなにぼうっと突っ立っているんだ」

「いや、出かけよう」

逸が言った。

「どこへ?」

「川に行くんだよ。服を着替えてこい」

「行きましょう、仁性兄さん」

信も口を挟んだ。

「川に行くだって? だったら、服を着替えることもないな」

まくり上げていたパジの裾を下ろし、一度だけ折り返した仁性は、麦わら帽子を頭に載せた。

「お前たちがそう言うなら、ついていくとするか」

待たせていた車に乗った三人は、ソウル北部の牛耳里(ウィリ)にある渓谷を訪れた。水の音を聞いただけで汗が引いていくようだった。渓谷ごとにスイカやマクワウリ、桃など新鮮な夏の果物が水に浸けられていて、女や子供が湧き水を飲んだり浴びたりしていた。ペクスク*をつきながら焼酎を飲んでいる男たちも目についた。三人は渓谷に沿って真っすぐ登っていく。人はまばらになり、水の音だけが激しく聞こえてきた。

「来てよかっただろう?」

逸が言った。

「まあな」

「お前は素直じゃない。いつもそうだ」

「中途半端なのが嫌いなだけだ」

「ひねくれてる」

「いや、来てよかったよ。しかし、どいつもこいつも、中途半端な奴だらけだ」

「ふん、どいつもこいつもか……これじゃあ安心して隠居できない。こんなクソみたいな世の中が俺みたいな奴を作ってしまったんだな。皆、名分や原則にばかりこだわっているから」

信は谷川の片隅に石を積み上げ、水の流れをせき止めてスイカやマクワウリを浸し、日陰にある平たい岩の上に酒瓶と酒の肴を広げる。来る途中に買ってきたものだ。

「普段は悪口を言ってるくせに、みんな何かあれば俺を訪ねてくる」

「……」

「俺は下男なのか、ピエロなのか、はははは……」

逸の言葉に、仁性はにっこり笑う。逸はジャケットとズボンを脱ぐ。膝まで上げた人絹のズボン下からのぞくふくらはぎは、細くて白い。ズボンに押さえつけられたすね毛は黄ばんでいる。仁性もパジの裾をまくり上げる。

「柄にもなくそんな格好をして、どうしたんだ」

仁性が聞くと、

「ああ」

と言って逸は蝶ネクタイとワイシャツのボタンを外し、袖をまくり上げる。二人は並んで岩に腰掛け、谷川に足を浸す。

「冷たいな。ああ、気持ちいい」

逸は歓声を漏らす。信は酒と酒の肴を広げた岩の脇で顔を洗って拭いた後、仁性と兄を見つめる。やがて、仁性と逸は酒の前に座る。妙な沈黙がしばらく流れた。酒を飲み、スイカを食べて種を吐き出しながら、逸が最初に口を開いた。

「仁実（インシル）の消息はわかったか」

「……」

「まだ何もわからないのか」

「……」

「緒方が訪ねてきたんですよね？」

今度は信が聞いた。

「ああ」

「だったら、仁実のことも聞いたんだな」

逸の言葉に信は眉をひそめる。

「兄さん！」

「何だ」

「緒方が仁実さんの消息を知っているはずはありません。彼も気になって休みを利用して来ただけです」

と信が言うと仁性は、

「仁実は」

と言い、酒をひと口飲んでから続ける。

「死んだも同然だ」

「それはどういう意味だ」

「知っているんだろう！」

「何を言っているのか、俺にはわからない。刑務所に入っていたことは、朝鮮の女として名誉なことではないか」

信は再び眉をひそめた。

「名誉か……名誉、ははははっ……名誉だと？」

仁性の笑いの中には怒りと悲哀があった。忘れそうになるとどこかから、誰かが引きずり出してきて仁性の胸をひりつかせる。何日か前に上の姉の仁淑（インスク）が訪ねてきた時も、病床に就いている母は、仁淑の手をつかんで涙を流した。ああ、仁実、あの可哀想な子と言いながらむせび泣いたのだ。母の涙の中には、仁性に対する怨みもあった。仁実が家を出たのは春のことだった。

「お兄さん、私の葬式代だと思ってお金を下さい」

突然、仁実はそんなことを言った。

「何を言い出すんだ」

「私を信じて下さい」

「俺はお前を誰よりも信じているさ」

仁性は幼い頃から聡明だった妹の仁実を愛していた。負けず嫌いな彼女の気性を愛し、正しくはっきりした彼女の意思を尊重していた。

「信念を曲げずに生きていきます。強く生きていきます。何も持たずに出ていくより、いくらかお金を持っていった方がお兄さんの心も痛まないでしょう。もちろん、今すぐお金が必要だからお願いしているのですが」

金をやらないと言ったところで、仁実は自身の計画を変えないだろうということを仁性はよく知っていた。そして、もしかすると仁実は、長い間、いや永遠に帰ってこないかもしれないと思った。なぜ、遠慮もなく金をくれと言ったのか。仁実は長い間の、あるいは永遠の別れでなければそんなことは言わなかっただろう。仁性は家族に内緒で五百円を用意し、仁実に渡した。五百円は決して少ない金額ではなかったが、もう少し多く持たせてやれていたらと思うと悔やまれた。

仁性は、あの時の憂鬱で苦悩に満ちた仁実の目を時々思い出す。そして、そのたびに胸を衝かれ、言いようのない怒りを感じたのは緒方を連想したからだ。しかし、仁実が緒方の子供を身ごもったことまではとても想像がつかなかった。緒方はみすぼらしく、意気消沈した様子で現れた。どこかで仁実のことを聞いていたら、彼は決して仁性を訪ねてはこなかったに違いない。仁性は緒方を見てある意味胸をなでおろした。仁実は緒方の手の届かない所に行っているのだと思ったのだ。その一方で、緒方の姿に哀れみを感じた。何も言わず酒を飲み、彼は帰っていった。

「社会が仁実さんをあんなふうにしてしまったんです。裏切りに対する怒りが正当であることはまれだとはいえ、大衆というのは冷たいものです。社会そのものが巨大なエゴイズムの塊ですから」

信が吐き捨てるように言った。その言葉に逸の体がかすかに揺れた。

「信が妄想から目覚めたようだな」

仁性がつぶやくように言った。

「それはどういう意味だ」

逸が聞いた。

「お前には死ぬまでわからない」

「皆、そうだ」

それには答えず仁性は、

「社会そのものが巨大なエゴイズムだというのは、そのとおりだな。感傷主義を全面的に肯定してそれに流されるのも非常に危険なことだ。民族主義を振りかざす人たちはなおさら……それに、社会主義者も同じことだ。民衆に絶望するのと同様に、大きな期待を持つのも愚かなことだ。実体を見抜けずにいては結局、崩壊する」

と言い、話を続けるのかと思うとそこでやめた。

「ああ、どういう意味であれ社会が仁実を裏切ったのには違いない。だが、仁実も被害妄想にかられている。暇な親日派たちの言うことなんか無視すればいい。誰が何と言おうと、仁実は朝鮮の娘であり、朝鮮のジャンヌ・ダルクだ」

「兄さんはいつも純粋ですね」

信が皮肉るように言った。

「何だと」

「親日派の奴らは何も言っていない。彼らはそんなことには興味もないですよ。いわゆる抗日をしている者や進歩的だと自任する者たちが、女みたいにぐずぐずしているのを知らないのですか」

普段に比べて信の語気は強かった。

「口先だけで生きている奴らとか、検挙の旋風が吹き荒れたらすり抜けていく奴らのことなんか、気にすることはない。俺のことを日和見主義だの何だのと罵倒するが、あいつらこそどっちつかずだ」

「あいつらに批判されるのが怖くておもねっている奴らだっている」

「それぐらいにしとけ。仁実は裏切られたんじゃない。それほどの大物でもないだろう」

仁性は苦笑いする。

「仁実は、冷たい視線や露骨な非難に挫折したりはしない。あの子は自分の選択に従っただけだ」

仁性の言葉に鮮于兄弟は口をつぐんだ。

「さあ、酒をついでくれ」

信が仁性の碗に酒をつぐ。

「夏が過ぎたら義敦（ウィドン）兄さんが出てくるだろうけど、出てきても世の中が騒がしいから心配だ」

逸が言った。

「俺たちが義敦兄さんの家族の面倒を見てやれなかったことを寂しく思うかもしれないし」

鶏鳴会（ケミョンフェ）事件で捕まった人たちのうち、鮮于信、柳仁性、柳仁実、そして緒方次郎とそのほかの数名は比較的早く釈放された。昨年は吉祥が出所し、最後に徐（ソ）義敦が、今秋には刑期を終えて出てくるはずだ。ところが、逸の心配と自分を責めるような言葉に仁性はなぜか冷淡だった。

「権五松（クォンオソン）が出てきたそうじゃないか」

義敦の話を黙殺し、仁性は話題を変えた。

「出てくるには出てきたが、あれこれ騒がしい」

五松は昨年の晩春、芸盟（イエメン）検挙の時に捕まった。しかし、五松は芸盟とは深い関係はなく、むしろ芸盟から若干の圧力をかけられていたので、周囲の人たちは彼の検挙を疑問に思っていた。芸盟検挙事件が起きる前の正月、事務所の下の階にある喫茶店で夜遅い時間に劇団「珊瑚舟(サンホジュ)」は、実験のような形でゴーリキーの『どん底』を公演したことがあったのだが、そのせいではないかと言う人もいた。

「後妻の姜善恵(カンソネ)のせいで余計にいろいろ言われているみたいだ」

「出てきてから一切外部との連絡を絶ったのも、誤解を助長しているみたいです」

信が付け加えた。

「いつものことじゃないか」

仁性は軽く答えた。

「それどころじゃない。非常に不穏だ。連行されるのは了解済みだったという話もあるし、『珊瑚舟』に正体不明のスポンサーがついたという話もある」

「五松が、李某と比較的近い関係だと聞いたんじゃないだろうか」

「それもあるだろう。過去に李某が総督府に懐柔されていたというのは事実で、今、民主主義という美名のもとに売文行為をし、怪しい文章を書いているのも事実だが、五松に関する醜いうわさが事実でないことを願うばかりだ」

「現実味のないうわさだな。李某みたいに利用価値のある人物でもないし、戯曲をいくつか書いただけで、大して有名でもないのに」

「雑誌と劇団があるからな」

「……」

「もし、総督府の手が五松に及んだら、それは、李某が及ぼす大衆への影響を抑え込もうとするのとは訳が違うだろう。李某の執筆活動は一人で行うものだが、総督府は雑誌の周りに集まってくる人、劇団に参加している人たちの腹の内を探ってくると見るべきだ。雑誌や劇団の方向性も日本の政策に従って調整されることもあり得るし、親日の宣伝の場にもなり得る。これはあくまで仮定の話だが」

「それは日本を過小評価している。緻密で悪賢くて、でたらめで大胆な日本は、文化政策を押し出しているといっても芸術を育成しようという気がないのはもちろんだし、文化人たちを利用して親日の宣伝の場を作ることぐらいはやってのける。李某が利用されたのは、彼が持っていた政治的な部分のせいでも彼の文学のせいでもない。確かに、李某にとって政治と文学は切り離して考えられないものではあるが……五松の手を借りなくても彼らは個人を懐柔したり脅したりできるし、劇団がいくつかできたところでそう大したことではない。今のところ、朝鮮の芸術なんて彼らの眼中にはない。独立運動家とか怪しい思想を持っていると聞けばつまみ出すぐらいのもので、五松をどうこうしようっていう発想からしてとんでもない話だ。どこからそんなうわさが出たんだか」

「うわさの震源地は大体見当がつきますが、とにかく」

「五松が雑誌や劇団をやってはいるのはやり手だからだが、私財をなげうつぐらいの使命感はあるだろうし、金になびくほど愚かじゃない」

「ねたみですよ。姜女史が敵も作りましたし。結婚前に姜女史はやたら突っ掛かっていましたから。だけど考えてみたら、突っ掛からずにはいられないほど周囲の視線は残忍でした」

仁性は酒を飲みかけてやめると、信を見つめる。

「東京留学を理由に姜女史が高慢に振る舞っていたのも事実ですが、彼女は大してうまくもない男女平等を主張する文章を書いて嘲弄されていました。詩や演劇を志して『青い鳥』の周辺に集まってきた人たちが、姜女史をあざ笑っていたんです。人間というのは、群れると限りなく残忍になり、無責任になり、それはまるで舞台を観る観客みたいな辛辣さを感じました。世間知らずなうえに少し金のある家の娘で、浪費に明け暮れる姿が目障りなのは当然ですが、進歩的だと自任する者たちも、麻浦の船頭の娘のくせに東京留学だなんてと見下すだけでは気が済まず、実際に悪口を言うんです。相手が強ければ面と向かってそんなことはしません。弱いから踏みつけるんです。正しいか正しくないかを論じるのではなく、弱点をあげつらって壊しにかかるんです。絡んでも何の害もないから絡み続けるのであり、周りも加勢するのは女が弱者だからではありませんか。

群れというものには、上へ向かう面と下へ向かう面の両面があるみたいです。群れが使命感によって団結すると至高の善、協同と愛へと向かいますが、力で団結すると大きなものは大きいなりに、小さなものは小さいなりに攻撃の対象を探し、最も弱いものをいじめて快感を覚えるものです。大きいものになると他民族を侵害し、小さいものではガキ大将みたいな残忍性を表し……考えてみれば歴史というのはいつもそうだった。いつも強者の側に立っていた。小さなグループの中でもそんなことを感じる時があります。そんな時は生きるのがいやになります」

信は興奮していた。彼は、善恵をかばうというより、緒方という日本の男によって弱みを抱えていると思われる仁実の境遇に胸を痛めているようだった。もちろんそれは、人間の本性として拡大されて信に絶望感を抱かせたのだろうが。

「姜女史が五松兄さんと結婚し、雑誌や劇団に姜女史の実家が出資したことで妙なことになりました。五松兄さんの周りの、姜女史をひどく馬鹿にしていた人たちの立場が難しくなったんです。『青い鳥』の崔(チェ)記者も辞表を出すしかありませんでした。今回の検挙を彼らは密かに喜んでいるはずです。ひどい目に遭えばいい。『青い鳥』は廃刊に追い込まれ、『珊瑚舟』も解散するだろうって。でも、その悪感情は、元をたどれば本当につまらないことから始まっているのです。

ところが、彼らが意図していたのとは違って五松兄さんが釈放されることになったから、また困っているということです。取り返しのつかないひどいうわさが広まってしまったのです。ひとことで言って醜悪です。何の敵対関係も利害関係もないのに、何かの勢いで始まって険悪な関係へと突き進む、そんな状況を至る所で見せられると本当に耐えられません。頭を剃って寺に入るか、東海(トンヘ)〈日本海〉で溺れ死んでしまいたくなります。独立も解放も何一つうまくいかない。飢えからの解放、人間疎外からの解放、どれも見掛け倒しです。互いにガラス片を手に持ち、何でもないことで互いの体を傷つけ合っている」

信は自分が興奮していることに気づいたのか、言葉を切った。

「いつの時代にも、どこでもあったことだ。これからもそうだろうし、くずはいつだって存在する。枝葉にとらわれて根本を忘れてはいけない」

信は少し決まり悪そうにうつむく。

「お前みたいな人もいるわけだから、すべてのことには両面があるものだ。それはそうと、雑誌なんて何のために作っているんだ」

「悪くはないだろう。俺たちには執筆できる雑誌が少ないんだから」

逸が言った。

「どっちつかずのあんな雑誌」

「廃刊されないためには仕方ない。ないよりはましだ」

「そういうことを言っているのではない」

「というと?」

「演劇というのは人が集まらなければできないし、雑誌があれば人を集めるのにも便利だろう。理論の裏付けにもなるし、演劇への啓発や関心も拡散される。俺たちの立場では微々たるものだが。だが、集まった人たちが雑誌を作る側の追従者になるのを否定できないのが俺たちの現実ではないか。そういう意味において五松は計算しているようだが、中途半端に続けていては大事な部分が抜け落ち、利害関係に敏感な表面だけが残る。今、五松が受けている侮辱もそんな所から始まっているんだ。未熟な社会だが、新聞があるのだから、雑誌より詩集や創作集、精選した翻訳物、あるいは学術論文みたいなものを単行本として出版する方がましだ。それは俺たちがやるべきものだと言える。総督府の顔色をうかがい、読者の趣向を探りながら、さらには自分の近しい人に誌面を与えていては中途半端なものになる。しかも、日本を経て入ってきた、日本で選択、解釈されたものを断片的に焼き直そうとするなんて。苦しまぎれにも程がある。

物事の断片だけを見てそれがすべてだと考える中途半端な奴を生み出し、うわべを取り繕った俗物たちが断片的なものを振りかざして知識人のように振る舞うことになる。啓蒙主義とか何とかいうものを見てみろ。壊してしまうのが彼らの特技じゃないか。葉銭などと言って自己を卑下し、否定して日本人と同じことをしている。まるで、朝鮮のものを否定することが独立への近道であり、民族を救済することだと錯覚している。そんな妄想の輩たちを、俺は反逆者と規定する。文化というのは一日や二日で作られるものでも、一朝にして捨てられるものでもない。独立というのは国土と文化を取り戻し、守ることであり、国土が身体なら文化は魂だ。だからといってよその国のものを何が何でも排斥しろということではない。これまでどおりに黙々と生きている民衆の上に立って、狂ったようによその国の物を褒めたたえているいわゆる知識層のことを嘆いているのだ。それに『珊瑚舟』だとか『青い鳥』だとか、まるで西條八十だな。ささいなことのように思うかもしれないが、軽薄さはいつか下に流れて民衆の、民族全体の軽薄さに変わるのだ」

　西條八十は、軽くて甘めの詩を書く日本の三流詩人だ。

「わずか十年余り前に過ぎない三・一（サミル）運動*の時はまだ、我々の根っこは残っていた。しかし、この十年余りで恐ろしく変わったし、これからもっとひどくなるだろう。俺が心配しているのは悪用される可能性があるという……」

「雑誌がですか」

「さっき、うわさがどうとか言ったが、事実無根であることはわかっている。しかし、この先、五松の立場が難しくなることだってある」

「俺もそう思う」

「うわさもあるし、諦めて廃刊してしまう方が利用されるよりもましだろうに、俺だったらそうするな」

「それはさっきの話と違わないか」

「これから変わっていくという予想があるからだ。万宝山事件から戦争になれば……日本は野心を途中で捨てたりはしない。そうなれば、いろいろな様相が現れるだろう。眼中にない朝鮮の文化人に狙いを定めることもあるだろうし。『青い鳥』みたいなものは廃刊してしまえば済むことだが、人を動員する道具として有用だし、日本を賞賛する文章を載せろということもできる。悪用される素地がある。それとは違うが、朝鮮日報も非常に巧妙に悪用されたではないか」

「あれは本当にひどかった」

「今さら何を言うんだ。中国人を全部捕らえよと言って口角泡を飛ばしていたのは誰だ。舌の根も乾かないうちに」

「あ、あの時はみんなそうだったさ。騒がしい記事を見れば誰だってそう言うに決まってる」

逸はたじろぎながら話す。

「軽挙妄動、それが民族主義の弱みだ。民族主義さえ掲げればどんな犯罪も合理化されてしまう。今、植民地政策が取られている国では民族主義より国家主義、つまり、帝国主義が推し進められているが、植民地の人々は皆、民族主義者だ。考えてみろ。万宝山で農民たちの衝突があって朝鮮人が中国人を襲撃し、殺害して。後味の悪い話だ」

仁性はたばこを取り出し、口にくわえて火をつけた。逸は酒を飲み、酒の弱い信は酒の肴に買ってきた豆をつまんでいた。渓谷を流れる水の音、森を切り裂くように鳴き立てるセミ。水を飲みに来たのか小さな鳥が一羽、岩の間を飛んでいた。三人の間に長い沈黙が流れた。

「そいつが馬鹿なのか」

酒碗を見下ろしていた仁性は、聞こえるかどうかの小さな声でつぶやいた。

「誰のことだ」

「決まってるだろう……記事を書いた奴のことだ」

「そうだな、台洙(テス)兄さんも非難していた。軽挙妄動だと。共産党だった金某らしいじゃないか」

「社会主義の浪人がうようよしている東京であれこれ見聞きしたせいだ」

「お前は違うって言うのか」

仁性は苦笑いを浮かべた。そして聞いた。

「お前ならどうする?」

逸が答える。

「さあ」

「中国人を皆殺しにしろって記事を書いたはずだ」

「まあそう言うな。お前みたいに理想に徹する人は多くはない」

皮肉っておいて、

「あまり強く責めるのも俺は不満だ。関東大震災の時の朝鮮人虐殺と何が違うんだと非難し過ぎるのも俺は気に入らない。あの事件とこの事件は違う。今回のことは、歴史的に積もりに積もった朝鮮民族の怨みが爆発したんだ。もちろん、結果的に朝鮮人が皆、日本の計略に乗せられたわけだが」

という逸の言葉に、信が続ける。

「新聞社は、以前にも特ダネを送ってきたことがあったから、長春駐在記者の通信をそのまま載せたと説明している」

「万宝山事件の真相はわからないにしても、現地にいたならそこの実情ぐらいは把握しておくべきだ。日本の機関が故意に流した誤報をそのまま送稿するなんて、もってのほかだ。意図的ではなかったにせよ、朝鮮日報は御用新聞の京城（けいじょう）日報と共に日本の計略を助けたわけで、わなにはまったと言ってもいい」

「だが、朝鮮の農民が虐げられているのは事実だろう。元はと言えば、あの土地は俺たちのものだ。太古から朝鮮の土地だったんだ」

「夢みたいなことを言うんだな。今、俺たちが座っているこの土地は、朝鮮のものか？」

仁性は、分別のない弟を見つめるように逸を見る。

「今、中国人たちを続々と本国に帰していますが、いったい、日本はどういうつもりなんでしょうか」

信が聞いた。

「帰って慟哭して、地団駄を踏んで悔しがれってことさ。中国を戦いの場に引き込もうという日本の作戦だ。中国がそれを断ったとしても日本はさまざまな利益を得たわけで、そうでなくても在満州の独立軍は頼る所がなく、独立運動も日ごとに難しくなっていくし、この先もっと難しくなるだろう。そして、自分たちへの迫害がひどくなればなるほど、満州にいる朝鮮人は日本に頼ろうとするだろう。それに、取るに足らない民族、残虐で分裂に明け暮れる朝鮮民族というのは、日本がずっと言い続けてきたことではないか。それが国際的に実証されたわけだから、日本としてはかなり満足しているはずだ。しかも、中国人が出ていけば、彼らの商売の権利も日本人が握ることになる」

「そうだとしても、結果だけを論じることに俺は不満だ。間島(カンド)は朝鮮民族の血と汗と涙が染み込んだ朝鮮の土地だ。朝鮮民族が住む権利のある土地だ。歴史をさかのぼれば、遼東が高句麗の土地であることは言うまでもなく、高句麗は靺鞨(まっかつ)*の兵を率いて遼河を渡り、遼西まで進出したことがある。遼西はモンゴルとの間にある地ではないか。高句麗の広開土王(クァンゲトワン)〈三七四〜四一二。高句麗の第十九代王〉の時には東扶余を倒して六十四の城を攻略したと言われているし、栄留王(ヨンニュワン)〈?〜六四二。高句麗の第二十七代王〉の時は東北の扶余城から東南側の海に至るまでの間に百里余りの長城を築いた。

そう考えれば、その領土の広さを想像できる。三国が統一された時、唐に奪われた土地も高句麗人の大祚栄(テジョヨン)が建てた渤海国として領地を取り戻したと言える。ひょっとすると、我々の祖先はウスリー川や黒龍江〈アムール川〉も渡ったかもしれない。『東夷伝』*で見たのだったか、とにかく朝鮮民族が大きな弓を使用していたという記録はそれだけ射程距離が長かったということだ。モンゴルの支配下にあったロシアが十六世紀になってようやく国家を形成し、シベリアはそれよりずっと後に毛皮を得るためにロシアが開拓したのだから、さかのぼれば、朝鮮民族がそこまで進出していた可能性がないわけでもない」

「そんなことを論じるまでもなく、エスキモーに向かって、おい、弟よと言えばいい」

仁性のからかうような言葉は無視して逸は、

「そんな大昔の話はそれぐらいにするとして、豆満江（トゥマンガン）*、鴨緑江（アムノッカン）*で国境を決めたのは朝鮮じゃない。日本が勝手に条約を結んだんだ。国内が混乱していた朝鮮時代の末期にも、朝鮮は決して間島を諦めなかった。李重夏（イジュンハ）*は、たとえ自分の首をはねられても国境線を引き下げることはできないと言った。間島は朝鮮の土地なのだ。なぜ、朝鮮の民衆が中国人に恵みを乞いながら生きていかなければならないのだ」

「太平の時代に風月を愛でるようなことを言ってどうする。では、朝鮮半島は朝鮮人が日本に捧げたと言うのか。倭奴が勝手に侵略したのではないと言うのか。家が大火事なのに、稲むらを取りに火の中に飛び込むようなざまだな」

　仁性は声を上げて笑った。しかし、逸が間違っているとも言えなかった。黒龍江を渡り、ウスリー川を渡ってという話は多少でたらめかもしれないが、間島が朝鮮民族の怨み骨髄に徹する場所であることには違いない。かつて、龍井（ヨンジョン）*の尚義（サンイ）学校の若い教師だった宋章煥（ソンジャンファン）は生徒にこう言った。唐の力を借りて百済と高句麗を倒し、三国を統一して輝かしい文化を花咲かせた新羅は、統一の代価として遼東一帯の朝鮮の領土と領土内の数多くの民を失った。今、皆さんが道で出会う清国人の中に、同胞の血を受け継いだ人がいるかもしれない。今、私たちが踏みしめているこの地、間島もはるか昔は私たちの土地であり、うっそうとしたイバラのやぶをかき分け、耕して龍井をつくったのも私たちの両親ではないかと。

消えてしまった民族の栄光を強調し、水の泡となった開拓精神を悲しみ嘆いていた章煥。彼の悲憤は国を奪われた弱者のつまらぬ感傷と言えるし、逸の態度もまた弱者の強がりと言えるかもしれない。だが、それは人間本来のどうしようもない感傷であり、自分たちが所属している集団に対する道徳でもある。

間島は、義兵蜂起から今日に至るまで、まさに民族の大移動とも言えるほど数多くの朝鮮人たちが故郷を捨てて移住し、抗争の基盤となった所であり、朝鮮民族にとっては叙事詩的舞台であり、はるか昔から民族の血痕が散らばっている。その地を、中国に決定的に譲ったのは逸の言うとおり日本だった。安重(アンジュン)根(グン)*義士がハルビン駅で朝鮮侵略の元凶だった伊藤博文を殺害した一九〇九年、清と日本が日清協約*を締結したことでその土地は清国のものになった。

言ってみれば、日本は二歩進むために一歩後退したのだ。間島を中国の土地と確定して日本が得たものは、日本領事館あるいは領事館分館を設置することで、将来、清国の吉長鉄道*を延吉(ヨンギル)*の南まで延長し、会(フェ)寧(リョン)〈咸鏡北道(ハムギョンブクト)にある都市〉の朝鮮鉄道*と連絡させることだった。いうまでもなく、領事館は朝鮮独立軍を弾圧するための本拠地であり、鉄道の連絡は兵力と軍需品を迅速に移送するための将来への布石だった。

遼東一帯が朝鮮民族の故郷だったということは歴史的な事実だが、押され、押し返しながら絶えず領土が変化する中で女真族が金と後金〈清〉という国家を形成するまでは、大体において朝鮮民族の支配、あるいは影響圏の中にあったということも事実だ。周辺国家に囲まれて国家を形成できなかった満州は、それ自体が一つの緩衝地帯だった。ひょっとすると、朝鮮王朝が五百年の歴史の中で単一民族として独特の文化を作り上げ、存続することができたのは、満州という緩衝地帯のおかげかもしれない。

満州は朝鮮民族と中国、モンゴルの角逐の場でもあったが、大清帝国が成立して満州がこの帝国のものになったことに伴い緩衝地帯は間島地方に狭められた。その事情はまた非常に複雑だ。清は間島地方に割拠していたウリャンカイ族と衝突し、四十余りの部族を率いて敦化方面へ逃げた建州女直の斡朶里族から清の始祖ヌルハチが出たといって彼らの発祥の霊地を保存しようとした。そのほかにも征服した他部族が越境して逃避することが多かったため、それを防止しようという政治的配慮もあって一六二八年に清の太宗は間島を無人にし、互いに侵入することを厳しく取り締まった。それを掲げて朝鮮の仁祖（インジョ）〈一五九五～一六四九。朝鮮第十六代王〉との間で条約を締結し、間島は封禁されたのだ。

朝鮮は不平等条約に応じるしかなかったが、朝鮮にも権利はあった。こちらからその土地に入ってはいけないが、向こう側から農民たちが越境してきて住居を構えたりした時は、朝鮮は清に通報して彼らを撤収させた。だが、肥沃な土地であり、いくら法律が厳しいとはいえ、飢えた双方の民が放っておくはずはなかった。清が衰退期に入り、間島地方を保護する余裕がなくなると、その隙を縫って、また凶作のために、多くの民がそこに流れ込んだ。ところが、一八八一年に清は図們江の東北にある封禁の地を開墾する計画を立て、前もって朝鮮に通告して視察をしたところ、多くの朝鮮の民が居住していることが発覚した。そうして清は、弁髪*にし、清国式の服装や政教に従わない朝鮮の民はそこから出ていくよう命じた。

しかし、清の要求に応じなかった朝鮮の民には行く所がなかった。朝鮮政府は彼らを受け入れようとしたが、それはとても難しい問題だった。当時、朝鮮の西北経略使*だった魚允中（オユンジュン）*が鐘城（チョンソン）〈現在の咸鏡北道に置かれていた郡の名〉の人、金禹軾（キムウシク）を白頭山（ペクトゥサン）に調査に行かせ、定界碑*と土門江の源流を究明させたのがこの頃だ。この調査によって土門江と図們江は別のものであることが判明し、定界碑に書かれた土門江は白頭山の山頂から北に流れて松花江に合流するので、撤収しなければならない朝鮮の流民は土門江の外側にいる人に限られ、図們江の外側にいる流民は該当しないということを朝鮮は清にも提起した。国境紛争の始まりだ。

一八八五年に両国は、清の賈元桂と秦瑛、朝鮮の李重夏と趙昌植(チョチャンシク)とで直談判することになった。清国側は定界碑に書かれた川の名前の違いなどは大して気にも留めていなかったが、実地を歩いて地勢を調べると慌て始め、結局、決断を下せないまま終わった。しかし、二次、三次と交渉は続けられ、清は強く脅迫してきたが、李重夏は強硬に立ち向かった。間島の中に居住する流民のうち、朝鮮人が十万人で、清の人々は三万人。十対三だったが、それまで朝鮮の民は、清という大国の勢力を信じ、清の人々の迫害を受けざるを得なかった。その苦しみはどれほどだったことか。

絶えず弁髪や清式の服装を強要され、従わなければ土地を没収された。軍と警察が彼らの掌中にあるだけに少数派ではあっても清の人々の横行は激しかった。そんな過程の中で間島の移民たちの保護要請を受けた朝鮮政府は、李範允(イボミュン)*を視察員として派遣し、同胞たちの惨状を見た彼は政府の許可なく私砲隊を組織して清に対抗した。李範允は露日戦争の時にロシアに加担したが、それは北清事変*においてロシアが進出した時、清の束縛から逃れようとした当地の民に従ったのであり、彼もまたロシアの力を借りて清を押しのけようというわずかな望みを抱いていたのだろう。ロシアが敗戦すると、李範允はロシアへと行方をくらませた。

間島の事情はおおむねそんなところだが、そうすると、万宝山事件とはどういうものだったのか。東北地方、吉林省の長春から西北三十キロの距離にある万宝山の近くで起きた中国の農民と朝鮮の農民の衝突で、もっと正確に言えば、中国と日本の官憲による武力衝突であり、武力衝突というより双方のデモだと見るべきだ。結果的に中国側の農民一人が軽いけがをした以外に死傷者は出なかった。なのにどうして、この事件がそんなにも大きく発展し、朝鮮での中国人虐殺へと激化したのか。日清協約以降の間島の事情はどうだったのか。ひとことで言うと、間島で百万人にものぼるという朝鮮人は中国と日本の間の緩衝材のような存在だった。中国は朝鮮人を殴ることで日本に衝撃を与える効果を得ようとし、日本は朝鮮人を盾にして押し進むことができたからだ。

朝鮮人の大部分は小作農か、誰かに雇用されている立場であり、惨めな暮らしをしなければならなかった。五割の小作料に、全収入の一割五分が公課金で、利子は八分と高かった。しかも、日本の警察の支配下にある朝鮮の民に対し、搾取は中国が、弾圧は日本がしていて、公課金だけでは済まなかった。間島の住民自体が頑強な抵抗勢力だったので、日本の警察権が強化され、それに不安を覚えた中国は朝鮮の独立運動を阻止しようとし、日本は中国侵略の計画が進むにつれて朝鮮人を盾に土地買収を工作した。すると、中国はさらに不安になり、土地売買はおろか土地商祖権〈賃借権〉の窓口も閉じてしまった。日本は朝鮮人の国籍離脱を絶対に認めず、中国は帰化すれば土地を与えると言ったせいで二重国籍者が増え、朝鮮人は二重の弾圧に苦しむことになった。

そして、中国人による排日民族運動は朝鮮人排斥運動となった。もちろん日本の手先が朝鮮人の中にいなくはなかったが、東北軍閥政権が日本を担ごうとしていた過去の行跡があったため、広がる排日民族運動は彼らに一抹の危機意識を呼び起こし、その矛先を朝鮮人排斥運動に向けたとも言えた。そして、民衆は単純な民族排斥運動に流れやすかったので、結果的に官民が加勢して朝鮮人を追い出そうとした。傷を負った一匹の獣を中国と日本が一緒になって追い詰めたとも言えるだろう。日本は中国人が朝鮮人を追い詰めれば追い詰めるほど好都合だった。何より独立運動の地盤がなくなることが良かったし、中国が過酷になればなるほど朝鮮人が日本に頼ろうとすることも期待できた。

中国は、朝鮮人を紛争の種と見ていたので追放しようとした。そういう事情の中で、一人の中国人が万宝山付近の土地三百ヘクタールを十二人の地主から十年契約で借り受け、それを九人の朝鮮人に貸した。その九人は二百人余りの朝鮮人を動員して開墾に着手したのだが、開墾費用の三千円は日本領事館の監督下にある朝鮮人民会金融部が調達し、水田の設計や九十石〈約十六・二キロリットル〉の種は南満州鉄道株式会社*の支援を受けた。つまり、それは最初から問題のある工作だったと見るべきで、地主がいて土地を借りた者がいて、さらに朝鮮人がそれを借りるという契約上の欠陥もあった。

しかし何よりも、水路開設によって近隣のほかの農地が浸水する危険性があるということが紛争の発端の一番大きな理由だった。中国の農民は水路開設に反対したが、朝鮮の農民は強行しようとした。中国の公安局から人が派遣され、日本領事館が圧力を加えて九人の朝鮮人開墾当事者が逮捕されたかと思うと、再び領事館と警察が出動し、事件は拡大の一途をたどった。武装した双方の警察や保安隊、農民が対峙し、一触即発の状態にまでなった。しかし、先にも述べたとおり、中国人農夫が軽いけがをした以外に死傷者はなく、結局、日本の圧倒的な武力のもと、水路工事は完成した。その件でさまざまな面において悔しい思いをしたのは中国の農民だった。

ところが問題は、七月二日付の朝鮮日報の号外によって万宝山事件が朝鮮に飛び火したことだ。日本の機関が流した虚偽の資料を受け取った長春駐在の記者が本社に打電したのだ。よその国で、貧しいわが同胞が生命の危機にさらされているという危機意識を強調したその報道は、あっという間に民族感情を刺激した。七月三日には仁川（インチョン）で中国人襲撃が始まってソウルに広がった。

最も激しかったのは平壌（ピョンヤン）だった。続いて釜山（プサン）、新義州（シニジュ）〈平安北道（ピョンアンブクト）の西部の都市〉、元山（ウォンサン）〈咸鏡南道（ハムギョンナムド）南部の都市〉と広がり、虐殺された中国人は百二十七人で、負傷者は三百九十三人、物的損害は二百五十万円に達したという。その間、日本の警察は傍観し、あるいは、かなり消極的に対応した。もちろん、万宝山事件の波及によって中国国内で起きた暴動は日本が綿密に仕組んだシナリオによるものだった。九月十八日に起きた満州事変がそれを証明している。

九章　満州事変

宋寛洙（ソングァンス）が満州に発ったのは中国人が続々と本国に撤収していた頃だった。

満州事変は万宝山事件から二カ月後の一九三一年九月に発生したが、正確には九月十八日の柳条湖での満鉄爆破をもって日本は満州侵略のシナリオを実行に移したのだ。どれだけ長い間、その日を心待ちにし、夢に見ていたことか。どれだけ焦り、躊躇してきたことか。満州の軍閥、張作霖*は北平〈北京〉の国民軍を追放して大元帥になったものの、結局、北伐軍の蒋介石*に敗退し奉天〈現在の瀋陽市〉に撤退する列車に乗っているところを、一時は手を組んでいた関東軍*によって爆死させられた。もし、敗戦した張作霖を追いかけて国民軍が満州に進撃してきたら日本は非常に不利な立場になる。彼らは、関東軍の高級参謀、河本大作の工作によって張作霖を爆殺し、東三省（とうさんしょう）*を混乱に陥れ、一瞬にして満州を掌握しようとしたのだ。しかし、その計画が失敗に終わったのは一九二八年のことで、中国は万宝山事件を利用して投げたえさにも食いつかず、日本の希望は再び打ち砕かれた。

中国が無抵抗方針を通すのは、国土が広く、歴史が長いからだろうか。日本が悪あがきするのは、島国で、歴史が浅いからだろうか。とにかく、日本はそれ以上待てなくなった。状況が緊迫していた。張作霖の息子、張学良*が国民政府と合流したことは日本にとって青天の霹靂だっただろうし、中国全土に沸き起こった反日・抗日運動以外にも、間島では独立を勝ち取ろうという朝鮮人の武装蜂起があり、何度か満州に侵入したことのあるソ連もまた虎視眈々と南進を狙っていた。満州を食い尽くしてやるという燃えたぎる野望を果たすことはおろか、まかり間違えば日本は既得権すら失うことになる状況だ。東清鉄道*の奪還を中国が強行しようとしたのを見てもそうだ。

日本の国内事情も深刻だった。金融恐慌は経済界を襲い、急速な工業化に過度な軍備拡張で農村は疲弊し、社会全般にわたって社会主義の波が押し寄せていた。不景気は数多くの失業者を出し、労働争議は激化の一途をたどり、社会は退廃的になっていった。政界も混乱の連続だった。ロンドン海軍軍縮条約を巡り天皇の統帥権を干犯した*と言って繰り広げられた騒動、浜口雄幸首相の狙撃事件、不発に終わった三月事件、度重なる内閣の更迭。日本としては突破口を見つけざるを得なかった。

それがまさに満州への進撃で、関東軍が自ら奉天駅の北八キロの所にある柳条湖の鉄道を爆破した後、張学良の仕業に仕立て上げた。関東軍高級参謀の板垣征四郎と主任参謀の石原莞爾によるものだ。攻撃を開始した十八日から二十一日までの間に、関東軍は奉天、長春、吉林を掌握し、翌年の二月までに錦州、チチハル、ハルビンなど、事件が勃発してからわずか半年の間に万里の長城からロシア領のシベリアに至るまでの重要都市や戦略拠点を占領した。さらには、石原と双璧の策士、土肥原賢二の工作により天津での暴動を誘発し、清の最後の皇帝溥儀を押し立て、一九三二年三月一日、ついに日本は待望の満州国傀儡政権を作り上げた。

その間、日本政府は国際世論を恐れ、事変を拡大しないという声明を出したが、それは口先だけに過ぎなかった。関東軍の勢いはとどまることなく、日本国民は熱烈に満州侵略を支持した。満蒙〈満州と内モンゴル〉は日本の生命線だと叫びながら。満蒙が日本の生命線だと言ったのは、政友会の代議士であり、満鉄の副総裁を歴任した松岡洋右が最初だ。だが今では誰もがそう言う。満蒙問題解決の唯一の方策はそれをわが領土とすることだと、石原莞爾も豪語した。

日本の道々には哀調を帯びた軍歌がうねり、退廃的な風潮は一朝一夕にして軍国主義に変わった。そして、肥えた雌牛のような満州をどう料理して食べるのか、よだれを垂らしながら国民の誰もが大陸雄飛の夢に胸を膨らませ、愛国心は高揚し、神国、皇道はいっそう強固になり、軍兵は神兵として神聖視された。これらはすべて、世界が注視する中で白昼に起きた犯罪だった。

国家間に正義はない。ただ打算があるだけで、どこも似たような略奪者であった列強は、肥えた雌牛を日本が一人占めするだろうと思っただろうが、世界的な経済恐慌によって国内事情は複雑になり、実力を行使できる状況でもなかったので騒いでいるふりをするだけだった。そんな中、実際に声を上げたのはアメリカだけだった。しかし、中国が信じていた国際連盟は空気の抜けたゴム風船で、調査団を編制するにはしたものの全く役に立たなかった。傑作なのは国際連盟の事務総長の言葉で、曰く、日本は恥を知らぬのか、日本の武士道はどこにあるのか。果たして日本の武士道とはどういうものだったかと。それは、日本の武士道の本質を知って言った言葉だったのだろうか。

とにかく、日本は溥儀を押し立てて満州国の樹立を宣言したが、それに先立って中国の抗日運動は学生を中心に全国に拡大した。特に上海では十万人の学生が授業を放棄して通りに繰り出し、数万人の埠頭労働者が反日ストライキに突入した。さらに、上海の中国銀行家協会までが日本人との関係を切るという経済的報復の措置を取り、市民は皆、反日デモに合流し、激しい排斥運動が展開された。運動の矛先は弱い政府にも向かい、外交部長の王正廷を殴り倒し、国民党本部に乱入して要人を殴り倒すなど抗議行動は続いた。

この時、日本は上海でも邪悪な陰謀を実行した。いわゆる日本人僧侶襲撃事件だ。世界の耳目を満州に向けさせるために、満州建国の首謀者である関東軍の板垣の依頼を受けた上海駐在の陸軍武官、田中隆吉が、中国人を買収して僧侶を殺させた。犯人が逃げ込んだ工場を襲撃したのは田中の指示を受けた日本の右翼団体、青年同志会のメンバーだった。もちろん日本はすぐに兵力を増強した。そして、日本領事は上海市長に市長の謝罪、犯人の逮捕と処罰、排日団体の即時解散など、四つの項目を期限付きで提示した。受諾されないことを望んでいた日本は、意外にも市長が要求を受け入れたことに慌て、それを無視して陸上戦闘部隊をもって攻撃を開始した。それが上海事変だ。日本は、怒りに燃えた十九路軍の激しい反撃と抗戦の強い意志と中国の民衆による熱烈な軍への支持の前に苦戦を免れず、三月三日、満州での目的を達成したとして停戦の声明を出した。

寛洙が到着した時の、満州の事情はおおむねそんなところだ。では、智異山（チリサン）*の海（ヘ）道士と蘇志甘（ソジガム）の動向はどうだったか。

海道士は荷物をまとめていた。志甘は石の上に座って海道士を見つめていた。昨年の陰暦三月三日の夜、金斗万(キムドゥマン)の家を襲った二人の男のうちの一人は寛洙であり、ソウル言葉の若い男は志甘の甥で衡平社(ヒョンピョンサ)運動に参加していた李範俊(イボムジュン)だった。そして、李道永(イドヨン)の家に入った孫泰山(ソンテサン)を塀の上に押し上げ、塀の下で待っていた男は梁必求(ヤンピルグ)だ。錫(ソク)の前妻、つまり成煥(ソンファン)と南姫(ナミ)の実の母である梁乙礼(ヤンウルレ)の腹違いの兄で、彼は泰山にも本名を名乗らず正体を隠し、わざときつい方言を使ったりしていた。

必求はかつて錫の義兄であり、友人でもあった。範俊と一緒に仕事をしてきた知識人の彼には多少冷笑的な一面があったが、乙礼とは違って芯のしっかりした有能な男だった。あの日奪った金は、志甘と海道士が二手に分かれてリレー式に運び出し、兜率庵(トソルアム)の一塵(イルチン)〈河起犀(ハギソ)〉が預かった。範俊と必求は求礼(クレ)に行き、必求と同名の尹(ユン)必求の家に隠れてからソウルに行った。寛洙はカンセと一緒にかご売りとして流れ歩き、時々、統営(トンヨン)の趙炳秀(チョビョンス)の家に泊まったりしながら時機を見計らい、一塵と一緒に満州に行った。

「いやになったら、いつでもここを離れて下さい」

網袋に道具を入れながら海道士が言った。

「誰も俺を引き留めたりしないだろうがな」

志甘は気乗りしない様子で、少し困っているようでもあった。数日前に冗談半分、本気半分の話の末におかしなことになってしまった。海道士は住んでいた小屋の一切を志甘に譲ってそこを去ることになったのだ。小屋とは言っても隅々まで手入れが行き届いていて清潔で、必要な所帯道具はすべてそろっているうえに、チャンムセ*や裏庭に埋めてある山ブドウ酒、十年もののツルニンジン酒などが志甘を誘惑したのは事実だ。そのうえ、飯も炊いてよく働き、賢いモンチを置いていくと言うのだ。相当離れてはいたが、山の下の方には兜率庵があり、左の方へまっすぐ行けばカンセの小屋があり、半日ほどで行き来できる。

海道士は道具入れの網袋とぺらぺらの布団一枚、何着かの服と当面煮炊きするための道具をまとめながら、ピアゴル渓谷の辺りに使えそうな木器幕(モッキマク)〈木地師の山小屋〉を一つ見つけてあると言った。

「一度離れたって帰りたくなったらまた帰ってくればいいですよ。鳥だって巣があるんだし」

心が軽くなった海道士は、にやにや笑った。

「誰のことだ」

「蘇先生に決まってるでしょう。私は住み家を移すと言ったって山の中です」

実際、海道士は心が軽かった。もともと去るつもりで、安(アン)ドヒョンにここに来て暮らすように言っていたのだが、カンセの側にいなければ死んでしまうとでも思っているみたいに、安はまるで耳を貸そうとしなかった。その後は輝(フィ)たちに字を教えていたので、海道士は身動きが取れなくなっていた。

「しかし、つまらんことになってしまったな」

日差しを追って板の間の前の石段に座り直しながら、志甘が言った。

「今さらそんなことを言ったって無駄ですよ」

「俺がしょっちゅう来るから面倒になったのか。逃げ出すつもりだろう」

「逃げ出すか……そういう意味合いもあります。山は本来、人のにおいを嫌い、山の獣も山の人も人間のにおいを嫌いますから」

「ふん、山の人は人間じゃないのか」

「人間は人間ですが」

と言いかけて、

「忙しく動き回る厄運にとりつかれた蘇先生も人間のにおいが半分ぐらいなくなっています。だから、この小屋の主人としての資格がないわけでもない」

「気持ちの悪いことを言うのはやめてくれ。主人だなんて」

「どうしてですか。千年万年縛りつけられそうで怖いんですか」

「なぜそんなことを言う」

「山の人と放浪する運命にある人は、きょうだいみたいなもんですから。縛られていては生きられない。家はあっても山の小屋なんて家とも言えない。自分がいるがそれは本当に自分なのか。自分がいるから他人が存在し、他人がいるから自分が存在する、他人がいなくては自分は存在しない。蘇先生は五十年の間ずっと放浪してきましたが、それは全くの無駄足でした。まだ自分から解放されずにいるんだから、目の見えないロバが鈴の音を頼りに歩いてきたようなものですよ」

「どこかで聞いた話だな」

と志甘は言い、さらに続ける。

「目の見えるロバでも、目の見えないロバでも、鈴の音を頼りに歩くのは同じじゃないか」

それには答えず海道士は言う。

「山には人の物を奪う下級官吏もいないし、むちを手に怒鳴る主人もいません。法外な小作料を要求して出せないなら娘を差し出せという地主もいないし、罪を犯した人や無実の人を閉じ込めておく監獄もないし、あれこれうるさく言う人もいない。火田を耕して、土地が痩せてきたら別の所に移り、持ち主のいない木の実や山菜を採って」

「そんなら、無政府主義だ」

「ええ、そのとおりです」

「善男善女だな」

「非道な人間がいないとは言えませんが、山の中には奪う財物がありません。それでも、命をつなぐことはできる」

「地上の天国だ」

「山に一度慣れてしまうと、離れられないのが普通です。流行り言葉に自由というのがありますが、神仙というのはいわゆる自由人で、解放された人のことです。人だけじゃない。天地万物、命のあるものはすべて、ほかのものから解放されれば自分からも解放されるのです。数十年もの長い間、蘇先生がさまよい歩いたのはなぜですか。肉親から、倫理や道徳から、解き放たれようとしてもがいていたのではありませんか」

「海道士の言うとおりなら、独立運動をする者たちは皆、くだらない奴ばかりだな」

「原則的にはそうだと言えるでしょう。独立だ、侵略だというのもつまらない」

「侵略がなければ独立運動もなかった。他人がいなければ自分も存在しない」

志甘は大声で笑った。それには構わず海道士は言う。

「群れを成して党を作る。それが民族であり、国家であり、法です。人間というのは賢くて悪い生き物だから仕方ない。しかし、生命を作り、それを維持するようにした万物のおきてには及ばないのです」

「もっともらしいことを並べ立てているが、言うのは簡単だ。そんなに簡単なことなら、海道士と俺がこうして座って、一人は荷物をまとめて、とはならないはずだ」

「言うのが簡単なのではありません。道理が簡単で明瞭なだけです。難しく生きるから、簡単であることがわからないのです」

とにかく二人は気が合う。内容があってもなくても、言葉は彼らにとってリズムなのだ。背負いやすいように荷物をまとめた海道士は手を払って立ち上がった。遠い山を一度見つめて家の周りを見渡してから、海道士は庭にむしろを敷いた。

「モンチ、酒膳を出しなさい」

イタチを追いかけて庭を歩き回っていたモンチは、そう来ると思ってましたと言わんばかりに、

「はいー……」

と間延びした返事をした。

カラムラサキツツジの季節は終わったけれど、谷ごとに、谷川脇の岩のすき間に、クロフネツツジが今にも弾けそうなつぼみをつけている。たばこをくわえて火をつけた志甘のぼんやりした目は雲を見ている。山鳥の声はどうしてあんなに騒々しいのだろう。巣を探しているのか、雄を呼んでいるのか。山、山、果

てしなく続く山、目や頭で大きさを測ることはできず、沈黙も言葉も意味のない山。言葉も考えも、リスが忘れていったドングリほどの価値もない所。何を手に入れ何を失ったのか。そんなことには何の関心もない非情な山は今、春色に染まっていっている。

「では、蘇先生。別れの酒でも飲みましょう」

酒膳を運んできたモンチはシラミが湧いてかゆいのか、両拳で頭をぽんぽんたたきながら行く。

「あの子の頭を剃ってやらないといけないんだが」

海道士がモンチの後ろ姿を見つめながらつぶやいた。

「蘇先生、こちらへどうぞ。客が主人になり、主人が客になり、天地無情、別れがあるというのは喜ばしいことではありませんか。少なくとも情はあるということですから。ははははっ」

志甘はその言葉が身にしみる。海道士は酒をついで志甘に勧め、自分も飲む。

「夜中に目が覚めて真っ暗な中を歩いて便所に行く時、ああ、これはあの世に続く道なんだなって。帝王でもない私に紫微星〈北極星。帝王の象徴〉があるはずもないのに、星がきらきら輝いている空を見て、ああ、まだこの世なんだなって思ったりして。ははははっ、はははははっ」

「まだ自由になれてないんだな」

志甘が皮肉る。

「ええ、自由になれるはずがありません。命がある限り」

「ああだこうだと他人を惑わす道士だ。それはそうと、よく考えてみたら、海道士！」

「どうぞ続けて下さい。聞いていますよ」

「女が追いかけてくるから、俺を捨てて逃げるんじゃないのか。モンチの奴も俺にくれて」

「ほほう、結婚もしていないのに何を言うのですか。女というのは男が訪ねていくものでしょう。女が訪ねてくるはずがない。花はそこにあってチョウが飛んでいくのです」

「もっとも、そのとおりだ」

「だからといって、知娟（チヨン）さんが良くないと言っているのではありません。それはそうと、一塵和尚が帰ってくるという保証もないのに、ずっとああやって待っていていいんでしょうか。寺で働くつもりなのか」

「とんでもない。世間知らずで負けず嫌いなだけだ。とにかく頭痛の種には違いない。ソウルのあの子の家では俺を怨んでいるし」

「だったら、ここにいて正解じゃないですか」

「ふん、怨まれるのには慣れている」

「それはそうと、荷造りをしてみて気づいたんですが、ここに一番長く住んでいたんだなと。とにかくすっきりしました。クソをして体が軽くなったみたいに。ははは、ははは……」

「何を言ってる。俺はどうなるんだ。海道士が残していったクソの上に座るのが俺だって言うのか。聞き捨てならないな」

「腐った死体から出た膿汁（うみじる）を飲んで悟りを開いた元暁（ウォンヒョ）*を知らないのですか」

「酒の肴にしてはひどい話だ」

「心の持ち方次第でむさくるしい家も別天地になり、別天地もどぶになると言うのに。まったく、世の中というのは不可思議だ。空間も時間も無限だというなら、空間は、時間はどこにあるのか。人が上中下や前後左右を決め、時間を区切って死を待つなんて。おほん！　空しいにも程がある」

「まるでムーダン*の台詞だな」

海道士はけらけら笑う。

「とにかく、何もかも捨てて去ることは身の養生になるんです」

「何が養生だ」

「矛盾を知らないんですか。死があれば生があり」

「屁理屈を並べおって」

「天地万物は矛盾ですが、天地の道理は運行です。養生も運行です。あまり長い間ぐずぐずしていては、おりがたまってうまく流れないし、道具も場所を移さなければさびついてしまう。網袋の中の道具も、今、私が心をときめかせているのと同じようにわくわくしているに違いありません」

海道士の顔が突然、生き生きしてきた。

「並みの詐欺師ではないな。ぺっ、ぺっぺっ！」

志甘は酒を飲みかけてやめると、つばを吐くまねをする。

「そんなことを言わないで下さい。履物というのは履いてみなければ脱げないではありませんか。決まった住まいもないのに、捨てるも何もないでしょう。蘇先生は浮き雲みたいな人生を送ってきたのですから、一度落ち着いて暮らしてみてから何もかも捨てていくのも悪くないですよ。ずっと積まれているものは腐って、詰まり、壊れて、ついには死んでしまいます。いつも空虚なものもまた生きているとは言えません。蘇先生はいつも空虚だから生きていたって死んでいるのと同じではないかと言っているのです。満たす時は満たして、空っぽにする時は空っぽにする。天地万物は皆そういうものです。万物だけではありません。あらゆる現象がそうなのです。空っぽでも流れないし、たまっていても流れないもので、食べ過ぎれば腹がはち切れて死にますし、食べなければ飢え死にします」

「ああ、淋病で死んだ魂よ、刀で斬られて死んだ魂よ、飢えて死んだ魂よ、首をつって死んだ魂よ……。ムーダンのまねでもしてみるか」

「蘇先生、ムーダンを馬鹿にしてはいけません。神霊が存在するとかしないとか、物証がないのはいつものことではありませんか。ソウルの知識人の耳には私の言葉が愚鈍に聞こえるかもしれませんが、何だかんだ言ったところで道理は一つです。明瞭で揺らがないものなのに無駄にさまよって根幹を忘れ、数多くの小枝をそれぞれ勝手に持ち、時には小枝で網の目を作って罪のない人を陥れる。議論に忙しい知識人たちの頭の中は、いくら考えがクモの巣みたいに複雑に絡んでいても、すべて消化不良です」

「ああ、わかった。わかったよ。俺はこの小屋で飯を炊き、木を切って暮らしてみる。ごみがたまったら出ていくさ。ははははっはっ……」

二人の笑い声が大きく響く。

「その、それはそうと、やりかけた仕事をほったらかすのも海道士の屁理屈に合うのかな」

「どういう意味ですか」

「教え子たちを放り出して」

「ああ、そのことでしたら終わりました」

「終わった？」

「文字は読めるようになりましたから、後は本人次第です。これ以上続けるとかえって良くないでしょう」

「見込みのある子がいないということか」

「いますよ」

「金さんの息子か」

「さあ。天の秘密を漏らしてはいけませんから」

「ははは、大げさなことを言いおって」

「輝（フィ）という子はちょっと変わり者です。恐ろしいのはモンチです。あとの二人は紙の位牌に名前を書いたり手紙を読んだりできる程度で、習ったことを忘れたら忘れたなりです。そうだ、ピアゴルに行った時に日本人の猟師を見ました」

「遠征に来たんだな」

「智異山の虎が倭奴に追われることになってしまって。日本の猟師を案内している者が朝鮮人なんですが、威勢が良くて倭奴も顔負けです」

「それが不満なのか」

「その威勢がわが民に向かってくるから言っているのです」

「海道士が少し思い知らせてやればよかったんだ」

「口がきけないふりをしたんですが、虎の威を借りた猫みたいな奴め」

「猫をかぶった虎だろう」

「ピアゴルには猛獣が多いけど、見つけるのは難しいから、奴らはまだうろうろしているかもしれません」

海道士はどうも気にかかるようだ。

「奴らが山に出入りしていいことは一つもない。どうだ、海道士の力で山の獣を呼び集めて奴らが見つけられない谷間に追いやっておくというのは」

「ほほう、何をおっしゃいますか。それは私の専門ではありません」

海道士は、横目遣いでいたずらっぽく笑いながらそう言うと、キムチをむしゃむしゃ食べる。言葉のリズムを合わせながら酒を何杯か飲む間に、太陽はどんどん中天に昇っていった。

「明日、出かけなければならない」

志甘は話題を変えた。

「統営へ行くんですか」

「そうだ」

「金さん〈カンセ〉と蘇先生はよく決断されました。本人の意向はどうですか？　喜んでいましたか」

「だから行くんじゃないか」

カンセと志甘の間で、輝を統営の趙炳秀に預けて指物を習わせようという話がまとまったのは一カ月余り前のことだった。炳秀の了承も得て明日、輝は山を離れることになっている。

「栄善(ヨンソン)の臨月が近いだろうに」

「男は臨月とは関係ない。それより、俺がいない間、モンチはどうしたらいいかな」

「それは心配しないで下さい。あの子は大丈夫です。一人で飯を炊いて食べて、金さんの家に行ったり寺に行ったりするでしょうから。ピアゴルに俺を訪ねてこなければいいけど」

「だが、まだ子供ではないか」

「蘇先生はご存じないのですね」

「何をだ」

「あの子は獣の餌食になる子ではありません。並大抵の生命力じゃないから、教える必要もないんです」

「天才だというのか」

「獣に食われることはないという意味です」

「では、馬鹿なんだな」

「天才でも馬鹿でもありません。あの子は自分のやり方で生きるでしょうし、肝っ玉がとても大きい」

海道士は日が西に少し傾く頃、手垢のついた所帯道具を残し、あちこちぴかぴかに磨いて冬も夏も無事に過ごした小屋を後にした。背負った荷物と杖一つを持って去っていく後ろ姿を見つめていた志甘は、部屋の戸を開けて中に入り、大の字に寝そべった。寂しさが骨を裂くほど強く染み入る。

（天地無情、別れがあるというのは喜ばしいことではありませんか。少なくとも情はあるということですから）

海道士の声が耳元で響いた。

（夜中に目が覚めて真っ暗な中を歩いて便所に行く時、ああ、これはあの世に続く道なんだなって。帝王でもない私に紫微星があるはずもないのに、星がきらきら輝いている空を見て、ああ、まだこの世なんだなって思ったりして。はははっ、はははっ）

海道士の声がずっと聞こえてきた。モンチは海道士についていったのか、何の気配もない。日が暮れる頃、モンチは息を弾ませながら帰ってきた。彼は雌キジを一羽手に持っていた。しかも首をぎゅっとつかんでいた。

「それをどこで捕まえたんだ」

志甘は驚きながら聞いた。

「あっちの方で」

モンチは不愛想に答えると、裏庭に入っていった。夕食の膳には炒めたキジ肉が載っていた。モンチは台所でつまみ食いしたらしく、キジ肉はとても少なかった。

「お前はどうしてこんなものが作れるんだ」

不思議そうに尋ねたが、モンチは答えず、頬が裂けそうなほど飯粒ばかり押し込んでいた。もっとも、二年近く海道士の近くにいたのだから、それなりに習ったのだろう。

志甘は翌朝、先に来て外で待っていた輝を連れて小屋を発った。

「兄ちゃん、いつ帰ってくるんだい」

モンチが後を追いながら聞いた。

「秋夕(チュソク)*には帰ってくるさ」

輝は振り返らずに答えた。

「必ず帰ってきてよ」

海道士が出ていく時には言わなかったことだ。海道士は去っていったと思ったのかもしれない。海道士の言うとおり、モンチはピアゴルを訪ねていくに違いない。輝は織り目の整った麻の袷のパジチョゴリに灰色のチョッキを着ていた。どれも新調したものだ。風呂敷包みを一つ持ち、黒いコムシンを履いていた。結婚して一年が過ぎ、栄善は翌月出産の予定だった。この間に身長が少し伸びたのか、輝はすらりとして見える。

山を下りる間、輝は志甘の質問にだけ答えた。それも簡単明瞭に、いいえ、そうです、はいという程度だった。志甘は心の中で、俺にも息子がいればこれぐらいの年頃だっただろうと思った。以前は考えもしなかったことだ。山の中腹にかかる雲もなく、快晴だった。時々、山の獣に遭遇したりもした。まぬけなノロの子供は二人が近づいてもなかなか気づかず、すぐそばまで行くとようやく、ひょいと跳びはねるように逃げていく。

「あれは手のかかる奴だな」

志甘は一人つぶやいた。しばらくすると、彼らは兜率庵にたどり着いた。上座僧の一休（イリュ）と檀家の老婆が歓迎してくれる。志甘が来てうれしいのもあったが、一塵の消息を聞けるだろうと思ったのだ。

「変わりはないか」

「はい。変わりはありませんが、和尚様はいつ帰ってこられるのやら。半年が過ぎたのに」

「心配しないで待っていなさい。供養米はあるか」

「はい。それは居士がきちんと届けて下さいます」

居士とは吉（キル）老人のことだ。

「和尚がいないから仏事もないだろうし、しばらく我慢しなさい」

「待つのは難しいことではありませんが」

一休は困ったような顔をする。

「あのソウルのお嬢様も時々来られるんですが、和尚様はお嬢様のせいで帰ってこられないのではないかと思いまして」

用心深く言った。志甘はしばらく黙っていたが、

「そうではないはずだ。では、俺は帰る」

門の前にぼんやり立っていた輝を促して志甘は花開（ファゲ）へと向かった。

「腹ごしらえをしていこう」

酒幕に入った志甘は、輝にはクッパを注文してやり、自分は酒を頼む。酒幕の中は市の立つ日でもない

のににぎわっていた。

「どうしてこんなに騒がしいんだ」

旅人の一人が聞いた。

「寺党〈女の旅芸人の集団〉が来たんですよ。それは大騒ぎでした」

酒幕のおかみが言った。飛燕ではなかった。かなり老けて見える女だったが、酔っ払いたちの話によると、酒幕のスープの味がすばらしく良くなったそうだ。飛燕は酒幕を売って行商人の男についていき、姿を消したらしい。

「ここで一幕やったんですか」

旅人がまた聞いた。

「とんでもない。求礼でやったみたいだけど、この頃は寺党に会うのも難しいから」

「だったら、次はどこでやるんだろう」

「そりゃあ、河東でしょうよ。寺党は舟に乗っていったから」

「舟か。ここで一幕やっていけばよかったのに」

「あらまあ、随分寺党が好きなんだね」

「縁があるからだ。若い頃に……」

「そんなふうには見えないのに、この人は若い頃に花代を相当ばらまいたみたいだね」

おかみは特有の媚びを売る。

「ははは、今度のおかみは飛燕よりおとなしいかと思ったら、そうでもないな」

「おとなしかったら、三叉路で酒を売ったりしませんよ」

「それもそうだな。俺も若い頃はちょっとした遊び人だったから余計なことを言って、これはとんだ赤っ恥だ」

「男ってのはまったく。そんな風には見えないのにね」

おかみはだみ声で笑った。男の鼻っ柱をへし折ってやろうというつもりのようだった。気が強くなければ酒幕などできはしない。輝は彼らの話を聞き流しながら背中を真っすぐ伸ばし、ゆっくりクッパを食べていた。食事をする姿を見れば、人となりがわかると言う。がつがつ飯を食べる人は大抵卑しいものだ。

志甘は酒を飲みながら輝を注意深く見ていた。時々、カンセの家を訪ねてはいたが、輝は大人を避けてこっそり外に出かけ、まるで話をしなかった。

(山の中で育って何も教わっていないだろうに……気品がある。どこか近づきがたい雰囲気も)

志甘はそれとなく、

「お前も酒を一杯飲むか」

と言った。

「いいえ」

その時だった。

「お兄さん！」

絹を裂くような鋭い女の声だった。志甘は酒碗を持ったまま振り返る。知娟だった。下女として――下男、下女の身分はすでになくなったが、知娟や彼女の家族の意識の中では依然として下女だった――連れて歩いている召史(ソサ)も彼女の隣に立っていた。志甘は目を伏せて眉間にしわを寄せ、酒碗を置いた。そして、板の間から立ち上がって知娟のそばに近づいていく。水色のチマに白い絹のチョゴリを着た知娟は一見、昔の女みたいだった。スプリングコートに赤紫色のマフラーを巻き、靴を履いてここに初めて来た時とは全然違っていた。しかし、よく見ると服装が違っているだけで変わってはいなかった。多少、やつれたようだったが。彼女は敵意に満ちた目で志甘を見つめた。志甘も非難するような目つきで知娟を見つめる。

「お前がどうしてここにいる」

「息が詰まって」

「……」

「見世物があると聞いて召史と一緒に出てきました」

志甘は知娟のことからはすでに手を引いていた。何を言っても通じなかった。哀れみを感じなくはなかったが、知娟の顔を見るとうんざりし、いらいらして憎しみが込み上げてくる。

「俺はお前に会わないつもりだったが。見物に来たところを見ると余裕があるようだ。不幸中の幸いだな」

志甘は無意識に皮肉を言った。知娟の目つきが鋭くなった。

「死なずに生きていることが気に食わないのですか」

すぐさま応酬する。

「知らない土地で苦労しても、お前は変わることを知らないんだな」

知娟は鋭い目つきで志甘をじっと見つめる。弱々しくて、ぼんやりとして、けだるさが漂う表情に燃えるような赤い唇は以前と同じだった。切れ長の一重まぶたの瞳の色が薄いのも、絹の糸のように柔らかい髪の色が薄いのも変わらなかった。きゃしゃな体、銀の箸のように細い指、雪のようで、羽毛のようで、紙の花みたいな女。顔が蒼白なのも変わりなかった。燃えるような赤い唇、怪しい美しさをたたえた花の影が揺れ動くような姿を、酒幕に出入りする男たちがちらちら見る。

「起犀〈一塵〉さんはいつ帰ってくるのですか」

「なぜそれを俺に聞く」

「では、誰に聞けというのですか」

「もう俺には関係のないことだ。もし、俺が関わるとしたら、お前を殴るか箱に押し込むかしてソウルに連れて帰るだけだ」

しばらくしてから知娟は聞いた。

「どこへ行くのですか」

「ソウルに行く。一緒に行くか？」

「いいえ。ソウルに行かれるなら、お母様にお金を少し送ってほしいと伝えて下さい」

「どれだけ俺が怨まれているか知らないのか」

「私もお兄さんを怨んでいます。お兄さんは、私の立場を一度でも考えてくれたことがありますか」

「ほう、それで？　俺がお前の味方になれば、一塵が還俗するとでも思うのか」

「……」

「駄目なものにいつまでもしがみつく愚かなまねはやめるんだ。言っても無駄だろうが。お前のやっていることは恥ずかしいことなんだ。世間体も考えないと」

「お兄さんは世間体を考えて生きてきたのですか」

強い口調だ。志甘は仕方なく笑う。

「起扉さんは何をしに行ったのですか」

「俺に聞くな。俺は知らない」

「満州に行ったらしいですね」

「それも知らない」

と言ったが、志甘はどきっとする。

(どこで聞いたんだ。しゃべる人はいないはずなのに)

「なぜ満州に行ったんでしょうね」

「僧侶に布教以外の目的はない。まさか、亡命ではないだろうし」

「満州よりもっと遠い所へ行ったとしても私は追いかけていきます。必ず捜しに行きます」

「お前はいったい、前世で何だったんだ」

志甘は嘆くように言った。

「相思蛇（サンサペム）＊だったんでしょう」

吐き捨てるように言った。徹底して疎外された知娟は、随分荒っぽくなった。志甘はおかみに酒代を支払うと言う。

「輝、行くぞ」

「はい」

輝は風呂敷包みを持って立ち上がった。志甘は嫌悪を表し、別れの挨拶もなしに知娟の前から去っていった。輝は彼女の脇を通り過ぎる時、首筋が赤くなっていた。知娟は歯を食いしばって志甘の後をついていく。召史も影のように知娟の後ろを歩く。別れの挨拶を望んだわけではない。意地だった。最後までそんな態度で行ってしまうつもりなのか、何としてでも確認しようという意地だった。周囲から疎外され、通り過ぎるだけでこそこそ言われて見世物になっていた知娟は、従兄とはいえ兄も同然の志甘が、どこまで自分に冷たくするのか見てやろうと思った。彼らは川辺に下りていった。そして、舟に乗った。知娟は川辺に立ち、頑として振り返ろうとしない志甘の背中を穴が開くほど見つめていた。舟は出発した。川の流れをかき分け、下流に向かって。志甘は最後まで背中を向けたままで、輝だけが一度振り返った。知娟は涙を流す。

「召史」

「はい」

「あれは何？」

「何のことですか」

「あの、川の上を流れていくのは」

「ああ、いかだだそうです」

舟が行ってしまった後をいかだが通り過ぎていた。いかだには薪がたっぷり積まれていた。

「召史」

「はい」

「帰ろう」

「はい」

知娟は踵を返す。人の多い道を行けばちくちくするような視線が知娟に突き刺さる。寺のふもとの村で知娟と一塵のことを知らない人はほぼいない。三割程度は同情のこもった視線で、七割は非難の目だった。

「結婚するはずだったらしいけど、頭を剃った人を思い続けてどうするんだろうね。時間がもったいない」

と言う人の言葉には最小限の同情がこめられていたが、

「あの女のせいで、兜率庵のお坊さんは我慢できずに寺から逃げたらしい。あれじゃあ、相思蛇になっちまうよ」

「ほんとだよ。寺では困ってるみたいだ。男が出家したら女房や子供も寺に入ってこられないのに、肝が据わってるね。とんだ迷惑だよ」

「死んだら怨霊になりそうな顔をしてるよ。女も男もしつこいのは駄目だ。男が俗世を捨てて頭を剃ったのに、あんなふうに居座ってどうするつもりなんだろう。いい学校も出て、ソウルでは金持ちの娘だっていうのに」

「下女も連れて歩いてるだろう。お金に困ってないんだね。やることがないからあんなことをしてるんだ」

「クッ*をした方がいいんじゃないのかね」

「仏の力でどうにもならないのに、クッなんて役に立たないよ」

そうささやく声が知娟の耳に入ることもあった。召史は無表情だった。感情を表すと知娟が怒るからだったが、もう何を言われても気にしなくなったようだ。二人は花開の谷間にある農家の部屋を一つ借り、自炊しながら過ごしていた。

「兜率庵へ行こう」

知娟が言った。召史は一瞬、難色を示したが、黙ってついていった。何度も行き来したため、足が山道に慣れている二人は軽々と歩く。

「召史」

「はい」

「どうすればいい？」

「……」

「私はどうすればいいんだろう」

召史は答えない。これもまた何度も聞いた言葉だったから、手慣れたものだった。

「このまま死んでしまおうか」

「お嬢様ったら、またそんなことをおっしゃって」

「行く所がないから。私はソウルには帰らない」

「……」

「二人で頭を剃ろうか」

「それはいけません。お嬢様」

「では、どうしろと言うの」

知娟は山道に座りこむ。口では満州でも、満州よりもっと遠い所でも捜しに行くと言っていたが、それが口先だけであることは彼女自身がよく知っている。

「ううっ……うううっ」

知娟は泣き始めた。両手で顔を抱えてすすり泣く。それは次第に慟哭に変わる。兜率庵に行こうと言う時は、実際に兜率庵に行くこともあったが、途中で思いきり泣いてから農家の部屋に帰ることもあった。

十章　趙容夏の自殺

「小便を漏らしそうな顔をして、何をそんなにそわそわしてるんだ」

趙容夏が言った。諸文植は何も答えずに座っていた。そわそわしているのは容夏自身だった。丈夫で四角い閉じられた箱のように重い沈黙が部屋中に満ちている。容夏はそれをずたずたに引き裂いてしまいたい心情だった。できることなら、文植を部屋から追い出したかった。大声でわめきながら追い出したかった。

（こいつは今、俺の苦痛を楽しんでいる。俺が死んだらこいつの利益になることがあるのか。それは何だ）

しかし、容夏は、文植を磁石のように吸い寄せてどこにも行けないようにしている。自分の相手をし、最後まで耐えてくれる人は、文植以外に誰もいない。

（こいつめ、俺の病状をどこまで知っているのか白状しろ！　お前は何が欲しくて俺の側にくっついているんだ。俺を丸裸にしてしまおうというのか。俺が今、死にかけていることを告白しろというのか）

文植と向かい合って座ると、いつもそんなことを心の中でつぶやいた。ちょっと具合が悪い、過労、飲み過ぎ、睡眠不足といった言葉で自分の病気を隠してきた容夏は、会社に少し出るのと、事業上やむを得ない席に顔を出す以外は、ほとんど山荘に閉じこもるようにして過ごしている。家族や親戚にまで、明姫(ミョンヒ)のことで心を痛めていると嘘をつき、彼らとの行き来も遮断し、山荘には連絡係として文植だけを出入りさせていた。文植は長い付き合いの友人で、事の大小にかかわらず彼ほど容夏に近い人はいない。容夏には彼に頼りたい気持ちがなくはなかった。いや、頼りたかった。切実に。だが、悲しみや痛みを分かち合う友情が文植にあるとは思えなかった。そして、文植に頼る自分の姿は、考えただけでもぞっとした。

追い出してしまいたい衝動と、すぐそばに置いておきたい欲求、それは同等の引力で容夏の内部で渦巻いていた。混乱であり、渇望だった。従うしかない絶対的な力の前でのたうち、断末魔の苦痛に身もだえする一匹の虫。容夏は自身の最後の姿を誰にも見せたくなかった。同情という土足で踏みにじられるのは、想像するだけでぞっとする。にもかかわらず、誰一人として姿を見せない山荘にいると、昼も夜も恐怖を感じた。刻一刻と近づく死の影を見守る時間は最も残忍な拷問だった。容夏は一人、歯ぎしりをした。涙を流し、哀願もしてみた。静脈が透けて見える自分の腕に口づけもしてみた。神を怨み、世の中を怨み、健康な人を怨んだ。文植を天下一の悪党とののしり、結局は山荘の番人を使いにやって文植を呼び寄せたのだ。

(知っているとしよう。それなら、どの程度知っているのか。思った以上に深刻であることまでは知らないのか。聞いてみるか。い、いや。隠しておくのだ。お前がどう思おうと俺には関係ない。俺の無様な姿を横目で見ながら悪魔のように楽しんでいるのだとしても、それ以上、俺の方からお前を楽しませたり、満足させたりはしない!)

崩壊していく肉体を両手でぐっとつかむように、つかんで拳の中に隠すように、容夏は必死に、自身が壊れていく過程を見られないように、気づかれないようにしていた。だから、文植が隣にいないと不安になる。時間との闘いも怖かったが、どこかで文植が、

「どれだけ生きられるだろうか。まあ、時間の問題だ」

とか、

「あらゆる特権が土の下に埋められるなんて、惜しい、惜しくて仕方ない」

とかべらべらしゃべっているような気がして、腹が立った。憎悪の念は自分をめらめらと燃やすようで、孤独は自分を冷たい氷のかけらにするようだった。

「燦夏(チャンハ)を呼ぶんだ」

文植の声が重い沈黙を破った。容夏は問い返した。

「何のためにだ」

「さあ、そうした方が良さそうな気がして」

「良さそうだ？　何がいいと言うんだ」

「そう言われたら俺としては何も言えないが、俺の言っている意味はわかっているはずだ」

「……」

「お前が燦夏にあんな仕打ちをしてきたのは、最初から意地を張っていただけだった。そんな態度を取り続けるなら、俺が理由を説明したところで何の意味もない」

容夏は鼻で笑ったようだったが、沈黙に陥る。

「病気だ。お前は最初から病人だった」

文植の言葉に容夏の表情が険しくなった。だが、文植は気にしない。

「俺もかなり執念深い方だが、それでも目的や理由がある。だけど、お前の場合は病気でなければ説明がつかないだろう？　燕山君（ヨンサングン）*やネロ*みたいな偉人だって、帝王でなければ病気にはならなかったさ。お前も同じだ。家柄や財力がなかったら正常だっただろう。そう考えれば、世の中というのは公平かもしれない。燦夏を呼ばない理由は何だ。理由がないじゃないか。疑妻症（ウィチョチュン）*でもないのに疑妻症みたいなまねをし、嫌いでも、疑っているわけでもないのに、なぜあんなことをしたんだ。明姫さんのことだ。ありもしない事実を勝手に作り上げて、それに執着して。そうだ、お前は執着すべきことが何もないから執着したんだ。世の中は面白くないし、面白いと思ったらすぐに物足りなくなる。肉親に対する愛着もなく、望めば何でも手に入るのに実際は何も持っていない」

「何を寝ぼけたことを言ってるんだ」

「だが、もう執着する気力もないはずだ。一人相撲する気力はないだろうと言ってるんだ。明姫さんの話をしても黙っているところを見るとな。どうだ、気力はあるのか。意地を張ったところで、いくらそんなことをしたって、お前は寂しいカカシじゃないか」

「何だと？」

「今さら態度を変えられないというわけだな。そう言わずに、少しだけ考えを変えてみろ。そうすれば燦夏を呼べるだろう。このまま終わるつもりか」

「オオカミみたいな奴め。何を探り出そうとしてるんだ」

「……」

「俺の口からどんな言葉を聞きたいんだ。すまないが、お前を満足させるような話などない。諸文植と俺の関係は、一寸の後退も前進もない。ははは っ、ははは っ……」

容夏は突然笑う。

「来いと言って来る奴でもないが、呼びたいだなんてとんでもない。義務や責任みたいなものは俺にはない。俺はそんなものは知らん！　俺に関係のないことになぜ関心を持たなければならないんだ。ほかでもない諸文植が、そんな古臭いことを言うとはな。最初から、俺には肉親などいなかった。燦夏はもちろん、俺は両親にも情など感じていない。これっぽちもだ！　お前もよく知ってるはずだろう」

支離滅裂だった。思わず何かを認めてしまったことに気づいたが、容夏は慌てる気力も余裕もないみたいだった。

「お前らしい話だ。それにしても、俺が古臭いだなんて。頼むからそんなことは言わないでくれ。苦学をしてやっと大学を出た俺が、お前にぺこぺこしたくない気持ちはわかるだろう」

文植はそう言うと、腕を上げて時計を見る。

「どうしたんだ」

容夏が聞いた。文植は立ち上がる。

「約束があるんだ。そろそろ行かないと」

容夏は文植を強く見つめる。

「どこへ行くんだ」

弱々しい声だった。

「ちょっと会う人がいて」

文植はコートを羽織り、ドアの所まで歩いていって振り返る。

「用が済んだらまた来る」

容夏はじっと座っていた。文植が訪ねていったのは南天沢(ナムチョンテク)の下宿だった。すでに先客があり、ひとしきり議論が繰り広げられていた。下宿とはいっても、誰が援助してくれているのか知らないが、豪華な洋館の居間だった。もっとも、H専門学校の教授なのだから不思議ではない。南天沢は一昨年に東京から戻った後、ソウルに居座り、いつまで続くか疑問だが、とにかく今のところ学校で教えていた。黒のトゥルマギを着た先客は文植も少しは知っている金某という人で、しょっちゅう目をしばたたかせる癖があった。ぼんやりしていて愚鈍ながら、卑屈な感じはしない男だ。濃緑色の薄手のセーターに薄い灰色のフランネルのズボンをはいた天沢は、面白くなさそうな顔つきで座っていた。金某は、文植の出現によって途切れていた話を再び始めた。

「今日、この地で中間層をはじめ下部層にまで浸透しているのは倭奴の植民地政策によってもたらされた啓蒙主義だ。それは朝鮮を抹殺するための単なる口実で、見かけのいい名分だが、それとは異なるとはいえ、キリスト教も見慣れない文化をこの土地に植え付けている。こんなことを言うと復古主義者だと攻撃されるかもしれないが」

金某の口から復古主義という言葉が出ると、文植は思わず笑った。さっき容夏から古臭いと言われたばかりだからだ。

「その稚拙さ、軽薄さが果たして従来のものに比肩するのか疑わしい」

「慣れない服も着慣れれば様になるものだ。日本はかなり様になってきているし、実利的に利用もしている。彼らは我々よりテンポが速い」

天沢は気に入らなさそうに言った。

「俺もそれは認めるが、朝鮮ではお前の言うテンポは問題じゃない。意識の問題だ。初めてなのだから、新派が稚拙なのも仕方ない」

「トゥルマギを着てうわべばかり飾っているお前が、まさか巫俗（ふぞく）をかばって言っているのではあるまい」

「とにかく、俺の考えでは開化の風が吹く前から今日までの傑作を上げるなら、一番は東学の蜂起〈甲午農民戦争〉で、二番は三・一運動、三番は光州（クァンジュ）学生事件*だ。それ以外はどれもちりみたいなもんだから」

天沢はふんと笑う。

「話が横道にそれたな。例えて言うなら、開化派の朴珪寿（パクキュス）*、守旧派の崔益鉉（チェイッキョン）*、彼らの言行は最善ではなかったかもしれないが、一本の木、一杯の飯にはなったと言うことができるし、彼らには根っこがあった。彼らが前後して死んだ後、木には小枝ばかり茂り、実はならず、飯碗の中には飯はない。木は切り出され、暖房に使われているだけだ。宗教だ、哲学だ、芸術だ、何とかいう思潮だのと言っても根のある台木に接ぎ木をしないと意味がない。根のない花はすぐにしおれるから最初から紙の花を作っているんだ。しかも、倭奴の食べ残しや、世界各地で侵略の手先になり朝鮮に上陸したキリスト教が文化だなんて。これが今日の知識人たちの認識だ。自分に対する罵倒でもあるが」

もっともらしい話ではあったが、金某の言うことは支離滅裂だった。

「復古主義も新派も、ロマンチシズムであればどこか格好良くて本物みたいに見えたりするさ。今、国内で何かをしようという人たちはバイロンか、そうでなければハイネだ」

南天沢はまた笑った。

「少なくとも彼らには自分たちの土地がある。飢えない程度に麦飯を食っている小市民は、ロマンなのか感傷なのかはっきりしないものの上っ面をなめながら新式だと自らを慰めていて、そこへ、彼らが遅れていると主張するこの土地に啓蒙の旗印を掲げて西欧の文物が入ってきた。その先鋒はキリスト教や東京に留学してきた人々であり、後援者は日本だ。彼らは悟れ！　気づくのだ！　目を覚ませ！　と言う。ロマンチシズムは愛国主義になり、感傷主義にも変貌し、扇動して下部層にまで浸透させる力を持っている。だから、非常に大衆的でもあるが、それは錯覚だ、錯覚。両手に剣と友愛を握った彼らの歴史を幻想化し、巧妙かつ合理的に利用するためのロマンや感傷に過ぎない。満州の原野に吹き荒れる冷たい風の中を行く亡国の民や、日本の土地で賃金の奴隷になった朝鮮人労働者には恨があるのみだ。濃く深い生や命からにじみ出た恨があるのみなのだ。お前たちの自負心や優秀な頭脳などは何の役にも立たない。ひと夏を生きる蛾に過ぎない。一つ変わらないことがあるとすれば、自分が生きているという自覚といずれ死ぬということだけだ。だが、俺は決して虚無主義者ではない」

「それで終わりか」

天沢がさげすむように言った。

「何だと？」

「演説のことだ」

「気をくじくようなことを言わないでくれ」

「どこで聞きかじったんだ。どこかで聞いたような話だが」

「聞きかじっただなんて」

「ここで言うことと、妓生の前で言うことと、親日派の前で言うことと、倭奴の前で言うことが全部違うとは、愚かな奴だ」

「何だと。俺を馬鹿にしてるのか」

「たしなめているのだ。勉強不足でぼろが出ている」

「傲慢な奴め」

「ああ、傲慢なぐらいがいいんだ。卑屈になってはいけない」

招かれざる客を追い払うためにそう言ったようだったが、ちょっと言い過ぎだったし、突然爆発させたいら立ちでもあった。しかし、金某はびくともしなかった。退席する考えはないようだった。

「何の用があって呼んだんだ」

黙ってたばこを吸っていた文植が聞いた。それには答えず、

「趙容夏が死にかけているそうじゃないか」

「誰がそんなことを言っているのだ」

「会社から出たうわさに決まってるだろう」

「趙社長が回復して会社に出てきたら、何人かの首が飛ぶな」

「では、何ともないのか」

「誰だって病気ぐらいするだろう」

文植の口調はとても穏やかだ。

「なのに、どうしてそんなに憂鬱そうな顔をしてるんだ。ちょっとは明るい顔はできないのか」

「いいこともないし、もう何もやる気がしない」

腹を立てて座っていた金某がにやりと笑った。

「お前、学校で教える気はないか」

「会おうと言ったのはそのためか」

「うん」

「そうだな、一年後なら……」

と言うと、先生と言いながら誰かが慌てて部屋の戸を開けて入ってきた。

「先生、お聞きになりましたか！」

下宿の大家の息子だった。

「何のことだ」

「ものすごいテロがあったそうです。日本の白川大将や重光公使らが爆弾を投げつけられて十名の死傷者が出たとのことです」

「どこでだ」

天沢が聞いた。

「上海です。虹口公園で行われていた天長節の祝賀式典でのことだそうです」

「誰の仕業だ？」

「もちろん朝鮮人でしょう」

座っていた金某が立ち上がりながら、

「万歳だ！」

と叫んだ。

「大変なことになったな」

天沢の声も興奮していた。文植がコートを着て帽子を頭に載せながら、

「俺は帰る」

と言うと、

「夜通し酒を飲むぞ。何を言ってるんだ」

と天沢は腕を広げて前を塞いだ。

「俺の分まで飲んで、俺の分まで祝ってくれ」

引き留めるのを振り切って文植は通りに出た。心なしか、通りは騒然としているように感じられた。

（中国人が驚いていることだろう）

しかし、文植は何の感動も覚えなかった。ただ、一人でいたくて、一人で酒を飲みたかった。大通りに出た文植は、再び路地へと取って返した。その路地に飲み屋が一軒あったのを思い出したのだ。文植は、路地裏の飲み屋に入って初めて、一種の安らかさを感じた。昼間から酒を飲んでいる客がいるはずもなく、店の中は静かで、水の中に沈むように酒を飲む。

容夏のことで悲しいのでも、心を痛めているのでもなかった。憂鬱なだけだ。容夏のそばにいると、たとえそれが沈黙の中であっても、ぐらぐら煮え立つ釜の底で魚が身をくねらせているのを見ている気分になる。しょせん死というのは孤独なものだが、容夏の孤独は凄惨なものだった。死そのものよりも凄惨だった。時間を計るように酒を飲む文植の心は、山荘に行かなければならないと気が急く一方で、尻がくっついてしまったみたいに席を立つのがいやだった。文植が山荘に着いたのは日暮れ時だった。容夏は、文植が部屋を出た時の姿のままで座っていたが、ぼんやりした彼の目に光が戻っていた。

「何かあったのか」

容夏が聞いた。

「恋人に会ってきたのさ」

文植は容夏の後ろにある窓に目をやりながら言った。西日が真っ赤に燃えていた。上海の虹口公園で朝鮮人が、高位将官や公使ら十数名の日本人に爆弾を投げて殺害したらしいとは言わずにおいた。

「酒でも飲もう」

「そうだな」

「お前は一度も止めたことがないな」

「酒のことか」

「俺の健康が損なわれるほど、お前は気分がいいだろうからな」

四十を超えた男が突然少年に戻ったみたいで、容夏の顔に表れた怒りすら単純に見えた。

「それなら、やめとくか」

「いや」

文植は笑う。

「悪魔みたいに笑うんだな」

「不細工な男には悪魔のような笑い方がふさわしい。甘い笑顔なんて意味がない」

西日はかなり長い間、窓辺を照らしていた。

「外で飲んだのか」

杯を持ち上げた容夏は遅ればせながら聞いた。

「ああ」

「まるで鉄の塊だな」

「燦夏を呼ぶんだ」

文植は出かける前に言ったことを繰り返した。

「聞きたくない！」

「そうはいかない」

「しつこい奴め！　下心が見え見えだ」

「……」

「あいつの話を持ち出して俺を刺激するつもりか。そうすれば、会社をお前に任せると言うとでも思っているのか。それを狙っているのか」

「……」

「でなければ、最初からあいつの功臣になるつもりだったのか」

文植は大声を上げて笑った。

「何がおかしい！」

容夏がわめいた。

「それも一案だな」

と言いながら文植は、ハンカチを出して洟(はな)をかむ。

「ふん、正直なことだ」

「俺は馬鹿じゃない」

「それぐらい知っている」

「そうだろうな。そんなことも知らずに、お前が俺の頭を使おうとするはずがない。だが、功臣だとか何とか言うのは随分的外れな話だ。燦夏は俺のことをお前の忠犬だと思っている。俺に対する燦夏の態度には生理的な嫌悪感があるからな。お前の心理分析というか透視力みたいなものは、高貴で裕福な家庭に育ったにしてはかなり正確で鋭い。だがお前はナルシストで、愛情欠乏症で、まさにそのせいですべてが望みどおりにならない。誤算があったというわけだ。実際、正確だということも、突き詰めれば盲目的だと言える。真実もいいが、計算で解決できないのが人生だ。

一つ例を挙げるなら、明姫さんのことだが、あれは失敗だった。お前も身に染みるほど感じているはずだ。出ていきたがっている人の鎖をほどいてやったのであって、出ていきたくないと柱にしがみついている人の尻をたたいて追い出したのではない。世の中には礼儀というものがあるんだ。家柄に学歴、財力、外見まで、あらゆるものを手にしたお前は、世の中の女はすべて、手を伸ばせば手に入れられると思っていたんだろうが」

容夏はうなった。

「得意に満ちたお前を神様のように仰ぎ見る女たちはもちろん多かった。だが、人間的に軽蔑し、疎ましく思う女もいたという事実をお前は知らないだろう。こうして俺たちは向かい合って酒を飲んでいるが、そうだな……お前は変わっただろうか。考えてみたんだが、お前の目に映るものや判断は、今も変わっていない。冷酷な性格なのに、どうして自分にはそんなに甘いんだ。弱り、かすんでいくお前の目に映る諸文植、そして、お前の側近たちは、今でも犬畜生みたいに肉の塊を前によだれを垂らしている。ああ、そうだろう。本能だからな。だが、抑圧する者の力が弱くなれば、お前が考えているように、分け前を手に入れようとよだれを垂らし尻尾がちぎれるほど振っている犬畜生がいるかと思えば、積み重なった怒りと憎悪のせいで分け前などお構いなしに飛びかかって首を食いちぎる奴もいる。それもまた本能ではないか」

「だとすれば、お前は手に入るかもしれない大きな分け前を諦めて俺の首を食いちぎるような部類ではない。尻尾を振るだろう。しかも奇抜な方法で。はははははっ……」

「俺がお前より下の立場だったら、お前の言うとおり、蛇のように邪悪でキツネのようにずる賢くえさの方を選んだに違いない。だが、俺は趙容夏の分身だった。そうだろう？」

「何だと？」

「俺がもし、お前におもねって機嫌を取り続けていたら、すでに追い出されていたはずだ。その点において、お前はほかの貴族とは全く違う。冷徹で計算高い事業家だった。自他共に認める、俺のこの頭脳と図太い神経が必要だった。必要としたのは、俺よりもお前の方で、今、この場だって同じだ。お前がどう考えようと、俺たちは対等だった」

文植は高笑いする。

「実際、俺は気分が悪い。ずっと憂鬱で、黙っていると息が詰まりそうで……もし俺がほっとしていたら、お前は耐えられないはずだ」

「明月館（ミョンウォルグァン）＊にでも行くか」

突然、容夏が言った。文植は容夏をじっと見つめて言う。

「聞くところによると、最近、お前が言うところのつまらない女たちを呼んで愚痴をこぼしてるそうだが、いったいどうしたんだ」

「ふん」

「理解できなくもないが、好色家でもなく風流でもないお前はこれまで、妓生など相手にしなかった。潔癖症のお前の好みはインテリの新女性なのに、わざわざ妓生を呼んで愚痴を言ったり身の上話をしたりするなんて、どういうことだ」

文植は酒杯を置き、たばこに火をつける。反射的に、容夏もたばこに手を伸ばしかけてやめた。

「酸いも甘いも噛み分けた女たちの男を見る目は馬鹿にできないぞ。妓生や、今、幅を利かせている男たちが出入りする花柳界はいわば社交界だといっても差し支えない。あの女たちが男たちの価値を判断することに長けているのを忘れるな。お前がいくら見下げたところで、侮辱を受け入れるふりをしてあざ笑っているんだ。あいつらの目は鋭い。よりによってそんな女たちの前で何もかもさらけ出すつもりか」

「何を言う」

「お前の言うことなら女たちは何でも喜ぶだろうと思っているから、醜態をさらすことになるんだ。死ぬだの何だのという話もしたようだが、お前が冷酷なら相手も冷酷だ。不幸な人は冷酷なものなんだ。趙家の人たちは言うまでもなく、任家でも秘密にしているから、女房が逃げたといううわさはさほど広まっていないだろうが、たとえ知っていたとしても、そのせいでお前が心を痛め、やつれていると考えるような女たちではない。冷血な人間が自分自身のために泣いているということを……」

「誰が涙を流したというんだ！　好き勝手なことを言いやがって。出ていけ！」

「涙は流していないだろうが、似たようなざまだったのではないか。すっかりやつれて、あの調子じゃこの先長くはないだろうに、幻を見た気がしたわ、魂が半分抜けたみたいだったわよ、いくら金持ちでもあれじゃあ仕方ないわねと陰口をたたかれて」

「この豚野郎め！」

杯を激しく投げつける。

「そう来なくちゃな。はははははっ」

杯は避けたが、酒でぬれた顔をハンカチで拭きながら、文植は大声で笑う。しゃっくりをしながら笑い続ける。容夏ももちろん変ではあるが、文植がそんな笑い方をするのも変だ。神経が図太いとはいえ、文植も容夏の性格にいや気が差していたし、軽蔑し、憎みもしていた。ただ、正確な判断力と仕事の処理能力という点において二人は息が合っていた。今も文植は、容夏のために悲しみ、心を痛めているのではない。なのに、もどかしくて憂鬱で、何かを手に取って思いきり壊してしまいたい衝動に駆られ、文植自身もその理由はわからなかった。ハンカチをポケットに押し込み、文植が言う。

「お前、俺に出ていけと言ったな」

容夏は文植をにらみつけている。

「内心、本当に帰ってしまうんじゃないかと恐れているんだろう？　そうだろう？」

「帰りたきゃ、帰れ！」

「俺は、解放されればうれしいさ。お前は、自分の苦しみを楽しんでいる俺に仕返ししてやりたいと思いながら、自分の無力感に歯ぎしりしているんだろうが、お前の意識の中には俺に対する信頼みたいなものがあるはずだ。認めたくないだろうがな」

「いっそのこと正気を失った方がましだ。諸文植を信じるくらいなら毒蛇を信じるさ」

「人間っていうのは」

たばこをもみ消し、新しい一本に火をつけた文植は続ける。

「人間っていうのはおかしなものだ。本当におかしくて神秘的だ」

容夏は、ちびちび飲んでいた酒をあおり始めた。

「おかしいよ、人間っていうのは。いったい、どこまで哀れで、どこまであくどいのか。いくら大きいとはいってもたかが知れている。なのに、その怪物はどうしてこんなに身勝手なのか、複雑なのか考えてみたことはあるか？　ないだろう。民衆というのは特権階級とはあまりにもかけ離れているために過小評価され、特権階級は過大評価されるが、それは有史以来の属性というものだ。だが、よく見れば、どちらにもある種の典型的なイメージがある。それがよく表れないのが、中間層に属する輩じゃないかと思う。もちろん、上中下どの階級であれ、変わった奴がいないわけではないが……うぅむ、俺は何を言ってるんだ。病気なのは容夏の方なのに、俺の頭がこんなに割れるほど痛いのはなぜなんだ。

うむ、それでだな、ああ、さっき妓生がお前をどう見ているか話しただろう。とにかく、権力をつかんで政治をする奴にずる賢くない奴はいないが、彼らなりに辛酸をなめているだけに、心理構造が複雑になるのはやむを得ない。だが、権力に近づけなかった連中、つまり、門閥、財閥、学閥に属する金持ちで暇な階層、言ってみればお前みたいな部類にも、ある典型的なイメージがあるみたいだ。日の当たる所にいたからといって、彼らに陰がなかったわけではない。辛酸をなめたことがないだけだ。

大体において、身分が高いと神秘的に見える。だが、それは間違っている。よく見えず、遠い所にいるから、人々はその仰々しい家門、仰々しい人物を想像の中に閉じ込めてしまう。その中で投げつけようが、たたいてこねくり回そうが、想像には制限がない。いくらでも色づけできるし、形も変えられる。だから、神秘的な存在として浮かび上がり、荒唐無稽にも、グロテスクにもしてしまう。それは観点ではなく妄想だ。うわさだ。

しかし、近くから見れば、餅屋も飴売りも、世渡り上手な人も芸術家も、誰も彼もが、趙容夏という人間の認識においてはほぼ一致する。冷血、独善、傲慢不遜、数字に強くて偏執狂で、人や物に対して鑑賞する以外の価値を感じられない人間だと。だが、同じように雲の上の人に属する趙燦夏はどうだ。内省的で、傍観者のようで、純粋な情熱家でありながら、一筋縄ではいかない意地っ張りで、数字には無関心なふりをしながら物事を見る目は確かだと人々は考えている。もちろん、皆が俺みたいな表現をするわけではないだろうが、似たようなことを感じているはずだ。俺みたいな人間は、飴売り、妓生、両班、知識人とそれぞれの目に映る姿がすべて異なっている。意識しようがしまいが、その認識は絶えず変化していくとでも言おうか。なぜか。強力な上流階級と大多数の下層階級の間に割り込んだコウモリみたいな存在だからだろうか。

とにかく、お前たちの階級というのは腹の中まで見え見えだが、下層階級の大多数である民衆のわからなさというのは、俺の場合とはまた違う。正直言って、民衆というのは俺にはよくわからない。わからないんだ。到底わかりようがない。大多数である民衆、あの大きな群れを通して俺は人間というものを考えるようになった。人間とは何か、彼らのことがわからないのと同じように、人間というのもまた理解不能だ。それは非常に大きい絶望だ。もしかしたら、その絶望は歴史の本質みたいなものかもしれないと思ったりもする。完全な支配、完全な服従があれば、歴史というのは存在し得ないのではないか。そういう意味において絶望の本質というのは、果てしなく繰り返される明滅そのものかもしれない。

民衆は決して服従しないけれど、目的を達成することができないまま消えていき、どんな権力も彼らを完全に支配したことはなかった。物質の欠乏というのはその瞬間ごとの、あるいはある期間における苦痛だ。飢えとぼろ着が命を破壊するのだから衣食住こそ最も切迫した問題であることには違いないが、だからといってそれだけで人間を説明することはできない。人間とは理解できないものだというのはそのせいだろうか。奴隷や奴婢たちの逃亡に対する絶え間ない情熱、その激しさがぼろ着や飢えと同様、歴史の本質なのだろうか。そして、彼らは本能的に真理や真実を希求し、宗教や芸術や愛を、時には仕事を通じて所望し、渇望する。そんな者たちが相克し、相乗し、相殺しながらおびただしくうごめいているのに、上流階級と中流階級が歴史を支配してきたというのは果たして正しいのだろうか。上流階級と中流階級は中心からはじき出された単なる飛沫に過ぎないのではないか。大多数の民衆こそ巨大な急流だ。彼らを理解できないと言うと繰り返しになるが、巨大なあの集団、うごめくあの集団はどこへ向かっているのか、俺にとってその行方はいつも不思議で不吉だ」

「行方？　皆、死ぬに決まってる。ははははっ……」

次の瞬間、容夏の笑いは突然止まった。顔が青ざめていた。椅子の端を押さえる手が震えていた。文植はその姿を微動だにせず見つめる。あまりにも奇妙な光景だ。容夏はおびえた顔だった。文植は精神を病んだ人のような目つきだった。

「親指一本でつぶせるアリも、群れを成してアフリカのジャングルを進軍すると通り過ぎた跡には何も残らないというが、だとすれば、その巨大な群れはどこへ行ったのか。それを考えると俺は、東学の金開南（キムゲナム）*を連想する。金開南は何をしてどこへ行き、その群れはどこへ行ったのか。もちろん死んだのだろう。お前も死んだと言ったではないか。だが俺は、死んだのではなく挫折したと言いたい。あれは押しては返す波だったのか」

文植の声は沼に沈んでいく、底知れぬ所に限りなく沈んでいくような雰囲気を漂わせる。彼は自らを鼓舞するように声を高めた。

「ところで、『ドイツ農民戦争』でエンゲルスは、各州の農民たちが、反乱を起こした隣の農民の救援を拒否したせいで、反乱を起こした大衆の十分の一にも満たない軍隊に敗れたと書いている。晋州の農庁と白丁との闘いはどうだ。利害関係の衝突ではなかったはずだ」

文植は頭を振った。酒量も相当なものだったが、容夏と共に自分も崩壊しつつあるのを文植は意識していた。しゃべって、しゃべって、なぜしゃべり続けなければならないのか、彼自身もわからなかった。それは水に溺れまいともがいているのと同じだった。容夏は文植の話などすでに聞いてもいなかった。気が触れた人が水を飲むように、容夏は酒をあおり続けていた。

「獣も草木も自分の領域を犯されれば、草木も……草木、うむ、それは……とにかく、激しく闘うのはすべて生存の本能だ。白丁と農庁の闘いも本能か。いや、あれは人間の闘いだ。いわゆる階級闘争なのだ。農庁は上下を線引きしようと言い、白丁は、上下をなくそうと言う。それが、食べていくことと何の関係があるんだ！　根の深い因習、それもあるだろう。だが、民衆というのはもともと本能的に分裂しようとするものだ。だから、あの巨大な群れの行方がわからないのだ。集まって散らばるのも運動は運動だ。万物が集まり、散らばって、それは運動なのだ。

趙容夏、わかったか。死ぬのも運動で、生きるのも運動だ。洪秀全*の下で最も抜きん出ていた男、炭を焼いていた男、俺はあの男が本当に好きなんだが、楊秀清*っていただろう。太平天国のあの楊秀清だ。あの楊秀清が、質屋の息子で同僚の韋昌輝に暗殺されて太平天国はいっぺんに崩壊したが、さっき俺は運動だと言ったか。階級闘争だと言ったか。いや違う、エゴイズムだ。これは幻想なんだ。惻隠の心がなければ人ではない。羞悪の心がなければ人ではない。辞譲の心がなければ人ではない。是非の心がなければ人ではない。もちろん、そう説く四端説*は立派だ。軍隊の縦隊みたいにまっすぐ整っている。乱世に苦しむ民にとっては実効がなくとも、覇王たちが利用すれば杖が指揮棒にもなり、ただの棒きれになって折れたりもする」

「や、やめろ」

容夏が手を振った。よろよろと立ち上がりかけてばたっと倒れる。

容夏はソファに体を埋めていた。灰色のチェック柄の、ぶかぶかのガウンを羽織っていた。カーテンは閉めたままだったが、すっかり夜が明けていることがカーテン越しに感じられる。さっき下女が持ってきた緑茶がテーブルの上に置かれていた。黒檀（こくたん）のテーブルと白磁の湯呑みは、目にしみるほど対照的だ。容夏は背中を伸ばし、緑茶をひと口飲んだ後、たばこを取り出しかけてやめるとため息をつく。

「オオカミみたいな奴め」

腕を上げ、組んだ両手で頭を支える。

「野獣みたいな奴め」

夕暮れ時から明け方まで、悪夢のように酒を飲んだ。文植のぎらぎらした目が近づいてきて、高笑いが耳元で響く。死刑宣告など受けてはいないとわめいた自分の声もよみがえった。昨日一日中、死んだように横たわっていて、夜は悪夢に苦しめられた。組んだ両手をほどき、視線を湯呑みに落とす。緑茶は透明だったが、液体ではなく固体のように思える。容夏はふにゃふにゃしたプリンを連想する。日本にいた時、時々飲んでいたコニャックも思い出した。

（クラゲ、マダコ、ナマコ、ミズダコ、それから、ううむ、洪成淑（ホンソンスク）みたいな女？　明姫は紅茶みたいな女だろうか……柳仁実（ユインシル）は冷水だ、冷水）

容夏は無意識にピジョン〈巻きたばこの銘柄〉の箱からたばこを一本抜き出す。しかし、火はつけず、指の間で転がしながら、じっとそれを見つめる。

（文植の言うことは正しい。俺の前でほっとため息をつこうものなら、その口を引き裂いてやると思ったことだろう。ちらちらと顔色をうかがっていたら、目玉をくりぬいてやると思っていたに違いない）

ゆっくりたばこの火をつける。煙を吐き出して激しくせき込む。せきをしながら窓辺に近づき、カーテンを開ける。山荘の庭にはまぶしい朝の日差しが満ちていて、鳥たちがさえずっていた。新緑は、淡い緑と濃い緑がもつれ合って揺れていた。燃えていた。緑も燃える。燃えるのは紅葉だけではない。生命が燃えているのだ。生命の歓喜、忍苦の冬はこの歓喜に備えていたから、雪原はあんなに清らかだったのか。日差しは金粉のように砕けて散らばり、山荘から望む山ではツツジが盛りを迎えている。濃い色や薄い色、桃色みたいな薄紫みたいな色の花がまだらに咲き乱れていた。

（女も家族も誰もいない。今、俺のそばにあるのは日差しと新緑と花の色だけなんだな）

仮面みたいだった医師の顔が浮かぶ。消毒のにおい、白いシーツ。

（俺はまたあの新緑を、花を見ることができるだろうか。来年……）

容夏は一度でいいから仁実に会いたかった。冷たくされても、非難されても、軽蔑されても構わなかった。とにかく彼女にひと目会いたいという思いは切実だった。この世の誰か一人にだけは、自分の死を告白したかった。文植が知っていることは明らかだったが、もうそれはどうでもよかった。文植が知っているということはもう何の意味もない。病気のことを知られまいとあれほど執念深く、念入りに壁を築いたのに、自分でもあきれるほど文植のことはもうどうでもよかった。すっきりしたとか、解放感みたいなものはあるはずもなかったが、文植との関係における呪縛が解けたような気がしたのだ。

ただ、時間がないと焦り、仁実を切実に望んでいた。だが、仁実の行方はわからなかった。あちこち探ってみたが、捜し出す手立てはなかった。捜せないという焦燥感のせいで妓生を呼んだのかもしれない。病気のことを告白はしなかったものの、文植の言うとおり痴態を演じたのかもしれない。告白の相手は仁実でなければならない。それも非常識な執念だが、女でなければならないという無意識の希望も説明がつかない部分だ。女でなければならない。にもかかわらず、明姫を捜すことは考えなかった。

容夏が仁実と最後に会ったのは昨春の新学期、いや春休みを数日後に控えた日のことだった。最後と言うよりも二度目と言う方が正しい。その日、料亭で文植と一緒に酒を飲んでいた容夏は突然、矢のごとく外に飛び出した。そして、大声を上げて運転手を呼んだ。夜も更けていたのに、運転手を急き立てて訪ねていったのは夜間の技芸学校だった。容夏がまっすぐ教務室に向かうので、酔っている容夏を心配した運転手は後を追いかけた。教師たちは帰る準備をしていた。不意に訪ねてきた酔っ払いが誰であるかを知らない教師たちは面食らう。運転手が、

「趙容夏社長です」

と、低い声で注意喚起してもよくわからない様子の教師たちは、口をぽかんと開けていた。しかし、そのうちの一人、龍秀哲（ヨンスチョル）が慌てて立ち上がると、残りの教師もつられて立ち上がった。そして、彼らの顔が青ざめた。少し驚いた表情ではあったが、仁実だけは落ち着いていた。容夏が夜間学校に酒の臭いをさせながら訪ねてくるとは。それは彼の体面を汚す行為で、名目上、校主とはいえ、技芸学校の夜間部の存在など、容夏にとってはポケットの中のイギリス製たばこほどの価値もなかった。ここの生徒でもある、腕の骨を折った紡績工場の女工の件で仁実が手紙を送ってこなければ、趙家の財団が運営する学校の中に技芸学校があり、しかも夜間部があるとは知りもしなかっただろう。教務室のトタン屋根から、砂が風に吹かれて転がる音が聞こえてきた。裸電球がぽつんとぶら下がっている教務室は、もの寂しい雰囲気だった。

「こんばんは。柳先生」

容夏はまっすぐ仁実の前に歩いていった。

「こんばんは」

仁実は短く答えた。

「顔色が良くないですね。どこか具合が悪いのですか」

確かに、仁実はひどくやつれて見えたが、仁実も初めは容夏だと気づかなかった。三、四カ月前だろうか、冬休みが始まる直前に会った時はきちんとした紳士だったのに、今日は、服装が乱れているせいでもあるが、容夏も体調が悪そうに見えたのだ。とはいえ、仁実はこの三、四ヵ月の間、容夏のことを随分考えていた。女工の生徒の件について何の連絡もないのが気にかかっていたし、見知らぬ港町に明姫を訪ねていったので、おのずと容夏のことが頭に浮かんだ。だが、それよりも日本から緒方と一緒にやってきた趙燦夏が彼の弟であり、その燦夏と一緒に旅行したせいで容夏のことがしょっちゅう思い出された。

（どうしてこんなに変わってしまったんだろう）

「旅行されていたそうですね。冬休みの間に」

「……」

「どうして驚くのですか」

（なぜ知っているんだろう。どうしてこの人は私の行状を把握しているんだろうか）

仁実は不快感を示した。

「明姫に会ったんですよね」

（ああ、そういうことか）

「なぜ知っているのかと聞かないんですね。私には何でも調べがつくのです」

容夏は初めて教務室の中を見回す。

「この技芸学校の校長職を断った人が片田舎の刺繍の先生に転落するとは」

容夏は容赦なく自身の恥部をさらした。それはまた、傍若無人な振る舞いでもあった。容夏が突進していった相手は仁実であり、明姫のことは話のきっかけに過ぎなかった。

「それはそうと、近くまで来たら、いつだったか柳先生に頼まれたことを思い出しましてね。それで立ち寄ったんです」

「わざわざお越しになる必要はありませんのに」

「そうですか」

「……」

「いずれにしても、ここの生徒であり、私の工場の女工に関する話ですから」

「そうですね」

と言うと、仁実は椅子を差し出した。

「お掛け下さい」

「いいえ、結構です」

容夏は、ばねが壊れてぽこんとへこんだ椅子を見下ろし、眉間にしわを寄せた。そして、顔を上げると、穴が開くほど仁実を見つめる。教師たちは、裸電球の下で影のように立っていた。

「忙しくて、柳先生との約束を果たせませんでした」

「ご心配をおかけして、すみません」

「いいえ。突然思い出したので、学校の実態を見るついでに」

「気にかけていただいて、ありがとうございます。ご覧のとおり、経営者の無関心さが歴然としています」

影のように立っている教師たちの目が大きく開く。

「そうでなくても、私は敵地に入ったような気がしていました」

「……」

「それより、柳先生はひどく痩せましたね。私みたいに体を壊したのではありませんか」

さっき言ったことを忘れたのか、容夏は繰り返し言った。仁実は、健康について二回も尋ねる容夏の意図をしばらく考えているような表情だったが、苦痛に耐えているようにも見えた。

「ああ、本当に狭苦しくて窮屈ですね。これでは学校の役目が果たせない。ううむ、私がここの校主だなんて、とても恥ずかしい」

その時、朝鮮語を教える男性教師が勇気を出して言った。

「そ、そうですが、そのとおりですが、二階建ての立派な校舎がなくても、不遇な子供たちを教えるのは重要で、やりがいのある仕事です」

その言葉は黙殺したまま、

「誰が夜間学校をつくれなんて言ったんだろう。社会主義者か独立闘士がうちの父親のコンプレックスを利用したんだろうが、この際」

と、容夏はまた仁実の顔を穴が開くほど見つめる。

「この際、柳先生の通っていたような女子大学でも設立すべきです。そうすれば、寒くて腹のすく夜にこんな苦労をしなくて済むのに。はははは……柳先生をこんな所で腐らせておくなんて、はははっ……」

仁実の顔が青ざめた。

「失礼なことをおっしゃいますね」

「お気に障りましたか。社会主義もいいでしょう。知識人のはやり病ですから。しかし、この学校は何の役にも立ちません。そうでしょう？」

傍若無人なのは彼の本領だが、これは醜態だ。両班が白丁と争っているようなものであり、酒を飲んで現れたことからして醜態だった。なぜそんなことをしたのか。仁実に近づく隙がなかったからか。遠からず崩壊する自分自身の体のせいだったのだろうか。容夏にはもはや何の手立てもない。だから、余裕がないのだ。仁実は数ヵ月前の容夏と今、目の前にいる容夏のあまりの変わりように、疑問と人間的な哀れみのようなものを感じ始めた。彼の言うことは本心でないことに気づいた。さっき、黙殺された朝鮮語の先生の顔が赤くなっていた。

「寒くて空腹なら独立闘士や社会主義者になり、暖かい格好をしていて腹いっぱいなら親日派で民族反逆者だと言うのは、あまりにも短絡的だと思いませんか。仁実さん、今も昔も知識人たちが知識をひけらかすのは問題ではあります。先生たちもそうですよ」

でたらめなことを言って、げっぷをする。

「一日に十二食を食べる人はいません。知識人であることを自慢するために教壇に立っているなら、当然辞めるべきですね」

突然、朝鮮語の先生が乱暴に言った。そして、机の上に置いてあったかばんをひったくった。

「明日から、私は出てきません。先生方、頑張って下さい」

彼はドアをばたんと閉めて出ていってしまった。教務室の中がざわめいた。

（性格が破綻している。この人はなぜこんなふうになってしまったのだろう。人は突然こんなにも変われるのか。それとも、酒癖が悪いのか）

だが、仁実は鋭く言い放つ。

「趙社長はここが気に入らないようですね。そんな場所に来られる必要はありませんのに」

「いくら酔っぱらっているからといって、目的もなく来たりはしない」

容夏はうつむいてげらげら笑った。

「そんな話はプライドが許さないのではありませんか」

「虫唾（むしず）が走るでしょう。ここにいる人たちは、あの満州の原野を冷たい風を切って馬で駆ける闘士たちを崇拝し、憧れ、闘士の体に湧いたシラミですら神聖だと思う人たちではありませんか。ここにいる人たちは、日本の庁舎に爆弾を投げ、駅で敵を狙撃することを夢見ているのですから、親日派の前で立っている必要はありません。反対に、私の父は、無産階級が政治的情熱を獲得して夏の日のバッタみたいに跳びはねていると言っています。相手は柳麟錫（ユインソク）*でも安重根（アンジュングン）でもないのになぜぺこぺこするのか。原罪があるからですよ。原罪、真実、いいですね。愛？　それは崇高なものですか。ああ、私はこんなことを言うためにここに来たのではないのだが。私は酒乱ではありません。仁実さん、めちゃくちゃですね。ああ、私はこんなにべらべらしゃべる男じゃないのに。酔ってなんかいませんよ。ははははっ……」

教師たちは、と言っても数人しかいないが、何がどうなっているのか理解できず、ぼうっとしていた。

容夏は酒に酔って足がふらついていた。容夏は、親日派の前で立っている必要はありませんと言ったのに、教師たちはまだ立ち続けていた。

(私はなぜこの人に同情してるんだろう。必死で働いてもいつもおなかをすかせている人たち、さまよい歩きながら道行く人に金品をねだる子供たち、満州に売られていく若い女たち、彼らはこの満ち足りた男の……)

と思ったところで仁実は、何に驚いたのか体を震わせる。そして、再び考える。

(馬鹿げたことを言う豚みたいな奴を憎まずにはいられない。私は何者なのか。私は誰の味方で、何をしようとしているのか。私はもう何もできなくなってしまうのか)

仁実は憂鬱な目を上に向けた。

「それはそうと、柳先生はちょうど帰ろうとしていたみたいですが、車で家まで送って差し上げましょう。寒くてひもじいこの場所から一刻も早く脱出しようではありませんか」

「酒に酔った男と同行する愚かな女はいません。帰って下さい。さっきのあの先生のように、趙社長も勇ましく出ていって下さい」

容夏はぼんやり仁実を見つめる。仁実はその視線を強く受け止める。

「そうしましょう。勇ましく。はははは っ……」

そう笑うとおとなしく去っていった。

容夏はその後も仁実を諦めなかった。だからといって、仁実を自分のものにしようというわけではなかった。その後、仁実は学校を辞め、日本に行ったという不確かな話を聞いただけで、容夏は仁実に会うことはできなかった。急転直下、容夏は何度も急転直下し、奈落の底に転がり落ちていた。明姫の家出に始まり、仁実との出会い、そして、不治の病、がんの宣告、それらはすべて突然、予期せぬうちに振りかかってきた。

明姫を頭の中から消してしまったのは仁実のせいであり、引き下がったのではなかった。容夏は柳仁実に最も貴い宝石を見たと思っていた。だが、後退し、さらに後退し、白旗を千回、一万回振っても、仁実はあまりにも遠い存在だった。自身の病気を知った時、容夏は一筋のかすかな望みまで捨ててしまうしかなかった。死は、完全に容夏を支配し始めた。その漆黒のような暗闇の中で自らの死を仁実に告白するというおかしな執念を、容夏はまだ捨て切れずにいた。ひょっとすると、それは最後の光、生涯で最も嘘のない光をつかもうとしていたのかもしれない。

(男を支配するものは何だろうか。支配するという言葉は適切ではない。悲しみ、悲しみ……わからない、わからない、ああ、わからない。なぜあの女は宝石なのか)

意味もない言葉をつぶやいてから容夏は窓辺を離れる。ふらつきながらソファに近づき、ひじ掛けをつかんだまま床に倒れて嗚咽する。

(俺の拳から血が流れる。たたいても打ち付けても、何も変わらない。正気を失って通りをさまよいながらこの苦痛を忘れてしまおうか。あの女さえいなければ……俺は穏やかにすべてを諦められるだろうに……こんなに、こんなに俺は誰にも知られず死に近づいている。俺は死に向かっている！　俺は何のために自分を燃やし続けてきたのか！　果たして俺の人生に炎はあったのか。真っ暗な夜……）

容夏は泣くのをやめて酒を探したが、いくら探してもなかった。

「豚みたいな奴！　悪魔みたいな奴め！」

文植が酒を捨ててしまったのは明らかだった。

「酒を捨てる誠意があるなら、ああ、そんな誠意があるなら、どうして俺を一人にするんだ。豚、ヒル、コウモリ！　こうしてはいられない。出かけなければ、出かけて酒を飲むなり会社の社長室に行ってうずくまっているなり、とにかく出かけなければならない」

突然、何かを思い出したかのように急いで洗面所に駆け込む。

「ひげを剃らないと、ひげを剃って出かけるんだ。俺は病人ではない！　最後の瞬間まで俺は病人であってはならない。一番好きな服を着て、一番好きなネクタイを締めて、ああそうだ」

急いで顔にせっけんを塗る。ひげ剃りを持った。刃をよく確認してから剃り始める。じょり、じょりっとひげを剃る音がする。

「一番好きな服を着て、ポケットいっぱいに札束を入れて……海辺に行こうか？　文植を引き連れて海辺に行こうか？　妓生も何人か連れて」

タオルで顔を拭く。鏡の中に現れた自分の顔を容夏は見つめる。顔はむくみ、まぶたは垂れ下がっている。目は光を失っていた。手を持ち上げてしげしげと見つめる。かつては痩せて静脈が浮き上がっていた手は女の手みたいに厚ぼったい。やはり、手もむくんでいた。

「文植の言うとおりだ」

つぶやいた。

「文植の言うことは正しい」

片手にひげ剃りを持ち、もう一方の手で顔を触る。

「趙容夏らしく死ねということか。俺は弱い男ではない。はは、ははははっ、そのとおりだ」

容夏が洗面所に入ってから二時間ほど過ぎた頃、文植が山荘に戻ってきた。

「寝ているんだろうか」

ドアを押して入った。

「ん？　いないな」

文植は、寝室の様子をうかがってから山荘の番人を呼んだ。

「社長は出かけたのか」

「いいえ、お出かけにはなっていません」

「いないぞ」

「朝、お茶を入れて差し上げた後、朝食を出すようにとおっしゃらないので待っていたところです」

「おかしいな。どこへ行ったんだ。窓の外に飛んでいったか」

と言うと文植の顔色がさっと変わった。あたふたと洗面所に駆け付け、ドアを開けた。次の瞬間、文植は床に座り込んでしまった。

ソウルの各新聞で容夏の自殺が一斉に報じられた。一人で不治の病を悲観し、自ら首を切って自殺したという、おおむねそんな内容だった。ある新聞には、その不治の病は肺がんだったと書かれていた。

十一章　養子の話

容夏（ヨンハ）が文植（ムンシク）と一緒に狂ったように酒をあおって倒れた翌日、一日中、人事不省になって眠っていた頃、東京の調布にある燦夏（チャンハ）の家には来客があった。外出の準備を整えた燦夏の妻、則子は、お市に見送られながらまさに出かけようとした瞬間、とても驚いた。

「緒方さん！」

門の前に立っていた緒方がほほ笑んだ。そして、帽子を軽く持ち上げ、挨拶をするしぐさをしながら、

「すっかりめかし込んで、お出かけですね」

と言った。則子は盛装をしていた。よそ行きの草履を履き、足袋はまぶしいほど白かった。薄い紺地に濃い紺色の模様が入った着物に黄褐色の帯を締めていて、大きくて透明感のある翡翠の帯留めが目立っていた。

「本当にお久しぶりですね。ようこそいらっしゃいました」

則子は心から歓迎した。燦夏が緒方と知り合ったのは、則子の実家を通してだった。つまり、緒方と則子はずっと前から知り合いだった。

「雪子さん〈緒方の姉〉から体調が思わしくないと聞いていましたが、随分お痩せになって」

緒方は手のひらで顔をなでる。

「さあ、お入り下さい。サンカさんが喜びますわ。お市、お客様がいらしたと旦那様に伝えてちょうだい」

お市は下駄の音を響かせながら急いで家の中に入り、緒方と則子は庭の砂利石を踏みながら玄関に向かって歩く。

「お体はもう大丈夫ですか」

「はい」

二人が居間に入ると、燦夏は書斎から出てきて待っていた。燦夏と緒方はしばらく互いを見つめ合う。

「久しぶりですね」

燦夏の方から先に手を差し出して握手をした。則子は時計を見ながら、

「約束があって、どうしましょう。せっかくいらして下さったのに出かけなければならないなんて」

「気にしないで下さい」

緒方が言い、燦夏も、

「心配しないで出かけなさい」

と言った。

「私が帰ってくるまでいて下さいね。夕飯をご一緒しましょう」

「ええ」

「僕がしっかりと捕まえておくよ」

燦夏が言っても則子は安心できないというように、自分が帰宅するまで帰らないよう繰り返し緒方に言った。緒方が来てすぐに出かけることが、余計に申し訳なく思えるようだった。

「では行ってきます」

学校へ行く子供みたいに則子は出かけていった。燦夏と緒方はソファに向かい合って座る。お市がすぐに紅茶を持ってきた。

「体の調子はいかがですか。大丈夫ですか」

たばこに火をつけた燦夏が聞いた。

「大丈夫です」

「学校は？」

「休みを取ったのですが、もう戻らないと思います」

「ずっとぶらぶらしているつもりですか」

燦夏は、軽くやり過ごそうと冗談っぽく言った。

「さあ……自分でも哀れな人間だと思います」

燦夏が前回、緒方に会ったのは昨年の夏休みが終わる頃だった。やつれた姿で現れた彼は、朝鮮に行ってきたが、仁実（インシル）には会えず、行方すらつかめないまま帰ってきたと言った。

「死んだのかもしれません」

緒方は眼鏡を外し、ハンカチでレンズを拭いた。

「死んだのかもしれません。すべて僕のせいです。全部僕が悪いんです」

緒方は胸を詰まらせ、涙を流した。

「ああするべきではなかった。あんなことをしたら終わりだとわかっていたのに。男が、こんなふうに泣いてはいけないこともわかっています」

耐えきれず、緒方はむせび泣く。その時、燦夏はあやうく、仁実さんは今、東京にいますと言ってしまいそうになった。しかし、あんなことをしたら終わりだとわかっていたという緒方の言葉に、燦夏はかろうじて口をつぐんだ。その夜、緒方は飲み過ぎてふらつきながら夜道を帰った。その後、病気になったという知らせを聞いたが、燦夏は見舞いに行かなかった。

「サンカさん」

「……」

「僕のことを怒っているでしょう」

燦夏の顔色をうかがいながら、緒方は慎重に聞いた。燦夏は黙って彼を見つめる。

「怒っていないはずはありませんよね。その証拠に一度も訪ねてこなかった」

寂しそうな声だ。

「大した病気でもないのに、見舞いに行くこともないでしょう。恋わずらいの人に何も言うことはないし」

と言ったが、燦夏の表情は複雑だった。しばらく沈黙が流れた。

「怒ってなんかいませんよ。そんな資格もないし」

しばらくすると燦夏はつぶやくように言った。緒方はどういう意味なのか考えている表情だったが、

「子供は」

と言った瞬間、燦夏の顔色が変わるのに気づいた。

「何かあったのですか」

「子供と言うと……」

「あなたの娘ですよ。何て名前でしたっけ。ああ、芙美ちゃん、あの子は大きくなりましたか」

「ああ、芙美のことですか。あの子は今、乳母と一緒に妻の実家に行っています」

燦夏は戸惑い、どうしていいかわからなくなる。

「顔色が変わったので、何かあったのかと……」

と緒方は言葉を濁す。

「時々、めまいがするんです」

いきなり、子供はと言うので燦夏は、緒方が子供のことを知っていると誤解したのだ。里子に出した緒方の息子、にこにこ笑う赤ん坊の顔が目の前に広がる。仁実は昨秋、病院で出産し、去ってしまった。緒方は、仁実は死んだのかもしれないと涙を流したが、仁実が東京から去ってから、燦夏も時々、仁実は死んだのかもしれないと思う。精神的な苦痛だけでなく仁実の健康はすっかり損なわれていた。

「酒はどうですか」

燦夏が聞いた。

「下さい」

燦夏は洋酒を取り出した。グラスも出して、干しエビや豆を皿にあけた。

「乾杯しますか」

緒方がグラスを持ち上げて言った。

「三度の飯を食い、やることのない二匹の豚、いや、違います。今日は上海の虹口公園のあの烈士のために乾杯しましょう」

緒方はそう言ってグラスをぶつけた。

「どう思いますか、サンカさん」

「何を聞きたいのですか」

燦夏の顔から視線をそらした緒方は、自分の膝に視線を落として言う。

「複雑ですよね。聞かなくても僕と同じ考えでしょうから」

「……」

「ですが、僕は感動しました。大将一人を殺すのは簡単なことではありません」

上海の虹口公園で日本の天皇、裕仁の誕生日である天長節の式典で、朝鮮の烈士である尹奉吉(ユンボンギル)の投弾によって上海の派遣軍司令官の白川義則が死に、居留民団会長の河端貞次も即死した。第三艦隊司令長官の野村吉三郎は片目を失い、在中国公使の重光葵(まもる)は片脚が吹き飛んだ。第九師団長の植田謙吉と在上海総領事の村井倉松も負傷した。

「芽を摘んだんです。あんなに見事に核心を摘み取ることができるなんて。考えてみて下さい。中国の師団をいくつ集めてもできないことを朝鮮の一青年がやってのけたんです。実は僕は、あの人たちの遺族には申し訳ないですが、うきうきしているのです。もともと日本人はテロが好きですから」

しかし、緒方の浮かれた感情の中には不均衡と虚無感と絶望があった。

「僕は朝鮮の独立運動に身を投じたい衝動にかられました。僕個人の人生は、本当につまらないものだということも感じています」

「あなたは日本人なのに、そんなことを言っていいのですか。街角で斬りつけられて死にたいのですか。突き詰めて考えれば、そんな興奮も日本的な感傷に過ぎません。いつか話していた中村屋の相馬夫婦*みたいに」

燦夏は冷たく言った。

「そう言わないで下さい。少なくとも僕は良心から言っているのです。死んだのは誰ですか」

「……」

「軍国主義、膨張主義の最前線の人たちではありませんか。死体の山を踏みつけ、彼らのせいでどれだけ多くの日本人が死ななければならないか。僕は反逆者ではありません。彼らのせいで日本は破滅します。三月事件、十月事件、あの正気を失った奴らのことをご存じのはずです」

「正気を失った奴だなんて、日本の英雄ではありませんか」

燦夏は鼻で笑うように言った。

三月事件というのは、国家主義者の大川周明や社会主義右派の人々が陸軍参謀の重藤千秋、橋本欣五郎ら軍部の将校たちと結託し、議会を一気にたたき潰して当時、陸軍大臣だった宇垣一成を首班とする軍事政権を樹立させようという、いわゆる昭和維新だったが、軍部の後退により不発に終わった。続く十月事件は、その直前に起きた満州事変と関連があった。関東軍が満州で勢力を伸ばしているのにもかかわらず、軍首脳と政府が関東軍の行動をいちいち抑制し干渉してくることに反発し、三月事件の首謀者である橋本が作った桜会の青年将校三百人がクーデターを企てた。二十三連隊を動員し、機関銃、爆弾はもちろん、飛行機に毒ガスまで準備した彼らは、軍首脳、政府要人、天皇を補佐する忠臣、そして財閥を殺害、あるいは監禁し、何よりもまず宮中を掌握して革命を成し遂げる計画だった。

だが、それもまた決行直前に発覚し、首謀者たちが逮捕された。十月事件の計画の方がより過激で恐るべきものだったが、三月事件を「動機が純真である」「憂国の情だ」といった美辞で軽くやり過ごしたのと同様、十月事件ものらりくらりとごまかされた。それは、関東軍を大日本帝国から切り離し、満州で独立すると言って陸軍大臣と参謀総長が脅されたためだ。経緯はどうであれ、とにかく、彼らは愛国者とみなされ、下克上は不問に付された。何日か拘束された将校たちは、芸者を呼んで遊興にふけったという話もある。

「悪童どもめ」

緒方がつぶやいた。

「悪霊だ」

燦夏が言った。

「悪霊ほどでもありません。ガキ大将のレベルですよ。そんな悪童たちによって世界が変わるだなんて、人間というのは本当に取るに足らないものだ」

「刀を振り回せばできないことはない。まな板の上の魚を切るように人間も切ることができると思えば、それより強い武器はないでしょう」

「それこそ悪霊だ」

「文化というのは限りなく無力で、無防備です。ひょっとすると、陵辱された処女みたいなものかもしれません」

「陵辱された処女か……」

「そうですね……文化と言うとちょっと語弊があるかもしれませんが、所望の産物とでも言おうか、人間が自ら選択できる唯一のものだと言おうか。いずれにしても、それは創造的な行為ですが、善を前提にして道徳や倫理、宗教まで含めて高い所を目指そうという、神や不可思議で深遠な秩序に近づこうとする総体的なものです。実際、総体的というのはかなり不明瞭なものですが、その求心点が高い所にあるせいで余計に不明瞭です。明瞭でないということは、攻撃的にも挑戦的にもなれないということで、挑戦し、攻撃し、食い込んでくるのを遮ることができないということにもなります。合理主義者たちは反撃すればよいと言うでしょう。だけど、白い物に赤い水が浸透してきたら、どうやって防ぐのですか。免疫のない肉体に病原菌が入ってきたら、どうやってそれを防ぐと言うのですか」

「それは敗北主義です」

「誠意のない言葉ですね」

緒方がふっと笑い、燦夏は話を続ける。

「ですが、明瞭でないから最後まで食い尽くすことはできないのです。例えば死について言うなら、それに挑戦した人も死ぬし、人はどこから来てどこへ行くのかもはっきりしない。永遠にはっきりしないせいで不明瞭で総体的なものもまた永遠に存続する。だが、それはいつも牙をむいた野獣の前に置かれているのだ。はははっ、はははっ……」

「唯物史観とは相いれない話です」

「そうです。そのとおりです。質量の数値がないものは意味、いや違う、意味ではなくて価値がないのだから。まさにそれが科学的ということで価値と意味の差なのですが、科学に意味なんて関係ありません。価値だけを求めればいいのです」

「そんなふうに言ってしまうと絶望しか残らない。実際、秩序というのは明確なもので、不可思議な秩序はあり得ません」

「そうでしょうか。だったら、便宜上、文化と文明を分けて考えましょう。考えを具体的に表現するのは言葉でしょう。しかし、それよりもさらに具体的なのは、作るという行為ではないでしょうか」

「そうでしょう」

「考えず、話さず、作らなくてもすべての生命は存続します。ただ、人間だけが創造力を与えられています。創造そのものは他人を滅ぼす行為ではありません。少し大げさな表現かもしれませんが、だからこそ、少なくとも純粋で生まれたばかりの子供みたいに無垢で清らかであることを目指すのです。それが文化の本質なら、文明は陵辱された女性みたいなものだと私は思ったのです。文化が陵辱されて現れたのが文明です」

「それは面白い発想ですね」

と言ったが、緒方は燦夏の言葉に感動しているようではなかった。

「変化の激しい文明は、聖女と娼婦の二つの顔を持っていると思います。文化の顔と野獣の顔を」

「野獣一辺倒で行くこともできますが、それは極端過ぎる話です」

「野獣一辺倒も可能でしょう。もちろん、僕たちが目撃した現実からいくらでも例を挙げることもできます」

「一辺倒というのは、原点に返るということだが」

「原点に返ることもできるでしょう」

「文明は野蛮の反対語だが、そうなるかな」

話す方も聞き返す方も、顔に、声に、古く色あせたようなけだるさが漂っている。

「朝鮮を食い尽くし、中国を攻撃したのは誰ですか。もちろん日本です。ですが、実質的に侵略においては欧米各国が元凶です。欧米各国のことを原始的だ、野蛮だと言えば、尻を蹴飛ばされた犬が吠え立てているだけだと笑われますよね。しかし、インカ帝国を滅亡させたスペインや先住民を追いやるアメリカ人を野蛮でないと言えますか。空から爆弾を投じ、毒ガスを使用して植民地を経営するすべての国家に該当する話でもあります。狩猟時代を想像してみて下さい。わなを仕掛け、槍を投げて獣を捕まえる光景をです。問題はそれが獣ではなく人間だという点です。獣は同類を捕食しませんが、人間はなぜ自分たちの同類を惨殺するのか。徹底して反文化的です。文化がアベルなら文明はカインなのか。文化とはいったい何だろう。苦痛で迷路にも似た歴史の森とでも言おうか……」

「サンカさん」

「……」

「生存の問題を度外視することはできません。あなたの話は十分に理解できますが、それでも釈然としないものが残ります。問題を片側からしか見ていない気がします」

「原始人や野蛮人のことを否定的に言ったのでも、生存の問題を度外視したのでもありません。文明が野蛮の反対語として使われる矛盾を指摘したかったのです。文明は、生存問題をはるかに超えた野性だ、そう言いたかったのです。生存という名分を掲げて生存を阻害するもの、ひょっとすると人類は、人間は、自ら掘った穴に落ちる動物なのかもしれません。なぜ日本は、世界を征服しなければならないのでしょうか」

「……」

「ふん、こんなつらい話をなぜ続けなければならないのか、それもわからないな。誰も答えてくれないのに。手も足も出せないのに。八方美人の知識人。座ってでたらめなことをしゃべり立てる奴ら。そうだ、まさに僕たちのことだ！」

吠えるように言った。燦夏はまるで沼にはまっていく人のようだった。困ってぼんやりと座っていた緒方はしばらくすると、

「すべての知識人がそうだというわけではないでしょう」

と自信なさそうな声で言った。

「もしそうなら、知識人たちを弾圧しなかったはずだし、疎外する理由もありません。いずれにしても、教え導き、後始末をするのが知識人の役目ではありませんか。それはそうと、この先、知識人に対する弾圧は厳しくなるでしょう。軍部が力を入れてくるでしょうから」

「日本はいつも刀を持って追い詰めてきます。弾圧されるより前に転向してしまいますね」

「その点においては僕も同感です。三月事件に加担した革新派や社会主義者たちが転向の道を開いたのかもしれません」

「彼らに主義主張などありません。助太刀をしただけの浪人です」

「三月事件に多少かかわった赤松克麿は、満蒙の権益を社会主義的に管理するというやり方で侵略をごまかし、麻生久は天皇と無産階級が協同して政治改革をしようと言いました。そして、三田村四郎は法廷で共産党の革命目標は国体変革ではなく、政体変革だと党代表として陳述しました。一九二八年のあの爆風*を忘れるはずがありません。再び君主制撤廃を掲げて出たら、共産党は根絶やしにされるでしょうから」

「そうしたところで、共産党は生き残れるでしょうか」

「おっしゃる通りです。そうでなくても根絶やしにされるでしょうし、この先、軍部は自由主義者も根絶やしにしてかかるでしょう。とにかく、君主制を認めたのは戦略とも言えます。しかし、最初から日本の社会主義者と共産党がお粗末だったことは否定できないはずです。例えば、朝鮮の場合で言うと、思想面や行動において東学革命は相当具体的だったと認識しています。そのうえ日本の侵略があった。中国も同じだと思います。太平天国の乱で民衆は自覚したのであり、康有為*の『大同書』もまたすばらしいものだったではありませんか。それに、清から独立しようとした漢族の情熱も蓄積された民衆のエネルギーと見ることができます。続いて辛亥革命があり、さらに朝鮮と中国は国境を接しているロシアの革命を一つの状況として肌で感じたのです。

日本は違います。世界恐慌の前までは国力が増強する時期であり、国威発揚の旗のもとに国民を結集させようという時期でしたから。そして、大抵のものは西欧から採り入れていたし、新しい思想が入ってくるルートも同じです。ひどい言い方をすれば、舶来の化粧品を上流社会で愛用するように、外来思想を採り入れたのもプチブルジョアのインテリだったんです。もっとも、どの国だってそうでしょう。しかし、まるごとよそのもので飾り立てた日本の状況では、鍛錬された知識人を期待するのは難しい。

だが、何よりも彼らが飛び越えられなかったのは天皇の存在でした。外部からの物理的な力も相当なものでしたが、それよりも知識人にとって、内部に巣くっている観念をえぐりとることはほぼ不可能でしたから。そんな司令塔の下で活動する党員は、一種の規格品とでも言おうか。彼らは消耗品に過ぎず、特高警察の検挙数を上げてやる存在でしかなかった。一見、日本全土に共産主義、社会主義が広がっていくように錯覚しがちだが、何の中身もない。右翼が大騒ぎしているのも、左翼に打撃を与えるための芝居に過ぎません」

「方便です。一から十まで方便ばかりです。有形無形、すべてがそうで、イデオロギーなんてありません。日本には宗教も入り込めないんですから」

「それでも往時には幸徳秋水*や大杉栄*がいましたが、今はあれほどの人物はいません。凝り固まってしまっているか、伸び切ってしまっているか、そんなところでしょう。幸徳秋水や大杉栄はそれでも感性豊かで、正直な人だったけれど、今はそんな人はいないのです」

「先日、道を歩いていたら、子供たちが『支那人、チャンコロ、みなみな殺せ!』と言っていました。幸徳秋水と大杉栄が数万人いたって、日本は、『みなみな殺せ!』だったでしょう」

緒方はため息をついた。しばらく沈黙が流れた。

「聞いたところでは」

と緒方が口を開いた。

「陸軍参謀本部には、秘密参謀が別にあったらしいです」

「……」

「橋本欣五郎が参謀本部の中に秘密参謀を組織したのだそうです。橋本が三月事件、さらには十月事件の張本人ということですが、彼らが関東軍の板垣征四郎、石原莞爾と組んで事を起こしたということです。

橋本は、在トルコ大使館の武官時代にクーデターを経験したらしい」

燦夏は緒方を見つめる。緒方はしょげ返って話を続ける。

「柳条湖で事件を起こし、関東軍が満州進撃を開始したという報告は政府の上層部をあぜんとさせ、政府はただちに事変の不拡大を決定し、陸軍省参謀局は軍事行動の中止を命令したが、それが一つひとつ秘密参謀によって覆され、関東軍に打電されたという話です。だから、秘密参謀が主導して十月事件を計画し、関東軍の行動を止める政府と軍上層部を倒そうとしたと言うのです」

「僕にそんな弁明をする必要はありません」

「いや、その」

緒方は慌て、鼻白んだ。弁明、実際そうだった。日本の子供たちが中国人は皆殺しにしろと言っていたという燦夏の話を聞いた時、緒方は耐えられないほどつらかった。子供たちがそんなことを言いながら戦争ごっこをしているのを、緒方自身も目撃したことがあった。満州事変が何人かの狂った軍人による暴走だったということを、日本人である緒方が弁明したいと思ったのは事実だ。気の弱い彼としてはどうすることもできなかった。

「僕にそんなことを言う必要はありませんよ。関東軍の単独行為であれ、政府は無関係であれ、僕にそんなことを言う必要はないんです。僕が朝鮮人だからですか。僕は日本が骨の髄まで染み込んでいて、東京にいるではありませんか。ははは っ……」

「すみません」

燦夏のよそよそしい態度が緒方には寂しく感じられた。随分恥をかかせるのだなとも思った。

「そんなこと言わないで下さい。本当に」

今度は燦夏が哀願するように言った。

「僕もあなたも同じ民族反逆者ではありませんか。それこそ、生ける屍（しかばね）です。ははは っ」

燦夏は空笑いする。

「そうですか」

「緒方さん、酒でも飲みましょう」

彼らは杯を持ったままほとんど酒は飲まず、話ばかりしていた。

「そうですね、酒でも飲んで。ええ、飲みましょう」

病み上がりだからか、緒方は何杯か飲んだだけで酔いが回ったようだった。顔が赤くなったかと思うと、すぐに蒼白になったりした。そんな顔色の変化が彼の心中をうかがわせた。燦夏も緒方と向かい合っているのは苦痛だった。彼は均衡を失い、戸惑い、興奮していた。燦夏の目の前には時々、にこにこ笑う赤ん坊の顔が浮かんだ。おむつをつけてはいはいする姿がありありと浮かぶのだった。緒方が杯を持って目を伏せた時、彼の痩せた手首を見た燦夏は、心と体がすっかり壊れ、縮れた落ち葉みたいに見えた仁実が秋の冷たい風の中に消えていったあの日のことを思い出した。

（約束だった。いや、ああしないわけにはいかなかったんだ）

「本当に静かだな。息の音すら聞こえてこない」

緒方がつぶやいた。

「洞窟の中に入ったみたいだ」

「腐った池の中でしょう」

「サンカさん」

「……」

「どうしたんですか。意地悪なお婆さんみたいに」

「ははは、はは」

「僕に対する感情は……良くありませんよね。もちろん、そうでしょう。ですが、僕にはあなたしか話し相手はいないのです」

「緒方さん」

「はい」

「結婚した方がいいですよ」

燦夏自身もなぜそんなことを言ったのか、理解できなかった。

「結婚ですか」

聞き返す。

「いつまで一人でいるんです。いつまで寂しさだけを抱えているつもりなのですか」

「結婚してしまいました」

「誰がですか？　あなたが？」

「千恵子が」

緒方は、ははははっと笑った。

「従妹とかいう？」

「はい」

「将軍の娘とかいう、あの人ですか」

「結婚するならあの子とするつもりでした。家でも望んでいたことですし。でも、嫁に行ってしまったんです。これ以上待てなかったんでしょう。伯父さんも年ですし」

「それで？」

「気が楽になりました。肩の荷が下りたような気分です」

「彼女が嫁に行ってしまったから、体調を壊したんですか」

緒方は笑うだけだ。再び会話が途切れた。緒方が上海の虹口公園爆弾事件の報道を見て興奮し、燦夏を訪ねてきたことは間違いない。そのことがなかったら、燦夏を訪ねてこなかったかもしれない。しかし、軍国主義を憎み、満州事変、上海事変のことを批判したのは緒方の本心だ。日本の状況に不安と憤怒を感じるのも、仁実や燦夏とは関係ない。ただ、この時代を生きる知識人の一人として苦悩しているだけだ。

「サンカさん」

「随分酔っぱらったみたいですね。もう酒はやめておきましょう」

「僕は酔っていない。僕に何かされそうで怖いんですか」

突然、緒方の口調が変わった。自暴自棄、そして、怒りも帯びていた。

「サンカさんは僕が嫌いなんだ。怒ってるんでしょう?」

「さっきからどうしたのですか」

「聞かれたことに答えて下さい」

「答えない理由もないが」

緒方は酒を飲んでしばらく黙っていたが、

「では聞きますが、ひとみ〈仁実〉の消息を知っていますか」

「……」

「溺れる者はわらをもつかむように、ただ聞いてみただけです。サンカさんがひとみの消息を知っているはずがない。あの人は死んだのかもしれない。もし死んだなら、それはすべて僕のせいです。僕のせい……それに、あなたにも責任があります」

「……」

「なぜ一人で逃げたのですか。朝鮮の男が、なぜ一人で逃げるのですか。そうでしょう? あの時、どこへ行ってきたのかと言って僕をにらんでいたあなたの目をまだ忘れられません。オオカミにウサギを一羽投げ与えておいて、一人逃げた男。美辞麗句を並べ立てたところで、しょせん人間というのは自分のことしか考えない動物なんです」

肺腑を深く刺されたように燦夏の顔がゆがんだ。そしてその瞬間、燦夏は気づいた。昨年の初夏から自分自身に降りかかってきた精神的な負担にいら立ちながらも、今まで一人で耐えている理由に気づいたのだ。それは、ヒューマニティーや義理というよりも、卑怯な自分の行為に対する償いだということに。いや、気づいたというよりも、そんな心理から逃れようとした時に緒方に首根っこをつかまれたというのが正しいかもしれない。

「では、仁実さんはウサギだったのか」

と燦夏はつぶやいた。とにかく、息の詰まる瞬間から抜け出したかった。

「違います。朝鮮の虎、雌虎です。堂々と生きる女、人生をしっかりと抱きしめ、無駄なく……そんな女を僕は犯した。おしまいだと思いました。手に入れたのではなく、失ったのだと思いました」

「僕にそんな話をする必要はない！　それはあなたの問題だ！」

燦夏は怒り、叫ぶように言った。緒方は驚いて燦夏を見る。酔いは覚めたようだった。緒方は頭を振った。

「すみません、サンカさん。こんな話をしに来たのではなかったのですが」

「……」

「か、帰ります。則子さんの前で醜態をさらすわけにはいきませんから」

緒方は立ち上がった。燦夏は引き留めなかったが、彼の後をついていった。家の外に出ても、燦夏はずっと緒方についていった。緒方は大通りに出ても電車には乗らずに歩き続け、燦夏はためらいながら緒方の後を歩いた。通り過ぎる人たち、自動車、電車、動くものすべてに西日が当たり、影は東に延び、東に向かう人は影を追いかけ、西に向かう人は影に追いかけられていく。街には何の音もなく、まるで無声映画のように見える。二人の耳には何の音も聞こえてこなかった。追うことと追われることの違いは何なのだろうか。それは西日のせいなのか、個人の選択のせいなのか。二人は道を渡った。西洋風の建物の喫茶店の前で緒方は足を止めた。

「コーヒーでも飲んでから別れましょう」

燦夏はうなずいた。喫茶店の中には音楽が低く流れていた。チャイコフスキーの「イタリア奇想曲」だった。白いエプロンを着て白い帽子をかぶったウェイトレスが新鮮に見えた。二人は黙ってコーヒーを飲む。実際、彼らに言葉は特に必要なかった。少し妙ではあったが、二人にとっては沈黙が和解みたいなものであり、何より信頼みたいなものを感じさせる時間だ。握手をして二人は別れた。

翌日、昼食を終えて茶を一杯飲んだ燦夏は、すぐに書斎に入らなかった。居間の窓辺に立って庭を見つめ、たばこを吸っていた。則子はソファに座ってレースを編んでいた。いつものごとく辺りは静かだった。燦夏の家は建て坪が約五十坪の和洋折衷の平屋だ。庭は広い方だったが、木が多くて少し窮屈だった。かなり古い松の木が数本あり、縁起のいい梅と南天も古い木のようだった。カエデ、イブキ、イチイなど、庭木はよく手入れされていた。庭石が所々に置かれ、空間の大部分に砂利を敷いた典型的な日本式庭園だった。外から見ると、平屋はすっぽり埋まってしまったように目立たなかった。庭木のせいだろうが、中流から上流層が大部分であるこの辺りには、威容を誇る堂々とした邸宅が多かったせいでもあるだろう。

燦夏の妻、則子は結婚する時、少なくない持参金を持ってきた。しかし、この家はソウルから送られてきた金で用意した。則子が少なくない持参金を持ってきたことは、実家の本田家が裕福だということを表すと同時に、彼らの結婚を祝福するという意味でもあった。燦夏が則子に初めて会ったのは本田教授の研究室だ。あの頃、燦夏は研究室の助手で、将来が保証されているわけでもなく、希望もなく、漠然とそこに留まっていただけの暗い日々だった。兄と明姫（ミョンヒ）の結婚によって負った傷も生々しい頃だった。本田教授の姪、則子は近くまで来たので立ち寄ったと言った。すらりとした体形で、薄緑色のワンピースに茶色の帽子と靴を合わせ、財布より少し大きい金色のバッグを持っていた。洗練されていた。本田教授は自然に燦夏と則子を互いに紹介し、その後、二人は時々、銀座の喫茶店で会ってコーヒーを飲む仲になった。映画も一緒に観て、音楽会や絵の展覧会のようなものにも行き、交際が深まっていった。

則子は美人とは言えないが、肥えた土地で思いきり日差しを受けて自由に育った植物のような独特の品格を備えていた。お茶の水の女学校を経て女子大の国文科を出た則子は、一定の教養と知識を兼ね備えていて、積極的、個性的というよりも周りの環境が彼女を解放的な女性にし、うわべだけではあるけれど、新しい西洋式の流れを生活に採り入れていた。従姉が勧めるままに日本に入ってきてまだ日が浅いゴルフをしたり、派手な水着を着て海辺の夏を楽しんだり、たまには新女性を標榜する講演会みたいなものにも出かけた。

結婚後も、それまでの日本女性みたいに床にひざまずき、手をついておじぎをしながら「いってらっしゃいませ」「お帰りなさいませ」と夫に言ったりはしなかった。則子の態度は結婚前と変わらなかったが、それは、則子の意思というよりは、燦夏が全面的に則子に自由を与えたからだ。伸び伸びしていて、しつこく詮索したりするタイプではない則子は、自分が自由な分、夫も自由にさせておくことに何の疑いもなかった。状況が複雑で、性格が繊細であるうえに大きな傷を抱えている燦夏にとって、則子は気楽な存在であり、燦夏は彼女の明るい性格を愛していた。則子ももちろん、燦夏を愛していた。とても深く愛していた。いつか、則子が言った。

「実家ではあなたのことを無邪気な人だと言っていました」

「馬鹿だって意味だな」

燦夏は苦笑いした。

「違います。馬鹿殿様だという意味ではありません。聡明な人は偏狭な面を持っているものだけど、サンカさんは寛容だと母が言っていました。従姉たちもみんな、あなたのファンです」

燦夏に殿様の称号をつけたのは趙家が貴族だからだ。それに、二人の結婚が祝福されたのも貴族という背景が大きく作用したのは事実で、燦夏の人柄が彼らを満足させたことも否定できない。

「あなた」

レースを編んでいた則子が呼んだ。

「うん」

庭を見つめたまま燦夏は上の空で答えた。

「緒方さんは、なぜ結婚しないのかしら」

「さあ……」

「千恵子さんは本当にいい人なのに」

「……」

「緒方さんはロマンチックな人なのに恋愛もしないで……。もしかして、昨日、あの方とけんかでもしたのですか」

「何を言うんだ」

「夕飯を一緒に食べる約束だったのに」

「言ったじゃないか。だいぶ酔っぱらっていたんだ。君に醜態をさらしたくないと言って帰ったんだよ」

「でも、何となく」

「……」

「上海のあの事件のせいで、あなたと意見が衝突したんじゃないかって」

「そんなことはない」

沈黙が流れたが、

「あなた」

と再び呼んだ。

「この先、どうなるでしょうか」

「何がだ」

「戦争ですよ」

「終わったんじゃないのか。無血の占領なのだから、戦争というほどでもない」

「それは違います。国際連盟から調査団が送られるそうだし、モンゴル方面では軍事行動が続いていて、本格的な戦争に拡大する可能性もあるのではありませんか」

「戦争が拡大すれば領土も拡張するだろうに、何を心配しているんだ」

燦夏は皮肉るように言った。

「世間では、満州は最初から中国の土地ではなかった、加藤清正がすでに征服した土地だとでたらめなことを言っていますが、国際連盟の調査を待って中国が戦争を決断するのではありませんか」

「共産党の討伐に追われて、蔣介石はなかなか動けないだろう」

「ほんとに可哀想な人たちですわ。よその軍隊が押し入ってきたのに、同じ国の人同士で戦うなんて。とにかく、私は戦争が嫌いだし、恐ろしいです」

「日本が戦争をしなければ、則子奥様は絹の靴下をはけなかったよ」

「絹の靴下の代わりに綿の靴下をはけばいいではありませんか」

則子は燦夏の後ろ姿を見つめながら微笑む。きちんと分け目を付けた髪にパーマをかけ、耳を隠して後ろに流した則子の新しい髪形はとてもよく似合っていた。

「君は僕を信じているだろう?」

燦夏が突然聞いた。

「え？」

戸惑いながら則子は燦夏の背中を見つめ、指に糸を巻く。

「僕を信じているかと聞いたんだ」

「今さら、どうしてそんなことを言うのですか」

「聞いたことに答えてくれ」

「信じていますよ、もちろん」

燦夏は振り返った。則子を見つめる。そうしてゆっくり、たばこをくわえて火をつけた。

「あなたは優しくて寛大です。私はあなたを尊敬しています」

何かただ事でないものを感じたのか、則子は多少慌てて言い、聞き返す。

「だけど、なぜ突然そんなことを」

「さて……」

帰ってきた渡り鳥なのか、帰っていく渡り鳥なのか、鳥が群れをなして飛んでいった。二階の欄干に掛かっていた白いハンカチと青い空が、燦夏の目の前に浮かんだ。スケッチブックの一枚の絵のように、そこに潜む感情と状況は排除されたまま。燦夏は窓辺を離れ、則子の向かい側のソファに座る。灰皿にたばこの灰を落とす。

「本当に早いですね。春はもう過ぎようとしています」

白い糸をかぎ針で巻き上げながら則子が言った。かぎ針は時々、光線のように輝いた。

「あの爆弾を投げた朝鮮の青年は、死んだんでしょうね」

燦夏は答えなかった。

「もうすぐ夏ですね」

「ああ……芙美は？」

「乳母が寝かしつけています」

「……」

「春になったら木を切って芙美の遊び場を作ってあげるつもりだったのに、何もしないうちに春も終わりです」

「そうだったのか」

燦夏は上の空で言った。二人とも生活面においては人任せだった。冬に二人は話した。春になったら木を切って子供の遊び場を作り、庭も少し明るくしなければと。だが、二人は何もしないまま春を過ごしてしまった。子供は乳母が育て、家事全般は嫁いできた時に則子が実家から連れてきたお市に任せていて、庭は庭師が手入れしてくれる。そんな夫婦が暮らす家庭が荒むことがないのは、もちろん物理的に生活が保障されているからだが、則子も燦夏も浪費するわけではなく怠惰でもなかったので、それなりに秩序が保たれていた。しかし、何よりも二人が純粋で、欲がないのがその理由だろう。

「則子」

「はい」

「子供を一人もらって育てようかと思う」

燦夏はまだ決めかねている様子で話を切り出した。

「どういうことですか」

「貧しい家の子を」

「貧しい家の子ですって？」

則子は目を大きく開いて燦夏を見つめる。

「どうして驚くんだ」

「突然何を言い出すのか、理解できません」

「養子をもらって育てるんだ！」

則子の鼻筋が赤くなった。話の内容より、いつになく燦夏の態度が高圧的なことに驚いたようだった。

「僕を信じていると言ったではないか」

「はい、言いました。信じています」

「だったら、何も言わずに言うとおりにするんだ。生後八カ月ぐらいの男の子だ」

呆然としていた則子だったが、

「私があなたを信じるのと子供のことと、どう関係あるのですか」

と、ようやく問題の深刻さに気づいて緊張する。

「よく聞くんだ」

「……」

「これっぽちも、僕の言うことを疑ってはいけない。その子は友人の子だ。友人たちの子だと言うべきかな」

「私たちがその子を育てなければならない理由を説明して下さい」

「説明できるなら、僕を信じるかと何度も君に聞いたりはしない。日本の女である君と朝鮮の男である僕が」

　と言いかけて、燦夏は頭を振った。

「こんな話は必要ない。何も説明できないんだ」

則子の顔は目に見えて青ざめていた。間もなく燦夏は、怒りに満ちた声で言った。

「僕は、よそで子供を作ったりはしない！　そんなことになったら、君とは離婚する！」

一瞬、則子の上体が震えたようだった。それは、結婚してから一度も感じたことのない、夫に対する恐ろしさだった。そして同時に、燦夏なら間違いなくそうするだろうと思った。

「言葉が過ぎたなら、許してほしい」

「い、いいえ。子供はどこに、今どこにいるのですか」

「田舎に、里子に出した」

「子供の母親は、ひょっとして死んだのですか」

「いや。だが、死んだも同然だ」

「父親は？」

「全く知らずにいる。妊娠していたことも」

「なぜそんなことが。そんなことがあるなんて……」

「場合によっては……道徳の次元を超える真実もあるものだ」

（人間は誰しも本質的に真実に向かっているが、実体を把握することはできない。誰一人として。真理が真実だとよく言うが、しかし、真実は決して客観的に把握することはできないし、見つかるものでもない。それがまさに人間の不幸なのかもしれない）

燦夏は一瞬、則子の存在を忘れたかのように考えにふけっていた。

「では、その方たちは」

「その人たちは荒野に立たされている。徹底的に、二人一緒に逃げ出す扉も、入ってくる扉もない。もっと言えば、二人は一緒にいられる立場ではない。崖っぷちに立たされているんだ」

燦夏の顔に言いようのない悲しみの色が浮かんだ。そして、次の瞬間、目の前が暗くなるのを感じる。燦夏はテーブルの上の新聞を取った。お市を呼ぶ。

「コーヒーを書斎に持ってきてくれ」

則子は編みかけのレースを膝に載せたまま、ソファに深く座る。書斎に入った燦夏も椅子に埋もれるように深く座り、椅子をぐるりと回して窓の方を向くと新聞を広げる。時局が時局なだけに紙面は騒がしかった。拳ほどの大きさの派手な見出しを、燦夏は読む気になれなかった。考え事をしなければならない時、新聞はそれを隠す単純な手段になるが、それは則子と結婚してからできた習慣だった。

(後戻りはできない……)

とても遠い所に一人、群れからはぐれてしまった自分を感じる。

(何をすべきなのか、漠然としていて途方に暮れるばかりだ。退屈で、息が詰まるようだ)

初めて感じたことではなかった。群れから遠く離れてしまったというのも初めて感じたことではなかった。

(なぜあの時、ヨーロッパやアメリカのような所に行くことを考えなかったのだろう。もっと遠くへ行って徹底的に疎外されるべきだった。殿様だの貴族だの、そんなつまらないものも全部払いのけてしまえる所に)

海辺のバラックみたいな校舎の前で明姫に会い、逃げるようにして日本に帰ってきた連絡船の上で押し寄せる激しい波を見ながらつぶやいた言葉。ヨーロッパやアメリカのような所に行くことをなぜ考えなかったのか。今、その言葉を思い出しているのだ。則子との結婚を後悔しているのではなかった。ヨーロッパやアメリカに行かなかったことも、深く後悔してはいなかった。どこへ行こうが事情は変わらなかっただろうから。

(反逆というのはこれほどまでに恐ろしい罪なのか。反逆者が踏み入ることのできる土地はない。俺には、上海の虹口公園の事件を喜ぶ資格もない。悲しいだけだ。そうだ。仁実さんのあの決断を理解できる。彼女はどこへ行ったのだろう。大陸だろうか。彼女はまた一つ、罪と罰を背負っていった)

燦夏は、必ず子供を連れてきて育てようと決心した。緒方に秘密を漏らさないことも心に誓った。

夕食の時、燦夏と則子はひとこともしゃべらなかった。それぞれ自分の考えに没頭しているようだった。時々、則子の目に疑いが浮かんでは消えた。茶を飲みながら、

「あなたがよそで子供を作っていたら、私もあなたとは一緒に暮らせません」

則子が言った。

「それをどうやって証明するんだ」

「……」

「もし、自分がやらかしたことなら、こんな方法は取らなかっただろう。君も知っているとおり、ソウルの兄には子供がいないではないか。もし、その子が私の子ならソウルに預けておけばそれまでだ。君に言う必要もない」

そう話していると、電報が届いた。湯飲みを置いて電報を開けた燦夏の顔が一瞬にして真っ青になった。

「どうしたのですか」

「兄が死んだ」

十二章　姉と弟の再会

子供たちがクンジョル*をした後、皆、席についた。午前中、ひとしきりにわか雨が降ったけれど、空はきれいに晴れていた。舎廊の庭のバショウにはまだ雨の滴が宿っていた。

「良絃（ヤンヒョン）、成績はどうだった」

吉祥（キルサン）が聞いた。

「良くありませんでした、お父様」

カラムシの単衣のチョゴリに濃い藍色のトンチマ〈筒状に縫い合わせたチマ〉を着た良絃は、顔を赤らめて言った。吉祥は良絃を見るたびによく育ってくれていると思う。

「あれだけできたら十分だよ」

允国（ユングク）が言った。

「どうしてお兄様にわかるの？」

「お父様、良絃は学年で三番です。十分でしょう？」

「お兄様、どうしてそれを！」

「隠してどうするんだ。通信簿は本の間にあったぞ」

「私、知らない！」

良絃は泣きそうな顔になり、吉祥と還国（ファングク）、允国は声を上げて笑う。

「もう、知らない。ただじゃ置かないから」

「おお、恐ろしい。仕返ししてやるってことだな」

允国は体を震わせるふりをした。

「良絃も来年は女学校に上がるんだ。淑女の持ち物を勝手に触るのは良くないぞ」

還国が言うと、

「そうでしょう、還国お兄様。允国お兄様は紳士じゃないわ」

その言葉に親子三人はまた大笑いする。のどかな正午の風景だった。

「お前たち、手を洗いなさい。そろそろ昼ご飯の時間だ」

三人は立ち上がって出ていった。夏休みなので三人は晋州（チンジュ）で合流し、さっき平沙里（ピョンサリ）に到着したところだ。

允国は春に日本へ行き、どうしたことか大学は農学部を選んだ。吉祥は、三人が来るというので双渓寺（サンゲサ）から帰ってきた。よどんだ水みたいに静かだった家は急に活気にあふれ返り、中でも良絃は花のような存在で、まるでさえずる一羽の小鳥だった。彼女の性格は幼い頃に比べてずっと明るくなっていた。吉祥は、良絃を見るたびに昔に戻ったような気がする。鳳順（ポンスン）〈紀花（キファ）〉の母の顔が思い浮かぶ。ムーダンのまねをしていた鳳順の姿、そして、足をばたつかせて泣き気絶していた幼い西姫（ソヒ）の姿も浮かんだ。良絃はあまり鳳順に似ておらず、どちらかと言うと相鉉（サンヒョン）の面影を濃く映しているようだったが、時々ふと、良紘の表情に鳳順を見ることがあった。

允国と良紘は母屋で昼食を取っている様子で、吉祥は還国と一緒においしそうなキュウリの冷や汁が載った食膳を受け取る。冷や汁をすくおうと頭を少し突き出した吉祥の額の脇に白髪が一、二本あるのを見ていた還国も、さじを手にした。

「栄光（ヨングァン）はどうしてる？」

還国は、父は真っ先にそのことを聞くだろうと思っていた。栄光に病院で会ってからちょうど一年が経っていた。

「あまり良くないみたいだな」

「はい」

「望みはないのか」

「ありません」

「……」

「僕もできる限り努力してみたんですが、反発がひどくて、どうしようもありません」

しばらく黙って食事をしていた吉祥が言う。

「強情なのは父親に似たんだな」

「まるで、かき分けて入ることのできない密林みたいです」

「そういう性格がうまく和らげばいいんだが……とてもまともな人間にはなれそうにないのか」

「え？　どういう意味ですか」

還国はきょとんとした顔で吉祥を見る。吉祥も食事の手を止めてけげんそうに息子を見る。

「お父さんは僕の話を誤解しているみたいです」

「ん？」

「栄光の、人間性のことを言ったのではありません。学校の進学について望みはないと言ったのです」

「うむ……」

「強情で荒っぽいけれど、堕落はしていません。ただ、進学はしないという決心を変えさせるのは無理です」

「……」

「他人の助けを借りるのは自尊心が許さないということもありますが、それよりも身分に対する絶望が大きいみたいです」

「情けない奴め」

「父親に対する不満もあるし」

吉祥は顔を上げ、お前もそうなのかと聞くかのように息子を見つめる。

（お父さん、どうしてそんなに気弱なのですか）

（ああ、気弱になる時がある。俺はそんなに特別な人間ではない）

(お父さんは僕のことが不満なのですか。若いくせに覇気のない奴だと)

親子は互いに目で会話し、ふっと笑う。

「栄光は自由に生きたいと言っていました」

「そんなのは無理に決まってる。望んだからってかなうことではないだろう。身分に対する絶望も克服できないで、どうやって自由になるというんだ」

還国は、間を置くようにしばらくしてから口を開いた。

「音楽の道に進みたいそうです」

「音楽？」

「はい」

「だったら、勉強するってことじゃないか。学校にも行かずに、どうやって音楽をやるんだ。寛洙(グァンス)が聞いたら、飛び上がって怒りそうだが」

「正統な音楽の勉強ではありません。軽音楽をやるって言うんですが、講習所みたいな所もあって」

「軽音楽というと」

「言ってみれば、旅芸人みたいなものです」

「旅回りの劇団みたいな所で歌を歌う、あれか」

吉祥は目を丸くした。

「歌を歌うのではなく、サクソフォンといって」

「それは何だ」

「ラッパみたいなものです」

「は、あきれた」

吉祥はそれきり黙ってしまった。ハルビンの大きな飲み屋で演奏していたバンドマンの姿を思い出す。

(死ぬよりはましだな。無頼漢になるよりはましだ)

昼食を終えてスンニュン*で口をすすいだ後、吉祥が切り出した。

「明日、みんなで河東(ハドン)に行くぞ」

「河東に?」

「そうだ、みんな一緒に。良絃も一緒に行く。李東晋(イドンジン)さんのお宅に……」

と言いかけてやめる。

「これまで、家にいろいろなことがあってなかなか訪ねていけなかったから。ひょっとすると迷惑かもしれないと思ったんだが、お前たちも帰ってきたことだし、顔を見せるのが道理だと思う。ちょっと遅くなったが」

「僕たちも、休みの時には行き来して時雨(シウ)と会ってはいたけれど、大学に入ってからは会っていません。良絃も連れていくんですか、お父さん」

「ああ」

はっきりしない返事だった。事情を知らない還国が何気なく聞いたことだったが、吉祥は、なぜ良絃を河東の李相鉉の家に連れていこうとするのか説明できなかった。西姫がいたら間違いなく反対していたに違いない。

「お兄さん、私も連れていって」

昼食を食べ終えた允国が母屋の大庁で釣り道具を用意しているのを見た良絃は、白い帽子をかぶりながら出てきた。

「釣れないよ。ついてくるな」

「行きたいの。釣竿に近づかなければいいでしょう」

允国は良絃をひとにらみしてから笑う。二人は坂道を下り、村の道に入った。農家の女たちがすれ違いながら挨拶をする。そして、彼女たちは足を止め、良絃と允国の後ろ姿を見つめながら、

「二人とも天から舞い降りたみたいにきれいだね」

とつぶやくのだった。

「良絃」

「はい」

「最近、どんな本を読んでいるんだ」

「『ああ無情』」

「面白いのか」

「悲しいわ」

「どんなふうに？」

「コゼットが可哀想で、後になるとジャン・バルジャンが可哀想で」

「可哀想で、可哀想でか。それで、お前は大きくなったら何になるんだ」

「わからない。お母さんは、一生懸命勉強して医者になりなさいって言うけど」

「それはいいな。可哀想で仕方ない人たちの病気を治してあげられるから」

二人は村の井戸端まで来た。淑が水をくんでいるのを見た允国が思わず足を止める。何気なく顔を上げた淑は允国を見て慌てた。髪を結い上げ、柿渋染めのリボンをつけたまげに銀の櫛を挿し、人絹の卵色のチマに白いカラムシの単衣のチョゴリを着ている。いかにも初々しい人妻だ。

「こんにちは、坊ちゃん」

淑は着崩れを整えるふりをしながら丁寧に挨拶をした。允国の顔色が変わった。昨年の秋に結婚したという話は冬休みに聞いていた。あの時、なぜか允国は裏切りみたいなものを感じたが、大学進学などによって環境と生活が変化し、そのことをすっかり忘れていた。

「ああ、そうだ」

允国は再び、裏切りのような、痛みのようなものを感じる。

「結婚したそうだけど……どうぞ幸せに」

何とか平常心を保って歩き始めると、いつ来たのか、道端に永鎬が立っていた。田んぼの草取りの帰りのようだった。パジの裾をまくり上げ、裸足の足は泥まみれだった。永鎬は強いまなざしで允国を見つめる。允国も不快な表情を浮かべた。

「何をぐずぐずしてるんだ！」

永鎬は、遠ざかる允国の後ろ姿をにらんでから、井戸端でおろおろしている淑に向かって怒鳴った。

「はい、そのう」

「ごちゃごちゃ言ってないで、さっさと帰るんだ」

淑はあたふたと水がめを頭に載せて歩きだす。その後を永鎬がついていく。家に着くと、

「淑、お昼ご飯を用意しなさい。永鎬がおなかをすかしてるよ」

と、間引き大根を漬けていた永鎬の母が、水がめを頭に載せて台所に入っていく淑に向かって言った。

「お昼は食べません」

「どうして？　おなかがすいてるだろうに。淑が昼ご飯を持っていこうとするのを、もう帰ってくるだろうってあたしが止めたんだ。何かあったのかい？」

「別に」

永鎬は手と足を洗い、顔も洗って部屋に入る。そして、部屋の戸をばたんと閉めた。

「変だね、何があったんだろう」

永鎬の母は手を止めて台所に入った。淑はトアリ〈頭に荷物を載せて運ぶ時の敷物〉を手に持ったままぼんやり立っていた。

「淑、永鎬の様子が変だけど、何かあったのかい？」

「いいえ」

「けんかしたのかい？」

「いいえ」

「だったら、あの態度は何だい。気分が悪い」

「……」

「お前が様子を見てきなさい」

「……」

「何か悪いことをしたなら謝ってくるんだ。それに、たとえ悪いことをしてもしてなくても、女は謝って生きていくもんだよ」

永鎬の母は淑の背中を押した。実は、永鎬の母はどこかいつも不安だった。結婚しないという永鎬を尻目に半ば強引に進めた縁談であり、結婚した後も二人は仲が良さそうには見えなかった。しかも、淑にまだ妊娠の兆しがないので気が気でなかった。淑は姑に押されて部屋に入った。永鎬は壁にもたれてうずくまっていた。

「お昼を用意してきましょうか」

返事がない。

「私が何か悪いことをしましたか」

やはり返事はない。允国のせいだとわかっているが、淑としてはそれを先に口にするわけにもいかず、弁明することもできなかった。ただ、どうしていいかわからなかった。

「私が何か悪いことをしたなら、言って下さい」

その瞬間、永鎬は淑の腕をつかんで引き寄せた。そして、頬をぴしゃりとたたいた。

「ああ！」

「出ていけ。顔も見たくない！」

淑はあたふたと部屋から出る。永鎬の母は心配そうに淑を見つめる。

「何があったんだい」

「何でもありません」

淑は洗濯物を集めて洗い桶に入れ、頭に載せると、

「お義母さん、洗濯してきます」

と言って枝折戸の外に出ていく。永鎬の母は息子のいる部屋に急いで入っていく。

「永鎬、いったいどうしたんだい」

「何がですか」

「淑と何があったのか聞いてるんだ」

「俺は、結婚しないって言ったはずです」

そっぽを向いてつぶやくように言った。

「だったら、僧侶になるって言うのかい」

「急いでする必要はなかったと言ってるんです」

「早過ぎたってこともないだろう」

「遅過ぎることもありません」

「今さらそんな、ぜいたくなことを言うんじゃないよ」

「ぜいたくなこと？」

「あたしは、淑の見た目もやることもかわいくて仕方ない。あれほどの子はそうそういないよ。ちょっと勉強したからって偉そうなことを言って。女房を馬鹿にするんじゃない」

永鎬は苦笑いを浮かべる。

「みんなからさぞ褒められるんでしょうね。いい嫁をもらったって」

「そのとおりだ！　誰がこんな家に娘をくれるもんか！」

永鎬は母親に背中を向けて横になる。

「親に向かって、何て礼儀知らずなんだ。甘やかして育てたあたしが悪いのか」

「……」

「親の立場も考えなさい。お前がそんなふうに振る舞うのは、父ちゃんと母ちゃんを馬鹿にしてるからだ。淑は文句のつけどころがないいい子じゃないか。あたしは、気を使って一度も冷たくしたことはないし」

と言い、びくともしない息子の背中を見つめる。

「頼むから仲良くしておくれ。お前は長男なんだし、祭祀はお前の役目だ。あたしたちがどれだけ苦労してここまで来たか、お前も知ってるだろう。あたしたちだって悲しみを経験してきたんだ。それがどんなにつらいものか、お前だってわかってるはずだ。淑に冷たく当たったら人に何て言われるか」

それでも反応がないと、永鎬の母はため息をついて部屋から出ていく。暑い日に部屋の戸まで閉めて横になっていた永鎬は、

(洗濯をしに行くだと?)

起き上がって座る。

(洗濯、洗濯? 洗濯場!)

永鎬はコムシンに足を突っ込んで急いで家を出る。まさかとは思いながらも、永鎬の足取りは速くなり、息遣いも荒くなった。洗濯場で淑と允国が会っているのを見たといううわさを思い出したのだ。土手の上に上がる。土手の真下の川辺で淑は洗濯をしていた。時々、手の甲で目をこすっている。酒幕の近くの洗濯場とはかなり離れていて、允国の姿はどこにも見当たらなかった。永鎬は土手道に沿って上流の方へと歩いていき、松の木が二本ある所まで行って座る。涼しい川風が吹いてきた。川面は日差しにきらめいていた。普段は淑のことを何とも思ってもいなかったのに、なぜ今、心の中に火がついているのか、永鎬はわからなかった。本当は淑を愛していたのかもしれない。そうでなければ、允国に対する強い劣等感のせいだろうか。今はどう見ても、允国がコウノトリなら自分はスズメに過ぎない。それだけではない。過去の崔(チェ)参判家に対する大きな罪業を思えば、そのせいで死んだように生きてきた両親を思えば、永鎬の感情がたかぶるのも無理はない。だが、允国を好きだったけれど結婚しなかった女が、まさに自分の女房なの

だ。嫉妬であれ鬱憤であれ、傷ついた自尊心であれ、永鎬のつらい気持ちはどうしようもなかった。

（こんなことでは駄目だ。これじゃあ駄目なんだ。ほかに方法がないわけでもないのに、俺はここでおとなしくしているわけにはいかない。それは馬鹿のすることだ）

　永鎬は川辺に下り、家でも洗ったのにまた顔を洗う。

（父さんの考えは間違っている。ちょっと伯父さんに助けてもらったからって、親日派や反逆者になるわけじゃないのに）

　永鎬は何度も顔に水を浴びせる。

（イノ姉さんも、あのまま放ってはおけない。もっと早くここを離れるべきだったんだ！　父さんも俺も何も悪いことはしていない！　俺たちはいつまでお祖父さんの罪を背負って生きなければならないんだ）

　昨年のことだ。初秋だっただろうか。思いがけずソウルから知らせが来て、漢福（ハンボク）がソウルに行ってきた。用件は、間島（カンド）にいる金頭洙（キムドゥス）がソウルに家を買ったのだが、家族を連れて朝鮮に帰るわけにもいかず、漢福の家族が来て暮らしてはどうかということだった。それはいやだと言うと、では、世話をしてくれる人を雇うから永鎬をソウルの学校に入れたらどうか、そうすれば、自分の次男もソウルに行かせて永鎬と一緒に学校に通わせると言うのだった。永鎬はその話を父親から直接聞いたのではなく、その後、間島から再び届いた頭洙の手紙を読んで知った。そのことがあったからか、漢福は強引に永鎬の結婚を進めた。永鎬は父の気持ちがわからないわけではなかった。伯父が送ってくれる金のことも。

「これは、後ろ暗い金だから、俺がもらうわけにはいかない。俺は間島の事情をよく知らないし、俺たちの代だけでも、後ろ指さされるようなまねをして子孫に苦労をかけたくないんだ。大きな幸運は天からの恵みだと言うが、道理に外れた道を進んで金持ちになり、出世したって長くは続かない。世の中にはただで手に入るものはない。今のこの暮らしだって十分だ。人の怨みを買ってまで金持ちになったって仕方ないだろう。倭奴の下で検事や判事になってどうする。朝鮮の民に罰を与える仕事じゃないか。罰を受けるのは、自分の国を取り戻そうと闘った人たちだ。こんな世の中は、田畑を耕して偉ぶらないで生きるのが一番だ」

と漢福は永鎬に言い聞かせた。

夕食を終えて寝る時間が近づいてきた。ランプの下でポソンを繕いながらあれこれ考えていた永鎬の母は、きせるをくわえて座っている夫に聞いた。

「市に行ってきた件はどうなりましたか」

「また今度会うことになった」

「あんたも本当に甘いですね」

「踏み倒されても仕方ない」

「それをわかっていながら、どうして貸したんですか」

「俺は利子を稼ぐために貸したんじゃない。昔、子供の時に、牛車に乗せてもらって咸安（ハマン）と平沙里を行き来してた頃、飯を食わせてもらった恩があるからだ。田んぼ一マジギ*の金額だが、返す金がないと言うんだから仕方ない」

「これからは、むやみにお金を貸さないで下さい。金を失って、人心を失うって言葉もあるじゃないですか」

「貸す金もないがな」

きせるをはたき、布団に入ろうとすると戸の外で、

「父さん」

と永鎬が呼んだ。

「どうした」

「ちょっと話があります」

永鎬の母は慌てて止めるように言う。

「もう遅いから、明日にしなさい」

「少しでいいんです」

永鎬は部屋の戸を開けて入ってきた。膝をついて座った永鎬が言う。

「俺はソウルに行きます」

「何だと」

「やっぱり、このままでは駄目だと思います」

「ソウル？　何しにだ」

「勉強します」

「退学させられたのに、どこへ行って勉強する気だ」

「私立学校なら、いくらでも入れます」

「……」

「弟たちもいるし、田んぼを耕しているだけではやっていけません。勉強をしたからといってみんな親日派になるわけでもないし、伯父さんの世話になるからといって親日派になるわけでもありません」

「今はそう思うだろう。だが、時間が経てば気持ちは変わる。お前にはわからないだろうが、伯父さんはお前を放っておきはしない」

「父さんが何と言おうと、俺はもう決心しました」

「な、なら、淑はどうするんだい」

永鎬の母が慌てて聞いた。

「母さんと父さんのそばにいるべきでしょう。どうするも何もありません」

しばらく黙っていた漢福が言った。

「俺がお前を学校に入れた時は、面か郡庁の書記にでもなればいいと思っていた。だが、俺の考えは変わったし、お前も学生運動をやったんだから、面や郡庁の書記をやるつもりはないだろう。お前の言うとおり、勉強をしたとして何になるつもりだ」

「まず、中学課程を終えます。一年で済みますから。それから日本に行って苦学でもします。何をするにも勉強しないといけません。教師になるにしても」

「警察に名前を知られてるのに、教師になるだと？」

「満州にでも行きます」

「それは駄目だよ！」

永鎬の母がきっぱりと言った。

「家族全員で行くならまだしも、お前はこの家の長男なんだ」

「長男だろうが、次男だろうが、このままでは生きていけません」

「お前の父さんは生きてきた」

「……」

「お前の父さんがどうやって大きくなり、どうやって生きてきたか、よその人だってみんな知ってることをお前が知らないとは言わせないよ。それに比べれば、お前たちなんて楽なもんだ」

「それは昔のことではありませんか」

いら立たし気に母親から顔を背ける。

「生意気なことを。親の言うことに逆らう気か」

漢福はきせるで灰皿をたたきながら言った。

「うちの状況を話しているのです。考えてみればわかることです。イノ姉さんがなぜああなったのか。もっと早くここを離れていれば、姉さんもあんなことにはならなかったはずです」

イノの話は漢福夫婦にとって、胸をえぐられるほどつらい。

「とにかく、俺は決心しました」

沈黙が流れる。部屋の中にはたばこの煙が立ち込め、ランプの火が揺らいでいた。飽きもせず鳴き立てるカエル。時々、カッコウも鳴いた。

「少し考えてみよう」

きせるにたばこを詰めて火をつけた漢福が、一歩引き下がるように言った。

「あたしの言うことは聞かないくせに、子供には甘いんですね」

永鎬の母は針箱を片づけて隅に押しやりながら皮肉っぽく言った。漢福はそれには答えず、永鎬に言った。

「急な話だから、簡単には決められない」

「父さんが何と言おうと、俺はソウルに行きます」

息子の顔をじっと見つめる。

「それなら聞くが、お前は学校に通っていた時に人の先頭に立って運動をして、放免にはなったものの刑務所にも行った。あの時はいったいどういうつもりだったんだ」

「それは決まっているではありませんか。わが民族を抑圧する日本に対する抵抗です」

「本当か。学のない俺が考えてもそれは正しいことで、人からも褒められるべきことだが、お前の伯父さんはどんな人だ」

「……」

「お前も大体わかっているだろうから聞いてるんだ」

「……」

「満州で、お前の言うとおり民族のために抵抗している人なら、俺はあの小さな田畑を売ってでもお前をソウルに行かせてやる。どうしてお前は父さんの気持ちがわからないんだ。俺の恨は服や飯では晴らせない。ほかの人とは違う。国に対する忠誠心が人より際立っているわけでもない。俺の息子がまた恨を残すんじゃないかと思うと怖いんだ。子々孫々、顔を上げて生きられなくなるんじゃないかと怖いんだよ。お前の伯父さんがあんなことをしているのも、恥ずかしくていつも気が気じゃないのに。お前のお祖母さんがどうやって死んだか知っているだろう。子供を置いて……世間に顔向けできなくて」


漢福の声が詰まる。


「父さんは何か思い違いをしているみたいです。俺はただ、たとえそれが良くない金であっても有意義に利用する方が」

「利用するだと?」

「はい。男の志を成し遂げるために、中断した学業をもう一度やってやろうと考えているだけです」

「男の志とは何だ。亡くなったお祖母さんは、男の志というのは大道を歩くことであって、小細工をしながら近道を行くことではないと言っていた。道でなければ行くなとも言っていた」


永鎬はいら立ち、耐えられないというしぐさをしながら言う。

「では、上海臨時政府はなぜ親日派の金を奪っていったのですか」

漢福はしばらく口ごもっていたが、

「それは、個人的なことではない！」

と、かっと声を上げる。

「それに、まだある。いくら兄さんが粗暴で世間に害を及ぼす人であっても、お前にとっては伯父さんだ。だますのは人のすることではないし、利用するだなんてとんでもない。だったら、お前は父さんのことも利用する気か」

「……」

「夜も遅いし、長話をする時間もない。とにかくお前にはもう女房がいるんだから、何事も慎重に考えるべきだ。ちょっと時間をおいて考えよう。わかったら、もう下がれ」

永鎬は仕方なく自分の部屋に戻る。義父の麻のももひきを繕っていた淑は、随分緊張している様子だった。内房で何を話したのかはわからないが、永鎬が両親に何か提案をしたみたいで、しかも自分と関係のあることだと感じていた。部屋の戸を背にして立った永鎬は、淑の顔を見下ろす。淑は視線を感じながらも、うつむいたままももひきを繕っていた。それは、永鎬に対する抗議の表れだった。しばらくすると淑は、顔を上げて永鎬を見つめた。ランプの火に揺れる淑の顔は美しかった。なまめかしさすら感じられた。永鎬はいきなりランプの火を吹き消す。月の光が部屋の中に入ってきた。永鎬は淑を引き寄せた。両腕でぎゅっと抱きしめながら、

「洗濯場で誰に会ってたんだ」

と耳元でささやくように聞く。その瞬間、淑は永鎬を突き飛ばし、ぱっと後ろに下がった。

「何を言うんですか」

黒い瞳が鋭く永鎬の顔に突き刺さる。

「何も後ろ暗いことはないと言うのか」

「本気で言っているのですか」

「だったら、俺がどうかしてるって言いたいんだな」

「変な言いがかりはやめて下さい」

「うわさはでたらめだと言うのか」

「話をするのもいけないのですか。いくら何でもあんまりです。天と地ほどの差があるのに、あり得ないことではありませんか」

淑は唇をかんだ。

「崔允国は天で、金永鎬は地だってことか」

しばらく黙っていたが、

「身分が違うのは事実です。誰が見ても」

「お前は思ったより賢いんだな。大胆だし。母さんが俺に女房を馬鹿にしていると言ったが、そうじゃない。お前が俺を馬鹿にしてるんだ」

「……」

「允国が思いを寄せている女だけのことはある。まあ、酒幕で男をたくさん見てきただろうし、賢くて大胆なのは当然だ」

淑は、思わず泣き声がもれそうになるのを手で押さえる。

「まあ、いい。どうせ俺はもうすぐ出ていく。寝よう」

言葉は和らいだが、永鎬は淑を手荒に扱い、淑は抵抗した。永鎬は、淑のそんな拒否の態度を允国のせいだと考える。おかしなことに、淑の拒否は永鎬の意識の底で眠っていたある種の執着を呼び起こした。

翌日、板の間で漢福の家族がまさに朝食を終えようとしている時だった。老婆が枝折戸から入ってきた。意外にもそれは栄山宅(ヨンサン)だった。台所からスンニュンを持っていこうとしていた淑は、

「お婆さん！」

と叫んだ。

「ああ、元気だったかい」

栄山宅は淑の顔を見ながら笑った。淑を嫁にやった後、栄山宅は数十年続けてきた酒幕を畳んだ。そして、少なくない金を寺に寄進し、草庵の一間を借りて余生を寺で過ごしていた。だから、淑は嫁に来てから栄山宅に会うのは初めてだった。

「あらまあ、どうしたんですか」

永鎬の母が驚いて立ち上がり、家族も皆、板の間から下りてきた。思わず家族と一緒に庭に下りた永鎬はおびえた顔をしている。

「こんなに突然いらして、何かあったんですか」

永鎬の母は栄山宅の手をむんずとつかんだ。

「あたしが娘の嫁ぎ先に来ちゃいけないのかい」

栄山宅はおどけた調子で言った。

「今までどうしてたんですか」

漢福が言った。息子の義母と言えば言えないこともない。しかし、それ以前に漢福にとって栄山宅はありがたい人だった。子供の頃、あちこちの家を転々としながらつらい目にもたくさん遭い、しょっちゅうおなかをすかせていた時、栄山宅は、

「この子ったら、ちゃんとご飯を食べてるのかい？」

と酒幕の前を通りかかった漢福を呼び入れ、温かいスープにご飯を入れて食べさせてくれた。

「何をぼうっと突っ立ってるんだ。お婆さんに挨拶しなさい」

漢福は眉間にしわを寄せながら永鎬を叱り、永鎬の母も、

「さあ挨拶しなさい」

と促した。永鎬はやっと、

「こんにちは」

と頭を下げた。

「ああ、うちの大事な娘をかわいがってくれてるかい？　あたしは、ちょっと用事があって来たんだけど」

と言うと栄山宅は、枝折戸の方へ行った。外を眺めながら、

「何をぐずぐずしてるんだ。早く入ってきなさい」

と言った。やがて庭に入ってきた少年は、モンチだった。本名は朴在樹で、淑が何年か前に別れたモンチ、ひとときも忘れたことのなかった弟だ。

「淑、わかるかい」

栄山宅が言った。

「お前の弟のモンチだよ」

庭の真ん中に立って淑とモンチは互いに見つめ合う。淑の顔は青ざめ、モンチの顔は赤くなった。淑が言った。

「と、父ちゃんは？」

「死んだ」

「ああ！」

淑は飛びつくようにしてモンチを抱きしめ、わっと泣き出す。

「ど、どこで死んだの？」

「山で」

モンチは拳で涙を拭うと、突然、牛の鳴き声みたいな奇声を上げた。突然の出来事にあぜんとしていた漢福一家は、さらに驚いた。

「昨日来ようかと思ったんだけど、この子ったらまるで獣の子供みたいなありさまでね。ここにそんな身なりで来るわけにもいかないだろう。それで、体を洗ったり、服を洗って着せたりしてたら遅くなってね。一刻も早く来たかったんだけど。はやる気持ちはあの子だって同じだ。あまりにも歩くのが速いもんだから、婆さんはついていくのに必死だったよ。ああ、冷たい水を一杯もらえるかい」

永鎬の母がすぐに冷水を一杯くんできた。板の間に腰掛けて冷水を飲んだ栄山宅が言う。

「いつまでそうやってるつもりだい。淑！　めそめそしてないで、お義父さんとお義母さんに挨拶をさせないと」

「はい、お、お婆さん。ありがとうございます」

全員、板の間に上がった。

「モンチ、お義父さんとお義母さんにクンジョルをしなさい。そ、そうよ。それから、お義兄さんにも」

モンチは上手にクンジョルをした。寺に行けば仏様にクンジョルをし、海(ヘ)道士から文字を学ぶ時も輝(フィ)のまねをしてクンジョルをしていた。

「そうだ、よくできたよ」

モンチは永鎬の顔色をちらちらうかがい、大きな目玉をくりくりさせて、自分と同い年ぐらいに見える末っ子の成鎬(ソンホ)を遠慮なく見つめる。そして、やはり遠慮なく、自分よりいくつか上の康鎬(カンホ)を見つめる。

「お前、何してるんだ」

漢福が女房に注意する。

「いやだ。あたしったら、ぼうっとして。淑、お前はもち米の準備をしなさい。あたしは、ヨチの母ちゃんの所に行って豆モヤシをもらってくるから」

「はい、お義母さん」

いつの間にか、成鎬と康鎬はモンチを連れて外に出ていき、永鎬はこっそり自分の部屋に入っていた。そして、しばらくすると永鎬は背負子を背負って出かけてしまい、板の間には漢福と栄山宅だけが残った。

「どこでどうやって、淑の弟を見つけたんですか」

漢福が聞いた。

「それはみんな、仏様のおかげだよ。淑があんまり可哀想だから、仏様が助けて下さったんだ」

栄山宅は手拭いを取り出して汗を拭き、洟をかむ。栄山宅はほっとした一方で、永鎬の態度が何となく気にかかった。モンチに対する態度も冷たく感じられた。

「あたしは時々兜率庵(トソルアム)に行くんだけど、まさかあの子が山にいるとは思いもしなかった。淑がまだうちにいた頃、弟と父親をあちこち捜し回っては二人を思って泣いてたけど、まさか見つかるとは思ってもいなかったよ。ところが、あの子に兜率庵で会ったんだ。初めて会ったのは随分前のことだし、うちの酒幕に一晩泊まっていったんだけど、あんまり覚えてなくてね。金さんの目にもあの子は不細工だろう？　誰も淑の弟だとは思わない」

「そんなことありませんよ。がっしりしてるし、垢を落とせば男前な方です」

「いいや。誰が見ても不細工だ。垢を落としたところで変わらないだろうよ」

「大人になれば、立派になる顔立ちです」

「そうかね。とにかく二人は似ている所があると思わないかい？　兜率庵で見かけた瞬間、どこかで会ったことがあるような気がしてね。獣の子みたいに見た目はとんでもないけど、同じおなかから出てきたっていうのは、やっぱりすごいことだ。淑に似ている所があるんだよ。それで、あれこれ聞いてみたさ。あの子も、どこかであたしを見たことがあると思ったのか、離れないで近くをうろうろしててね」

「さっき聞いたところでは、父親は死んだみたいですが」

「ああ、そうらしい。あんなに幼い子を残して。あの子も野垂れ死にするところだったそうだよ。口下手で自分からは何も言わないけど、兜率庵のお坊さんが詳しく話してくれてね。道士とかいう人があの子を引き取ってくれて、生命力が強いのか、山の神霊が助けてくれたのか、とにかくすごいことだ」

「あれこれと、お婆さんには随分お世話になったみたいで。これからはうちで預かって」

「それは無理だ。同じ所にじっとしていられる子でもないけど、面倒を見るなら、それはあたしの役目だよ。引き取ってくれた道士って人もいることだし」

昼食はごちそうが用意された。小豆入りのおこわに豆モヤシとワラビとワカメの和え物、卵焼き、干しダラの蒸し物、ネギ、ニンニク、青トウガラシをたっぷり載せて焼いた塩サバ、キュウリの和え物、間引いた白菜の浅漬けキムチ、チリメンジャコの炒め物などが並び、子供たちは生つばを飲み込んだ。

「これはまた、豪勢だね」

お膳を受け取った栄山宅は満足げだった。

「急にいらしたから、市の日に返す約束であちこちからいろいろ借りてきました」

永鎬の母はにっこり笑って言った。永鎬は外で自分に言い聞かせて帰ってきたのか、朝とは違って、

「お婆さん、たくさん食べて下さい」

と勧めたりもした。

「食い意地の張った子が、姉さんの嫁ぎ先だからって遠慮してるのかい?」

言われてみれば、モンチは永鎬の顔色をちらちらうかがいながら、ゆっくり口にご飯を運んでいた。

「どうぞたくさん食べて下さいな」

永鎬の母は笑いながら言った。淑はさじを手にしたままモンチを見つめていた。永鎬はそんな淑を見て眉をひそめた。

昼食を終えた後、淑は一人で洗い物をしながら前掛けを引っ張り上げて涙を拭いた。そうして、庭で義弟たちと一緒に遊んでいるモンチをぼんやりと見つめた。

(可哀想な父ちゃん……)

「お前も学校に行ってるのか」

成鎬がモンチに聞いた。

「学校って何だい?」

「学校も知らないのか? 勉強する所だよ」

「だったら、俺も学校に通ってた」

「学校も知らないくせに、学校に通ってたって言うのか」

「字を習ってた」

「ああ、それはきっと書堂（ソダン）〈初歩的な漢文を教える私塾〉のことだな。俺たちの村にある学校は、建物が山みたいに大きくて、生徒も何百人もいるんだぞ。うちの村で勉強が一番よくできるのは成煥（ソンファン）だ。いつも一番なんだ」

「輝兄ちゃんって誰だ」

「輝（フィ）兄ちゃんにはかなわないはずだ」

「……」

「それなら、お前、字を書いてみろよ」

「書いてやるよ」

　モンチは石を一つ拾い、地面にしゃがんで「風（プン）」という漢字を書いて聞く。

「これは何て言う字だ？」

「プンだ」

「どういうプンだ？」

「プンはプンに決まってるだろう」

「これは、かぜって意味のプンだ」

「ふん」

モンチはまた地面に文字を書く。

「じゃあ、これは？」

成鎬はもじもじして答えられないでいたかと思うと、

「兄ちゃん、兄ちゃん！」

と康鎬を呼ぶ。康鎬が走ってきた。モンチは康鎬を横柄に見上げながら、

「お前はわかるか」

と聞いた。

「何がだ」

「兄ちゃんはこの字がわかるよね？」

成鎬がじれったそうに聞いた。だが、康鎬は答えられなかった。

「これは、雀（ジャク）。鳥という意味だ」

自尊心が傷ついた康鎬はモンチが持っていた石を蹴飛ばした。

「そんなもの。だったらお前は、算術はできるか。できないはずだ」

モンチは手を払って立ち上がった。そして、康鎬の顔にげんこつを食らわせた。

「痛っ！」

げんこつを食らわされた瞬間、康鎬の鼻から血が流れた。

「母ちゃん！」

成鎬が叫んだ。

「モンチ！」

淑が台所から飛び出してきた。板の間で話をしていた大人たちが振り返り、永鎬が庭に下りた。だが、モンチは落ち着き払って永鎬をにらんだ。まるで、なぜお前が俺を見下すのだと言わんばかりに。

十三章　良紘（ヤンヒョン）と李府使（イブサ）家

空はよく晴れていた。川風が心地よかった。カラムシのトゥルマギに白い帽子をかぶった吉祥（キルサン）が舟に乗った。黒いチマと桃色の絹地で作った単衣のチョゴリを着た良紘（ヤンヒョン）と、還国（ファングク）、允国（ユングク）が一緒に舟に乗る。川の真ん中に出た舟は、順風に乗って下流へと滑らかに進んでいく。市日ではないからか、舟は静かだった。舟べりをたたく波の音と、櫓をこぐ音が聞こえるだけだ。市場へ行くのが目的ではないほかの客たちは皆、どこか考えにふけっているように見える。

（あれぐらいの年だったろうか。いや、今の良紘より幼かったはずだ）

吉祥は、允国と一緒に舟べりに立っている良紘の横顔を見つめながら心の中でつぶやく。吉祥は三十年以上も前の昔のことを思い出していた。龍（ヨン）の後をついて村の五広大の見物に行った時のことだ。鳳順（ポンスン）は幼かった。生栗をかじっていた姿が鮮明に浮かぶ。

「本当にいい時代だった」

いい時代だったはずはないが、吉祥はあの頃を懐かしんでいる。それは、童心を懐かしんでいるのかもしれない。今は重い荷物を背負わされ、手に余る立場にある。人は言うだろう。下人が主人に変身したと。

そればかりか、崔(チェ)参判家の金持ちの暮らしを手に入れ、絶世の美女を妻にしたのだから棚からぼた餅だと。それは吉祥を悲しませた。緊張し、息を詰まらせながら駆けてきた月日。自らの選択を後悔したことはないが、苦痛と忍耐の連続で、失意に陥ったこともあった。何度確かめても、どこかに穴が開いているような不安と責任感に押しつぶされそうにもなったし、怒りに震えたこともあった。

しかし、路面が凍り付き、雪原が広がり、北風が吹きすさぶ満州一帯や沿海州を行き来することは、ほかの革命家や独立闘士と同じく彼にとっての現実だった。そんな中、西姫(ソヒ)と二人の息子に対する恋しさは、荒涼としていて激烈な時間の連続の中で泉となり、一服の清涼剤となった。意志を曲げない限り平沙里(ピョンサリ)の現実も凍った路面であり、雪原であり、北風であることに変わりないが、その恋しさが今は、山河へと、多くの人たちへと向かっている。山河のあちこちに埋まっている子供の頃の自分の影に向かって、激しく生きて死んだ金環(キムファン)に向かって、潤保(ユンボ)、金訓長、漢兆(ハンジョ)や龍に向かって、いやそれよりも牛観(ウグァン)禅師と恵観(ヘグァン)和尚、尹(ユン)氏夫人、鳳順の母、月仙(ウォルソン)、彼らのかつての姿に恋しさが募っていく。

(なぜ平凡な男として生きられなかったのか)

出獄して晋州(チンジュ)に帰り、再び平沙里に移ってくるまで、年数でいうと三年の月日が流れた。この頃、北方であんなにも恋しく感じていた西姫と二人の息子に対してまで、何か距離を感じ始めたのはどういうわけだろうか。壁みたいなものを感じるのだ。彼らは吉祥を大事にし、深い愛情をもって接しているにもかかわらず、距離を感じる時、吉祥は自分の運命を嘆いていることに気づく。なぜ平凡な男として生きられなかったのか、それは自然に、ありのままに生きられない意識の拘束を意味するのかもしれない。夫として、父親として義務を果たさなければならないというのとは性質の異なる拘束だ。身分や生活水準の違い、それは至る所から自分に向かってぶつかってくる。

もちろん、吉祥はそれにとらわれてはいない。だが、金環の生涯、金環の父である金介周（ゲジュ）の生涯が吉祥の胸を熱くした。どれだけ月日が流れれば、人間はそんな悲劇を克服できるのか、真に平等で、熱い思いだけを胸に共に生きられる日はいつ訪れるのだろうか。

還国が宋栄光（ソンヨングァン）のことを話した時、身分に対する絶望も克服できず、どうやって自由になるというのかと吉祥は言った。しかし、吉祥は、栄光の話を聞いた時、会ったこともないけれど、還国よりはるかに強く栄光の葛藤を感じた。口ではああ言ったものの、栄光一人が克服して済むことではなく、一人で克服できることでもない。人が皆、歴史が、克服しなければならない。金介周も金環も歴史の産物であり、その長い歴史を克服しようとして死んでいった人だ。そして、自分もその道を歩いている。弱者の涙を止め、平等を作るためには強者を克服しなければならない。弱小国の惨状を洗い流し、国家と国家が平等であるためには強国も克服しなければならない。

吉祥にとって西姫と二人の息子は限りない愛の対象だ。それなのに壁があり、それは、克服できない。彼らに会いたいと思い、会えないと寂しく思うのは吉祥が進もうとする道の妨げになってもいた。

吉祥はたばこを一本くわえ、川風を防ぎながらマッチを擦った。たばこの煙がたなびく。早春の麦畑に舞い降りたカラスの群れが目の前に浮かぶ。広場や漆黒の暗闇の中で燃えていた薪（たきぎ）の火が見える。真夏なのに、目の前の光景はぞくぞくする寒さを感じさせ、鳳順を連想させた。龍井（ヨンジョン）に現れた妓生、紀花（キファ）は白い絹のスカーフをかぶっていた。あの広場でも、月仙が白い絹のスカーフを鳳順の首に巻いてやった。針母の娘、鳳順、妓生の紀花に変わっていた鳳順。その娘の良絃が允国と並んで舟べりに立ち、鳥がさえずるようにしゃべっている。

良絃を李府使家に連れていくのは、どうせ知れることなら前もって会わせておこうと考えたからだ。だからといって、この子はこの家の娘ですと言うつもりはなかった。西姫は、できることなら最後まで良絃には秘密にしておきたいと思っているだろう。良絃に格別な愛情を持っているからというより、良絃が衝撃を受け傷つくことを西姫は望んでいなかった。だが、吉祥の考えは違った。世間も良絃も知らないことなら、真実を伏せておくのが良絃のために一番いい。しかし、鳳順の娘であることを近隣の人は知っているし、何よりも良絃自身が母親を覚えている。それならば、父親のいない子よりも父親のいる子の方がずっといい。しかも、市井の無頼漢ではなく李相鉉が実の父だということは良絃のために、将来の結婚のために良いことだ。吉祥は自然に、水が染み入るように、良絃が真実を知ることを望んでいる。

「お父さん」

還国が聞いた。吉祥がたばこをもみ消して答える。

「ああ」

「李時雨もひどい目に遭ったのを知っていますか」

「李時雨って誰だ」

「李府使家の一

「ああ、李先生の長男か。京医専〈京城医学専門学校〉に通っているっていうあの青年のことだな」

「はい。学生事件の時に捕まって苦労しました。とても優秀な青年です」

還国は、父は事件について少し知るべきだと考え、わざと話題を持ち出した。

「父上に似ているだろうから……お祖父様に似ているのかもしれないし。あの方は人々のお手本だった」

「その方のことは僕も聞いていますが、清廉潔白な官吏として有名な家だからか、家風が厳しくて堅苦しい印象を受けました」

還国はまさに、その点を言いたかった。敏感な還国は、時雨の母が自分を歓迎しながらも時々冷たく振る舞い、人を見下すようなそぶりを示すのを感じていた。それを崔参判家に助けてもらっている劣等感の反動と考えるほど還国は純真ではなく、父の身分のせいだと推測していた。しかし、還国が言わなくても、吉祥には想像の範囲内だった。

「旦那様がいなくて官憲に注目される立場だから、家では厳しくしているだろう」

「……」

「李東晋(ドンジン)という方は、儒者として規範に徹する方だったが、改革をしなければならないという信念はどの開化派よりも確固たるものだった。東学についても深く理解され、いち早く奴婢の文書を燃やし、奴婢を解放した方だ」

吉祥は、還国が受けた傷をなでてやるように淡々と言った。

「沿海州で寂しく亡くなったんだが、お前のお祖父さんとは全く違う。でも、お祖父さんが師匠の丈庵(チャンアム)先生以外で唯一信じていたのが、あの方だ」

吉祥は、気難しくて怖かった旦那様、崔致修(チス)の顔を思い浮かべる。

「お父さん」

「うん」

「哀れみも愛情ですか」

突拍子もないことを聞く。吉祥はにっこり笑った。

「俺の考えではそうだ」

「……」

「お前は、哀れみと同情を混同してるんだな」

「やっぱり愛情なんですね」

「大慈大悲を一度考えてみなさい」

「大乗仏教、いいえ、宗教的な立場から聞いたのではありません」

「人間的な愛情について聞きたいのか」

「……」

「哀れみは純粋な愛情の始まりだ。乳を飲ませる母の気持ちも哀れみだろう。死別の悲しみも、二度と会えない悲しみより哀れみから来る悲しみである時、それははるかに深いものになると思う」

「お父さんはお母さんに対して哀れみを感じますか。お母さんはとても強い方ですが」

攻め入るように還国は言った。

「誰も頼る人のいないよその土地で、他民族が行き来する中で暮らすことが、二十歳にもならない天涯孤独の娘にとってどれだけ心細かったことか」

還国はうなだれる。

(では、お父さん。僕のこの哀れみも愛ですか。僕はこの一年間、一人の女性のために胸を痛めてきました。その人の不幸に僕の胸は引き裂かれるようでした。その人は傷を負った一羽の鳥であり、道に迷った子供でした)

河東(ハドン)で一行は渡し舟から下りた。市日ではなかったけれど、川岸近くの酒幕では行き交う旅人たちが酒を飲み、小腹を満たす姿が目に付いた。良絃さえいなければ、息子二人を連れて酒幕に入ったのにと吉祥は思った。李府使家の見慣れた柿の木が現れた。相鉉が柿の木の上から青柿を吉祥の頭の上に落としたことが昨日のことのようなのに、この間に二十年余りの月日が過ぎた。柿の木も年を取ったのか、昔とは違ってみすぼらしく見えた。白髪のまげを結ったオクセが、細い目をしばたたかせながら吉祥を見つめた。信じられないのか目をこする。

「こ、これは」

あやうく、吉祥、お前がこんなに立派になって！　と言いそうになった。

「こんにちは、お爺さん。私のことがわかりますか。吉祥です」

「ああ、もちろんです。わかりますとも」

「随分年を取られて。お婆さんは亡くなったそうですね」

「はい、さ、先に逝きました。こ、こうしてる場合じゃない。奥様に、ちょ、ちょっとお待ち下さい」

かがめた腰を伸ばしながら走っていく。

「奥様、奥様」

「何を騒いでいる」

部屋の中から時雨の母が言った。

「それが、その、平沙里から還国坊ちゃんのお父様がお越しになりました」

「何だって」

「還国坊ちゃんと允国坊ちゃんと、女の子もい、一緒に」

「還国のお父様が？」

「はい、今、外にいらっしゃいます」

「わかった。舎廊にお通しして」

オクセはまた、かがめた腰を伸ばしながら走っていった。

「どうぞ、舎廊にお入り下さい」

「お爺さん」

允国が呼んだ。

「はい、允国坊ちゃん」

「時雨お兄さんやほかのみんなはどこにいますか」

「はい、それが、時雨坊ちゃんは南海の叔父さんの家に行っていて、民雨坊ちゃんはさっきまでいたんですが、どこへ行ったのか。捜してみます」

吉祥は還国が持っていた包みをオクセに渡した。

「高麗人参です。奥様に渡して下さい」

「は、はい。ど、どうぞお上がり下さい」

オクセはうれしい一方で気まずくもあり、どうしていいかわからない。皆、舎廊に上がった。良絃だけ板の間の端に腰掛けている。

「良絃も上がっておいで」

允国が言った。

「ちょっとここに座ってから」

良絃はハンカチで汗を拭う。還国は憂鬱で、多少緊張していた。時雨の母が父にどんな態度を取るのか、気になっていた。

「お兄さん！　允国お兄さん！」

と呼びながら民雨が走ってきた。民雨は春に中学校〈高等普通学校のこと〉に入った。走りながら民雨は、板の間に腰掛けている良絃を見てぴたっと足を止めた。その時、

「民雨」

と言って時雨の母が近づいてきた。民雨は振り返り、板の間の端に腰掛けていた良絃は立ち上がって時雨の母を見つめる。

「え？」

時雨の母は無意識に目をこする。そして、息子の民雨と良絃の顔を交互に見る。二つの顔、双子ではないかと思うほど似ている二つの顔、時雨の母の顔色が次第に変わっていく。

「誰？」

時雨の母は低い声で聞いた。

「あのう、平沙里から来ました」

「じゃあ、お上がりなさい」

良絃は誰かに押されるようにして舎廊に上がり、時雨の母はがくがく震える脚でどうにかこうにか板の間に上がる。民雨も上がった。吉祥と還国と允国が立ち上がり、時雨の母と向かい合う。そして、吉祥と時雨の母は立ったまま挨拶をし、民雨は吉祥にクンジョルをした。

「良絃、奥様にクンジョルをしなさい」

吉祥は少し厳しい声で言った。

「はい、お父様」

と言って良絃はクンジョルをした。

「暑い中、ようこそいらっしゃいました」

時雨の母は落ち着いて言った。

「もっと早く訪ねてくるべきでしたが、家の中がごたごたしていまして、申し訳ありません」

「いいえ。私どもの方こそ、訪ねていくのが礼儀だと思いながら主人がおりませんから。皆さん、お元気ですか」

「ええ。妻は晋州におりまして、一緒に来ることができませんでした」

「何度もお越しになるのは大変です。前に一度来られたことがありました」

「そうでしたか」

「刑務所暮らしをされていましたから、あちらを発ってもう何年にもなりますね」

時雨の母の言葉には、満州の様子を知ろうという必死の思いがあった。

「はい。五年ほどになります。李先生から連絡はありましたか」

「いいえ」

と言い、しばらく沈黙した後に話を続ける。

「聞くところによると、還国のお父様は義父のそばにいらしたそうですが」

「はい、ご一緒しておりました。私たちの誠意が足りず、合わせる顔もありません」

時雨の母は涙を浮かべる。

「故国の土に骨を埋めることもできないで。私たちは親不孝です」

「いいえ。李東晋先生はむしろ、あちらに骨を埋めることを望んでいらしたはずです。日本の掌中にある故国に帰ってきて埋葬されるのは不名誉だと思われていたことでしょう。亡きがらだけでもお連れするには、一日でも早くこの国が独立しなければなりません」

「いつ、そうなることか」

「私たちが生きている間に実現させなければ」

「金訓長の亡きがらは平沙里に帰ってきたそうですね。親孝行な養子がいて……本当に恥ずかしくて、顔向けできません」

それは、夫の相鉉に対する非難であり、養子に行った義弟に対する怨みだった。

「それでは、粗末な食事ですが用意しますので、どうぞゆっくり休んで下さい」

時雨の母は、何とか円満にその時間をやり過ごした。彼女の頭の中には疑問と戸惑いが渦巻いていた。

（あの子はいったい誰なの？　双子みたいに民雨にそっくりのあの子は。それに、なぜあの子を連れてきたのか）

目の前が真っ暗になった。もう一つは、その問題に比べれば何でもないことかもしれないが、吉祥にどういう態度を取ればいいのかと迷ってもいた。吉祥は子供の時に、穀物を載せた荷車を牛に引かせてやってきて、李家の庭の柿の木の下でククス〈うどん〉を食べていた。それは話にだけ聞いていたことだったが、間島（カンド）に行く前の吉祥は二十歳を超えていて、西姫が泊まった部屋のオンドルをたく下男だった。その姿を時雨の母は見ていた。

彼ら一行についていった若い夫、相鉉は、一次帰国した際に時雨を、三・一運動が終わる頃にしばらく帰ってきて民雨を身ごもらせて発った後、二度と帰ってこなかった。家を出た男が女を寄せつけないとは思えないし、もともと仲の良い夫婦でもなかった。しかし、父親とうり二つの民雨にそっくりの、あの女の子は誰なのか。時雨の母にとって、あまりにも大きな衝撃だった。オクセの女房のユウォルが死んだ後、実家が寄こしてくれたムシルの母に昼食の準備をするように言いつけた後、時雨の母はオクセを捜して裏庭に行く。貧しい主人の家の暮らしに慣れているオクセは、客に振る舞うおかず用にキキョウの根を掘っていた。

「オクセ」

「はい、奥様」

時雨の母はため息をついた。

「ついてきた女の子のことだけど」

「はい」

「あの子はあの家の針母の娘が」

「鳳順のことですね」

「その人が産んだ子だと言ったか」

「はい、そうです。鳳順はもともと針母の娘でしたが、妓生になってから産んだ子です」

「うむ」

「鳳順が死んだ後、崔参判家の奥様がそれまでの情を考えて引き取ったらしいです。出生はどうあれ、あの家の坊ちゃんたちと同様に、実の娘みたいに育てられているとか」

「そう……」

「下人たちも皆、同じように仕えているそうです」

「ところで、オクセ」

「はい」

「あの子を見て何か思わなかった？」

「どういうことですか。私は急にお越しになったもんですから、面食らって顔もろくに見ていません」

と言うと、民雨が允国と良絃を連れて裏庭の脇から出てきた。

「お母さん」

民雨はとても気分が良かった。

「どこへ行くつもり？」

「はい、裏山に行こうと思って」

時雨の母は良絃をちらちら見る。さっきの話を聞いたオクセも良絃を見つめる。二人の視線をきょとんとした表情で受け止め顔が真っ赤になった良絃は、訳もなく允国お兄さんと呼びながら前を行く二人を追いかける。

「オクセ」

「はい」

「見ただろう」

「はい」

「どう思う」

「民雨と双子みたいに似ていると思わないか」

　オクセは答えられない。

「はい、少し」

「少しではない。よく似ている」

「ですが、そんなはずがありません」

「何が言いたいのだ」

「その、つまり」

「それ以上言わなくていい。心の中にとどめておきなさい」

「それは、もちろんです」

「私より、オクセの方があの人をよく知っているはずだ」

「……」

「あの人はなぜ、あの子を連れてきたのか。何のために……」

　時雨の母は屋根の横に力なく伸びた柿の木を見上げ、足元に視線を落とす。

第四部　第五篇

悪霊

一章　自動車修理工場

「兄さん、外に誰か来てますよ」

ドアを開けて入ってきた天一(チョニル)が言った。

「ああ」

帳簿をまとめていた弘(ホン)が上の空で答えた。

「誰か来てますってば」

天一は暖炉のそばに近寄りながら両手をこすり、顔もこする。

「俺に客だって？」

弘が顔を上げた。

「女じゃないから怖がらなくていいですよ」

暖炉に手をかざしながら、天一は生意気な口をきいた。

「誰だ」

「わかりません。初老の紳士です」

「だったら、事務所にお通ししないと」

「そうなんだけど、兄さんに出てきてくれって」

「出てこいって？　不気味だな」

と言いながら弘は立ち上がった。

「朝鮮人か」

外に出かけた弘が振り向きながら聞いた。

「はい」

外は少し風が吹いていた。くず鉄が積み上げられていて廃車があちこちに転がっている空き地は、もの寂しかった。本格的な寒さはまだまだ先だったが、それでも新京〈現・中国吉林省長春市〉の初冬の風は肌に染みた。工場の敷地を抜けて鉄条網の外に出ると、一人の男が立っていた。オットセイの毛皮の襟が付いた高級なコートを着て、毛皮の帽子で深く顔を隠した太った男だった。弘の足音に男は振り返った。小さな目が弘をじっと見つめる。

「私にご用ですか」

弘がためらうように聞いた。だが、男は見つめるばかりだった。口ひげに隠れるかどうかの唇は厚ぼったかった。

「私にご用ですか」

弘はもう一度聞いた。男はうなずいた。

「何の用でしょうか。寒いですから、中にお入り下さい」

「それには及ばない。お前があの弘、李（イ）弘なんだな」

いきなりぞんざいな口をきくが、それは故郷の方言だった。しかも、ひどい慶尚道（キョンサンド）なまりだ。

「はい、私が李弘です」

「そうか。そういえばよく似ている。ひと目でわかった」

「……」

「お前の父親のことだ」

今度は方言ではなかった。

「というと、どちら様ですか」

弘はおおよそ見当をつけながら聞いた。

「うむ、見たところ汚いが、工場の規模はまあまあだな」

「あのう」

「俺が誰なのか、気になるだろう。しかし、慌てることはない。お前をどうこうしようと思って来たわけではないから、心配するな。遠い外国で故郷の人に会うことなんてめったにないことだ。とにかく、静かな料理屋に行って詳しい話をしようじゃないか」

「すみませんが、工場の仕事がありますから」

「ほほう、気の毒な奴だ。たった半日の工場の仕事のために機会を逃すなんて、お前は事業をやる資格がないな」

弘の表情が変わる。しかし、慎重に沈黙を守る。

「いいでしょう。では、少し待っていて下さい」

事務室に戻った弘はコートを着て毛皮の帽子を深くかぶった後、金をいくらかポケットの中に押し込む。

「誰ですか」

天一が聞いた。

「何か言ったか」

「訪ねてきたのは誰ですか」

それには答えず、

「ずっとここでさぼってたのか」

と八つ当たりする。

「気になるから」

「さっさと戻って仕事しろ！」

「金をせびられたんですか。俺に怒ったって仕方ないでしょう」

「何かあったら、燕江楼に連絡しろ」

弘は事務室を出ていった。

（あいつに間違いない。きっと何か企んでいる）

男が故郷の方言で父の話をした時、弘の頭の中にある人物が浮かんだ。不吉な予感がした。

（避けたところでどうにもならないだろうし、ぶち当たってみよう。何の用か知らないが、とにかく話を聞かなければ対策のしようもない）

弘は、なじみの中華料理店である燕江楼の静かな部屋で男と向かい合って座った。店員が注文を取りに来た。弘は男に、

「酒の肴は何がいいですか」

と聞いた。

「適当に頼んでくれ」

中国語で酒と料理をいくつか注文する。弘は少年期を龍井(ヨンジョン)で過ごし、再び満州に帰ってきて八年か九年が過ぎていたので、不自由なく中国語を話せた。それに、燕江楼は単なる行きつけの店ではなかった。

「お前も、俺が誰なのか大体わかっているようだが」

男はたばこに火をつけて話し始めた。帽子を脱ぎ、コートも脱いだ男はやはり太って見え、狭い額はてかてかしていた。

「お前が生まれる前に俺は平沙里(ピョンサリ)を離れた。龍井にいる時にも時々帰ったが、立場上お前には会えなかったから」

金頭洙(キムドゥス)だった。

「だが、俺がどんな人間かはいろいろ聞いてよく知っているはずだ。きっと、天下の悪党だと言われてる

んだろう。俺も、会うのは今日が初めてだが、お前のことはよく知っている」

「……」

「まあ、人に何て言われようと俺はこれまでずっと聞き流してきたが、お前はほかの人とは違う。俺たちは、過去をたどれば似たような境遇だ。それだけじゃない。お前の父ちゃんは俺にとってありがたい人だし、とにかく、いじめられ、冷たくあしらわれていた子供の頃の事情は、お前も似たようなもんだろう」

「俺は、いじめられたり、冷たくあしらわれたことはありません」

多少、かっとした口調で言った。弘のひげはぼさぼさに伸びていた。初冬の風に唇はかさつき、服には油染みがついていてひどく疲れて見えた。

「それは、俺たち兄弟に比べればそうだろう。お前の父ちゃんはいい人だったからな。だが、お前の母ちゃんや父親の違う姉の任(イム)は違っていた。まるで悲しみに恵まれたみたいな人生だったはずだ。俺は何も昔話をしようというわけではないんだが」

方言はまた標準語に戻った。かっとなって否定したものの、弘にもつらい思い出がないわけではない。頭洙の言うとおり、父のおかげで自身の幼少時代が守られていたことも事実だ。しかし、いつも温かい翼で包んでくれたのは月仙(ウォルソン)だった。彼女は永遠の母として寂しい心を慰めてくれた。激変していく満州の地であらゆる苦労を経験しながらも生活の場を開拓していく勇気と意志が湧いてくるのは、ここに月仙が埋葬されていて、彼女の息遣いがあふれているからかもしれない。そして、生みの親である任の母に対しては深い悔恨を抱いていた。だから、頭洙の言葉は弘の痛いところを突いていた。月仙が恋しい母なら、任の母は哀れな母だった。

しかし、それよりも、弘はあやうく、任に会わなかったかと頭洙に聞きそうになった。この春、任が工場に弘を訪ねてきた。五十歳を超えた任は年よりも老けていて、そのみすぼらしさは見るに忍びなかった。男と一緒に朝鮮で暮らしていたが、一人になり、先が見えなくて間島(カンド)に戻ってきたということだった。鶏(ケ)鳴会(ミョンフェ)事件では日本の警察の手先だと言われていた任だけに、弘は警戒と憎悪を示した。それでも、わずかな哀れみを覚えるのはどうしようもなかった。血のつながりも幼い頃の記憶も否定できず、弘はかなりの大金を持たせて彼女を見送った。春に任が現れ、初冬に頭洙が現れたのは、どうやら尋常なことではない。酒と料理が運ばれてきた。弘はじっくり確かめるように考えながら、頭洙の杯に酒をついだ。

「飲んで下さい」

「うむ」

杯を傾け、酒の肴をつまみながら頭洙が言う。

「俺も年を取ったからか、月日がもの悲しく思えてため息が出ることがある。ほかの人がみんな帰る故郷になぜ俺は帰れないのか。俺も恨の多い人間だ」

表情からすると本心のようだった。もっとも、人生の無常を感じる年ではあった。

「ところで、どんな用件があって訪ねてきたのですか」

「ほほう、そう急ぐこともないだろう。銀行の窓口でもないんだし、なぜそんなに用件を聞きたがるんだ。まったく、寂しいじゃないか。漢福(ハンボク)に免じて、まあそう言わないでくれ」

「すみません。突然のことなので訳がわからなくて」

「そんな毛虫を見るような目で見るなよ。人をじらすのは面白いじゃないか。そんな調子だと、つまらないことで思わぬ大恥をかくぞ。お前も事業で成功したいなら……ああ、こんな言葉がある。泥棒も付き合って損はない。いつか役に立つことがあるってな」

それとなく脅迫する。本心と下心が入り混じった頭洙の話を聞きながらも、弘は動揺しなかった。弘は自分なりにどう頭洙を扱うべきか考えていた。

「すみません。肝に銘じます」

かつて、血気盛んだった頃、憲兵隊に捕まって反抗したために味わった苦痛を弘ははっきりと覚えている。その後は、世間の荒波にもまれながらも、その記憶によって怒りを抑えて生きてきた。馬鹿なまねはするなと。だから弘は、今この瞬間にも腰を低くすることができた。

「もっとも、俺が歓迎される人物でないことは、どこの誰よりも俺自身がよく知っている。ははは、ははははっ」

突然、頭洙は唇のぶ厚い口を大きく開けて笑った。

「自分で考えても、俺はひどいことをしてきた。女を捕まえて売り飛ばすのは日常茶飯事で、無法地帯のこの満州大陸で悪い心さえ持てば、できないことはなかった。凍った路面が果てしなく続き、行けども行けども人家などない雪の平原ではオオカミのえさになること以外に怖いものはなかった。俺を殺そうと短刀を持って捜し回っている奴がいたが、そんなのを怖がっていたら、この金頭洙はおふくろみたいに首をつって死んでいたさ。はははっ、はははっ！　俺は漢福とは違うんだ」

強い白酒をぐっと飲み干す。頭洙の顔は数杯の酒で真っ赤になっていた。弘も杯を空け、頭洙に酒をついでやる。

「お前にはわからない。裏山におふくろを埋め、松の木に頭をぶつけて血を流したあの時の幼い俺の恨がわかるはずはない。崔(チェ)参判家の目が怖くて皆が知らないふりをしていた時、徐(ソ)クムトル爺さんと永八(ヨンパル)おじさん、潤保(ユンボ)おじさん、漢兆(ハンジョ)おじさん、そして、お前の父ちゃんが背負子に棺を載せてうちのおふくろを弔ってくれた。お前がこの世に生まれる前のことだ。今、年はいくつだ」

「三十六歳です」

「それぐらいになるだろうな」

頭洙は続けざまに酒を二杯飲んだ。

「その後、村から追い出された俺たち兄弟は、咸安(ハマン)にあるおふくろの実家に行ったんだが、ふん、もう年を取ってくたばっちまっただろうな。あの叔父と叔母のひどいいじめは絶対許せない。飯もろくに食べさせてくれなかった。その家を飛び出して流れ歩き、たどり着いたのがこの満州の地だ。そんな俺に怖いものなどあるはずがない。羞恥心？　自負心？　そんなものが飯を食わせてくれるか。この世には何も信じられるものはないし、俺は自分のことしか考えない。それは今も変わりないが、ああ、変わったことがある。年を取ったことと朝鮮で人がうらやむような暮らしがしたいと思っていることだ」

「おじさんが、朝鮮でそんなふうに暮らせると思いますか」

なじるように、でも、少しは心を開いたみたいに、弘は自然とおじさんと言った。

「なぜだ。どうして俺にはできないんだ」

急に怒ったかと思うと、頭洙はさっきみたいに大きな口を開けて笑う。だが、目には毒気が漂っていた。

「お前はまだ、世の中のことがよくわかっていないみたいだな。ん？ 倭奴の手先だと言いたいんだろう。まあ、軍の捜査機関にいたから手先というのも間違ってはいない。お前は、朝鮮が独立すると信じているのか」

「そんな確信があったら、こんな所で鉄板なんかたたいていません」

「ははははっ、はははっ。そうだな。お前の言うことは正しい。泥棒は暗闇でしかできないように、お前のやっている事業は倭奴と関わらずにはできない仕事だから、ははははっ、ははは。朝鮮が独立するなんて夢のまた夢だ。そんな希望は、枯れ木に花が咲くのを待っているよりも空しいことだ。倭奴の下では生きていけないと嘆くのはまだしも、独立を勝ち取ろうなんてとんでもない。南京陥落は時間の問題だ。蔣介石はすでに遷都を宣言している。去年、張学良が共産党と結託して蔣介石を拉致した西安事件*が滅亡の兆候だったんだ。西安事件は盧溝橋事件*の原因だ。中国は日本に絶対に勝てはしない。もはや満州は問題ではない。遠からず日本は中国を掌中に収めるだろう。そんな状況で朝鮮が独立するだと？」

「中国を掌中に収める……それは簡単なことでしょうか。ソ連やアメリカ、ほかの国々が黙ってはいないはずです」

「満州を見てみろ。いくらか文句を言われて、それで終わりだったじゃないか。日本はそんなうるさい文句は聞いていられないと国際連盟を脱退したんだ。とにかく日本は今、日の出の勢いだ。天を衝く勢いだ。蒋介石の軍隊がひ弱なせいもあるが、共産党を警戒して力を使い切らないのも日本の戦果が上がる理由の一つだ。共産党が息絶えて蒋介石の力が強化されても駄目だろうし、もちろん、共産党が国民党を追い立てても日本は困るだろう。言ってみれば、日本は時宜を得たわけで、満州事変と全く同じ道を進むはずだ。本当に世の中はめまぐるしく変わっている。満州だけを見てもとんでもなく変わった。俺が満州に来てから三十年を超えたが、変化する様子を見ていると、まるで、初めはのそのそと氷の上をはっていて、次は何とか歩き、走り、今は飛んでいるようだ。果てしない大平原、新京のあの大同広場は何年か前までは果てしない大平原だった。だが、今はどうだ。四、五階建てのものすごい建物がずらりと立ち並んで壮観だ。オランケ〈女真族の蔑称〉の土地があんなに繁栄するなんて、誰も思わなかっただろう。おかげでお前も材木屋をして随分稼いだじゃないか」

「なぜそれを知っているのですか」

弘はわざと驚いてみせた。

「なぜ知っているかだと？　俺を誰だと思っている！　俺は金頭洙だ。満州に来て三十年以上になるこの金頭洙が足を踏み入れていない場所はない。満州に関することなら何でも知っている。何でも。しかも、朝鮮の奴のことなら、手相を見るようにすべてお見通しだ」

酔いが回った頭洙はふらついているようだったが、目だけは冷たく、落ち着いていた。

（この老いぼれめ！　ああ、そうだろう。密偵が知らないはずはないさ。だが、お前が知らないことはほかにいくらでもある！）

　心の中で悪態をつきながら、弘は顔に微笑を浮かべていた。

「聞いたところだと、孔(コン)老人が死んで、その遺産で材木屋を始めたらしいな」

「ええ、そのとおりです」

　妻子を連れて弘が龍井に来た後、まるで彼らを待つために生き延びていたかのように、孔老人は逝ってしまった。孔老人の他界を誰よりも悲しんだのは周甲(チュガプ)で、弘が龍井に現れたのを誰よりも喜んだのも周甲だった。

（周甲おじさん……）

　その周甲の行方が知れず、人々は彼は死んだのだろうと言った。だが、弘は周甲が再び現れると信じていた。四ヵ月前に龍井に行ってくると言って出かけたのに今まで帰ってこないので弘は人を遣ったが、龍井には来ていないという。それはそうとして、孔老人が死んだ後、弘が尚義(サンイ)学校時代の恩師だった宋章煥(ソンジャンファン)や龍井で活躍している鄭錫(チョンソク)、そのほかの重要な人物と相談したうえで孔老人が残した財産を整理し、長春で材木屋を始めたのは満州事変より前のことだった。日本によって満州国が建国され、長春は新京に名称が変わって首都となり、首都建設の風に乗って弘は、材木商で相当な成功を収めた。

「ところで、孔老人はなぜお前に遺産を相続させたんだ」

　知っているのにとぼける。もちろん、弘は頭洙がとぼけていることを知っている。

「母の叔父、つまり俺にとっては祖父に当たります。血はつながっていませんが」

「ちょっと待てよ。孔老人には子供はいないし、ああ、そうだった。月仙とかいうあのムーダンの娘が」

「おじさん！」

弘の顔色が変わった。

「どうしたんだ」

「俺の前でそんなことを言ってもいいのですか」

「何のことだ」

「血はつながっていないとはいえ息子なのに、その俺の前で母親の名前を、近所の子供を呼ぶみたいに口にするなんて」

「それは」

「あなたの母上と年もそう変わらないのに、そんなことをしても許されるのですか」

頭洙をにらむ。

「そうだな、俺が悪かった。子供の頃の習慣が残ってて。はははははっ」

(目障りで汚い人間。人殺しの子だと言われるのも無理はない。そのくせ、両班だと偉そうにしやがって)

「では、二番目の母さんと呼ぼう」

「二番目でも一番目でもありません」

「それもそうだな。生みの母親も籍に入っていたわけではないから、生みの母、育ての母と言うべきか」

遅まきながら弘は、頭洙に引っかかったと気づく。苦笑いを浮かべながら杯を持った。最初からずっと落ち着き払っている弘を頭洙は揺さぶってみたのだ。

「まあ、それはそうとして、もうしばらくはもうかるだろうに、なぜ材木屋をやめたんだ。何か事情でもあったのか」

「なぜそんなことを聞くのですか」

「ん？」

「何かやってはいけないことをしでかしましたか」

「やってはいけないことだなんて」

「取り調べをしているんですか」

「取り調べ？　それはどういう意味だ」

「根掘り葉掘り聞くからです」

「ははん、寂しいことを言うじゃないか。調べられたことはあるのか」

「あります」

「何をしたんだ」

「何をしたのかわかっていれば、もどかしくはなかったでしょうね。結婚前に五広大を見に行って憲兵に捕まったんです」

「何の罪で？」

「だから、わからないと言ったじゃありませんか。見物人の中に誰かいたのか、そこにいた若い男は全員、訳のわからないまま連行されたんです」

弘はわざと取り乱す。

「ははは、ははは……それはよくあることだ。ははは、ははは。一度経験すると愛国者になるか、早死にするかのどちらかだ」

と言うと、

「酒が足りないな。おい！　お前ら！」

と叫ぶ。そして、流暢な中国語で、なぜ酒を持ってこないんだとわめく。酒を持ってきた店員は、弘と目を合わせると、

「お客さん、静かにして下さい」

ととがめるように言った。

「何だと！」

と頭洙が目をむくと、

「おじさん！」

と弘がたしなめた。

「この野郎！　静かにしろだと！　今は誰の時代だと思ってるんだ？　ん！」

頭洙は獣のように白い歯をむきだして吠える。

「下がって下さい」

弘が店員に手ぶりする。店員が出ていくと、頭洙は何事もなかったかのようににやにや笑いながら自分で酒をついで飲んだ。弘も、警戒などしていないように酒を飲み始め、

「三つ子の魂百までと言うが」

臆面もなく言う。

「ははははっ……まあいいだろう。お互いに礼儀をわきまえることもない。人殺しの女房の息子も、人殺しの息子もお互い様だ。過去を暴いたところで仕方ない。それより今の工場の状況でも話してくれ」

「全部知っているんでしょう。手相を見るようにお見通しなのに、聞いてどうするんですか」

「知らないことはない。だからお前を訪ねてきたんじゃないか」

「法に背くことがあれば、捕まえたらいいでしょう」

「何を言うんだ」

「いらいらさせないで下さい」

「俺はとっくの昔に足を洗った。早合点するな。お前が不法行為をしようがしまいが、もう俺には関係ない」

「では、何をしているんですか」

「商売だ」

「女の商売ですか？　それとも、阿片？」

「毛皮も売っている」

「随分、もうけたんでしょうね」

皮肉られても頭洙は気にしていない。

「金は多ければ多いほどいいものだ。金が物を言う世の中だからな。一緒に金もうけしようじゃないか。

そろそろ無駄話はやめて。どうだ、俺と一緒に仕事しないか」

頭洙は真剣になった。弘も緊張しているようだ。

「阿片ですか」

「無駄話はやめようと言ったはずだ。お前の修理工場のことだ」

「なぜそんなことをしなければならないのですか。自分の資金で基盤を固めたのに、何でわざわざ一緒に
仕事をするんです」

「自動車修理だけで大金は稼げない」

「修理だけではありません」

「知っている。廃車を買って組み立てて、検査を受けて売る」

「……」

「結局はその廃車をどれだけ確保できるか、それによって事業が左右される」

「左右され……それはそうですね」

「お前が材木屋をやめて修理工場を始めたという話を聞いた時、俺は内心、感心した。頭がいいと思った
さ」

「頭がいいというより、もともと車をいじるのが好きだったから、技術も少し習ったし」

「とにかく、世の流れをうまくつかんだな」

頭洙はネクタイを外し、洋服の上着も脱いでしまう。

「お前も、お前の周りの人たちも、必要以上に俺を疑ったり警戒したりするが、確かに俺は過ちを犯した。しかし、だからといって過ぎ去ったことを後悔したりはしないし、間違いだったとも思わない。さっき言ったように、この世には信じられるものは何もない。俺は自分のために仕事をするだけだ。飢えて死にそうになっても、ひとさじの飯をくれる人がいなければ飢え死にするか、飯を盗むしかないだろう？　若い頃に立てた功績もあるから、将来どこかの警察署長にでもなってと夢見ていたこともあった。だが、俺は朝鮮人だし、学歴もない。自ら辞めるしかなかった。もう年を取って使い物にもならない。信じなくても構わんが、実情はそうだ」

嘘ではなさそうだった。

「俺は人生でたった一度だけ、恥ずかしいと思ったことがある。確か、龍井で火事があった年のことだ。あの火事をお前が覚えているかどうかわからないが、あの時、お前の父ちゃんに偶然会ったんだ。会った瞬間、思わず恥ずかしい気持ちが込み上げてきて逃げたくなった」

頭洙は一瞬、妙な笑いを浮かべた。

「それは死んだおやじのせいで恥ずかしかったのか、俺の歩いてきた道に対する恥ずかしさだったのかはわからない。とにかく、昔の恩を考えて酒をおごったんだ。お前の父ちゃんはこう言っていた。立派になって、故郷に帰らないと駄目だろうって。あの時、俺はこう答えた。ここでおじさんに会ったことですら嘆かわしいのに、死んでも故郷には帰るつもりはありませんって」

たばこに火をつけて続けざまに吸うと、頭洙はテーブルの脇に灰を落とす。

「時々思い出す。おふくろを埋めて松の木に頭をぶつけたこと、おふくろの葬式をしてくれた人たちのことを。あの人たちはもうみんな死んでしまったし、今、俺が喉に引っかかったとげみたいに気にしているのは、漢福だけだ。女たちを追いかけたのは欲望のためで、子供たちに対する愛情もない。子供たちは俺のおかげでぜいたくな暮らしをしていたが、頭が悪いから大学を中退した。それは誰のせいにもできない……。死んでも帰らないと言った平沙里は無理だとしても、今は朝鮮に帰って暮らしたい。だが、朝鮮に帰っても金がなければ冷たくあしらわれるだろう？　単刀直入に言おう。俺には軍隊から出る廃車を払い下げてもらえるルートがある。それでも俺と一緒に仕事をしないか」

頭洙の目はずる賢そうに光り、弘の顔には動揺の色が浮かんでいた。長い沈黙が流れた。

「一緒に仕事をするつもりはありません」

「今すぐ決断しろというわけではない。考えてみてくれ。お前にとってもこんな機会は二度とないはずだ」

「考えるまでもありません。これはうちの工場の方針ですから」

弘は頑として言った。

「台数によって俺が分け前をもらう方法ならどうだ」

「考えてみます。俺も資金が多い方ではありませんから」

頭洙は微かに、軽蔑したような腹を立てたような表情を浮かべてから、にやっと笑った。

「慎重だな」

「当然です。ここがどんな所かよくご存じでしょう」

弘は泰然と応酬する。

頭洙と別れて工場に戻った弘は、そわそわして仕事が手につかなかった。ポケットに両手を突っ込み、事務室の窓辺に行って荒涼とした外の風景を眺める。解体した車体のように、弘の頭の中は乱れていた。

(どういう魂胆なのか。彼の言うとおり、そんなに単純なことなのだろうか)

心は揺れていた。軍の廃車を払い下げてもらうということは、とてつもない利権だ。頭洙が何か企んでいるのでなければ、弘には断る理由はない。事業は事業で、抗日は抗日だ。弘は、新京の都市建設のための材木を売ったこともある。しかし、やはり頭洙は気味の悪い存在だった。会話の中に時々、素の顔が現れはしたものの、彼が今も悪党であることは間違いなく、独立闘士を連行していった彼の手からは血の臭いがする。そして、一度接近してきた以上、しつこく訪ねてくるに違いない。彼の口から任の名前が出たことが疑惑を深める一方で、父に対する義理だろうかという考えも頭をかすめた。

「随分長かったですね」

独り言みたいに言いながら天一が入ってきた。弘が窓辺に立っている時は気分が良くないことを知っている天一は、あの男は誰なのかと聞こうとしてやめる。この春、姉が訪ねてきた後、弘が窓辺にたたずんで長い間外を眺めていたことを天一は覚えている。そして、もう一人の女。あれは冬だった。唇を真っ青にした女が訪ねてきた。あの時も、女を帰してたばこを吸っていた弘は、ぼんやりと外を眺めていた。天一は晋州（チンジュ）でトラックの運転手をしていたところを、車の修理工場を始めた弘に呼び寄せられてここで働いている。

「俺はもう帰るぞ」

　振り返りもせずに弘が言った。

「どこか具合が悪いんですか」

　天一が聞いた。

「ああ、ちょっと頭が痛い」

　弘の住まいは工場からそう遠くない所にあった。貧民街とまでは言えないが、みすぼらしい家が密集している町はずれの地域だった。工場に近いからそこで暮らすことになったのだが、商売上、家が密集している方が良かった。家の中に入ると、子供が三人駆け寄ってきた。末っ子は新京に来て生まれた男の子だった。台所でニンニクをつぶしていた宝蓮（ポヨン）がちょこんと顔をのぞかせ、末っ子を抱き上げる夫を見つめる。髪は乱れ、身なりもひどい。宝蓮は三人の子供の世話でてんてこ舞いらしく、疲れ切っているように見えた。

「今日は早かったんですね」

「うむ」

「夕飯はちょっと待って下さい」

「夕飯はいらない。子供たちとお前で食べなさい」

「どうしたんですか」

「出かけなければならない」

「またですか？」

「用事があるんだ」

人は、宝蓮は家事が下手だと言った。子供を三人しか産まないなんて、とも言った。しかし、弘は宝蓮に寛大で、あれこれうるさく言うこともなかった。女のくせにその格好は何だと言えなくもなかったが、それも言わなかった。無関心だったからではない。満州に来てから暖かく包み込むような気持ちで妻に接していて、宝蓮も夫を固く信じ、頼りにしていた。

「あなた」

「うん」

宝蓮は手を拭きながら部屋に入ってきた。

「さっき、宋のおじさんが来たんだけど」

「それで？」

「時間ができたら、あなたに家に寄ってほしいって言ってました」

「ちょうど行こうと思っていたところだ」

宝蓮は身なりを整えるように髪をなでつけ、チョゴリの上に羽織った上着のボタンを留める。

「あなた、お酒を飲んだんですか」

「客が来たんだ」

弘は裏庭に出た。石炭とまきを暖炉脇に運んでから言う。

「それじゃあ、出かけてくる」

「宋のおじさんとまたお酒を飲むんでしょう?」

宝蓮が後から出てきて言った。

「そうなったら飲まないとな。遅くなったら、先に寝てろ」

宋のおじさんというのは宋寛洙(グァンス)だ。彼は三年前に、朝鮮から妻と下の息子を連れて満州に来た。初めは龍井に住んでいたが、最近、新京に移ってきた。田舎を回って行商をしているが、それ以外の任務もあった。弘が入っていくと、寛洙はぼんやりと座っていた。

「兄さん」

「お、来たか」

寛洙は壁の方に下がりながら言った。部屋は狭かった。

「昼間に訪ねていったんだが」

「宝蓮に聞きました。そうでなくても俺が訪ねてくるつもりだったのに」

「何日か横になっていたら、息が詰まりそうでな」

寛洙は元気がなかった。しばらく見ない間に老けてもいた。

「何かあったんですか」

と聞いたが、弘は寛洙の息が詰まりそうな心情をよくわかっていた。

「何もないさ……あるはずがない」

「……」

「ところで、周甲の爺さんはどうなっちまったんだ。まさか、氷の上で滑って死んだんじゃないだろうな」

「兄さんったら。周甲おじさんが出ていったのは夏ですよ。それより、捕まったりしてなきゃいいけど」

「夏だろうが冬だろうが、なぜかこの頃やたらと事がこじれるみたいに思えてな。南京が陥落する日も近いだろうし、この先どうなることやら。俺たちは沿海州に移らないといけなくなるんじゃないか」

「兄さんの気持ちが落ち着かないからですよ。俺は心配することはないと思うけど」

「俺は何も心配なんかしてないぞ。あんな奴には何の期待もしていない」

寛洙は激しく目をしばたたかせる。

「親の気持ちも知らないで。とっくの昔に親子の縁を切ったつもりだ。あいつはろくな人間にはならないと思ってた」

息子の栄光（ヨングァン）のことだった。栄光が歌劇団に加わったという知らせは、三年前に家族を連れて朝鮮を離れた時に聞いていた。それに先立って人づてに聞いたところによると、還国（ファングク）の説得にもかかわらず、栄光は結局、自分の道を選んだということだった。還国は聞こえがいいように音楽だとは言ったが、寛洙は想像がついた。そんな中、先月、栄光が新京に現れた。劇団の公演で来たのだ。朝鮮で住所を調べてきたらしく、日暮れ時に栄光は弘を訪ねてきた。

「どなたですか」

「宋寛洙の息子の栄光です」

弘はとても驚いた。栄光は少し足を引きずっていて、頬骨のところにちょっと傷があった。芸能人っぽい派手さはなく、黒いスーツを着ていた。ポマードをつけていない髪は長めだった。だが、どこか洗練されていて憂鬱な雰囲気だったので、弘は相手が年下だとは思えなかった。

「どうなさったんですか」

「そんな丁寧な言葉遣いはやめて下さい。公演があって来たんです」

「じ、じゃあ行こう。俺についてきて下さい」

「い、いいえ」

栄光は後ずさりした。

「父さんは俺に会おうとはしないでしょう。何も言わずに、父さんを連れてきてもらえませんか」

そう言いながら観覧券を二枚差し出した。とても訪ねていく勇気が出ないようだった。何度も行こうと言ったが、栄光はそのまま帰ってしまった。翌日の夜、ちょうど寛洙は行商から帰ってきて家にいたので、弘は適当に理由を作って外に連れ出し、劇場に行った。わけもわからずついてきた寛洙は、楽団の中でサクソフォンを吹いている栄光に気づかなかった。しかし、片足を引きずるようにして舞台に出た栄光がサクソフォンの独奏をした時、寛洙は、思わず口からもれかけた悲鳴を何とか押し殺した。栄光は歌手よりも引き立って見えた。むせび泣くような、胸がしびれるようなサクソフォンの旋律もそうだが、憂いに満ちた姿と自然で絵になる身のこなしに若い女たちはため息を漏らした。片足を引きずるような歩き方は、もの悲しさすら感じさせた。ひとことで言って強い魅力を、人の心をぎゅっとつかむ力を栄光は持っているようだった。寛洙は、半ば正気を失っていたようだったが、サクソフォンの演奏が終わるとすぐにあたふたと立ち上がった。寛洙が黙って劇場を出ると、弘も後を追いかけた。

「こいつめ！」

暗い通りで寛洙は、両拳をぐっと握りしめて弘をにらんだ。

「俺をもてあそぶつもりか、こんちくしょう！」

「まあ、落ち着いて下さい。本当の事を言ったら兄さんは劇場に来なかったでしょう？」

「馬鹿にするにも程がある。こんなまねをしやがって」

涙交じりの声だった。

「兄さんも本当に変わった人です。何が悪いんですか。あれなら、うちの尚根(サングン)や尚兆(サンジョ)があの道に進みたいって言っても、俺は反対しません。女たちがため息を漏らすのを見たでしょう？」

弘はまた茶化してごまかそうとしたが、寛洙の激しい怒りに変化はなかった。

「お前はどうやってあいつが来てることを知ったんだ」

怒りに震えながら寛洙は聞いた。

「俺は何も知りませんでしたよ」

「だったら」

「栄光が訪ねてきたんです」

「何だと？」

寛洙は足を止めた。

「お前を訪ねてきただと？」

「はい、工場に来たんです。観覧券を二枚差し出して、父さんは自分に会いには来ないだろうから、何も言わずに一緒に来てくれって言われました」

「二枚……」

家に着くまで、寛洙は口をきかなかった。寛洙は、弘がどこかで話を聞いて自分を連れていったのだろうと、最初はそう思い込んでいた。栄光が弘を訪ねていったとは考えもしなかった。寛洙は三日間、栄光が現れるのを待った。一人おろおろしていると、どうしたのだと女房に聞かれたが答えられず、ただ息子を待った。一方、栄光は、父が自分を許して訪ねてくることを期待していた。だが、停車場に止まっていた汽車が、一方は北に、もう一方は南に向かうように、親子の間は遠ざかっていった。栄光は、許してくれない父に対する深い怨みを抱いて新京を発ち、寛洙は、ついに両親を訪ねてこなかった息子に忘れられない裏切りを感じた。その精神的な衝撃は、一カ月が過ぎた今も和らいでいなかった。無気力の沼にはまったように、寛洙はあの気丈な姿を見せなくなった。

「俺の人生は無駄だった」

たばこを取り出して火をつけると、寛洙は戸惑い始める。弘の家に行って弘に来てくれるよう伝言したものの、いざ向かい合うと用もなく、話すこともなかった。子供に捨てられた一人の男が裸になり、弘にその恥部を一つひとつさらけ出しているという悲哀と惨めさを感じずにはいられなかった。

(子供っていうのは間違いの種だな。あれは本当に俺の息子だったんだろうか)

まったみたいだ。まるで俺が死んでしまったみたいだ。俺自身が俺の元から去ってし
胸が詰まる。

「どうだ? 最近、仕事はうまくいってるか」

「ええ、まあ」

弘は横目で寛洙をちらりと見る。

「兄さん」

「うん」

「さっきからずっと考えてたんだけど、昼間、ある人に会ったんです。兄さんと同い年ぐらいです。だけど、兄さんとは呼ばずにおじさんって言ったんです。兄さんに会って兄さんって呼んだら、そのことを思い出しました」

「そりゃあ、老けている人もいるさ」

答えになっていなかった。それに気づいた寛洙は付け加えて言った。

「俺たちはお前の父ちゃんをおじさんと呼んでいたけれど、年からすればお前は、俺のこともおじさんと

呼ぶべきだろうな」

「ええ、その人もうちの父さんをおじさんと呼んでいましたから。それなら、俺はその人を兄さんと呼ぶべきですよね」

「何を言っているのかわからんな」

「その人が誰か、見当がつきませんか」

「誰だ」

「金頭洙、金巨福(コボク)です」

「何だと！」

「金頭洙は兄さんと同い年ぐらいですよね？」

「同い年だ。それで、あいつがお前を訪ねてきたっていうのか」

「はい」

「何しに来たんだ！」

寛洙の表情がさっと変わった。はっと我に返ったみたいだった。弘は頭洙が言っていたことを大体話して聞かせた後、こう言う。

「気味が悪いんです。天井に蛇がすみ着いたみたいに気持ち悪い。そわそわするし。あんな話を持ちかける真意は何でしょうか」

「ちょっと待てよ。考えてみよう」

寛洙は弘の話を遮るように腕を振った。

「一緒に事業をやろうって言ったのか？　それがいやなら分け前をくれればいいって？」

寛洙はしばらく、じっと考える。

「とにかくこれは、時間を置いて考えるべき問題だが、場合によっては逆に利用できるかもしれない」

「どうやってですか」

「何か企んでいるなら、そう簡単には引き下がらないだろう」

「俺もそう思います」

「断って、誘われて、また断ってと繰り返していては、逃げることにしかならない」

「そうですね」

「逃げることは弱点になる。弱点をさらけ出す結果になるんだ。それに、あいつはもともとしつこいからどんな仕返しをしてくるかわからないし、相手を知っているからむしろ利用することもできるだろう。それに、俺たちにとってもこの機会を逃すのは惜しい」

「欲は出ます。だから余計に気持ちが落ち着かないんです」

「ひょっとしたら、嘘ではないかもしれないな。信じても駄目だが、お前の父ちゃんに対する気持ちは本当かもしれない。あの時のことは俺も知ってるから。とても見ていられないほど可哀想だった。父親は人殺しの罪で捕まるし、母親はアンズの木に首をつって死んで、みんな知らないふりをしているのに、潤保おじさんとお前の父ちゃんが母親の遺体を埋めてくれた恩は、いくら極悪非道な奴でも忘れるはずがない」

「……」

「しかも、もう五十歳を超えている。これ以上、利用価値がないというのも本当だろう。ああいう仕事は、一度烙印を押されたら役に立たないからな。これからは、誰かを捕まえてぶち込むより、商売してもうけるつもりでお前の前に現れたのかもしれない」

「……」

「それに、俺たちにも方法がないわけじゃない。逆にわなに掛けて縛り上げることもできるし、漢福を引き入れるのも手だ」

「漢福兄さんを引き入れるんですか」

弘は目を大きく見開く。

「無理矢理引きずり込むわけじゃない。漢福の言うことならよく聞くし、漢福も何度か使いをしたから、頭洙は頭が上がらないだろう」

いつの間にか寛洙の目はきらきらしていた。意外にも頭洙の出現は寛洙の無気力を吹き飛ばしてしまった。

「兄さん、出ましょう！」

「そうだな」

「市内に出てぱあっとやりましょう！」

「望むところだ」

寛洙は笑った。しかし、彼は念を押すように言った。

「このことは、ほかの人と相談してから慎重に進めるんだぞ」

「もちろんです」

二章　東盛飯店で

「母ちゃん、どこへ行くの？」

服を着替えながら蘭友が言った。オクは娘の問いには答えず、ポソンをはいていた。

「ごちゃごちゃ言ってないで、早く服を着替えなさい」

姉の蓮友がたしなめるように言った。蓮友は何が起ころうとしているのか、おおよそ見当がついているみたいだった。

「早くしなさい。行かないつもりなの？」

オクの母も、二人の外出準備を手伝いながら蘭友を急かした。アメリカ人宣教師の家で働きながらオクを育て、学校にも通わせたオクの母は、今では二人の孫娘を持つ祖母になっていた。その姿には美しかったかつての面影が残っていたが、初老の寂しい影は隠しようもなかった。

「母ちゃん！」

駄々をこねるように、蘭友はまた母を呼んだ。

「どうしたの」

「どこへ行くのかって聞いてるの」

「この子ったら、何回言えばわかるの。お祖父さんが中国料理をごちそうしてくれるって言ったでしょ。早く服を着替えなさい。遅れるよ」

蘭友は思い当たる節がなくはなかった。だが、確認したかったのだ。中国料理を食べに行くことはすでに知っていたが、なぜ中国料理を食べに行くのか、何かほかのことが待っているのではないか、それが知りたかったのだ。オクは急ぎながらも緊張した面持ちで、オクの母も落ち着きがなかった。

今は、一九三八年の初めだが、龍井(ヨンジョン)で大きな火事があったのは一九一一年、つまり二十七年前のことになる。あの頃、裁縫所で働いていた若い寡婦のオクの母は、廃墟と化した龍井を離れ、生きる道を探して馬車で会寧(フェリョン)に向かった。その馬車の中には材木を調達するために会寧に行く吉祥(キルサン)の姿もあった。道が険しいので、和龍の谷に着く前に新興坪で馬を休ませた。何人かが道沿いの酒幕に入って腹ごしらえをしていた時、寡婦の幼い娘が吉祥の前でおなかがすいたと言って泣いた。戸惑った吉祥は思わず、パジョン〈ネギのお好み焼きのような食べ物〉を子供の手に持たせてやったのだが、若い寡婦がそれを見て叱った。

「この子ったら、物乞いみたいに。母ちゃんに恥をかかせる気かい」

そう言いながら子供の頭をこづいた。女の子はぽろぽろ涙をこぼしながらもパジョンを口に放りこみ、母親に引っ張っていかれた。それがきっかけとなって、吉祥とオクの母の間に関係ができた。その縁で、猟師の姜(カン)と貴女(クィニョ)の間に生まれた杜梅(ドゥメ)とオクが結婚することになったのだ。その夫婦の娘が蓮友と蘭友で、十四歳と十二歳だった。同じ生地で色も同じ藍色のチマに桃色のチョゴリを着ている。

「煙秋(ヨンチュ)*のお爺さんはどうして来ないんだろう。何かあったんじゃないだろうね」

蘭友のチョゴリの結びひもを結んでやりながら、オクの母が独り言のようにつぶやいた。オクと子供たちも同じことを考えていた。藍色のチマと桃色のチョゴリを作ってくれたのは周甲(チュガプ)だった。周甲は弘(ホン)がくれる小遣いを集めて、去年の正月の晴れ着用に生地を買ってくれたのだ。

（どうして来ないんだろう。馬賊が煙秋のお爺さんを捕まえていったの？）

蘭友はそう考えながらコートを着て革のブーツを履く。腰にベルトがついた上等なコートは、ハルビンのロシア人の店で買ったと言って一昨年の冬に弘が持ってきてくれたもので、ブーツも年末に弘が新京から送ってくれたものだった。同じコートを着て同じブーツを履いた姉妹は、まるで双子のように可愛らしかった。

「それじゃあ、気をつけて行ってらっしゃい」

子供たちを見送りながらオクの母が言った。毛皮のついたフードをかぶった子供たちは母親の後をついて通りに出た。紺色の綿入れのトゥルマギを着たオクは、幅広の毛皮のマフラーを巻き、焦るような足取りで先を行く。年の初めの龍井の通りは静かだった。厳しい寒さのせいか、道行く人は少なかった。身をすくめた清の人たちが腕組みをして通り過ぎ、子供を負ぶった女が急いで病院に入っていった。そうして国境警備隊の騎馬が騒がしく通り過ぎた後、通りは荒涼とした冬の中でかちかちに凍っていく。南十字路の市場で左に折れた所に宋章煥(ソンジャンファン)が立っていた。時計をのぞきこんでいた彼は、オクたちを見つけると手を上げた。

「お祖父さん！」

蓮友が矢のごとく飛んでいく。

「お祖父さん、お元気でしたか」

姉妹は並んでお辞儀をする。

「ああ、お前たちもしっかり勉強しているか」

「お姉ちゃんは学校で一番です」

と蘭友が言うと、

「嘘言わないで」

と蓮友は恥ずかしそうに妹の背中をたたく。

「先生、お元気でしたか」

オクが子供たちの間に割って入り、挨拶をする。

「ああ。大変だったろう」

蘭友の頭をなでながら、章煥は痛ましげな目でオクを見つめる。

「私たちの苦労なんて、苦労とも言えません」

父親に対するような、尊敬と親愛のこもった態度だ。それもそのはずだ。子供たちがお祖父さんと呼ぶのにも理由がある。三十年前だったか。貴女が獄中で産んだ赤ん坊を抱いて姿を消した猟師の姜は、十数年後に少年を連れて龍井に現れた。鬱蒼とした原始林、人跡未踏の老爺嶺山脈から流れる嘎呀河（ガヤハ）*上流の小三岔口を拠点とし、猟師として生計を立てていた姜は、息子の杜梅を学校にやるために龍井にやってきた。しかし、そこで平沙里（ピョンサリ）の人々に会うのを避けるため、姜は孔（コン）老人に杜梅を預けたままさっと消えてしまった。後日、尚義（サンイ）学校の教師だった章煥の前に再び現れた姜は、三百円という大金を学資金として差し出し、杜梅の将来を託した後、杜梅の出生の秘密を葬るために誤射と見せかけて自殺した。

本人も知らない杜梅の出生の秘密は、姜の死によって跡形もなく消えてしまったが、ただ一人、吉祥は孔老人から杜梅の父親に関する話を聞いていた。孔老人は何気なく話していたけれど、人相や身なり、姜という姓、慶尚道の方言、そして、何よりも猟師だという点からその人物が猟師の姜に間違いないだろう、事故ではなく自殺だろうと吉祥は思っていた。それはともかく、天涯孤独の身になった杜梅を、教師として、父の代わりとして面倒を見たのは章煥であり、三百円の学資金を管理し、学業を修めるようにしたのは孔老人だった。オクが父に対するように章煥に接し、子供たちが章煥を実の祖父のように思っているのは長い歳月の間に積み重なった情のためだった。

「それじゃあ、行こうか」

「はい」

蘭友が章煥の手をつかんだ。東盛飯店だった。龍井では一番古い中国料理店だ。

「いらっしゃいませ、宋先生」

章煥よりも年上に見える店の主人の陳が歓迎する。彼は太っていて、中国服に絹のマゴジャ〈チョゴリの上に重ねて着る上着〉を着ていた。にこにこ笑う顔は善良そうに見えたが、どこか隙のなさを感じさせる。

「商売はうまくいっていますか」

暖炉に手をかざし、章煥も親しげに聞いた。

「まあまあです」

二人は古くからの知り合いだ。先代から、つまり陳の父親と宋丙文（ソンビョンムン）〈章煥の父〉は土地売買において関係が深く、一時は大豆の輸出業や伐採事業も一緒にやっていたので、章煥と陳は互いの家の事情をよく知っていた。

「お嬢ちゃんたちは、しばらく見ない間にすっかり大きくなって。勉強もよくできそうだ」

もちろん中国語だった。子供たちも大抵の中国語は聞き取れるし、しゃべったりもする。

「全（チョン）先生もお元気そうですね」

陳はオクにも挨拶した。

「はい、ご主人もお元気でしたか」

陳はすすけて真っ黒になった戸棚から月餅を取り出し、子供たちに一つずつ持たせてやる。二人はお礼を言った。陳がオクを先生と呼んだのは、オクの仕事のためだ。杜梅と結婚する前から教職に就いていたオクは教師として生計を立てている。

「さあ、それでは中へどうぞ」

皆を中へと促すと、陳は暖炉脇に立った。薄暗い廊下を過ぎ、一行は奥まった部屋に案内された。通りに面した小さな窓から冬の弱々しい日差しがかろうじて入り込んできたが、部屋の中も薄暗かった。蘭友の顔に失望の色がありありと浮かんだ。部屋の中には彼ら以外に誰もいなかった。オクと二人の娘が杜梅に会ったのは昨年の春で、その時、旅館で少し会った後の消息は聞いていていない。それ以前は、夜に杜梅が家に帰ってきたりもしたし、飲食店で会ったりもしていたので、子供たちが父親に会うのだという期待を膨らませたのも無理はなかった。蓮友もしょげ返っていた。

「お祖父さん」

こらえきれずに蘭友が章煥の膝をつつきながら呼んだ。

「うむ」

「うちの父ちゃんは来ないんですか」

声を押し殺して聞いた。

「何を言うんだ。今日は中国料理を食べに来たんだよ」

章煥は困り果てて目をしばたたかせた。

「父ちゃんは来ないって言ったでしょ」

オクが言った。

「だったら、あたしは中国料理を食べない」

大きな目に涙がいっぱいたまる。

「もう大きいんだから、駄々をこねないで」

「それぐらいにしておけ。父親が恋しいんだろう」

章煥が言った。物心のついた蓮友は黙って座っていた。

「あたし、中国料理は食べないんだから」

蘭友は早くも涙をこらえきれなくなったみたいだ。

「泣かないで」

蓮友がたしなめる。だが、杜梅は東盛飯店の中にいた。そして、見ない間にすっかり大きくなった娘たちをそっと隠れて見た。店の入り口近くにある小さい部屋のドアのすき間から、陳に月餅をもらう姿を見たのだ。間もなく店員が料理を運んできた。そして、彼はオクに目で合図した。

「蓮友、母ちゃんは便所に行ってくる」

そうささやくオクの顔は青ざめていた。

「先生、ちょっと失礼します」

章煥はうなずいた。部屋の外に一人の男が立っていた。彼は黙って背を向け、ついてこいというしぐさをした。オクが男について入った部屋で、杜梅は座ってたばこを吸っていた。二人は何も言わずに見つめ合う。オクの目は不安に震えていた。顔はさらに蒼白になった。

「座りなさい」

杜梅が言った。昨日もおとといも会っていたみたいな落ち着いた声だった。いつもそうだった。杜梅は結婚当初から優しい夫ではなかった。子供たちにはいじらしいほどの愛情を注ぐ父親だったが、妻に対しては思いやりがなく、愛情表現をしない男だった。いつものことだから、オクはそれを特に気にしてもいなかった。

「すまない」

「子供たちの姿を見ましたか」

「ああ。お義母さんは変わりないか」

「はい」

杜梅は労働者の格好をしていた。綿入りの黒のパジと袖の長い上着、薄汚れて垢まみれの清国人のような格好だった。櫛も通していないぼさぼさの髪で、顔は、朝ひげをそってきたらしくきれいだった。ひげ剃りの跡が青いところを見ると、杜梅も父の姜に似てひげが濃いようだ。鼻筋がすっと通っていてぜい肉のない痩せた顔だが、体格はがっしりしている。ハンカチを取り出して洟を拭いたオクは鼻の詰まった声で聞く。

「家に寄っていくことはできないのですか」

「それは無理だ」

「子供たちが……しょんぼりしています。蘭友は中国料理を食べないと言って駄々をこねて。あなたに会えると期待してたみたいです」

一瞬、杜梅の顔がゆがんだ。

「できれば……会ってやってもらえませんか」

「……」

「どれだけ恋しいのか、夢であなたに会ったという話を時々しています」

「その話はやめよう」

たばこをもみ消す。オクは鼻水を拭いて目頭を押さえる。結婚して十年以上になり、子供を二人産んだが、杜梅と一緒に暮らした月日は一年にもならない。気丈に、不平も言わず生きてきたオクだったが、子供たちがそばにいないと弱気になる。

（わずかな時間も子供たちに会えないなんて、いつまでこんなことを続けなければならないの）

突然、叫びたくなる衝動を覚えた。

「時間がないから、簡単に話す」

杜梅は事務的に始めた。

「龍井を発つ準備をするんだ」

「何ですって、どこへ行くのですか！」

「煙秋に行かなければならない」

「あなたも一緒に？」

「いや、俺は行かない」

「だったら、私たちだけで行くのですか」

「……」

「永遠に、もっと遠くへ行ってしまうのですか」

オクの顔が赤くなる。

「お前もわかっているではないか。情勢が今、どう急変しているのかを」

杜梅はまた、たばこをくわえて火をつける。

「龍井は、子供たちやお前にとって安全な所ではない」

「では、あなたにとっては安全なのですか」

問いただすように、怒気を帯びた声で言った。

「子供たちやお前は無防備ではないか。日本の奴が少しでも勘づいたら、お前たちは危険だ」

「では、宋先生やほかの方たちの家族もみんな、煙秋に行くのですか」

「いや。あの方たちは完全に隠蔽されているから、まだ急ぐ必要はなくて……俺とは違う」

「どうしてあなたは違うのですか」

「俺は軍官学校の出身だ。お前もそれを知ったうえで結婚したはずだ」

「なぜそんなことを」

「時間がないから、俺の言うことをよく聞くんだ。煙秋には廷皓がいて、沈運会さんも助けてくれることになっている。周甲おじさんがすべて準備を整えてあるから、いつでも出発できる」

「煙秋のお爺さんが」

と言いかけてやめる。周甲が無事であることを喜ぶほどオクには余裕がなかった。煙秋行きが現実として目の前に迫ってきた。

「お前が煙秋に行くことにそんなに反対するなら、ほかの方法が一つあるにはある」

「どんな方法ですか」

「蓮友は宋先生がハルビンに連れていき、蘭友は新京の弘に預け、お前は俺と一緒に行く」

「それは駄目です！」

オクは泣き叫ぶように言った。

「俺もそう思う。お前がどうしても煙秋に行かないと言った場合の窮余の策として考えてみたことだ」

「……」

「俺は、お前と子供たちのことを考えると、体中にじんましんができたみたいに耐えられなかった。何もできない無力さを感じた。そうなれば、共倒れだ。周甲おじさんに会ったら相談してなるべく早く行きなさい。遅くなればなるほど、煙秋に行くのが難しくなるから」

杜梅は封筒を一つ取り出してオクの前に差し出した。

「しまいなさい。早く！」

オクは、杜梅の強い口調に思わずそれを懐にしまう。

「金だ。多くはないが、大事に使いなさい」

「ですが、煙秋に簡単に行けるでしょうか」

と言うと、いい口実があることに気づく。

「昔とは違って、思うように行き来はできないはずです」

オクはきっぱり言った。

「だから、周甲おじさんの手を借りるんだ。そうでなければ、年寄りに苦労をさせたりはしない」

杜梅の口調は鉄塊のように強硬で、威圧的だった。オクは絶望に陥る。二度と夫に会えないだろうとも考えた。

（あたしは本当にこの人と一緒に暮らしていたのだろうか。とてもそうは思えない。遠く感じる。何の思い出も残っていない気がする。あたしたちは本当に夫婦なの？　この人は風みたいで跡形もない）

心の中でとりとめもなくつぶやくが、オクは自分が馬鹿になっていくのを感じる。自分だけがつらいのではないことを知っている。周囲では日常的に起きていることだ。こういう日が来るといつも考えながら生きてきた。いや、それ以上のことも想像していた。子供たちを育て、職場に出かけ、心配になってくると気持ちを軽く持とうと自分に言い聞かせながら毎日突き進んできたのに……これではいけないとオクは自分を落ち着かせる。

杜梅が立ち上がった。反射的にオクも立ち上がる。部屋を出ようとした杜梅が振り返った。妻の目を穴が開くほど見つめる。

「賢く生きなければならない」

手を握る。オクは、まるで子ヤギが頭突きをするように杜梅の胸に顔を埋める。

「俺のことは心配しないで。子供たちのことを頼む」

背中をさすると、オクを突き放す。杜梅はドアを開けて出ていった。オクもふらつきながらついていく。

杜梅は厨房の方へ向かった。厨房の片隅に所在なく立っていた男が自分の着ていた上着を脱いで杜梅に渡す。杜梅はそれを受け取って着る。男は毛皮の帽子も脱いで差し出した。それをかぶると杜梅は厨房から出ていった。オクもついていった。使えない箱や石炭、ごみなど、ありとあらゆるがらくたが散らばっている裏庭に、空っぽのかごを載せた自転車が一台あった。上着と毛皮の帽子をくれた男が東盛飯店の厨房で使う物を載せてきた自転車みたいだった。杜梅は自転車を押して行ってしまった。オクが厨房や裏庭まで追いかけてきたことを知らないはずはなかったが、杜梅は一度も振り返らなかった。ぼうっとしていたオクはゆっくり店の中に入る。

「母ちゃん、どこへ行ってきたの」

料理を食べていた蘭友が、部屋に入ってきた母を見て聞いた。

「お姉ちゃんに聞かなかったかい」

「こんなに長く？」

「そんなわけないでしょう。出てきたら、誰だったか生徒の親御さんに会って」

オクははぐらかし、章煥は黙って酒ばかり飲んでいる。子供たちは、やはりまだ子供だった。中国料理は食べないと駄々をこねていた蘭友も、しょげ返っていた蓮友も、期待が粉々に崩れたことを忘れたのか、おいしそうに料理を食べていた。章煥がなだめすかしたに違いないが、おいしそうな料理の匂いをかぎながらいつまでも我慢できるはずはなかった。

「母ちゃんも早く食べて」

分別のある蓮友が勧めた。

「うん」

オクは、章煥にまでとても気を使う余裕がなかった。子供たちの前で平静を取り繕うのに精一杯だった。オクは、子供たちが食べ散らかした料理の残りをかき集めて食べ始めた。口が裂けそうなほど料理を口の中に押し込む。それは、無我夢中の行為だったのだろう。むせび泣くよりも、喉を一滴の水も通らないよりも、そばで見ている章煥の目にはみじめで哀れに映った。オクに会った杜梅が何を言ったのか、もちろん章煥はよく知っていた。すでに彼らの間で話がついていたからだ。鋭い感じはあるが、オクのきれいなあごを見つめていた章煥の脳裏に突然、三十年近く前のことがよみがえる。寡婦のオクの母は、今のオクよりずっと若かった。会寧の漢陽(ハニャン)旅館だった。

「何をするんです。手を離してったら」

泣き叫んでいた女の声は今も耳に残っている。

「女はそうだとして、このゴロツキどもは礼儀も知らないのか」

旅館にいた五十過ぎくらいの破廉恥な男の顔もはっきりとよみがえる。

「若い奴らが徒党を組んで、年長者に乱暴するとは！」

オクの母に飛びかかろうとしていた男は、止めようとする吉祥と章煥に盗っ人猛々しく食ってかかった。

「こう言っちゃなんだけど、お客さんが手首をつかんだくらいどうってことないだろう。減るもんじゃないんだし、あんただって心づけぐらいもらえるじゃないか。世間知らずの娘でもあるまいし、お客さんが背中をかいてくれって言ったら、かくふりぐらいするもんだよ」

旅館のおかみの金切り声も耳に響く。新興坪で一度会っていて、吉祥がオクの母に会ったのはあの時が二度目だった。事業の関係で会寧に出かけることが多かった吉祥にとっては、同情と葛藤と苦悩からの脱出のために始まったことだったが、オクの母には吉祥の存在が救いであり絶望だったに違いない。章煥は吉祥の若さを、痛みをあらためて思う。

(吉祥は近いうちに来るだろう。来るべきだ)

「お祖父さん」

蘭友が膝をつつく。

「ああ」

「友達が言うんだけど」

「何て?」

「あたしたちはみんな死ぬって」

「どうして」

「戦争が激しくなったら、清国の人たちは殺されるだろうって。その次はあたしたち朝鮮人の番だって言ってた。お祖父さん、それは本当なの?」

「やだ、そんなことを言うもんじゃないわ」

蓮友が口出しする。

「何がいけないの？」

「ひどく怒られるんだから」

「誰に怒られるのよ」

「決まってるでしょ。日本の巡査や憲兵よ。そんなことも知らないの？」

「ここには巡査も憲兵もいないわ」

「ほほう、いい加減にしなさい」

章煥は腕を振った。

「言葉に気をつけないと。お祖父さん、そうでしょう？」

「それは、蓮友の言うとおりだ。言葉には気をつけないとな。ついでに言うが、お前たちは」

「……」

「教科書で習ったとおりの言葉遣いをするといい」

子供たちはスッポンみたいに首をすくめて舌を出す。

「じゃあ、そろそろ出ようか」

東盛飯店から出た一行は、待ち合わせた南十字路の市場の入り口まで来た。

「先生、いろいろとご心配をおかけしてすみません」

オクが挨拶をした。ぎこちなくて、顔には表情がなかった。

「お祖父さん、ありがとうございました」

子供たちも挨拶した。

「さあ、もう帰りなさい」

子供たちが先を行き、オクは後をついていく。章煥はオクに声をかけたかったが、何も言わずにおいた。(オクは杜梅に二度と会えないと思っている。そうかもしれない。誰にも明日のことはわからない。草むらの中の鳥みたいにびくびくして。朝鮮民族の明日は誰にもわからないんだ)

風に舞う落ち葉のように遠ざかっていく三人の母娘の後ろ姿を見つめる章煥は、耐えがたい悲哀を感じる。踵を返し、章煥は南十字路の市場を左に入った道をまっすぐ上がっていく。昔も今も変わらない、静かな住宅街だ。かつて龍井を牛耳っていた宋炳文の家、章煥が生まれた所であり、青春の夢と理想と怒りに満ちたその場所の前を通り過ぎる。すでに他人の手に渡って随分になる。その昔の家からもう少し坂を上がった彼は、古くてみすぼらしい家の前で足を止めた。たばこを取り出し、火をつける。たばこの煙をふかしながら痩せた木の枝を見上げる。気軽に家に入れずにたばこを吸うのは、すっかり習慣になっていた。それは、ため息のようなものだったかもしれない。ハルビンで暮らしている章煥は、一年に何度か龍井を訪ねる。兄の永煥(ヨンファン)が龍井で暮らしているので、名節(ミョンジョル)〈正月、秋夕などの祝祭日〉と両親の命日に訪問するのだ。だが、やむを得ない事情のせいで今年は正月に間に合わず、三日も遅れて昨日の夜にここに来た。半分ほど燃えたたばこを捨てて章煥は門を揺らす。

「お義姉さん」

家の中ですぐに気配がした。

「誰ですか」

「私です」

「章煥さんですか」

「はい」

丸くて平べったい顔の四十代の女が、門を開けて外をのぞく。

「どうぞ入って下さい。寒くありませんでしたか」

永煥の後妻の廉(ヨム)氏だ。男みたいに骨太で、体格が良かった。

「お昼はお済みですか」

「食べました」

「家で召し上がればよかったのに」

「知り合いに会って外で食べたんです」

「そうですか」

「お兄さんはいますか」

「いますとも。どこにも行きませんよ。いつも部屋にこもっています」

恥ずかしいうわさを立てられ、夫に虐待され、阿片を吸っていた永煥の前妻の張(チャン)氏が家を出たまま行方不明になって随分になる。楊貴妃みたいに美しかった張氏に比べれば、年はだいぶ若いが、廉氏は下女も同然だった。永煥の世話をする人が必要で、家が傾いたのだからどうしようもない。何もできず、廃人みたいになってしまった永煥はもう年だし、どんな女であれ、一緒にいてくれるだけでありがたく思わざるを得ない状況だった。借金でほぼすべてを失った中、どうにか精米所だけは救い出してそれで生計を立てているが、人の手に任せたまま永煥は一切何もしていなかったので、生活はいつも困窮していた。永煥は火鉢に当たって座っていた。ちょうど六十歳を超えたところだが、顔はしわだらけで、七十歳の老人みたいに老けて見えた。正月だから着ている繻子のマゴジャは清潔だったものの、何度も洗って手入れしたものので、琥珀のボタンだけがかつての栄華の名残だった。永煥も一時は阿片を吸っていたとか、張氏よりも彼の方が先に阿片を吸っていたといううわさもあった。

「用事は済んだのか」

永煥が聞いた。

「ええ」

章煥はあいまいに答えた。

「座れ、何をそんなに突っ立っている」

また出かけてしまうのを、あるいは、暇(いとま)を告げて帰ってしまうのを恐れるかのように、永煥は言った。

章煥は上着を脱ぎ、膝を折って座る。

「なぜ、奥さんと子供たちは来ないのだ」

昨晩、到着した時に聞いたことを繰り返す。昨日、言ったことを忘れたというより、寂しくて聞いたようだった。

「急いで来ましたから」

「そうだな。一緒に来るとなると費用もかかるし……生活は苦しくないか。子供たちの学費が大変だろう」

ため息をつくように言った。

「子供たちの勉強は、家の懐事情に合わせてやらせています。ずば抜けて頭がいいわけでもありませんし」

「あいつを大学まで行かせておいて、自分の子供には中途半端にしか勉強をさせないなんて、それはいかん」

あいつというのは、自分の一人息子の由爕（ユソプ）のことだった。由爕は叔父の章煥のおかげで北京大学に進学した。しかし、将来を嘱望されていた学者への道を捨てて共産主義に身を投じ、うわさによると今は延安にいるらしい。

「あいつに勉強させたのは……無駄だったな。全く余計なことだった」

火箸で火種をつまみ、たばこの火をつける永煥の手はぶるぶる震えている。骨ばかりの痩せこけた手、そして、腕。

「男がこの世に生まれて信念どおりに生きているなら、私たちがやったことは無駄ではないはずです。酒や女に溺れているわけでもなく、わが国、わが民族を裏切って日本の奴にくっついて暮らしているわけでもありません」

「あいつは酒も女も親日もしないが、だからといって間違っていないわけではない。父親らしいことをしてやれなかった俺には何も言えないが、あいつはお前に不義理をした。それはいけない。勉学を終えたなら、従弟たちの面倒を見ないと。そうでなければ人間ではない。学問をしたなら、それに見合うことをすべきだ。恩知らずな奴め」

「それは、個人的なことではありませんか」

「ならば、あいつは朝鮮独立のために働いているというのか。部屋に閉じこもってはいても、俺にもそれぐらいのことはわかる。共産党はロシアの手先だ。わが国のために闘うだと？　ロシアの奴らのために闘っているんだ。親日派と何も変わらない。俺もそれは知っている。家が傾いてこんなざまになってしまったが、あいつは龍井一の金持ち、宋炳文氏の孫なんだ。宋炳文氏の孫が共産党だなんて許されない」

若い頃、永煥は偏屈で器は小さかったが、口数の多い男ではなかった。むしろ、若い頃は酒に酔うと章煥の方がよくしゃべり、議論を好んだ。しかし、この頃、永煥は弟の顔を見るといつまでも話し続けようとする。まるで飢えた人のように。

「ロシアの手先であれ、中国の手先であれ、今、日本と戦っているのは彼らなのですから、仕方ありません」

章煥は長々と説明したくなかった。説明しても無駄だとよくわかっていたからだ。

「ロシアが日本と戦うだと？」

「戦争は起きていませんが、ロシアは中国を助けています」

「そんなはずはない。蒋介石は共産党を不倶戴天の敵だと思っているのに、ロシアの助けを得るはずはない」

「それは厳然たる事実です。もう一つ、中国共産党が蒋介石を日本との戦いに追いやったことも事実です。戦争を率いているのも中国共産党です。たとえ、由燮がそこに身を投じていなかったとしても、南京まで日本に明け渡した今、由燮も無事ではいられなかったでしょう。木こりや炭鉱夫でない限り、日本人に協力しない限り」

パジにたばこの灰を落とした永煥は、適当に払い落としてしばらく沈黙する。

「もっとも、口が十個あっても何も言えない。兄らしいことも、父親らしいこともしていない、俺は悪い奴だ。十分の一でもお前に財産を分けていれば、宋家がここまで落ちぶれることはなかっただろう。女一人のせいで身代を棒に振り……俺がもう少し度量が大きくて人間ができていれば……後悔したって仕方ない。みんな自業自得だ。誰のせいでもない」

「兄さんは義姉さんにひどいことをしました。あの人も被害者です。何の罪もありません」

「黙れ！」

「……」

「あの女のことで後悔しているのではない！」

「……」

「あんなことがなかったとしても、貧しい家を切り盛りするような女でもないし」

永煥は、たばこの灰が落ちてもいないのにパジを払う。そして、鼻筋を触る。章煥は、永煥がかつての妻に対して言うことや由燮に対する非難が本心ではないことを知っている。過去を悔いているのも事実だ。

しかし、それは自身の寂しい老年期を見つめるところからにじみ出たものだった。

「酒膳の用意ができました」

部屋の前で廉氏が言った。

「うむ」

と永煥が答えた。章煥は立ち上がり、部屋の戸を開けてやる。廉氏は、一年に何度かやってくる章煥のために食べ物を用意していた。丈夫そうなお膳の上には数多くの料理が並んでいたが、体格のいい廉氏は軽々とお膳を二人の間に置く。

「どうぞ。料理の腕が良くないから、お酒でも飲んで下さい」

廉氏はにやっと笑った。章煥にお膳を出すたびに廉氏はそう言った。

「こんなにたくさん用意しなくてもいいのに」

「とんでもない。大したものもなくて。それより、子供たちが来なくて寂しいです」

「夏休みに来させますよ」

廉氏が出ていった。料理の腕が良くなくてと言うその言葉には、料理の腕がいいという自慢が多分に込められていた。廉氏はかつて、鏡城〈咸鏡道にある地名〉の金持ちの家の炊事婦をしていて、子供の頃から食べ物にうるさかった永煥も、廉氏が作る食事には不満はなかった。章煥は兄の杯に酒をつぎ、兄弟は一緒に酒を飲む。

「それで、いつ帰るんだ」

永煥が聞いた。

「明日、帰らなければなりません」

「ゆっくり話す時間もないな」

「夜は長いではありませんか」

章煥はこっそり笑った。毎年、来るたびに同じ話をするのだ。新しい話題はなかった。だが、章煥はいらいらしたりはしなかった。むしろ、肉親の温かさに浸っていた。子供や妻にとって自分は寄りかかることのできる存在だったが、章煥にとって彼らはそうではなかった。だが兄は、めまぐるしく変わっていく世の中において寄りかかることのできる存在だった。生ける屍も同然で、財産を一銭も分けてくれずに一人使い果たしてしまった兄だったが、会えば肉親の温かさを感じ、父に会っているようにも思えた。それは、章煥がもともと善良だったからだろうが、彼自身も孤独で寂しかったのだろう。

「夜は長いさ。年を取ると余計に夜は長く感じられる。酒もそうたくさんは飲めない」

「飲み過ぎはいけません」

「お前の頭にも白いものが交じっているのを見ると、本当に月日の流れるのは速い」

「五十を過ぎたんですから、白髪も生えます」

「それで、娘たちは元気か」

「はい。裕福ではなくても、家族仲良く暮らしています」

娘たちというのは、嫁いだ上の二人の子供たちのことだった。三番目の男の子は今、中学の最終学年で、遅くにできた末っ子は普通学校の二年生だ。

「精米所からは毎月きちんと金が送られてきますか」

「ああ」

「誠実な人だから、心配はしていませんが」

精米所は、かつて宋家で働いていた朴(パク)に任されていた。

「多くはないが、俺たちが暮らすには十分だ。年寄りに金の使い道もない。ただ、お前たちを助けてやれないのが情けない」

「私の心配はしないで下さい」

「ところで、世の中はどうなっている」

「厳しいです」

「倭奴は気勢を上げているが、この先どうなることか」

「険しいです。だんだん険しくなるでしょう」

「戦争が長引くということか」

「長引けば日本が倒れます」

「中国が降参しても？」

「南京を空け渡したとはいえ、日本が全部支配しているのではないし、すべての中国人が降伏したわけでもありません。すでに長期戦に入りましたし」

「だが、上海と南京でものすごい数の人が死んだそうじゃないか」

「そのようですね。ですが、日本軍の一人に中国軍の五人が死んだとしても、日本人の種の方が先に尽きてしまいます。いくら新式の武器と機動力があるといっても、結局、戦争をするのは人ですから」

「そうかな。皆、日本が勝つだろうと言っているが……」

「長期戦になれば、日本は持ちこたえられません。満州みたいにうやむやになるだろうと思った日本は、大きな誤算をしたわけです。日本軍のすべてを中国の土地にばらまいたところで、網の目は粗い。大きな魚を何匹か捕まえられるかもしれませんが、残りの魚は皆、すり抜けていくでしょう。だから、最初から子供も大人も皆、虐殺するのではありませんか。広大な中国の地で戦争をしようだなんて、頭がおかしくならない限りあり得ません」

「お前の話を聞いているとそんな気もするが、この先、朝鮮人はどうなるのか」

「戦争に駆り立てられるでしょう」

「それでは、朝鮮人が全滅してしまう」

「反対に考えることもできます。朝鮮人に武装させるのは日本としては相当危険なことです。それだけ日本は追い詰められているということで、弱っているという見方もできます」

「それはそうだな。とにかく、どう転がっても朝鮮の民は死ぬわけだ。お前も十分注意するんだ」

「若い人たちが心配です」

三章　仁実の変身

ハルビンの中心街、許公路に運会薬局はあった。ロシアに帰化し、煙秋で暮らしているセリパン沈の本名からつけた商号だ。薬局の左隣は和龍医院で、右隣には高級洋品店の春融商会があった。許公路に街灯がともり始める。夕焼けが消えた空は、ぼんやりと薄青色の状態を保っていた。通りにはまだ馬車が行き交い、自動車も通っていた。街路樹のように電柱が立ち並ぶ歩道に続々と人が押し寄せ、夕方になってちょっと冷えてはきたものの、ハルビンにも春は訪れていた。一番にぎやかな通りに店を構える運会薬局の規模は相当なものだ。薬剤師もいて店員も二人いて、ハルビンだけでなく近くの町の小さな薬局にも薬品を卸している。沈運会、すなわちセリパン沈が、満州事変が起きる前に婿の尹広吾のために、正確に言うと次女の樹鶯のために作ってやった薬局だ。当時、セリパン沈は、

「俺がなぜ、薬局を作ってやったかわかるか」

と、新しい生活や仕事を不安がる樹鶯に聞いた。

「いずれは独立しなければならないからでしょう」

「もちろんそうだ。だが、薬局というのは男だけでなく、女にもできる仕事だからだ。これからは女も仕

事をしなければならない。俺は一時、樹鴬が医者になったらどうだろうと考えたこともあったが、お前はあまりにも軟弱で、甘ったれだから諦めた。だが、女も世情に疎くては生きていけない時代だ。しっかりしなければならない。それに、物事を深く考えなければ世の中の変化についていけない。世の中は恐ろしく変化していて、どこへ向かっているのかつかめない。つまり、女も家庭だけを顧みて個人のことだけを考えていればいい時代ではないのだ。

しかも、沿海州や満州は他人の地ではないか。いくら我々がソ連に帰化したとはいえ、朝鮮民族であることには変わりないし、それに、尹君の場合は事情が違う。国を失った若い男がどこに根を張るのだ。根を張るということがどれだけ難しいことか。尹君が田畑を耕す農民とか木を切る木こりなら話は別だが、学のある男の身の振り方がどれだけ難しい時代か、お前も知っているはずだ。となると、樹鴬、お前も甘ったれのままで、おしゃれだけしてのんきに生きていくことはできない。女も強くならなければならないんだ。娘二人を甘やかして育てたことが、今さらながら情けなくて心配になる」

セリパン沈は一時間以上も言って聞かせた。幸いにも薬局は繁盛したので毛皮商も始めた。樹鴬も今では三十歳を超え、甘ったれで世間知らずの女ではなかった。薬局は樹鴬に任されていた。それだけではなく、広吾は毛皮の買い付けのために黒河や愛琿方面へ出張することが多かったので、樹鴬は毛皮商の仕事にも関与していた。やり手になったのだ。煙秋で生まれ、成長し、学校も卒業した樹鴬がロシア語が流暢なのは当然のことだった。しかも、中国語にも長けている。国際都市といえるハルビンなだけに彼女の語学力は事業の助けになっただろう。

だが、彼女たちの事業が成功したのは、何といっても樹鶯の従兄二人の力によるところが大きい。兄や甥がハルビンにいなければ、セリパン沈はここに薬局を出してやろうとは考えもしなかっただろう。彼の兄、沈運求(ウング)は早くに清国に帰化し、ハルビンで薬種商として大成功していた。兄弟の国籍は異なるが、彼らは非常に義理堅かった。セリパン沈が煙秋にバルコニーのあるロシア風の美しい邸宅を建てた時、運求は多額の金を出してやり、中国人のれんが職人まで派遣してやった。商売のやり方を会得し、朝鮮人の痕跡を拭い去ってしまった中国人、沈運求。老いてすでに事業から手を引いているが、彼の二人の息子が父の地盤を引き継いで着実に事業規模を拡大しており、許公路一帯に及ぼす影響力は大したものだった。

空が薄暗くなるにつれて街灯が明るくなり始めた。樹鶯は従業員にあれこれ指示をすると椅子に腰掛け、コンパクトを取り出してのぞく。熟れた美しさとでも言おうか、妖艶と言おうか、ロシアの女のように肌が白い。結婚当時、樹鶯はまだきゃしゃな少女だったが、今は適度に体重が増え、自信にあふれて見える。多くの人と接触し、従業員たちを使っているからか、威厳も相当身についていた。樹鶯のそんな変化を見て昔の彼女を知る人たちは、血は争えないなどと言った。伯父は言うまでもなく、請負業者として煙秋で成功した父やこの一帯に根を張っている従兄たちは皆、商才のある人たちだったからだ。

「おーい、樹鶯」

と言いながら、広吾が薬局のドアを開けて入ってきた。薬剤師と従業員が立ち上がり、丁寧に挨拶する。

「樹鶯」

広吾は少し急いでいるようで、落ち着きがなかった。結婚して十年以上になるのに今でも妻を名前で呼ぶのは、彼らの間に子供がいないせいだ。それは樹鷲が事業に熱中する理由の一つであり、大きな悩みでもあった。

「ちょうど家に帰ろうと思ってたところだけど」

樹鷲はコンパクトを閉じてハンドバッグの中に入れ、夫を見つめる。中年に差しかかった広吾は、健康そうで品のある紳士だった。

「実は」

「……」

「載勇（ジェヨン）さん〈樹鷲の従兄〉に招待されたんだ」

「え？　どうして？」

「夕飯を一緒にどうかって」

「家で？」

「いや、外で」

「だったら、家に帰って服を着替えないと」

樹鷲の言動にかつての姿が現れた。

「その服でいいじゃないか。よく似合ってるよ」

白衣を脱いだ樹鷲は、お気に入りの黒味がかった紫のビロードのワンピース姿になった。広吾の言うとおり憎らしいほどよく似合っていた。細いプラチナのネックレスもシンプルでワンピースにぴったりだった。

「一日中着ていた服だし。時間はかからないから」

「そんなことをしていたら、約束の時間にすっかり遅れてしまう」

「だけど」

「駄目だ」

「この人ったら」

「さあ」

広吾は駄々をこねるように言い、樹鶯は笑う。

「わかったわ」

ハンガーに掛かっていた薄灰色のコートを羽織り、細いテンの毛皮のマフラーを巻く。

「行きましょう」

こつこつとハイヒールの音を立てながら、樹鶯は軽快に歩く。従兄たちと夕食を外で食べるのはよくあることだ。夫と二人で高級レストランに行くことも、ナイトクラブに行って踊ることもあった。そんな時、樹鶯はおしゃれをして出かける。それは、樹鶯にとって生活の彩りであり、楽しみであり、忙しい日常でたまった疲れを解消する手段でもあった。樹鶯は夫と腕を組み、春の匂いでも嗅ぐかのように鼻をぴくぴくさせて歩く。街灯は一段ときらびやかで、夜は魅力的だ。

「あなた」

「うん」

「煙秋にいた時のことを思い出さない？」

「さあ」

「最近、あの頃のことを時々思い出す。お客様を招待していたことを。みんな愛国者で、品性を備えた人たちだったのに」

「ここの人たちは品性に欠けるというのか」

「そうです。例えば私の従兄たちはお金持ちだけど、無教養だと思わない？」

「無教養だなんて。ちゃんと教育を受けたのに」

「商売人よ」

「俺たちは？」

「私たちもそう」

「金持ちだからといって、載勇さんたちが間違っているわけではないだろう」

「それはそうよ。でも、同族でないように思える時は妙に悲しくなる」

「俺も君の夫だけど、同族ではない」

広吾は冗談を言う。樹鶯の国籍はロシアで、広吾の国籍は朝鮮だ。

「この人ったら」

夫をこづくと樹鶯が言う。

「私たちも、あのまま煙秋にいればよかった」

「何を言うんだ」

「あなたは、モスクワに行くこともできたじゃない」

「お姉さんが羨ましいんだな」

「そのとおりよ。羨ましい。私たちは商売人だけど、お義兄さんは相当な地位にいるみたいだから」

「内情はわからないぞ。つまらないことを言うのはそれぐらいにしておけ」

広吾は樹鶯の気持ちがよくわかっていた。ハバロフスクにいた樹鶯の姉、水蓮がモスクワに行ったことや、モスクワ大学を出た秀才の義兄が相当な地位にあるということが羨ましいのではない。ただ、一生懸命やってきたことにやや倦怠感を覚え、子供がいなくて寂しく、そのことを広吾にすまないとも思っているのだ。

二人が行ったのは中国人が経営するレストラン「黒龍」だった。ロシア人客の多い店だ。二人はコートを脱いでホールに入る。ホールは広かった。しつらえも高級で、ハルビンでは一流のレストランだ。ピアニストが静かな曲を演奏していた。人は多いが静かだ。

「奥さんも来たのね」

背中を向けて座っている一組の男女を素早く見つけた樹鶯が聞いた。

「いや、それは聞いてない」

広吾はにやにや笑いながら言った。

「じゃあ、あの女の人は誰なの？」

「さあ、誰だろう。行けばわかるさ」

二人が近づくと、一組の男女は同時に振り返った。

「あ！」

樹鶯が驚く。女は微笑を浮かべながら立ち上がった。

「お姉さん！」

女は樹鶯に手を差し出した。握手をしながら、

「久しぶりね。元気だった？」

と、とても低い声で言った。驚いたことにそれは柳仁実（ユインシル）だった。慌てて席に着いた樹鶯は隣に座った夫の腕を揺すりながら、

「あなたも知っていたんでしょう」

と、とがめる。

「驚く顔が見たかったんだ」

広吾はずっとにやにや笑っていた。

「人をだますだなんて」

載勇と広吾が声を上げて笑う。

「いつも私をだますんだから。とぼけないで」

「だますだなんて、とんでもない。言わなかっただけだ」

「さっき、こう言ったわよね。行ってみればわかるさって」

「もういいだろう。おなかがすいたし、けんかをするのは夕食を食べて元気をつけてからにしよう」

載勇の言葉を合図に、残りの三人の言葉が中国語に変わる。載勇は広吾よりも二、三歳年上に見えた。すらりとした体格だったが、顔は普通で、服装はおしゃれだ。載勇は完全に中国人だった。もちろん中国の学校を出て、妻も中国人女性だった。載勇が帰化した朝鮮人二世だという事実を知っている人はそう多くない。彼はいくつかの事業をしていて、そのうちの一つは電影社という映画館だ。ウェイターを呼んだ載勇は仁実の好みを特別に聞いた後、料理を注文した。樹鶯と広吾だけでなく、載勇も仁実とかなり親しい間柄のようだ。

「いつ来たんですか、仁実姉さん」

樹鶯が聞いた。

「二、三日前かな」

「あんまりだわ」

仁実は笑ってばかりいる。

「二、三日も前に来たのに、今まで連絡もくれないなんて」

「ちょっと忙しかったのよ」

「それにしても」

仁実は薄化粧をしていた。細かい模様の入った銀灰色の中国服を着て肩に白いジョーゼットのストールを掛けた姿は、誰が見ても上流社会の洗練された中国女性だった。眉毛は絵に描いたように濃く、目は輝いていた。しかし、年はごまかせないもので、目じりに小じわが刻まれている。東京を離れてから七年の月日が過ぎていた。

「みんなして私をだましたのね」

樹鶯の愚痴は続いていた。

「三十半ばの女がいつまでも駄々をこねるんじゃないぞ」

載勇が皮肉る。

「お母さんのお乳が飲みたくて昔の病気が出たみたいです」

広吾も相づちを打つ。

「何ですって?」

「誰もなだめてくれないから、ここぞとばかりに甘えてるんだな」

「尹さんがなだめてあげればいいのに。涙も拭いてあげて」

「そうでしょう、仁実姉さん。男の人たちがどれだけ私をいじめたか、よくわかるでしょう? 自分から尻尾を出してるんです」

「言いがかりですよ」

広吾の言葉につられて載勇も、

「中傷です」
と言って笑った。テーブルの上に料理が並んだ。四人は和気あいあいとした雰囲気の中、互いの健康を祈ってシャンパングラスを掲げる。だが、四人の気分は複雑だった。互いの緊張感が伝わる。仁実はどういう経緯で三人と食事を共にするようになったのか。

七年前、仁実が龍井（ヨンジョン）に現れたのはごく自然な成り行きだった。意志を抱いて亡命する朝鮮人たちにとって間島（カンド）の龍井は地域的に、心情的に中継地だったからだ。龍井に滞在しながら仁実がたどっていったのは、金吉祥（キムキルサン）との縁故だった。あらかじめ吉祥から紹介してもらっておけばよかったのだろうが、龍井へと出発する前に計画を立てるほど仁実には余裕がなかった。それどころではなかった。仁実は、漆黒の闇と絶壁を前にした目の見えない一匹の獣だった。自殺しようという誘惑に何度もかられた。母性愛や哀れみを感じるのは身勝手な気がした。奈落に突き落とされたような、岩に押さえつけられているような罪の意識にずっと苛まれていた。

龍井に到着した仁実は何日か旅館に泊まった後、部屋を借りて暮らし始めた。脱出と解放を夢見ていた、東京での数カ月みたいな日々が龍井でも繰り返された。しかし、一つの命を突き離してやってきた龍井での時間は、脱出でも解放でもなかった。仁実は一日中歩き回った。山でも川辺でもどこでも構わずさまよい、夜になると部屋に帰って倒れこんだ。そして長い、本当に長い冬眠に入ったように部屋に閉じこもって自身との激しい闘いを繰り広げた。東京のあの数カ月のような悪夢の日々だった。

執念深い自分との別れは翌年の春、海蘭江（ヘランガン）〈豆満江水系の支流の一つ〉の川辺のささいな風景から始まった。氷が解けていかだが流れていた海蘭江は、若草がもえ出てすがすがしく、日差しが暖かかった。

「何ていう鳥だろう。北の方へ行くんだろうか、南の方へ行くんだろうか」

川辺にうずくまって鳥を見つめながらつぶやくと、どこからか歌声が聞こえてきた。「先駆者」*だった。

振り向くと四、五人の中学生が砂原に座っていた。少年たちは喉が張り裂けそうなほど大声で歌っていた。

ある少年は川面に向かって石を投げながら歌っていた。制服を見ると皆、中学校に入学したばかりのようだ。

過ぎし日　川辺で　馬を駆せた先駆者
いまはいずこで　夢を見ているのだろう

久しぶりに仁実は泣いた。そして、仁実は、自分の進む道を探すために吉祥との縁をたどり始めたのだ。

ちょうど、隣に吉祥と面識のある老人が住んでいた。部屋を借りようと仲介業者を訪ねていった時、そこにぼんやり座っていた老人だ。それはかつての仲買人、権(クォン)だった。七十歳に近い彼は随分前に女房を亡くしたが、それでも子供たちが一人前になったおかげで老後は時間を持て余し、暇つぶしに仲介業者を訪ねていって将棋を指したり酒をごちそうになったりしていた。初めて仁実に路地で会った時、権は、

「なぜ家族がいないのですか」

と聞いた。仁実は、家族はいると答えた。

「若い女性がなぜ一人でいるんです」

「ここでやることがあって、しばらく」

「人を捜しているのですか」

「……」

「うむ……困ったことがあったら言いなさい」

「ありがとうございます」

「うちにお宅ぐらいの嫁がいるから、話し相手が必要だったら遊びに来るといい。ここは皆、故郷を離れてきた人たちだ。それにうちは真裏の家だから」


そうして権一家と知り合った。仁実は時々、権を訪ねていき、龍井の状況を聞いたりもしていた。権は仁実のことをどう思っていたのか、とても丁寧に、礼儀正しく、そして、詳しく話してくれた。十数年前までは、カッパチ*の朴(パク)や流れ者の飴売りの洪(ホン)と顔を合わせれば、意気投合して言いたいことを言い合い、口が悪くて孔(コン)老人と孔老人の妻の方(パン)氏にまで無礼なまねをしていた権だったが、年を取って少し落ち着き、仁実に敬意を抱いているからでもあった。部屋を借りようと訪ねてきた時もそうだったし、時々、路地を行き来する仁実の姿を少し離れた所から見るたびに権は、並の女ではないと思った。地味な服装に化粧気もなく、やつれて今にも倒れそうだったが、かつての吉西(キルソ)商会の女主人のあの高貴さや強靭さと通じるものがあると感じていた。

とにかく、権が龍井の状況を話すうちに孔老人の話も出た。そこから吉祥とその一家の話につながった。

大火事の話に土地売買の話、そして、宋(ソン)家に関する話もあった。仁実は権の話から孔老人と吉祥の切っても切れない関係を知り、孔老人と権の親密な関係も想像できた。そして、話の内容をつかむにつれて仁実は、宋章煥(ジャンファン)に会おうと決心した。

「宋先生は愛国者です」

　権は章煥のことをそう断言した。

「その方に会えませんか」

　仁実は言った。権は仁実の目をじっと見つめ、しばらくそうしていたかと思うと、

「宋先生はハルビンにいます。訪ねていくなら住所を教えましょう。精米所に行けばわかります」

と言った。仁実はなぜか胸がじんとした。慎重でありながら積極的な権と心が通じたことに感動したのかもしれない。故郷を捨て、よその国で長い歳月を過ごした朝鮮の老人の強烈な望みを仁実は感じた。年老いて、無学で、貧しい同胞。川辺では喉が張り裂けんばかりに「先駆者」を歌っていた少年たちを見た。新鮮な感動だった。満州の原野に吹く風のように、紺青の豆満江(トゥマンガン)のように、雪原を駆ける一頭の鹿のように。感動というよりもそれは痛みだったかもしれない。仁実は心から、今こそ、ソウルで机上の空論を繰り返すだけの知識人たちと決別する時だと思った。

　ハルビンで章煥に会った仁実は、単刀直入に、

「私は鶏鳴会(ケミョンフェ)事件で巻き添えになった金吉祥先生やそのほかの方たちと一緒に刑務所暮らしをした柳仁実です」

と自己紹介をした。一瞬、章煥は驚いたようだった。仁実は自分の身分を明らかにするのにそれ以外の言葉が見つからなかった。

「そうですか。金さんは刑期を終えて出所しましたよね」

章煥は冷静に聞いた。

「去年のお正月に晋州（チンジュ）でお目にかかりました」

「体調はどうですか」

「良くなられたみたいです」

「ご家族も皆、ご無事でしたか」

「はい」

「ところで、どんな用件でお越しになったのですか」

冷静なだけでなく、章煥の声は冷たく感じられた。仁実は言葉に詰まる。いったい、何と答えるべきなのか、一瞬わからなくなったのだ。

「特にお話しすることはありません」

「何ですって？」

「私は就職をするためにここに来たのではありません」

「では、何をしに来られたのですか」

章煥はかすかに笑った。仁実はしばらく黙って座っていた。

「紹介状を持ってきたわけでもなく、本当に……何をしに来たのか」

　つぶやくように仁実は言った。そして再び、

「昨年の秋、何も考えずに龍井に来て冬を越し、権さんに会いました。金先生と親交が厚いという宋先生の話も聞きました」

「私は何を助けて差し上げればいいのでしょうか」

　柔らかく言ったが、仁実はそれに答えなかった。

「金先生のことは、事件が起きるまで全く知りませんでした。龍井にいて捕まった徐義敦（ソウィドン）先生は私をよくご存じですが」

　と言って仁実はもじもじする。話がもつれてしまい、仁実は核心を突いて話すことができなかった。もどかしい気分だった。最初は、単刀直入に鶏鳴会事件で巻き添えになったと言えば済むと思っていた。

「徐先生は鶏鳴会の首謀者ということになっていますから、もちろんよくご存じですよね」

「というよりは、ただ以前から」

　と言いかけたかと思うと、

「あの方がいらっしゃったなら、私はたぶんここには来なかっただろうと思います。理由は個人的な事情で」

　と言って仁実は頭を振る。

（私は馬鹿になったの？）

　一年以上、仁実の思考は自分の中だけに留まり、周囲と縁を切っていた。暗闇の中に閉じこもっていて、突然日差しの下に出てきたように世界がまぶしく感じられ、物事がうまく把握できず、しかも、自己表現が萎縮しているのは彼女の個人的な事情のせいでもあった。うっかり義敦の話を持ち出したのも個人的事情と関係していた。義敦の名前は仁実の心を乱した。義敦は兄の仁性（インソン）とつながっているからだ。

「つまり、徐先生とは以前からよく知った仲だということですね」

　章煥の言葉は適当に聞き流し、

「私は組織の中で仕事をしようと思って来ただけです。それも就職と言えば就職ですね」

と、いらいらしながら仁実は言った。章煥はたばこをくわえた。

「どういう経緯で私を訪ねてきたのか、それはどうでも構いません」

　たばこに火をつけた。

「金さんや徐先生とは親交があります。それは事実です。ですが、あなたは何か誤解をしているみたいです」

　自身の思考力が衰えていたという思いに加え、仁実はその時初めて、この分野では自分が初年兵扱いすらしてもらえないことに気づいた。顔が赤くなる。知らない女が突然現れて自己紹介し、組織の中で働きたいと言ったところで、義勇軍の募集でもあるまいし、よくいらっしゃいましたと言う人などいるわけがない。自身の無鉄砲な行動は、勇敢というより無知だということに仁実は気づいた。

「柳仁実さんとおっしゃいましたか。ひょっとして李相鉉（イサンヒョン）さんをご存じですか。徐先生とは朝鮮にいる時からかなり親しかったと聞きましたが」

「知っています。李先生はここにいるのですか」

「少し前までいました。とにかく、いいでしょう。取りあえず私についてきて下さい。知らない土地で女性が一人で旅館に泊まるのも良くない。出ましょう」

喫茶店から出て仁実を連れていったのは、広吾の家だった。彼は三・一運動の前に東京に留学していたが、関東大震災の後に朝鮮に戻ってきた。兄を捜しに沿海州に行った時に樹鶯と出会って結婚し、ハルビンに落ち着いた。数年前、さまよった末にセリパン沈の家を訪ねてきた相鉉に李光洙（イグァンス）の「民族改造論」について質問し、猛烈に責めた男だ。とにかく、仁実と広吾の出会いは奇縁と言うべきだろう。

「誰かと思ったら！」

広吾が先に言った。

「あら！」

仁実も驚いた。

「柳仁実さんではありませんか」

「ええ、尹さん」

「どういうことですか」

広吾は章煥に急いで聞いた。面食らった章煥が答える。

「さて、俺にもわからないな。どういうことだ。知り合いなのか」

「知っているも何も。おい、樹鶯」

やはり面食らっている樹鶯の腕を引っ張って揺すりながら聞く。

「この人は誰だか知っているか」

「え？」

樹鶯は仁実を見て何もわからずに笑った。

「関東大震災の時、緒方という日本の青年と一緒に朝鮮人留学生の救出作戦に出た勇敢な人で、俺も救出された一人だ。あの時、俺が下宿していた家の主人はとても意地悪い奴だったんだが、仁実さんがあの時、緒方の家に連れていってくれて。覚えていますよね、仁実さん」

仁実はうなずいた。

仁実は広吾の家にしばらく泊まり、その後、載勇の家にとどまって家庭教師をしていた。

「さあ、夕食も食べたし、せっかく柳先生も来られたことだから、ダンスでもしに行こう」

食事を終えた載勇は、満足げな表情で一行を見回した。

樹鶯一行が食事をし、ナイトクラブに行っている間、広吾の家の応接間では何人かが集まって長い間密談をしていたが、やがて一人、二人と抜けていき、四人が残った。つまり、外で食事をしたりナイトクラブに行ったりするのは一種の陽動作戦だ。日本の警察の手がまだ及んでいないとはいえ、行動範囲は常に広げておかなければならない。応接間には権澤応（クォンピルン）と章煥、鄭錫（チョンソク）、そして、もう一人残っていた。酒が運ばれてきて、彼らは飲み始めた。澤応は一年前から広吾の家に滞在していた。間もなく七十歳になるが、彼はまだ達者だった。伏せている目を時々わずかに上げるとそのまなざしは恐ろしく輝き、全身の皮膚感覚を研ぎ澄ましているのも昔と変わらなかった。

昨年には黙堂（ムクタン）・孫由鎮（ソンユジン）が煙秋で死に、渾応と同年代の闘士たちのほとんどはこの世を去ったか、行方不明か、あるいは、獄死したかのいずれかだ。彼が右腕として頼りにしていた張仁杰（チャンインゴル）も死んでから随分になる。金頭洙（キムドゥス）を殺そうと短刀を懐に入れて持ち歩いていた朴在然（パクジェヨン）がこの世を去ったのもかなり前のことだ。この間にどれだけ多くの愛国闘士や指導者たちが逮捕され、投獄され、殺害されたか。とても数えきれない。今、座っている男たちは渾応を筆頭に、章煥は五十代で、錫は四十代半ばに差しかかっている。上海から来た男はまだ四十になっていないようだ。いずれにせよ、生き残った彼らも同じだ。明日を約束することはできない。

満州事変直前の万宝山事件と満州国建国宣言の直後に上海で起きた虹口公園爆弾事件、つまり、一九三一年から一九三二年にかけての一年にも満たない間に起きた二つの事件は、どんでん返しのためのクライマックスとでも言おうか。歴史の妙を感じさせる。その事件を通して朝鮮と中国の民族的感情、政治的状況、戦略、戦術の変化が満州で顕著に表れた。大韓帝国末期における中国と朝鮮の国境紛争地が、日本の植民地支配下に置かれた朝鮮民族の抗日拠点となったものの、そこでの歳月は緊迫の連続だった。侵略してくる日本を前に、二つの民族は一つの船に乗るべきだったが、そうできなかった。二つの民族が手を組むべきだという声がなかったわけでもなく、暗々裏の相互協力がなかったとも言えない。だが、中国の国内事情や満州の軍閥の複雑な事情が、朝鮮独立軍の芽を刈り取ってしまったのだ。

日本と結託して蔣介石率いる北伐を阻止し、本土を席巻しようと夢見ていた満州の軍閥は、日本に協力して朝鮮独立軍を掃討しようとした。朝鮮独立軍は日本の侵略の口実になると言って追い払おうとしたのだ。中国政権は、民衆の暴風のような反日感情の流れを変えるために朝鮮人排斥運動をあおり、日本が朝鮮人を盾にしてくるという理由で朝鮮人を迫害し、日本を倒すための間接的な手段として朝鮮人を虐げた。その悪い朝鮮という否定的な見方を増幅させたのは万宝山事件であり、それをひっくり返したのが虹口公園の事件だ。歴史のドラマは四方にあり、一つの小さな火種は天地を焼いてしまう。一人の記者の誤報のせいで百人以上の人々が死ななければならず、満州の数十万の同胞たちが窮地に陥らなければならなかったように、無名の烈士、尹奉吉（ユンボンギル）の爆弾事件は世界の注目を集め、日本を震撼させた。中国との葛藤は一気に払拭された。

もちろん、満州を失い、中国本土まで脅かされたことを考えれば、朝鮮と中国は共通の被害者だから当然の成り行きだと言われるだろうが、虹口公園爆弾事件以降、朝鮮革命党*は中国・遼寧の救国会と合同で抗日戦線を編制した。両民族間の共同歩調は具体化し、朝鮮独立軍と中国義勇軍は力を合わせて双城県を占領した。さらには四道河子で日満連合軍を撃破し、東京城を占領、東満州の大甸子嶺で日本の羅南七十二隊を大破した。渾応は最初から中国との合同闘争を熱烈に望み、粘り強くその実現のために努力してきた。中日戦争が勃発し、朝鮮では日本が日ごとに実権を拡大していたが、ここでは中国との合同闘争が確実に活気を帯びていた。

「上海から南京までの間で、日本軍は非戦闘員を三十万人殺したというが、実際はそれよりも多いだろうと言う人もいました。五万の軍隊が三十万の良民を虐殺したというのはどう考えても納得できません。老人に女、子供たち、筆舌に尽くしがたい巨大な地獄を誰が信じますか。人間の仮面をかぶったあのけだものたちの、口にもできないような醜悪な蛮行をとても想像できないはずです」

上海から来た李建（イゴン）が南京大虐殺*の話をしていた。

「十歳の子供から七十歳の老人まで、女であれば皆、強姦してから殺しました。白昼であれ、路上であれ、場所と時間を顧みず、野獣のようなあの醜くて汚い姿をむき出しにして」

と言うと、建はしばらく言葉を切った。拳を握ったり広げたりしてから、再び話し始める。

「幼い子供の首を刺した後に母親を犯し、その子供を空中に投げ飛ばして銃剣で突き刺し、子供と母親を」

と言ってまた言葉を切る。

「ええ、そうです。銃剣術の練習に使ったのはまだ上品な方でした。人類の歴史上、あんな残酷なまねをした野蛮な民族はいないでしょう。俺は泣き叫びました。神よと言いながら。わが国を奪った敵だからではありません。日本の奴らの種を絶滅させてしまわなければならないのです。そうならなければ、神はいないのだと泣き叫んだのです。地獄にもそんな光景はないでしょう。悪魔だってそんなことはしません。日本の奴らの種を絶滅させることなく人類の存続はあり得ません。ええ、まさにそうなのです」

皆、沈黙したままだ。章煥は酒を飲んだ。酒を飲みこむ音が妙に大きく聞こえた。古池にカエルが跳び込む音みたいに。

「鄒韜奮は言いました。天下には主義がいくつもある。しかし、無抵抗主義みたいな恥ずかしい行為に主義という言葉をつけることはできないと。三十万の虐殺は、極悪非道な日本人の国民性の産物であると同時に、蔣介石が堅持してきたまさにあの無抵抗主義の産物です。いったい、国民の党はどこにあるのですか。国民党は蔣介石の私党であって国民の党ではありませんと」

鄒韜奮は中国の抗日ジャーナリストだ。

「それでも今、蔣介石は抗日の英雄だ。求心力もあるし」

澤応は自分の頭をなでながら言った。

「三十万の人民が虐殺されたにもかかわらず、そんなことを言うのですか」

「李君！」

「はい」

「君は、南京大虐殺の原因は、日本の極悪非道な国民性と蔣介石の無抵抗にあると言ったが、それ以外の理由を考えてみたことはないのか」

「それ以外の理由というと」

「日本の国民性と蔣介石がこれまで選択してきた無抵抗、原因はそれだけかと聞いているのだ」

建は答えられない。

「ほかの人はどう思う。それ以外の理由について」

章煥と錫は黙りこくっている。突然の質問だったからでもあるが、実はそれについて考える余裕がなかった。建はもちろん二人も怒り、興奮した状態だったので、冷静に判断する余裕がなかったのだ。

「皆、そんなにくそまじめでは、何も成し遂げられないぞ」

渾応は嘆くように言った。三人は顔を赤らめてたじろぐ。渾応は酒を飲み、皆にも酒を勧めながら続ける。

「いくら日本人が極悪非道だからといっても、日本人全員が悪鬼であるはずはないし、軍隊に引っ張られてきた男のすべてがけだものであるはずもない。なのに、どうして皆が悪鬼になり、けだものになったのか。そうした蛮行は多かれ少なかれ征服者の属性だとはいえ、五万の軍隊が三十万の非戦闘員を虐殺するだなんて。お前たちは日本軍の作戦というものを考えなかったのか」

「そ、それは」

「中国の土地は日本の土地の何倍だ。中国の人口は日本の人口の何倍だ。それでもわからないか」

「……」

「そもそも、残忍性というのは勇気のある者より勇気のない者の性質だが、日本人は非常に小心で怖がりな民族だ。昔から刀剣で統治されてきた民なのだから当然だが、彼らのこのうえない勇敢さはどこから来るのか。あの国には変革がなく、島国という閉じ込められた状態にあり、その中で刀剣によって飼い慣らされているということは何を意味するのか。背反も選択も伴わない勇気は単なる服従だ。そんな枠の中にいて枠が外れてしまったらどうなるか。小心で矮小でおろおろする哀れな姿は、まるで、かごの外に出ても飛べない鳥のようだ。清日戦争、露日戦争、そして満州事変とは違う。それらは、局地戦争の性格を帯びていて、枠の中での戦いだった……。今回は、大陸にアリのように解き放たれた軍隊をけだものや悪鬼にするしかない」

錫はなぜかにっこり笑った。

「つまり、兵士たちの良心や恐怖心を麻痺させるための作戦の一つだったということですね」

章煥の馬鹿みたいな言葉に澤応は答えなかった。

「背の低い人は背伸びするもので、広大な土地、限りなく多い人口、数千年にわたって築かれた文化を前にして萎縮するのは当然だ。三十万人の虐殺はその萎縮に対する軍部の処方というわけだ」

「それもそうですね。軍隊では上官の命令は絶対的なんだから、自発的にそんなことをするはずがありません」

章煥が言った。だが、建はほとんど澤応の話を聞いていなかった。彼は呆然自失しているようだった。

「速戦即決も理由の一つです」

錫が言った。一瞬、澤応は笑った。

「そうだ。日本は長期戦の沼に陥ることを恐れたのだ。非戦闘員を殺すのも戦果のうちだ。それは最初から作戦計画に入っていたのだろう」

「……」

「どんな場合にも、事を成し遂げるには物事を感情的に見てもいけないし、判断してもいけない」

澤応は立ち上がった。

「疲れたから、俺は先に寝る。お前たちは酒を飲みなさい。もうすぐ尹君が帰ってくるはずだ」

三人も立ち上がって、

「先生、お休みなさい」

と挨拶し、澤応は出ていった。

部屋の中にはしばらく沈黙が流れた。

「どうやって感情を抑えるというのです」

建が鬱憤を晴らすように言った。

「ごちゃごちゃ言うな。俺たちは恥を知るべきだ」

章煥の言葉に建が反論する。

「なぜですか！　なぜ俺たちの怒りを恥ずかしく思わなければならないのですか」

「それは、意志が弱いという意味だ。権先生はもう気がくじけてもおかしくない年齢なのに、まだあんなに気丈だ。先生の冷徹さは、大きな痛みを経験して得られたものだから。俺たちはまだ子供だな。ははは、ははは っ……」

章煥は空しく笑った。

「もう五十歳なのに。ははは っ、ははは」

「鄭君」

三人は本格的に酒を飲み始めた。

「はい」

「周甲（チュガプ）さんに会ったか」

「会いました」

「どうなったか聞いたか」

「何日かの間に発つそうです」

「何日かの間に……」

「それはそうと」

「何だ」

「ああ！　何をどうしようって言うんだ」

錫は何かを言いかけてやめる。それが気まずかったのか、

「徐州も陥落し、このまま行ったら俺たちはどうなるのですか」

　と投げやりに言った。

「お前も今年は結婚しないとな」

「どうしてまた、そんなことを。徐州が陥落したことと俺の結婚と、どんな関係があるんですか」

　錫は苦笑いした。

「長い間、一人だったせいか、だんだんせっかちになっていくからだ」

「困ったらそんなことを言うんですね。結婚させてもくれないくせに」

「徐州が陥落しようが、天が崩れて大地が割れようが、どうせ俺たちは行く所まで行くんだ。怒っても、

泣き叫んでもどうにもならない」

　そんなふうにでもして雰囲気を盛り上げようとするが、

「みんな腐ってます」

　と建が言った。

「何を言い出すんだ。とはいえ、腐ったものは多い。日本が勝ったと万歳を叫び、日章旗を振って通りを練り歩く朝鮮人たちはいくらでもいる」

　それには耳も貸さず、建はまた言う。

「腐りきっています。蔣介石、あの私党、強欲な四大家族*は」

　四大家族というのは、蔣介石、宋子文、孔祥熙、陳果夫・陳立夫兄弟を指す言葉だ。

「いずれにしても、蔣介石と国民党は中国の看板だ。過ぎたことをああだこうだ言っても仕方ない」

　章煥はたしなめるように言う。

「ひとことで言って混乱しています。いったい、俺たちはどことくっついて闘うべきなのか、迷ってばかりです。そのたびに胸が張り裂けそうで、腹が立ちます。ここは余裕があるようですが」

　不満を吐き出すように皮肉る。

「余裕のある所はどこにもない。ここの方が厳しい」

「ですが、今はあちらが現場です。日本軍、蔣介石、毛沢東*が戦っている現場なのです。ソビエトに留学していた王明〈陳紹禹の別称〉も付け加えておきますか」

建は酒をあおった。こめかみが波打った。王明はコミンテルン、すなわちソ連の強大な力を後ろ盾にした中国共産党の指導者の一人で、毛沢東に引けを取らない地位と影響力を持ったソビエト留学派だ。彼が掲げるスローガンは統一された政府、統一された行動、統一された指揮、統一された武器で、中国共産党の独立性を主張しながらも、現実的には抗日戦線の統一された指揮権を蒋介石に託すことを意味している。それはいうまでもなく、露日戦争以来、日本の侵略を懸念してきたソ連の苦肉の策でもあった。

「蒋介石には政権があり、金があり、武器があるうえに軍隊もあります。月給をもらっている軍隊がです。それだけではありません。CC団*があり、藍衣社*もあります。ないのは人民です。彼は孫文を裏切り、今、人民を裏切っています」

「感情的だな。落ち着け」

「袁世凱*との違いが何だかわかりますか。蒋介石は、彼の言う赤匪*だけを掃討したら平気で皇帝の地位に就くに決まってます」

「今、この時点ではいくら古くて腐っていても、中国は分裂したら日本に食われてしまう」

錫は黙っている。

「そんなことはわかっています。だから、ソ連も蒋介石の後ろ盾になってやろうと力を尽くしているのに、朝鮮人は、黙っておとなしくしてろと言うのですか。俺がこんなことを言うのは、まさに俺たちの問題だからです。俺たちは何をすればいいのですか」

「今さら何を言うのだ。昨日今日に始まったことではないだろう」

「本当に悲劇です。俺は共産主義者ではありません。でも、正しいことは正しいと言うべきです。毛沢東が正しい！　蒋介石は毛沢東を倒すことばかり考えていて、戦争に全力投球していません。なぜ徐州が陥落したのですか。ソ連の軍事援助はすべて蒋介石の懐に入るのに、八路軍*は裸足で戦っているのですよ」

「五徳だな」

「五徳？」

「そうだ」

「五徳って何ですか」

「五徳も知らないのか。釜や鍋のようなものを載せておく、鉄でできたあれのことだ。ははははっ」

章煥は少しばつが悪そうに笑った。

「兄さんは今日、どうしてそんなに笑ってばかりなのですか」

錫は身を乗り出すようにして聞いた。

「年を取ったら、笑いでごまかさないとな。そうだろう？」

「五徳はどうなったんですか」

建が聞いた。

「ソ連が躍起になって中国を助けるのは五徳を維持するため、まあそう考えてほかの話でもしよう。さあ、酒を飲んで。尹君が来たら騒がしくなるだろうから、酒を空けて俺は帰る」

「兄さん」

錫が呼んだ。

「お前、何をまた言い出す気だ」

「国内に思想犯保護観察法*とか何とかいうものが公布されたそうだけど」

「金さん〈吉祥〉のせいだろうか」

「そうだと思います」

「……」

「一つ間違えたら、会えなくなるんじゃないでしょうか」

「それよりもっとおかしいのは志願兵制度……来るべきものが来た」

朝鮮では二月に、陸軍特別志願兵制度*が創設された。

「朝鮮の青年たちは皆、死んでしまうな」

錫は息子の成煥（ソンファン）のことを思う。

四章　老婆になった任（イム）

「尚義（サンイ）」

一緒に歩いていた仁恵（インヘ）がぴたっと寄ってきて呼んだ。

「うん」

「さっきから、知らないお婆さんがあたしたちの後をついてきてるよ」

「あたしも知ってる」

「何か怖い」

「大丈夫よ」

「お化けじゃない？」

「何言ってるの。真昼にお化けが出るわけないでしょ」

「昼に出るお化けもいるじゃない」

次の瞬間、尚義と仁恵は手をつないで一斉に走りだし、しばらく走ってから後ろを振り返った。赤褐色のチマに灰色のチョゴリ、白いスカーフを巻いて風呂敷包みを一つ手にした老婆が走ってくる。新京の町はずれでは珍しい朝鮮服姿だ。

「ちょっと見て。あたしたちについてくる」

「仁恵、走ろう！」

二人は再び走る。手提げかばんの中で筆箱の揺れる音がした。しばらく走ったり歩いたりして寂しい所を過ぎ、人通りの多い所に差しかかった二人は、

「じゃあ、気をつけてね」

「うん」

と言って別れ、それぞれの家に向かった。

（あのお婆さんはどうしてあたしについてくるんだろう）

尚義は仁恵の言うとおり、何だか怖いと思う。くねくね曲がった路地を縫ってしばらく歩き、家の前まで来た時も、まだ老婆はついてきていた。

「母さん、母さん！」

尚義は門をたたきながら大声で母親を呼ぶ。

「ちょっと」

尚義はびっくりして振り返る。老婆は笑っていた。歯をむき出しにしていて、金歯が一本あった。

「お前が尚義かい？」

「……」

「尚義だろ？」

「何の用ですか」

尚義は口をとがらせて聞き返す。

「あたしはお前の伯母さんだ」

「……？」

「あたしはお前の伯母なんだよ。お前の父ちゃんを負ぶって面倒を見たんだ。父ちゃんに似てお前もほんとに可愛らしいこと」

手をむんずとつかむ。顔が赤くなった尚義は、つかまれた手を引き抜こうとする。母に妹がいるのは知っているが、父に姉がいるとは聞いたことがなかった。しわだらけで脂垢まみれの顔にぼんやりとした瞳。尚義は気味が悪かった。何とか手を引き抜き、後ずさりする。ちょうどその時、尚根(サングン)が門を開けて顔をのぞかせた。

「ん？　あれは弘(ホン)の長男じゃないか。父ちゃんにそっくりだ」

尚義はリスのように素早く門の中に入る。老婆、つまり任(イム)も後から門をこじ開けて入る。

「遠くから見てもわかる。お前の父さんの子供の頃にそっくりだ。これだから、昔から血は争えないって言うんだね」

「姉さん、このお婆さん、誰？」

「あたしも知らない」

「伯母さんだって言ってるじゃないか」

「……」

「お前は何ていう名前だい？」

尚根に聞く。

「尚根です」

「母さんはどこへ行ったんだ。いないのかい？」

「買い物に行きました」

任は四方を見回す。

「随分金をもうけたって聞いたけど。工場もあるのに家はどうしてこんなにみすぼらしいんだ」

子供二人は呆然と任を見つめていた。

「変だね。これじゃあまるで労働者の家だ」
七、八坪ぐらいの裏庭だった。冬には石炭が積まれていた場所で、小さな納屋が一つあり、辺りにがらくたが散らばっていた。れんがでできた古い家の表玄関は、裏庭の反対側にあった。道に面した扉を開けると床にれんがを敷いた広間があり、仕切りで分けた一角が台所で、隣に部屋が二つ並んでいた。裏庭からは台所の扉を通じて中に入ることができた。任は台所の扉を開けて中をのぞき込む。兄を捜してちょこちょこ出てきた尚兆（サンジョ）と目が合う。尚兆は五歳だ。宝蓮（ポヨン）は、尚根が学校から帰ってくると尚兆を預けて買い物に出かけるようだ。

「ああ、お前は次男だね。ところで、その顔はどうしたんだい。夜通しネズミに踏まれたみたいな顔をして。伯母さんが洗ってあげようか」

たらいを探して水を張る。

「何をしてるんですか！」

尚義が近づきながら抗議するように言った。

「お前はじっとしてなさい。この子の顔を洗わないと」

尚兆の腕をつかんで引っ張り、たらいの水を顔にかける。尚兆は大声で泣く。知らない人にすっかりおびえていた。

「やめて下さい！」

尚義は尚兆を引き寄せようとする。

「うるさいね！　伯母さんが洗ってやるって言ってるだろう」

尚義の手を振り払う。

「弟が泣いてるじゃないですか。知らないお婆さんが人のうちに来て」

「何？　知らないお婆さんだって？」

任はけらけら笑い、チマをまくり上げてぬれた子供の顔をごしごし拭く。尚兆の泣き声がひときわ大きくなり、尚義は何とか弟を引き寄せて背中の後ろに隠す。

「母さんが帰ってきたら怒られますよ！」

尚根が足をばんと踏み鳴らす。尚兆はずっと泣いていた。

「何？　お前の母さんが帰ってきたら、怒られるだって？　生意気な子だね。お前の母さんが帰ってきたら、あたしが叱ってやる。家の様子といい、お前たちといい」

と言うと、買い物かごを提げた宝蓮が帰ってきた。

「母さん！」

尚義と尚根が同時に呼び、尚兆はさらに大きな声で泣きわめいた。

「どうして尚兆を泣かせるの」

中国の女たちがはくズボンにブラウスを合わせた宝蓮は、疲れたように力なく言った。

「母さん、あのお婆さんが尚兆を泣かせたんだ！」

尚根が言いつける。

「何だって？」

面食らった宝蓮は任を見る。

「どちら様ですか」

かっとなって聞く。子供たちの言葉に反応したのではなく、宝蓮は疲れていたのだ。任はたじろぎながら聞き返す。

「つまり、あんたはあたしの義妹だってことだね」

「え？」

「あたしはあんたの義姉だって言ってるんだよ」

「はあ……」

宝蓮は首をかしげる。義姉が一人いるという話を聞いたような気がした。

「あたしは、来ちゃいけなかったかね。こんな所に人を立たせたままで」

「あ、はい。中へどうぞ」

子供たちはちらちらと二人を交互に見る。

「尚義」

「うん」

「工場に行って、父さんにお客さんだと言いなさい」

「わかった」

部屋に入った任は、さっきのように部屋の中を見回す。

「たくさん金を稼いだって聞いたけど」

宝蓮は否応なしに答える。

「お金なんて……そんな」

「工場もあるし、気前もいいって聞いたのに、なんで行李一つまともなのがないんだ。あたしはお金がないから持ってないけど」

任は弘に金をもらった話は口にしなかった。こっそりと、部屋の隅にめぼしいものでもないかと探るように部屋の中を見回す。末っ子の尚兆は母親のそばにくっついて座り、おびえた目で任を見つめていた。老婆が突然現れたのだけでも驚いたのに、急に腕を引っ張られ、感覚に覚えのない手で顔をこすられたのは、五歳の尚兆にとって気を失いそうなほどびっくりすることだったに違いない。小学校四年生の尚根は、母親から少し離れた所で警戒心と反感を示していた。彼は伯母という言葉に実感が湧かず、老婆は親戚や知り合いでもない、ただの侵入者のようにしか思えなかった。

「よその土地に来てお金を稼ぐのは、そう簡単なことではありません」

節が太く荒れた指にはめた任の指輪を見つめながら宝蓮が言った。老人らしくもなく、深紫色の偽物の宝石をはめ込んだ安物の指輪だ。よく見ると髪も染めたのか、ぞっとするほど黒かった。

「あたしは借金の取り立てに来たんじゃないんだから、正直に金もうけしたって言えばいいのに」

「さあ、私にはよくわかりません。お金のことは、尚義の父さんが何も言いませんから」

「まあ、そうだろうね。男が女房の尻に敷かれて仕事のことをいちいち報告するわけにはいかないだろう。そんな家は大抵つぶれちまう」

突然、任は得意げに言った。弘がくれた金のことを宝蓮は知らないらしい。それは何となく自分に有利に思えた。また金をもらえるかもしれないと考えたのだ。だが、宝蓮は、男が女房の尻に敷かれてという言葉にはらわたが煮えくり返る。

（今までさんざんほっつき歩いていたくせに、今頃になって現れて変なことばかり言ってくれるじゃないの）

宝蓮がそれでも任の相手をしてやるのは、天のように仰いでいる夫の姉だからで、そうでなければ、この卑しい者め！　と目もくれなかったかもしれない。

「それより、嫁いできてから今日まで、尚義の父さんの口からお姉さんがいるという話は聞いたことがありません」

冷たい声に任は戸惑う。

「何だって？　そ、そんなはずは」

と言いかけて、

「それじゃあ、あたしはあの子たちの伯母じゃないって言うのかい」

と声を上げる。

「尚義の父さんから聞いていないと言っているのです。亡くなったお義母さんがお義姉さんのことを話していたような気もしますが、それも記憶がおぼろげです」

「そ、それは」

「何があったか知りませんが、娘がいるって言うのに、両親が生きている間にどうして一度も訪ねてこないんだろうって不思議に思っていました。亡くなった時もそうだし」

その言葉は、いったいどこで何をして暮らしていたのかと追及しているのも同然だった。

「何も聞いてないみたいだけど、あんただって李家の人なんだから、家族のあら探しをすることはないじゃないか。父ちゃんは実の父親じゃなかったし、母ちゃんは生前、あたしにひどいことをした。だけど、あんたの旦那はあたしが負ぶって育てたんだよ。父親は違うけど、同じ母親のおなかから生まれてきたきょうだいだ。あたしも親に恵まれなくてこんな身の上になっちまったけど、だからって、訪ねてきちゃいけないのかい？　そうなのかい？」

「そうではありませんが」

「そう言ってるじゃないか」

「事情を知らないからですよ」

「ふん！　事情を知らないからだって？　それで、事情がわかったからどうするつもりだ。追い出すのかい？」

「何を言うんですか。私は何も間違ったことは言っていません」

宝蓮も父親の違う姉だとわかると、気が楽になった。

「これまでの事情がどうであれ、仮にも義理の姉なのに通りすがりの人みたいに扱って。年上の義姉を冷遇していいのかい？」

「冷遇だなんて。誰がそんなことをしましたか」

「言葉遣いからすると、実家の家柄はかなりいいみたいだけど、嫁ぎ先の家族に対する礼儀も教えてもらわなかったみたいだね。いちいち口答えして。これまでの事情を知らなかっただって？　知ってたらどうだって言うんだ！　ん？　木につるして棒でたたきでもしたって言うのか！」

「あきれた」

「何？　あきれただって！」

任は減らず口をたたき、尚兆は泣きべそをかく。

「子供たちまで人を馬鹿にして、伯母さんだって言ってるのに知らないお婆さんだと？　母親も子供も人のことを変な目で見て。ああ、どうしてあたしはいつもこうなんだろう。ほんとに哀れだよ」

悲し気な声を出すと、ハンカチで出てもいない涙を拭く。昨春、弘から相当な金額の金をもらった任は奉天に帰った。それまで任は奉天にいて、そこから弘を捜しに来たのだ。昔、吉祥に片思いしていた孔老人の養女、松愛が転落に転落を重ねて定着したのが奉天だった。任はそこで飲み屋をしている松愛を訪ねていき、店を手伝いながら暮らしていた。そして、そこに金頭洙が現れた。松愛は頭洙のことを、

「腐れ縁なのよ」

とよく言っていた。松愛の処女を奪い、人生をめちゃくちゃにした男だが、酸いも甘いもかみ分けた松愛は、敵みたいな頭洙と共通の利益のために手を組み、日本の憲兵と同居していた時は、頭洙が低姿勢に出ることもあった。いずれにせよ、任は松愛の家で頭洙に会ったおかげで弘の消息を知り、金をもらうこともできた。任はその金を元手にして何かをやってみようとは考えもしなかった。一年以上ぶらぶら遊びながら金を使い果たしてしまったのだ。服を買い、酒も飲み、見物もばくちもし、そうしているうちに金は底をついた。今着ている赤褐色のチマと灰色のチョゴリは、かろうじて質に入れずに済んだ一張羅で、金のある時に作った服なので、すべて正絹だった。服を質に入れることが増えるにつれ、任と松愛のけんかも頻繁になった。

「あんたとあたしの何が違うんだ。二人とも恵まれないのは同じじゃないか」

「何で身の上話が出てくるのよ！」

「あんたもあたしも大したことない。だから、偉ぶらないでって言ってるんだよ」

「ふん！　大したことないだって？　そのざまで、あたしと張り合うつもりだね」

三つか四つ年下の松愛は鼻で笑った。もっともな話だ。任は年のわりに老けて見え、松愛は身なりを念入りに整えていたせいもあるけれど、年より若く見えた。

「金がある時は、姉さん、姉さんって言ってたくせに、金がなくなったらあたしを見下すんだね」

「見下しても敬ってもいないよ。世話になってもいないし」

「義理を知らない、獣にも劣る女め。あんたは誰に育てられたんだったかね」

「ははは、ははは……笑わせないでよ。またあの爺さんの話を持ち出す気だね。あたしがあの家の養女だったことはさておき、孔(コン)老人はあんたの何なのさ？　遠い親戚にでも当たるって言うのかい？」

「親戚みたいなもんだろう。弘が孔老人の相続を受けたんだから。どうだ、納得がいったかい」

「ふん、ほんとに面白いね。孔老人はあんたの伯父さんに当たるってことかい。ははは……ふん！　まあ、遠い親戚より近いことは認めるよ。でも、だからって、あたしにあんたの面倒を見る義務はない」

「あたしだってただ飯を食ってたわけじゃない。最初はあんたの店を手伝ってたし、その後は大事な弟からもらってきた金で暮らしてただけだ！」

「仕事をしてくれって頼んだ覚えもないし、大事な金を使えって言った覚えもない」

けんかは大抵、そんなふうに繰り返されたが、松愛は任に出ていけとは言わなかった。頭洙が二回目に現れた時、

「任、お前の運命もほんとにひどいもんだ。年も年なのに、いったいいつまでそうしてるつもりだ」

と舌打ちした。

「じゃあ、どうしろって言うのよ」

頭洙にたばこを一本もらって火をつけながら任が言った。

「朝鮮に帰ったんならそのまま暮らせばよかったのに。いったい何を考えてまた出てきたんだ」

「わからないのかい。朝鮮にはあたしの居場所がないからだよ」

任と頭洙は同い年だった。同じ村で過ごした幼少期には、水がめを頭に載せた任のお下げ髪を頭洙が引っ張ると、

「この、舌を引っこ抜くよ！」

と任は悪口を言ったりした。彼らが満州で暮らすことになった運命は、どちらも父親の罪のせいだが、だからといって同病相憐れむという関係ではない。一時は任も頭洙の手先だったたとはいえ、互いに同情するには二人の人生はあまりにも険しかった。

「弘の所へ行けばいい」

何を思ったのか頭洙が言った。任は興味を引かれた。

「この間もお金をもらったのにどうやって……二度と来るなって言われたのに」

「難しく考えることはない。口ではそう言っても肉親だ。今度は工場ではなく家に行って居座るんだ。家のこともやって。他人の家にいるよりはましだろう」

「弘が許してくれるだろうか」

「追い出しはしないだろう」

「家も知らないし、義妹には会ったこともないから」

「家を調べるのは難しいことじゃない。確か、弘の娘は工場の近くにある普通学校に通ってるって言ったな」

「名前も知らないのに、どうやって捜すんだい」

「俺は名前を知ってるさ。どうやって知ったかと言うと、龍井の尚義学校はお前も知ってるだろ？」

「宋(ソン)先生とかいう人がいた」

「そうだ。その尚義学校に弘が通ってたんだが、それで、娘にその学校の名前をつけたらしい。つまり、李(イ)尚義。六年生だって言ったか」

そんなこんなで、任は勇気を出してやってきたのだ。

「どうせこんな無様な格好になってしまったんだし、あたしは行くあてもない。恥も外聞もないんだよ。見下されようがいじめられようが、きょうだいなんだから仕方ないさ」

宝蓮の顔色がさっと変わった。訪ねてきたのではなく、居座るつもりで来たのだと思うと目の前が真っ暗になった。その時、尚義が帰ってきた。

「母さん」

「父さんはどうしたの」

宝蓮の声は鋭かった。

「やりかけの仕事を済ませてから来るって言ってた」

「やりかけの仕事って何よ！　もう一度行って、すぐ帰ってきてって伝えなさい」

ほとんどかんしゃくを起こしていた。顔色をうかがっていた任は急に元気がなくなる。

「母さんったら。足が痛いよ」

「行きなさいと言ったら、行きなさい！」

宝蓮は声を張り上げたが、体には力が入らなかった。今にも倒れてしまいそうだった。たまりにたまった疲労が一度に爆発したようだ。母の勢いに驚いた尚義は慌てて出ていった。

「おやまあ、あんたも体が弱いみたいだね。もっとも、子供たちを育てるのは大変だろうけど。こう見えてもあたしは体は丈夫だから」

任は百八十度態度を変えて立ち上がった。そして、チマの乱れを整えて言う。

「裏庭が散らかってたみたいだけど」

宝蓮は青ざめたまま目を閉じていた。

「義妹だからってあれこれ好き勝手なことを言ったけど、悪く思わないでおくれ。さあ、あんたたち、母さんは体の具合が良くないみたいだから、伯母さんと一緒に外に出よう」

腕を広げたが、子供たちは避ける。

（まあ、恐ろしいこと。並の性格じゃないね。うっかり失敗したら計画が台なしだ）

外に出た任は散らかり放題の裏庭を片づけ始める。宝蓮の剣幕に驚いたせいでもあったが、弘が現れるのを計算に入れてのことだった。適当に片づけ、庭を掃きかけてやめた任は、チマをまくり上げてソクパジ*のポケットの中からずっと我慢していたたばこを取り出す。

「庭掃除はそれぐらいにして、中に入って下さい」

弘が台所の扉を開けて庭をのぞきながら言った。顔がこわばっていた。

「まあ、いつ帰ってきたんだい」

「……」

「散らかってたから片づけておいたよ。お前の女房も体が弱いみたいだね。子供が三人いて、下女もいないからね。家事らしいことをやってる形跡はないけど、それなりに疲れるみたいだ」

「片づけはもういいから、中へ入って下さい」

「ああ、そうするよ」

任はチマを払い、手も払ってから家の中に入る。弘は姉を別の部屋に連れていった。

「それでもあたしは、お前がこんなふうに暮らしてくれていてうれしいよ。ほかに頼る人もいないから、お前がいやがるだろうと思いながら来たんだ。きょうだいなんだから、仕方ないだろう」

「座って下さい」

「ああ」

床に尻をこすりつけるようにして任は座った。

「去年の春にお前を訪ねてきた時には、お前に恥をかかせるわけにはいかないから、もう二度と来ないって固く決心したのに」

「そうでした。二度と来ないと言いました」

「だけど、人の力ではどうにもならないこともある」

「三十年もの間、別々に暮らしてきたではありませんか」

「そ、そうだけど」

「あの時みたいに暮らして下さい」

声は低くて抑揚もなく、相談の余地のないとても厳しい言葉だった。

「そう言わないでおくれよ」

任は泣く。今度は本当に涙を流す。

「あたしはもう五十歳だ。若い時とは違う」

「息子を捜して一緒に暮らせばいい」

「な、何だって！」

「息子を捜して一緒に暮らせと言ったんです。それなら俺も、いくらか助けてあげられる」

「それは、そ、それはとんでもないことだ。今さら……あたしのことを母親だとも思っていないだろうし、どこにいるのかもわからない。生きているのか、死んだのか」

「だから、罰が当たったんです。このままだと、もっとひどい目に遭いますよ」

弘の顔が怒気を帯びる。

「確かに、お前の言うとおり、罰が当たって当然だ。だけど、死ぬわけにもいかないから、みんなからさげすまれながら生きてるじゃないか」

むせび泣く。

「みんな、あたしがまいた種だ。誰も怨むことはできない。あたしは人でなしだ。ろくでもない女だよ」

「それで、どうしようって言うんですか」

「何も考えてない。根を張る場所がないのに、先のことなんか考えられるもんか。あんたの家で仕事をさせてもらえたらほかに望むことはないけど、あんたの女房は体も弱いみたいだし、よその人に頼むよりあたしの方がましだろう?」

弘は眉間にしわを寄せる。

「あたしももう昔とは違う。若い頃は亭主が気に入らなくて、家を出ればあたしの思うとおりになると思ってた。とても片田舎で田畑を耕して暮らしてはいられなかったんだよ。ああ、母ちゃんがあたしを引き留めてくれたら、こうはならなかっただろうに。どうしてうちの母ちゃんは子供より金の方が大事だったのか」

「誰も怨んでないって言ったくせに。目くそ鼻くそを笑うと言うが、そんなことを言って恥ずかしくないんですか」

弘の顔に嫌悪感が表れた。

「ものの弾みで言っただけだよ。あたしが親に恵まれなかったことは誰もが知ってることじゃないか。死んだ父さんもそうだし、母さんもそうだし。そう簡単に怨みは消えない」

任はもっともらしい身の上話を並べ立てる。弘はあれこれと方策を考え、腹が立つのをぐっと抑えているようだった。

「去年の春に持っていった金はどうなったんですか」

「そ、それが」

任は言葉を詰まらせた。

「いくら残ってるんですか」

「そ、それがその」

「……」

「あの家の女が、ソ、松愛が、お前も知ってるだろ？　あの憎たらしい女があたしをだまして金を全部横取りしたんだよ。あ、あの金さえあれば、お前を訪ねては来なかった」

弘はため息をつく。任が嘘を言っていることを、弘は誰よりもよく知っていた。

五章　南京虐殺

村上庄治の家の応接間は、ある人々のためにいつも開放されていた。特に、土曜日の午後にはそのほとんどが集まる。風来坊というあだ名が示すとおり、大陸浪人*に属する村上だったが、それも昔の話で今は風のように行ったり来たりする流れ者ではなかった。豪華とまでは言えないもののかなり大きな邸宅を構え、芸者出身の波江と一緒に新京に定着して三年になる。そこはもともと清国人の富豪の家で、日本軍高官の宿舎として徴発された後に何人かの手を経て村上の手に渡り、改造したものだ。応接間として使っているホールはダンスパーティーが開けるほど広かった。そこに集まる人々の職業はばらばらだったが、大学を中退して大陸に渡ってきた村上と似たり寄ったりの境遇で、皆そこそこのインテリだった。若者は独身で、中年の人たちは大抵、日本に妻子がいる。経歴が複雑で着飾った女も二、三人いて、時々現れた。

集まって麻雀をしたり、酒を飲みながら雑談をするだけで、特に目的はなかった。土曜日の午後も行く所がない彼らは出身学校や地縁などをつてに知り合った仲で、互いに気を使うこともなければ共通点もなかった。波江は、訪問客がなければ不安になるような女だった。家族は村上と二人きりで、家が広いうえに給料の安い満州人の下女がたくさんいた。村上はおおらかな男で、広い家にせっかく使用人がたくさんいるのだから使ってやろうという気持ちもあったけれど、いつも周りがにぎやかでないと気が済まない性格は波江と同じだった。

緒方次郎もこの家に出入りするメンバーの一人だった。五年前に何の意志もなく満州に現れた緒方は、二年余りあちこちほっつき歩いていた。ウスリー川、黒龍江を経て国境都市の黒河と瑷琿を放浪し、ロシアと清国の国境紛争の跡をたどった。瑷琿では、満州国建国に参与して抗日に転向した馬占山という孤独な英雄が隠れ住んでいたと言われるみすぼらしい農家を訪れ、その前で我を忘れて立っていたこともあった。チチハルからハイラル、満州里まで、そして、錦州から朝陽、赤峰、熱河を抜けてモンゴルまで行った。行く先々で日章旗がはためいていた。カーキ色の軍服を着てゲートルを巻き、戦闘帽をかぶった日本の兵隊たちを見かけた。兵隊たちが行く所なら地獄でもついていく、和服を着た酌婦たちも多く見られた。果てしない雪原は氷点下だった。めまいがするほどどこまでも続く草原。黄砂の風が吹く砂漠。数千年、いや数万年を経て風化した自然と事物と多くの命。人々の顔。群れを成す羊。遊牧民は、ロシアや清国特有の荘重な建物ではなく、牛ふんや馬ふんで家を作る。牛ふんや馬ふんは燃料にもなる。木の実を摘み、魚を干し、鹿笛で発情した鹿を誘導し、捕獲する。そして、夜にはゲルで眠る黒龍江流域の人々。彼らには月日によって確立された堅固さと尊厳がある。彼らの瞳は私有欲のために血走ってはいなかった。大地は通り過ぎるものであり、囲いをして文書を作成する土地ではなかった。

風になびく日章旗。重い獣皮の服の裾を引きずっていく彼らにとって日章旗とは何だっただろうか。いつの戦争だったか、列強による中国略奪の闘争の場に日本が参戦した時のことだ。ある高地に日本軍が一番乗りしたものの立てる旗がなかったため、兵士が指を切って手拭いに鮮血で日の丸を描き、銃剣に縛りつけてそれを振り回したという逸話がある。それが日章旗の誕生だとも言われるが、それは大陸の色ではなかった。形も違った。サーベルを着けてマントを羽織った将校や、銃床を手に毛皮の帽子をかぶり一直線に脚を上げて行進する小柄な日本の兵隊たちは、粗雑でバッタのように落ち着きなく見えた。

緒方は、来てはいけない人たちだと思った。日本人は口を開けば相手のことを野蛮だ、未開人だと侮蔑するが、遊牧民たちが暮らす空の下で緒方は心底、日本人はここに来るべきでなかったと感じた。日本は清国に勝利し、内モンゴルを征服したのに、なぜ落ち着きがないのか。遊牧民たちは征服され主権を奪われても、尻はどっしりと地に着いているのに。緒方はこうも思った。日本は決して大陸に根を下ろすことはできない。日本人にとってアジアのこの大陸は良い土地ではなく、この大陸にとって日本人は良い人種ではないと。実際、文化は自然条件と同じぐらい遠くかけ離れている。シベリアを横切ってアラスカを越え、南米まで広がっていった人種はアジアの人々との類似性が感じられる。緒方はそれをよくよく考えてみた。人種はこれほど似ているのに、日本はなぜこんなに異質なのか。謎だった。

敗残兵のようにやってきた緒方は、新京に居ついた。村上とほぼ同じ、三年前のことだ。都市建設の一翼を担った駒田土建会社の駒田社長が母方の親戚で、陸軍少将を最後に退役した伯父とも非常に親しかったので、緒方はその土建会社に就職することができた。もっとも、そんな縁故がなくても大学を出た日本人の男が満州に来て仕事に就けなければ、道端で草を食むヤギに笑われるだろうが。

緒方と村上は、中学校の先輩後輩の関係だった。そして、村上も駒田土建と無関係ではなかった。満州は実質的に関東軍の軍政下にあるだけに、村上のような風来坊が苦労もせずに大もうけして新京の中心部に邸宅を構えているなら、軍部と無関係であるはずがない。日本人なら誰でも満州に来れば大もうけして大きな家を建てられるわけではなかった。満州はすべての日本人にとって王道楽土*ではなかったのだ。

そもそも植民には棄民の意味合いがある。今も、大連の港から入り、安東を経て、水陸両面からどっと押し寄せるように移り住んでくる日本人、開拓の戦士だの義勇軍だのと言ってむやみに送りこまれてくる日本人は、日本ではどんな階層か。それは、体だけが資本の人たちだ。裕福な人たちが高級人材として来るならまだしも、住み慣れた故郷を捨ててまで彼らが見知らぬ土地に移住するのはなぜか。故郷では生きていくのが難しいから新天地を求めてくるのであり、貧しい民は国にとってもありがたい存在ではないからだ。ありがたくない存在は追い出されるのが常で、棄民の意味合いが濃いと言えるだろう。そんな国策がまやかしであることは言うまでもない。夢を膨らませていた移住民たちはすぐにそれが空しい夢であり、だまされたという事実に気づく。そのまやかし自体が棄民の第一歩なのだ。

満州国が建国された年、日本国内では五・一五事件*があり、中日戦争が勃発したその前年には二・二六事件*があったが、二つの事件は共に三月事件、十月事件に続く軍人たちの暴走だった。政局が極度の混乱に陥る中、満州の開拓という国策は一糸乱れぬ官民の協力によって遂行された。流行歌は感覚に訴える歌詞と哀調を帯びた旋律で人々の心に満州を浸透させ、ジャーナリストは雄志を書き立て、国策文学は王道楽土の理想を扇動した。映画から漫画まで、至る所で満州は肥えた雌豚として宣伝された。おかしなことに、日本に残った人たちは満州開拓に熱狂した。開拓の戦士！　義勇軍！　行け、満州に！　大日本帝国の男児よ！　言葉では何とでも言える。

零細農民たちは英雄になるため訓練所に押し寄せ、皇道主義を心に刻みつけて勇ましく故郷を後にした。日本では小作人だが、満州に行けば地主になれると言われ、実際、地主になる者もいた。しかし、その土地は、他人のものを略奪して分け与えられたものだった。彼らは年貢を受け取ることもできなければ、小作人を使えるような地主でもなかった。自ら開墾しなければならなかった。果てしない荒野、零下三十度前後の極寒、彼らが匪賊と呼ぶ抗日ゲリラの水面下の動き、約束された王道楽土の現実はそんなものだった。五族協和、共存共栄という真っ赤な嘘と、アジアの盟主、雄大な民族の飛翔といったスローガンが、かすんでいく皇道主義の大和魂を呼び覚ますだけだ。

ところで、追い出されるようにしてやってきた農民は、解放されたのでも自由を得たのでもなかった。必要な時だけ拾って使う、野積みされた貨物とでも言おうか。捕って食うことのできる放し飼いの豚とでも言おうか。世界征服という荒唐無稽な夢を見る日本の軍国主義において満州自体が一つの補給基地であり、いつでもその人力を転用することができるのだ。彼らは、生産力と戦闘力の両面において本国の人々よりも先に最前線に立たされるだろう。拡大の一途をたどる中国戦線もそうだが、ソ連がどう挑発してくるか。戦争の可能性は非常に濃い。略奪の悪霊たちは、他国の民だけでなく貧しくて無力な自国の民をまず侵略の道具として先頭に立たせ、窮地に追い込むものだ。愛国、忠誠という言葉でがんじがらめにして。

浴衣を着た村上は毛むくじゃらのすねをむき出しにし、ホールの片隅にバーカウンターがあるのに床に座布団を敷いて座り、大井と一緒にちゃぶ台を囲んで酒を飲んでいた。平べったい顔に濃い眉毛、ちょんまげが似合いそうな村上は、大きな体とは不釣り合いな小さな杯で酒を飲んでいた。片隅では女が二人、波江と一緒にテーブルを囲んでトランプをしていて、別の所では男三人がソファに座ってたばこを吸いながら雑談していた。腐敗していくような、虚無主義に陥っていくような、乱雑なようでいて自由で気楽な雰囲気が漂う室内だった。土曜日の夕暮れ、窓の外では日本人が建設した都市がたそがれに染まりつつあった。

「村上さん」

四十歳前後の中学校教師の大井が小さな声で呼んだ。洋服姿の、どこかひ弱そうに見える男だった。

「今、ものすごい要塞を造っていると聞いたんですが、村上さんは何か知っていますか」

「要塞を造るのは昨日、今日に始まったことじゃないだろう」

気乗りしない様子で村上は言った。

「それは私も知っています。関東軍がハイラル、綏芬河などあちこちに要塞を造ったことは知っていますが、そんな規模ではなくて巨大なものを……」

「虎頭要塞*のことだな」

虎頭というのはウスリー川のほとりの、ソ連のイマン市が見渡せる所だ。

「ものすごい規模だそうじゃないですか」

「まだ工事は終わっていないようだが、東洋のマジノ線*だとか」

「では、ソ連との戦いが差し迫っているということですね」

「要塞というのは守るためのものだ、攻め入るためのものではない」

「私が言いたいのは、ソ連が攻撃してくるだろうということです」

「いつかはそうなるだろう」

「いくら関東軍が強力だとはいえ、中国本土に分散している状態では本当に不安です」

「日本軍を何だと思ってる！」

「え？」

「神兵ではないか」

大井は村上をじっと見つめる。

「それに、危機に瀕すれば神風が吹くことだし……うはは、ははは……」

豪快に笑い飛ばす。波江が振り返った。彼女は銘仙の着物を着ていた。黒い矢絣模様のこげ茶色の着物は、色白の顔によく似合っていた。体はきゃしゃに見えたが、まつげが濃く、唇は厚くて肉感的だ。

「いずれにしても、中国で早く決着をつけないと。満州がおろそかになれば」

「決着をつけるだと？」

口の中に酒を流し込んだ村上は、大井を見つめながら聞き返した。

「村上さんは、長くかかると見ているのですか」

「俺に聞くまでもない。前線の拡大はすでに既成事実だから長期戦に入る。国家総動員法*がまさにそれではないか。それに、中国が持久戦の方針を固めていて身動きできない。愚かな奴らめ。勝ったと拍手して騒いでいるが、もう引っ込みがつかなくなって、これでは悲劇だ。鬼神に取りつかれたみたいだ」

「結局、拡大派が勝利したからですね。不拡大だってあんなに騒いでいたのに、なぜこんなことになってしまったのかわかりません」

「国内で拡大だ、不拡大だと騒いだところで無駄なことだ。関東軍が受け入れない限り。やればできるなど叫ぶ戦争狂の耳には何も入らない。陸軍のパンフレットに書いてある最初の一節を知っているか。『戦いは創造の父、文化の母である』という言葉を」

大井は大声で笑う。何年か前、総合国策立案の時に陸軍が発表したパンフレットの冒頭にそう書かれていた。

「しかし、石原莞爾は拡大に強く反対していました」

「それはどこで聞いたんだ」

「ルートがありまして」

「ふん！　強く反対しただと？　原因を作っておいて何を今さら。みんな石原の弟子たちではないか」

「石原は拡大の時期ではないと思ったのでしょう」

「人は俺のことを風来坊だの大陸浪人だのと言う。確かに俺は大陸浪人で、軍部に取り入る利権右翼だ。しかし、俺は西郷が嫌いだ」

村上は突拍子もないことを言い出した。

「西郷のことを考えるたびに、なぜか石頭を連想してしまう。坊主頭のあの銅像のせいかもしれないが……石頭の関東軍め！」

「話がそうつながるんですね」

大井が笑った。

「やり方は絶対に変わらない。だから、石頭だと言うしかないんだ。明治、大正、昭和にわたって何の変化もない。ひたすら、恐喝に脅しに工作だ。まあ、いい思いもしたがな。不労所得を得ていたし。しかし、ばくち打ちのいかさまも一度か二度までだ。いつまでも思いどおりにはならない。相手が変わったらやり方を変えなければ。日本軍が北支〈中国北部〉で優勢になれば、蔣介石は妥協しようと言うはずだ、彼らも、上海を占領されたり、南京を踏み潰されたりしたらお手上げだろうって、そんな希望は消えてなくなってしまったのにどうするんだ。中国全土に日本の兵馬を走らせなければならないのか」

「日本人がどれだけ死ねば、それが可能になるんでしょうか」

村上はそれには答えなかった。しばらくしてから。

「最近、中国ではやっている言葉が二つあるんだが、知っているか」

と聞いた。

「知りません。ここは満州ではありませんか」

「そうだったかな。俺もこの間、上海に行った時に聞いたんだが、一つは『麻杆打狼』だ」

「それは何ですか」

「麻の茎でオオカミを倒してやろうと飛び出していくと、オオカミは麻の茎が棒切れだと思って逃げ出すが、麻の茎だと気づいた途端に人を攻撃するという意味だ。つまり、麻の茎を持っているのは日本で、オオカミは中国。中国は日本が強いと錯覚していて、日本は強そうに見せかけてまやかしの術を使った」

「麻の茎を持っている人をオオカミが攻撃しても問題ないということですね」

「そうだ。実は、これまで中国は日本に対して抵抗らしい抵抗をしていない。関東軍が天下無敵だというのは幻想だ。我々は上海事変でそれを見たではないか。強大な日本の十五万の陸海軍に劣勢だった中国軍が三カ月抵抗した。今は南京も徐州も陥落したと言うが、彼らは焦土作戦に出ている。戦わずに飢え死にさせてやろうということ以外、考えられない」

「では、もう一つのはやり言葉は何ですか」

「それは『蚕食鯨呑』*だ。ノミを捕って食うように攻められていた時は中国は日本を怖れていたが、日本がクジラを飲み込もうとするのは怖くないという意味だ。なぜなら日本はクジラを飲み込むことはできないからだ」

「つまり、局地戦より全面戦争の方が中国には有利だということですか」

「誰が見てもそうではないか。それに日本は国際的に孤立状態だ」

「国家総動員法に加えて、朝鮮では志願兵制度まで創設されたそうです」

「内地では人々はそんな事情も知らずに、昔みたいに甘い夢を見ているかもしれないが」

男二人がしばらく憂鬱な気分で酒を飲んでいると、きちんとした格好の緒方が入ってきた。

「しばらく顔を見ませんでしたが、どこへ行っていたのですか」

大井が振り返りながら聞いた。

「出張してたんですよ」

緒方は快活に答えた。

「次郎さん、お久しぶり」

トランプをしていた古賀節子が波江よりも先に声をかけた。

「緒方さん、いらっしゃい」

波江が続いて挨拶をし、もう一人の女、津田妙子は目礼をした。節子はもう若くはないが、灰色のスカートに薄いオレンジ色のブラウスを着ていて、おかっぱ頭だった。新京で発行されているS新聞社の文化部記者だ。妙子はかつて波江が出ていた待合*の女主人の妹で、二十八歳で離婚経験があり、波江をお姉さんと呼んで出入りしていた。緒方は雑談している男たちの間に割り込んだ。

「しばらく来ないから、内地に帰ったのかと思いました」

一人の男が言った。緒方はたばこに火をつける。

「どこへ出張していたのですか」

ほかの男が聞いた。

「大連です」

「大連か。今は本当にいい時季でしょう」

「ええ」

「アカシアが満開のはずです。花の匂いが強く漂っていて」

「そのとおりです」

「甘くて酔いそうで、きつい匂いだ。街路樹すべてがアカシアですからね。それに、定期汽船の銅鑼が長く鳴り響く正午、けだるくて甘い……青い海に青い空、大連に比べれば新京は本当に取るに足りない」

「そうだな。奉天もいいし、ハルビンも立派な町だけど、日本が建設した新京が一番ぱっとしないのは事実だ」

「まだできて間もないから。伝統にはかないませんよ。新興都市というのはどうしても不自然なものだ」

弁護するように言った。

「新旧の差で判断するのは平面的な発想だ。俺は文化の違いに注目している。満州人が建設した奉天や錦州、ロシアが建設したハルビンや大連は満州的なものとロシア的なものの違いがはっきりしているが、どちらも大陸的だという共通点がある。それに、北方だというのも同じだ。そう考えると、日本文化というのは全く異質だ。もちろん、新京を満州国の都市として建設するにはしたが……。ぱっとしないのは当然のことだ。伝統や歴史とは全く次元の違う話で、中途半端だということだ。いいとか悪いとかよりも、外に出ると日本が特別に異質だと感じる。それはどうしてなのかは全然わからない。全く溶け込んでいない」

「それは、日本が島国だからだろう」

「イギリスも島国だが、日本とは違う」

やがて、話題は再び大連に戻る。

「とにかく、大連は落ち着いて住んでみたい所だ。海があるからかもしれないが、できることなら大連に家を建て、海を見ながらアカシアの匂いをかぎ、愛する女と一緒に世の中のことはすべて忘れて鳩みたいに暮らしたい」

皆、笑う。

「愛する女と……」

「そう、愛する女と。人生なんて大したものではない。男だからって何だかんだ偉そうなことを言ったところで、そんなのは錯覚だ」

「だったら、連れてくればいいじゃないか。一人で暮らしてないで」

「愛する女なら置いてきたりしない。残念なことに、俺の人生の悲劇は結婚から始まったんだ」

泣きごとを言う。

「残念だが、もう取り返しはつかないぞ。いったいいくつだと思ってるんだ」

「わかってる。だから嘆いてるんだ。ああ、後悔してるとも。乾ききったヒョウタンみたいな俺の人生、生まれ変わったら絶対こんなふうには生きないぞ」

「乾ききったヒョウタンは皆同じだ。仕事をして、飯を食って、クソをして……面白くない。何かありそうで、何もない。壁におでこをぶつけた瞬間にだまされたと気づく。月日は逃げるように過ぎてしまったのに、だまされたと言ったところで無駄なことだ。チャンチャンバラバラ、刀で斬り合いでもして、一気に斬られて死んでしまいたい。ああ、人生とは何だ！　錯覚だ！　終わりのない倦怠だ！　海辺に行って、たらふく刺し身でも食べれば」

くだらない話を笑って聞いていた緒方が言う。

「俺だったら、愛する女と満州里にでも行って暮らすよ」

「何を突拍子もないことを。悪趣味だな」

「どうして」

「でなければ、自虐か」

「何が悪い」

「どうせなら、地の果てまで行って暮らせ」

「地の果てなんてどうでもいい。愛する女が重要だ」

別の男が口を開く。

「緒方さんこそ本当のロマンチストだな。大連に家を建てて暮らす男は俗物だ」

と言うと、トランプを素早く切っていた節子が、

「次郎さん、私は地の果てまでは行かないわ」

とひとこと投げかけた。

「誰も行こうなんて言ってないぞ」

はじき返すように緒方が言い終える前に、

「地の果てまで行かなくても、南湖に行ってボート遊びはする」

大連に行って家を建てて暮らしたいと言った男が、からかうように言った。南湖は新京の郊外にある黄竜公園〈現在の南湖公園〉の湖だ。緒方は節子と何度かそこに行ってボートに乗ったことがあった。だからからかったのだ。節子は品行方正とは言えない女だった。だからといって、淫らで腐りきった女ではない。失恋して満州に来た、だから結婚もしないのだといううわさはあったが、性格は職業のせいかおおらかで、男女平等や性の自由を主張している。緒方も彼女と寝たことが何度かあった。それは、どうしようもない生理的欲求であり、愛情を感じたことはなかった。だが、節子は何人もの男と関係があるにもかかわらず、緒方には特別な感情を持っているようだった。緒方が独身だったので、内心、浮き草みたいな自分を安定させたいという計算があったのかもしれない。

「緒方」

村上が呼んだ。

「はい、先輩」

「酒は飲まないのか」

「後で飲みます。それより奥さん、コーヒーを一杯下さい」

波江に言った。

「まあ、私ったら。うっかりして」

波江は急いで下女を呼んだ。

「私にも一杯ちょうだい」

節子が言った。

ソファに座って雑談していた男たちは席を移して麻雀を始め、緒方にロマンチストだと言った男、満鉄が制作中の広報映画に関係している林信夫と緒方がソファに残り、そこに村上と大井が加わった。村上を除いた三人は、香りの強いコーヒーを飲む。

「大連の空気はどうだった」

村上がたばこを持つ指に力を込めて緒方に聞いた。

「特に変わったことはありませんよ」

緒方は関心がないといった様子で答える。

「上海で聞いたんだが、南京はすさまじかったようだ」

「虐殺のことですか」

林がすぐさま質問した。村上はうなずく。

「皆、緒方みたいにコスモポリタンにならないと。このままではまずい」

「ものすごい数だって聞きましたけど」

大井が言った。

「何十万だという話もあるし、そのとてつもない数の人を……たぶん、中国軍の戦死者も含まれているんだろうな」

「全部、民間人だという話もあります」

大井が言った。

「とにかくたくさん死体を埋めたせいで、車が通ると地面がふにゃふにゃして浮くような感じらしい」

「必要悪だと言うしかありません。戦争ですから。人を狂わせるのが戦争であり、虐殺ではありませんか。そうやって終わらせるしかないですよ」

大井が言った。

「そんなことを言うな。戦いは創造の父、文化の母だ。狂ってなんかいないさ」

村上の皮肉を聞きながら皆、苦笑いをする。

「不当なことを正当だというのが今日ではありませんか。始めた以上、戦争には勝たなければならない……何もかもが刀剣で、言葉も芸術も刀剣に集約される中に私たちが存在しているのだからどうしようもない」

林は落ち着いた声で言った。

「俺もかなり肝っ玉が太いし、日本の武士道を美化したがる部類の人間だ。しかし、今回俺が問題を感じたのは虐殺した人数ではなく、その内容だ。俺は戦争すること自体は否定しない。人間というのは究極的に利己主義だから、他人よりも幸せに暮らしたいという欲望がある。だから、忠勇無双の、天皇の赤子(せきし)である大日本帝国の軍人が国家や自身の利益のために略奪や殺傷するのを認め、いや、褒めたたえたとしても……創造の父、文化の母とまでは言えなくても、昔から戦争というものが英雄を創り出したことだけは間違いない」

「何ですか、それは。演説ですか」

緒方の言葉に皆、こっそり笑う。

「ほほう、俺もえぐいものは嫌いじゃない。かなり好きな方だ」

「みんな知っていますよ。俺たちだって知ってます。少年でもあるまいし、彼らの蛮行について話すことが恥ずかしいのですか」

林が言った。

「知っていると言っても、お前たちはそこまでは知らないはずだ。話してやろう。勇躍出征した兵士たちが家族に自分の戦功を知らせることは、人間本来の虚栄心であって自然なことだから、それを証明する写真を撮って家族に送ることは誰にもとがめられない。野蛮人たちは頭蓋骨に酒をついで飲むと言うが、家族に……」

「ああ、息苦しい」

「切った中国人の首を積み上げ、血のついた刀を手にした自分の姿を写真に撮って送る兵士もいる。ところでだ。中国人の男根を切り、まるで葉巻みたいに、首を切られた中国人の口にくわえさせた写真を想像してみろ」

一瞬、三人の顔色が変わる。しばらく沈黙が流れた。

「何の話ですか」

麻雀をしていた男が聞いた。だが、誰も答えない。

「その写真を受け取った女房はいったいどんな顔をするのか、一度見てみたいですね」

緒方はうめくように低い声で言った。

「いつか日本人は天罰を受けます」

大井が言った。

「もうやめましょう。酒でも下さい」

林が言った。村上はどこへ行ったのか姿が見えず、三人はバーカウンターに行ってグラスを取り出し、洋酒をあおり始めた。そして、海辺に行ってたらふく刺し身でも食べたいと言った小川も加わって酒を飲む。女たちはオレンジジュースを飲んでいた。

「そろそろ帰らないと」

妙子がぐずぐず言った。

「帰ってどうするの。もうちょっと遊んでいきなさいよ」

波江が言った。

「恋人にでも会うの？」

節子が言った。

「あたし、恋人なんていない」

「退屈でしょうに」

「それはみんな同じじゃない？」

「私、妙子さんの気持ちがわかる」

「……」

「妙子さんは勇ましくて男らしい人が好きなんでしょう？」

「女なら誰だって男らしい人が好きなんじゃないの？」

「例えば、村上さんみたいな豪傑。ね、そうでしょう？」

節子は笑いながら妙子を見る。妙子の顔が赤くなる。

「何を言うの？　お姉さんの前で」

「構わないわよ。心配しないで。あたし嫉妬なんかしない。ただでさえうんざりしてるんだから。あなたが間に入ってきてあたしを解放してくれたらどんなにいいか」

波江は大声で笑った。妙子が村上を好きだということを波江はすでに知っているようだった。解放してほしいという言葉も嘘ではないみたいだった。節子はそんな事情を知っていて言ったのだ。

「村上さんが聞いたら、ひどい目に遭うわよ」

節子は髪を揺らすように言った。

「そんなことないわ。村上は見かけによらず紳士よ。それより節子さん、結婚しないんですか」

女たちはトランプをひっくり返したまま、ジュースを飲みながら雑談に興じる。

「相手がいなきゃ」

「結婚しないいんじゃなくて、できないいんですか？」

妙子は仕返しするように聞いた。

「そんなところね」

「あなたの思想はどうなるの？」

「結婚しても思想を持っていればいいじゃない」

「性の自由も？」

「それだけは捨てないとね。はははははっ」

節子は男みたいに笑った。

「緒方さんは結婚しないんですか」

波江が聞いた。

「あの人はでくの坊よ。結婚は無理ね」

「どうして？　男の役目が果たせないの？」

「とんでもない。立派よ」

女たちはけらけら笑う。

「だったら、どうして結婚できないの？」

「それこそ、できないんじゃなくて、しないのよ。私は、豪傑よりもああいう軟弱そうな男が好きなのに」

「何か理由でもあるの？」

「失恋でもしたんでしょう。波江さんもあの人が好きなんじゃないの？」

「淑女でもあるまいし、隠す必要もないわね。あたし、あの人が好きよ。だけど、男女の関係には巡り合わせっていうものがあるでしょう。それに、あたしは近松の心中物なんて大嫌い。死ぬの生きるのって、そんなの二十代の話よ。生きるのに疲れて村上が憎いと思う時もあるけど、村上みたいな男には二度と会えないと思う」

「随分現実的ね。だから私は波江さんが好きよ。湿っぽい女は手のひらにかいた汗みたいでいやだわ」

着飾ってはいるが、大陸の風霜を経験した女たちの率直な会話だ。緒方は胸焼けがするのか、ソファに戻って一人ぼんやり座っていた。節子が近づいてくる。

「次郎さん、胃の調子が悪いんですか」

「ああ」

顔をゆがめる。

「薬でも持ってきましょうか」

節子は緒方に顔をぴたっとくっつけて聞く。

「いらない。あっちへ行け！　一人でいたいんだ」

「わかったわ。坊ちゃんは何をそんなにご乱心なのかしら」

「何だと？」

と言うと緒方は、坊ちゃんという言葉にあきれたのか苦笑いする。

「それでも、顔色が良くなったわ」

節子の手がさっと近づいてきた。ひげ剃り跡がざらざらしている緒方のあごを触る。

「何をするんだ!」

緒方は怒り、節子の手を荒っぽく振り払う。

「いとおしいから触っただけなのに、ひどいわ」

「生意気なことを言うな! 誰に向かってそんなことを言ってるんだ」

「恋人に向かって」

「お前も本当に哀れな女だ。媚びを売ったりして、気持ち悪い!」

いつもと違って緒方の口調には嫌悪感がたっぷりこもっていた。一瞬、節子の顔色が変わった。だが、すぐに冷静さを取り戻す。

「緒方さん!」

「……」

「訂正して下さい。媚びという言葉を誘惑に訂正して下さい」

「何?」

「私はあなたを誘惑しただけで、媚びを売ってはいません。男が女を誘惑するなら、女だって男を誘惑してもいいんじゃないの? それとも、誘惑する男に媚びを売ってるって言うべきかしら。度量が狭いこと。男がそんなに偉いの! そんな妄想のせいで男たちは小さくなっていくのよ! 知ってのとおり、私は男女平等主義だから女という妄想にとらわれてはいない! 取り消して。媚びって言葉を」

節子の勢いは激しかった。

「俺は、俺は吐きそうだ……」

緒方はつぶやくように言った。

六章　日本人の時局観

緒方が旅行に行くことを決心し、会社に休職届を出したのは張鼓峰事件*が発生した七月末頃のことだった。張鼓峰事件というのは、朝鮮とソ連、そして満州の国境が接する豆満江（トゥマンガン）の下流にある張鼓峰にソ連軍が進撃してきた事件だ。ささいなことが行動のきっかけになるのはよくあることだが、緒方の今回の旅行もそうだ。村上の家で愛する女と満州里に行って暮らしたいと、冗談とも本気ともつかない言葉を無意識に口にしてしまった瞬間から、緒方は旅行への誘惑に駆られていた。何年か前、荒涼とした満州里で緒方は仁実（インシル）を思った。なぜ満州里に行くと仁実を思い出すのだろうか。いや、いつになく仁実の記憶が鮮やかによみがえったのだ。

満州里は、冬には零下五十度までになる国境都市だ。ラクダがそりを引いて通り過ぎ、果てしない氷原で粘り強く生き残ったコケのように、さまざまな人種が重くて長い服の裾を引きずりながら影のように動いていた。丸くてふっくらとしたロシア正教会の屋根は短い昼の間、日差しの中で沈黙していた。地の果てまで来たという孤独感にめまいがした。

満州里に対する記憶を呼び覚まし、再び旅をする決断を下させたのは張鼓峰事件だった。近いうちに世界中が戦火に包まれるという思いと、今回行かなければ二度と行けないという予感。もしかしたら自分は死ぬかもしれない。緒方のそんな考えは妄想ではなかった。張鼓峰事件は七月十一日にソ連軍の侵入によって始まったが、報道機関はその事件について一週間沈黙した。紙面の片隅に小さな活字で報道されたのは十七日で、ソ連の不法越境という、あまり目立たない記事だった。そうして新聞は、次第に事件を大きく扱い始めた。十九日から張鼓峰事件はトップ記事として連日報道され、外交的解決策に狂奔する日本の実情があらわになった。

では、なぜ一週間、その事件を報道しなかったのか。爪先ほどの小さな事件や実際にはない事実も捏造して特筆大書し、侵略の口実にしていた日本としては例外的なことだった。相手が弱いと見ると蛇みたいに邪悪でオオカミみたいに乱暴だが、相手が強いと瞬時にネズミに一変する習性のせいだ。簡単に言うとそういうことだが、とにかく日本の苦悩がどれだけ深いか、端的に説明がつく。

緒方が発つ前日、村上の家で送別会が開かれた。送別会というのは表向きで、実は不平を吐露する会というのが正しかったかもしれない。満州で日本軍の恩恵を被って暮らしている身ではあるものの、教師の大井は別として、村上も林も緒方も、日本本土に根を下ろして暮らせない人たちだ。社会主義や無政府主義に関わった時期があったせいだ。四人の男は真っ昼間から和室で酒を飲み始めた。

波江は、一人暮らしの父親が危篤だという知らせを受けて日本に帰った。帰るに当たって波江は妙子を呼び、留守中の使用人の管理と村上の世話を頼んだ。ほかに適当な女がいないとはいえ、よりによって村上に思いを寄せている妙子を連れてきた波江の気持ちを善意と見るべきか、悪意と見るべきか。花柳界を渡り歩き、男と女の機微をよく知る波江が、妙子の情熱に同情するあまり機会を与えたと言えなくもないが、妙子に対する軽蔑の表れだと見ることもできた。とにかく、妙子はめかし込んで心を躍らせていた。

「妙子さん」

酒を飲んでいた村上が呼んだ。

「はい」

燗酒(かんざけ)と酒の肴をテーブルに置き、空いたとっくりと皿を盆に移しながら妙子は村上を奥ゆかしく見つめる。

「使用人にやらせればいい。ちゃんとやりますよ」

妙子はしばらく恨めしそうな表情をしていたが、

「はい、そうします」

と言いながら影のように出ていく。

「そろそろ家に閉じこもって暮らすのも飽き飽きしてきた。俺も、何もかも捨ててどこかへ行きたいもんだ」

と村上が言った。

「簡単なことではありません」

と林が答える。

「まあ、そうだな。身動きできない。年も年だし」

「中途半端な年です。万年青年の緒方さんが羨ましい。史学専攻だから旅行の名分もあるし」

と言う大井を見て緒方は苦笑いする。

「大げさなことを言わないで下さい。ただ、旅行するだけです」

「一人旅というのは、寂しさが身に染みる一方で甘ったるいものだ。それは自身に対する哀れみのせいだろう」

「村上さんは、随分ロマンチックなんですね」

大井が意外そうに言った。その瞬間、村上は照れくさそうに両肩をすぼめると、

「今まで知らなかったのか。荒武者みたいなこの顔のせいであだ名も風来坊だが、俺はロマンチストなんだ」

皆、大声を上げて笑う。

「なぜ笑う?」

「ロマンチスト……そんな大きな図体をしてよく言いますよ」

と林が皮肉ると、

「お前はわかっていない。人というのは現実的な欲望にとらわれている限り、ロマンチストにはなれない。現実的な欲望に最後までしがみつく男たちは大抵、図体が小さいんだ。例えば、ナポレオンやヒトラーみたいな人物のことだが、執念深くて残忍だ。図体の大きい奴に根気のある奴はほとんどいない。どこか緩くて、いつも後ろから不意打ちされる」

「それは偏見です。そんなことはありませんよ。誰が見ても村上さんは実益を得ている。俺みたいな教師なんか、見かけばかりで実利はない。そんなふうに言われると悔しいな。ガキ大将は常に村上さんみたいな人がなるもんでしょう」

体の小さい大井が憤慨したように応酬した。村上は豪傑らしく大声で笑った。

「大体においてそうだという話だ。だが、一理あるな。これまで日本を支配してきたのはガキ大将だった。そして今もガキ大将の時代だ。四方がふにゃふにゃに崩れていっているのに、どかん、どかん！　突撃だ！　突撃と言えば済むと思っている」

「突撃の時代はもう終わりました。いつまでも女みたいにぐだぐだ言ってるだけです」

林が吐き捨てるように言った。大井が聞き返す。

「それはどういう意味だ」

「最近の新聞を見ていると、そうなりつつあります。拳を振るうのではなく、爪を立てて引っかいているのです。一つ例を挙げるなら、『蒋介石はどこへ向かうのか！』と書いていますけど、そんな状況じゃないですよね。捕まえて殺してしまえば済むことなのに。腹の内が透けて見える」

「新聞っていうのは通俗的だから」

「俺もそう思いたい。通俗的と言われているうちは余裕があって、言ってみれば読者の興味に合わせているわけだから。でも、今はそんな余裕はありません。蒋介石は容共主義です。防共国家に対する敵対心をあらわにしたこともありました。蒋介石がアカかどうかなど、どうでもいいことです。重要なのは蒋介石が率いる中国と日本が交戦しているという事実なのです。相手がアカだったとして、そのことで戦いの様相が変わるわけでもないでしょう。新聞はただ、爪を立てて引っかいているのです。その振る舞いそのものが弱音に過ぎません」

「それは英米を意識しているからだ。英米と中国を離間させようという意図ではないか」

「本当にがっかりすることを言いますね。確かに村上さんは緩い」

「掘り下げたところで何になる。余計なことだ」

「英米を意識して中国と離間させるなんて、そんな話は三歳の子供にも通用しません。ソ連に対しても内部事情がどうとか粛清がどうとか、崩壊するからどうとか、敵情を分析する段階ではないし、そんな次元の問題ではないのです。それは単なる日本の希望的観測です。蔣介石の行く道が閉ざされるとか、ソ連が内部から崩壊するとか、そんなことを期待しながら、あの勇敢無双なガキ大将が、神風を待つような切実な気持ちで臨んでいるのです」

林は氷のように冷たくあざ笑った。

「林さんの言うことに同感です。ひとことで言って、お粗末で卑劣です。戦争、中でも侵略戦争には正当性はなく、理性や洗練を望むことはできませんが、ろくに攻撃できないでいるなら、それは劣勢を表しているのです。蔣介石がイタリア人宣教師に撤退命令を下したのは、イタリアが防共国家だからではありません。日本とドイツとイタリアが防共協定を結んだからであって、イタリアが防共か親共かなんて関係ない。蔣介石は協定自体がいやだったのです。それは自然な感情ではありませんか。自分の敵と親しい相手を排斥するのは、少しもおかしくありません。イタリアが日本と協定を結んでいなければ、防共、親共なんて蒋介石にはどうでもいいことです。その記事が軍部の指示によるものであろうが、記者が自ら書いたものであろうが、恥知らずであることに変わりはありません」

腕組みをして緒方が言った。

「新聞というのは、いつもそういうものではないか。社会主義が日本全国にはびこった時には若い奴らに媚びていた新聞が、今ではどうだ。天皇と皇室と皇軍の記事ばかりだ。慰問品、国防献金、緊縮生活、廃品利用、国民精神総動員、あとは何だっけ？　忠勇無双の皇軍を褒めたたえ、記念行事、神社参拝、そんなことばかりだ」

「あります。ほかにもありますよ」

食い下がるように林が言った。

「何があると言うんだ！　今さらそんなことを言っても遅い。日本人はみんな中毒になっているのに、お前一人が潔癖でいたって何も変わらない。もっとも、今、俺たちがしゃべっていること自体が何の役にも立たないことで、臆病者のつぶやきに過ぎないが……考えないのが一番いい。明日死ぬかもしれないのだから、今日生きることだけに集中するんだ」

村上は多少いら立った様子で言った。しかし、林はまるで強行するかのように話を続けた。

「蒋介石が泣いて窮状を訴えても、フランスは軍事顧問の懇請を拒絶する。イギリス外交に追従し、内憂外患に直面しているフランスは極東に対する関心を失う。そして、極東紛争への介入を厳重に警戒する。

これもまた日本の希望に過ぎない。いったいフランスの役割は何なのでしょう。日本と中国が戦うに当たり、フランスにできることは何なのですか。フランスと日本はあまりにも離れています。フランスには憂慮すべきことが多く、極東に関心がないのはどれだけ幸いなことか。肩を持ってくれればありがたいことだが、あれこれ口出ししないだけでも御の字だ」

「それぐらいにしておけ。今さら自尊心を論じても仕方ない。お前もかなりしつこいな。根幹がないのに枝葉を論じてどうする」

「いいえ。日本の本当の姿を直視しなければなりません。哀れなら哀れなりに、戸惑っているのなら戸惑っているなりに、実体を知らなければならないのです。目を閉じ、耳を塞ぎ、口を閉じていてはいけません。国民全体が完全に馬鹿になっています。村上さんは自尊心など論じている場合ではないと言いましたが、私もそんなことを論じるつもりはありません。最初から、自尊心などなかったんです。慢心でした。強国だという幻想の慢心が私たちの生存を脅かし、国家、民族を存亡の岐路に追いやっているのです。それがなぜ枝葉の問題なのですか。

戦いは創造の父で、文化の母だと言っていた彼らが、今では戦争は長期の建設であり、中国の民の幸福のためだと言っているのです。このとんでもない矛盾を押し通す一方で、イギリス大使が漢口へ行ったことを受けてイギリスが調停に乗り出す可能性が濃厚になっただの、イギリス、ドイツ、イタリア、スウェーデン、スイスの五カ国共同で和平斡旋に乗り出すだのといった記事が出ています。結局、それらはすべて日本の希望でしかない。しかも、追い打ちをかけるみたいに、英米と中国の間に借款問題が持ち出されている。いくら外交は恥知らずなものだとはいっても、あまりにもひど過ぎます」

「そんな話ばかりしていてもきりがない」

「わかっています。中国人は首を切り落としてしまえばそれまでですが、日本人は皆、鉄条網にぶら下がったコウモリみたいなものです」

「和平の話はもう終わったんだ。世界で誰一人仲裁してくれる人もいないうえに、馬車はすでに下り坂を転がっている。戦争は人々の意志の外で進行している」

村上は憂鬱そうに言った。そして、付け加える。

「和平の機会は帝国政府の声明によって永遠に失われた。後悔しようがしまいが、それは日本が出した結論だ。運命みたいなものじゃないか」

林は杯を手に取り、残りの男たちも怒りのようなものをのみ込みながら酒を飲む。一九三八年一月十六日、日本が発表した声明は、拡大派、つまり、中日戦争において懲罰を主張する強硬派を勝利に導いたというよりも、極端に言って気分であり、林の言うとおり、慢心に押されて仕方なく投げたサイコロのようなものだった。南京陥落後、前線の拡大が避けられなくなった日本は内心戸惑い、混乱に陥っていた。

そこで、飛ばされたのが和平という気球だ。日本はアメリカとイギリスに仲介をそれとなく要望した。しかし、アメリカのルーズベルト大統領はシカゴ演説で日本を伝染病患者と呼び、平和維持のために日本を隔離しなければならないと極言した。中国が日本の侵略を提訴すると、中国は非連盟国であるという理由で日本が拒絶したにもかかわらず、国際連盟の総会はその提訴を受け入れ、九カ国の条約締結国会議に案件を出した。ソ連のような直接的な軍事援助ではなくとも、明らかに中国側に立つ英米を信じることができなかった日本はドイツに仲介を依頼したが、問題は、蒋介石がどこまで応じるかだった。

和平実現には満州事変前の状態に戻すしかなかった。日本は、それまでのありとあらゆる蛮行が水の泡になってしまうその条件ですら甘んじて受け入れるしかない状況だったが、政府や軍部以上に戦争熱に浮かれている国民にどう説明し、納得させるかに苦慮した。南京陥落後、戦勝に酔いしれた国民は、来る日も来る日も日章旗行列、ちょうちん行列で馬鹿騒ぎをしていたのだから。その間に各派の対立はますます激しくなり、和平の条件は次第に強硬な方向へと傾き始めた。

決断や意志もなく、一貫した作戦や備えもなかった。あてずっぽうで突き進もう。そんなふうにして日本の権益侵害に対する賠償は戦費の賠償へと拡大し、中国との間で締結した軍事協定の破棄を要求して、さらには中国から日本に講和使節を送れなどと、筋の通らないさまざまな要求を追加した。それは和平というよりも降伏要求と変わらない、受け入れられるはずのない条件だった。もちろん、それは、理性を失った日本が現実を度外視した結果だった。ハトよりもタカが強いと思い込んでいる日本は結局、帝国政府声明を発表し、自ら示した和平案を自らの手で阻み、悲劇の沼にはまっていく。声明の内容はおおむね次のとおりだ。

帝国政府は南京攻略後、中国国民政府に最後の反省の機会を与えるために今日に至った。しかし、国民政府は帝国の真意を理解せず、むやみに抗戦を策動し、国内で人民が味わっている塗炭の苦しみを無視し、対外的には東亜全局の和平を望まなかった。よって、帝国政府は今後、国民政府を相手にせず、帝国と真に提携するに足り得る新興中国政権の成立と発展を期待しつつ、これと両国の国交を調整し、新中国建設に協力することとする。もちろん、帝国は中国の領土と主権をはじめ、在中列国の権益を尊重する方針には何ら変わりない。今こそ帝国は、東亜和平に対する重い責任を果たす時だ。政府は、国民がこの重大な任務遂行のためにいっそう努力することを期待してやまない。

　南京の通りに流れた血もまだ乾いていないのに、数十万の罪のない魂が慟哭し、さまよっている姿が見えるような気もするのに、日本政府は、塗炭の苦しみを味わっている人民の心を国民政府が無視していると言って責任を転嫁した。しかし、南京が陥落して約一ヵ月後にこの声明が発表されたその時にも、南京では虐殺が行われていた。

「軍部を抑えると言っていた近衛文麿が戦争まで引き起こし……いったい、日本という国はどうなっているのか全く理解できない」

　大井が独り言のようにつぶやいた。

「軍部を抑えるだと？　暴支膺懲*の声は近衛側の方が大きかった。一度も頭を下げて謝ったことなどない、何代も続く貴族なんだ。気をもんでいるのは国民だけだ」

　林の言葉を受けて村上が言う。

「近衛は公家の出ではあるが、世界的に見れば単なる田舎侍だ。権謀術数で生き残っていた家の子孫だとはいえ、気持ちが先走ったんだろう。実利には暗い。気分屋に賢い奴はいない。ひとことで言って、忍耐力とか底力みたいなものはない人物だ。華麗な家柄で軍部を牛耳っている。もっとも、日本人は家柄に弱いからな。だが、オオカミみたいな軍部は近衛を通じて天皇を抱え込んだ。彼の好き放題に踊らされたのだ。それがまた日本の伝統であり歴史だったから」

「これまで宣戦布告もしなかったくせに、大本営設置とはどういうことですか」

林が吐き捨てるように言うと、緒方が答える。

「ロンドン軍縮会議の時、うるさかったからでしょう。内閣が軍縮条約に調印したのは天皇の統帥権干犯だと言って騒ぎになったではありませんか。草刈少佐が自殺したり、浜口首相がテロに遭ったりしたから」

「みんな口先だけだ。草刈も頭がおかしい。遺書に何て書いたんだっけ？　最早神国日本は汝忠死を絶対に必要とす。昔和気清麻呂、楠木正成があり汝草刈英治を第三神とす……。少佐なら若くもなかっただろうに、あまりにも幼稚だ。日本人は、いくら外国のものを採り入れても、ちっとも成長しない。宣戦布告のない大本営というのも同じだ。天皇を崇めるふりをしながら天皇の周りに柵を巡らせて閉じ込めて、そんな小細工は結局、国民を忠死の幻想へと追いやっていく」

村上は浴衣の襟の間に手を入れ、胸元をかく。

「では、参謀本部はどうなるのですか。これまで参謀本部は立役者だったのに、隅に追いやられるのですか」

大井が聞いた。

「追いやられるというより、俺は分裂するのだと思う。右翼もいくつにも分かれていて、強硬派もいろいろだ。そうかといって、和平派が違う目的を持っているわけでもない。軍国主義に向かっているということでは同じだ。たとえば、統制派の永田鉄山が斬殺され、二・二六事件で皇道派が倒れた。彼らは対立していたが、目的は同じだったではないか。そうだろう。だとすれば、大本営も参謀本部も陸軍省も、あるいは派閥がいくつあっても違いはない。無意味なのだ。誰も保証してくれないのに第三神になると言って一つしかない命を捨てる奴の無意味さと通じる」

統制派というのは、財閥や官僚と提携して軍部勢力を拡張しながら戦時体制を樹立することを目的とし、軍部内の統制を主張する陸軍省の佐官級の将校たちが主体となった派閥だ。そのリーダーだった陸軍省軍務局長の永田鉄山が三年前、皇道派の相沢三郎中佐に斬殺された。皇道派は荒木貞夫、真崎甚三郎の二人の大将を首領とする陸軍部内の尉官級の青年将校たちで形成された派閥で、天皇中心の国体至上主義を信奉し、統制派と対立した。直接行動による国家改造をもくろんで二・二六事件を起こしたが、失敗した。

「原因はずっと先までさかのぼって究明すべきだが、考えてみれば、日本を今日の状況に追いやった張本人は田中義一だと俺は考えている。あんな人物が日本を動かしてきたから日本の歴史が前に進めないのだ。田中が日露戦争のきっかけを作ったということを知らない人はいない。日本が日露戦争に勝ったおかげで田中は国民の英雄となり、陸軍大臣から政友会総裁、ついには首相と外務大臣まで兼任した田中内閣が発足した。

それはいうまでもなく、満州や中国の侵略に通じる。統帥権干犯や緊縮政策などで失敗した浜口内閣や、幣原外相の内政不干渉の協調外交を強力に進めた若槻内閣がもう少し持ちこたえてくれていれば、日本は今みたいな状況にはならなかっただろう。だが、幣原も満州や中国を指をくわえて見てはいなかったはずだ。中国の分裂を望みながら時間を見計らう、理性的な人物とでも言おうか。前後左右をよく見ていると言おうか。少なくとも彼らは軍出身ではないから、すぐに刀を抜くようなまねはしない。浜口や若槻が倒れたのは経済恐慌のせいだが、対中強硬派はこの経済恐慌を、軟弱外交に反対する口実にしたのだ。田中は、満蒙への積極介入を主張した。そして、三回にわたって山東出兵が行われ、河本大作による張作霖殺害につながるわけだが」

村上の話に割り込んだ大井は、

「田中が上奏文を書いたというのは、果たして事実でしょうか」

と聞いた。

「事実ではないと言われているが、文書が存在しなくても、内容は事実だろう。田中だけではない。日本の国民全体がそう思っている。まさにそれが日本人の愛国心ではないか」

上奏文には、中国の征服を望むならまず満蒙を征服しないわけにはいかず、世界征服を望むなら必ず最初に中国を征服しなければならないと書かれているとされていた。村上の言うとおり文書が存在するかどうかは問題ではなかった。それは日本の真意だったから。世界を騒がせたその文書の内容は、日本人にとって当然と思われるものだった。

「新聞の小さな記事ごときで何を大騒ぎしているんだと思ったが、本当に日本は恥知らずで、ずる賢い国だ。刀を抜いて出たなら敵を斬って勝つか、でなければ討ち死にするか、あるいは謝って和解をすればいいものを。刀を振り回しておきながら、これは大変だ、誰か止めてくれる人はいないのかとおろおろするなんて見苦しい」

「ある若い将校は、中国と戦うまでもなく、日本が三個師団に動員令を出せば蒋介石は腰を抜かすと言っていたらしいです」

大井の言葉を受けて林が言う。

「南進論も北進論も実に勇ましいことだ。胸にいくつも勲章を着けた陸軍、海軍の将軍たちみたいに」

それは、陸軍と海軍の勢力争いから始まった。海軍は英米との一戦に備えて計画を立てなければならないという南進論を主張し、陸軍はソ連に狙いを定めて戦う準備をしなければならないという北進論を主張した。つまり、ソ連を先に倒すべきだ、いや、英米が先だという論争で、林の言うとおり本当に勇ましい。

「中国との戦いだけでも精一杯なのに。戦争ばかりして俺たちはみんな死ぬんだ。ふん！」

大井の言葉に、

「すでに誰もが了解していることじゃないか。国民は世界を征服すると言ってわくわくしている。ところが問題は、武器をどこから輸入するかということだ。世界征服の武器がどこにあるのやら」

林が言うと大井がまた返す。

「だから、参謀本部は強硬に拡大に反対してるんじゃないか」

「反対しても無駄だ。日本全体が本能の動物なんだ。判断も何もない。目の前にぴかぴか光る金塊だけが見えていて、足元に断崖があることは考えもしないで興奮している。戦争だ！ 勝利は間違いない！ それに対する最大限の抵抗は沈黙と自重だ。とてもじゃないが、何も言えない。今、幸徳秋水みたいに反戦を叫ぼうものなら、道端で首を切り落とされる。まあ、幸徳秋水も殺されたがな」

村上は杯を傾けた。

「幸徳秋水の話が出たから言いますが、昨年、満映〈満州映画協会〉が設立されたじゃないですか」

村上は林の顔を見つめながら次の言葉を待つ。

「大杉栄を殺した甘粕大尉が満映の理事長として来るといううわさがあります。何かぞっとする話ではありませんか。本当に妙な世の中です」

「謀略、陰謀、殺人をした人間に出世しない奴はいない。そう考えると、満州事変の主役だった石原は不遇だ」

満州事変のもう一人の主役、板垣征四郎は、満州では映画を国営にすべきだと主張した。彼の主張に従って満州国と満鉄が資本金五百万円を折半して出資し、昨年、創立されたのが満映だ。そこに甘粕正彦が理事長として来るという。甘粕は十五年前の関東大震災の時、朝鮮人虐殺の阿鼻叫喚の中で、アナキズムの理論的指導者だった大杉栄と妻の伊藤野枝、甥の三人を虐殺した、まさにあの憲兵隊長だ。

「国営映画なんて、どうせ国策映画か宣撫用映画なんだろうし、そう考えると甘粕は適任者と言えるかもしれません」

緒方が言った。

「何もかも壊されていく。残るものはない。日本は空っぽになるはずだ」

大井が手ぶりをしながら言った。

「もともと何もない。奪ってきたり、頭を下げてもらってきたりしたものばかりだ。そもそも日本刀と富士山以外に何があったと言うんだ」

林のちょっとくせのある髪が汗で額に貼りついている。

「それは言い過ぎだが、とにかくおおごとだ。春には東大の教授グループを筆頭に大量検挙して……もう何も見えていないらしい」

大井の話を受けて緒方が言う。

「予想していたことだ。天皇機関説のせいで美濃部達吉博士がひどい目に遭って貴族院議員を辞職したぐらいだから、労農派の教授たちを野放しにするはずがありません。機関説のせいで大騒ぎしているのを見ると、むしろ遅きに逸した感があります」

村上はあくびをかみ殺していた。

「緒方さん」

林が呼んだ。

「はい」

「あなたは美濃部博士の天皇機関説をどう思いますか」

鋭く聞いた。

「あれぐらいなら天皇を優遇していると言えませんか。歴史的に天皇は最高機関であったどころか、雨漏りのする宮殿で暮らしていたこともありましたから」

林はにやっと笑う。

「ひとことで言って、漫画です」

「え？　漫画ですか？　なるほど。国体明徴運動*も、平和や自由という言葉を題名に使った本が発禁になるのも漫画ですね。はははは っ……」

緒方が笑うと林もつられて声を上げて笑い、大井もひそかに笑う。

「新聞もそうだし、天皇主権説を持ち出して美濃部博士に難癖をつけた御用学者の上杉慎吉もそうだ。共産主義、無政府主義はまだしも、自由主義、資本主義も駄目だという。軍刀と皇道だけの世の中になって、軍神が天照大神より偉くなりそうで怖いな」

林が首をすくめ、大井が言う。

「今さら何を言う。軍神はとっくに天照大神より上だ」

発禁になった本というのは、東大教授の河合栄治郎の著書『時局と自由主義』、そして、やはり東大教授の矢内原忠雄の『民族と平和』のことだが、発禁処分を受けて二人の教授は大学を追われた。一方、天皇機関説事件は、一九三五年に日本の朝野がひっくり返った大事件だった。天皇に関する限り、猫も杓子も出てきて暴れるのが特に最近の特色だ。東大教授で法学者の美濃部達吉による天皇機関説というのは、天皇は国家の最高機関であるが、統治権は法人としての国家にあるというものだ。それに対し、天皇主権説を唱える上杉慎吉が難癖をつけ、右翼は、国体明徴に反する学説だとして美濃部の著書を絶版、あるいは改訂することを強要した。

「西洋のある国の皇帝が、朕は国家なりと言ったというが、天皇が国家より上というのは多分、世界的に例がないはずだ」

大井の言葉に村上が応じる。

「だから、現人神(あらひとがみ)なのではないか。神は国土も創るのだから」

「ならば、日本海とか太平洋とか、広々した所に国土を創ればいいのに、なぜ戦争みたいな苦労をしなければならないのかわかりません」

「まったくだ」

皆、ひとしきり笑う。笑いが収まると、場は恐ろしく静まり返る。男たちは急いで杯を持つ。

「ちくしょう！　漫画はいつ終わるんだ。転向、追従、陥没、逃走、監獄……労働組合は産業報国連盟、農業組合は農業報国連盟。*沈黙、沈黙、また沈黙。終わりのない沈黙だ」

「首を温存するためには仕方ない。林、お前は国策映画製作から手を引く勇気はあるか。ないだろう。そうだろう？　酒でも飲め」

村上は林の杯に酒をついでやる。林は杯を持ってうつむいたまましばらく動かなかった。

「首を温存か……みすぼらしい人生だ。もっとも、小林多喜二*があんなに無残に拷問死したが、それによって得られたものは何もないんだから、俺たちみたいな俗物が死んだところで何にもならない。隣村の子豚が一匹死ぬよりも無意味だ。豚が死んだら肉が食えるけど。特高は、小林が無残に拷問死したと意図的にうわさを流したという話もある。文句があるなら言ってみろ、お前らも痛い目に遭わせてやるってことだ」

大井の言葉に緒方が言う。

「効果は十分でした。実際、そのせいですっかりひるんでしまいましたからね。小林の死は、それこそ左翼作家たちにとって葬送曲になったのでしょう」

「ところで、張鼓峰事件はどうなるだろうか」

「大井、心配するな」

「村上さん、何かいい情報でもあるんですか」

「ドイツが料理してくれるんだから、何の心配もない。そのために反共協定というものがあるんじゃないか。新聞も読んでいないのか。共産党と戦うためには世界大戦も辞さないと、ムッソリーニが宣言したのを知らないのか」

「何を言うんですか。ドイツ、イタリアの目は節穴ではありません。ソ連は日本が料理してくれるだろうと期待して締結したのが反共協定です。彼らも目の前にイギリスがあり、フランスがあるのに、日本に餅でも食って見物してろとは言いませんよ」

「はははは っ……そういうことになるかな」

「私が気になるのは、ソ連と英米の関係です。日本がやきもきしているのもそれではありませんか。ソ連と英米が敵対さえすれば、それこそ日本にとって天佑神助です。果たして彼らは銃を構えるのか、握手をするのか」

「私は絶対に敵対関係にはならないと思います。なぜなら、イデオロギーより大事なのは生存ですから」

緒方は慎重に言った。林が続けて話す。

「今、ドイツは手綱から放たれた子馬ではありませんか。ドイツが暴れている限り、ソ連と英米は戦わないだろうと私は見ています。日本がそのことに希望をかけても、可能性は非常に低い。アメリカもそうです。日本は、アメリカは動かないだろうと信じたいでしょう。なるべく楽観的な見方をする。新聞は今、まさにそうしているのです。しかし、アメリカは公然と軍備拡張をしていますから、中国に軍事援助するのも時間の問題でしょう。

今、最も問題なのは、ドイツと日本の間にあるソ連ではないでしょうか。日本もドイツも戦況に進展がないという点において事情が似ています。張鼓峰を攻撃したからといって、ソ連がドイツを念頭に置いていないはずがありません。攻撃する時こそ、最も強くドイツを意識するでしょう。ソ連も極東とヨーロッパの両方と戦うわけにはいかないではありませんか。ソ連は近いうちに選択しなければならない。そのためにはどちらか一方は侵攻してこないという確信が必要です。もしかするとソ連は、国境紛争を起こして日本を刺激し、中国に足をつかまれた日本を急き立てて不可侵条約を取り付けたいのかもしれません。日本の外交官が頻繁に行ったり来たりしているのを見ると」

「お前の話を聞いていると日本もひと安心だと思えるが、そうなるだろうか。ソ連は、中国に露骨な軍事援助をしているではないか」

「それもしばらくの間でしょう」

「ソ連は必ず日本と戦う」

村上の言葉に林も同意する。

「私もそう思います。後は時間の問題です」

九時が過ぎると緒方は、村上に暇を告げて通りに出た。明日の出発に備えて酒はあまり飲まなかったのに、体がふらついて足に力が入らなかった。緒方は夜道をかき分けるように歩く。明かりが煌々としていた。

（とにかくたくさん死体を埋めたせいで、車が通ると地面がふにゃふにゃして浮くような感じらしい）

いつだったか、村上が言ったことを思い出した。緒方はふにゃふにゃした地面の中に自分の足がはまっていくような感じがした。真っ昼間から四人で話していたことがどろどろと心の中によみがえった。家に残った村上や、それぞれの下宿に帰る大井と林も同じ気分だろうと緒方は思う。さんざん悪態をついたけれど、その相手はまさに自分たちの骨肉であり、自分たちも共犯者だ。緒方はため息をついた。

（明日、雨が降らなければいいが）

下宿に帰ると、門を開けてくれた下宿屋の女が、

「お客さんがいらしてます」

と言った。

「お客さん？」

「女の方です。部屋でお待ちになっています」

二階に上がった緒方は自分の部屋の戸を開けた。電灯の下で背を向けて座っていた古賀節子が振り返った。濃緑色の麻の袖なしワンピースを着た節子は、口紅が濃いからかいつもと違って見えた。両腕もまぶしいほど白かった。

「どうしたんだ」

「うん」

「下宿まで訪ねてくるなんて、困るよ」

緒方がなじるように言った。

「明日、発つんでしょう？」

節子の向かいに座りながら、緒方はポケットの中からたばこを取り出す。

「私に何も言わないで行くつもりだったの？」

「誰がそんなことを言ったんだ」

「妙子さんが。今日、あの家で送別会があるだろうって。行こうかなと思ったけど」

「永遠に戻ってこないわけでもないのに、大げさだな」

たばこの煙を吐きながら、緒方は後ろに下がって片膝を立て、壁にもたれる。しばらく沈黙が流れた。

「次郎さん、あなたはどうしてそんなに突拍子もないことをするの？」

「なぜそんなことを聞く」

「そうかと思ったら、心を固く閉ざして決して開こうとしない。どうして？」

「……」

「私、駄々をこねてるんじゃありません」

「わかってる」

「結婚しようって言われそうで怖いんですか」

緒方はふっと笑う。

「俺と結婚したら、どんな女も寂しくて耐えられない」

「どうして？」

「それは言いたくない。俺の事情だ。節子も適当な人がいたら結婚しろ」

「それは哀れみですか」

「違う。むしろ、自分に対する哀れみだ」

と言うと、ふと村上の言葉を思い出した。

（一人旅というのは、寂しさが身に染みる一方で甘ったるいものだ。それは自身に対する哀れみのせいだろう）

無意識のうちに緒方は、手のひらで顔をなでる。突然、恥ずかしくなったのだ。

「男が女に向かって結婚しろって言うのは、残酷なことよ」

しかし、節子は憤慨してはいなかった。開いた窓から入ってきたのか、蛾が一匹、電灯の周囲をぐるぐる回る。

「次郎さん」

「うん」

「生きるって、そんなに大層なことなの？　そうは思えないんだけど」

「生きるというのは偉大なことだ。いくら平凡な人生でも」

「自分勝手に生きる方が、ずっと人間的で正直じゃない？　人生にそんな大げさな意味が必要かしら？　愛の純潔みたいなものも一つの意識過剰で、それは自然ではない。正直になれば、人間の恥部みたいなものも大した罪だとは言えないと思う」

と言いながら、節子の表情はひどく寂しそうに見えた。緒方は節子をじっと見つめた。

「節子は日本の女だな」

「……」

「まさに日本人だ」

「それじゃあ、あなたは日本人じゃないの？」

それには答えず、緒方は言う。

「日本人はいつもそんなふうに正直だった。それならいったい、正直さは何のために必要なのか」

節子は、緒方の深刻な表情が理解できないようだった。

「風呂が好きな日本人は、風呂に入れば清潔だと思っている。そして、それ以上に清潔なものをすべて無視して自分は清潔だというのが日本人だ。体の中の汚い内臓のことは考えない」

節子は、少しは理解したような表情だったが、二人の間に重い沈黙が流れる。蛾が狂ったように、壁に影を映しながら飛んでいる。

「次郎さん、着替えたらどう？」

図々しさから出た言葉ではなかった。節子は重い沈黙に耐えられなかったのだ。緒方はたばこをもう一本取り出してくわえる。

「次郎さん」

「……」

「私、今日ここに泊まっていったら駄目？」

「駄目だ」

「どうして？」

「俺は、節子を受け入れられる気分じゃない」

「そんな意味じゃないのに……」

その瞬間、節子の目に涙のようなものが光った。節子は洟をすすりながら涙をこらえる。彼女には似合わない姿だ。

「もう帰れ」

「私たち、もう会えないの？」

声が一オクターブ上がった。

「それは誰にもわからない。今は戦争中」

と言いかけてやめると、緒方は先に立ち上がり、

「送ってやるから、さあ、立ちなさい」

と外に出た。緒方は節子の腕を支えてやる。不思議なことに、その腕から節子の心臓の音が聞こえてくるようだった。節子は震えていた。空が曇っていたのか、星はぼんやりしていていた。住宅街の道は暗かった。大通りに出ると、緒方はさりげなく節子の腕から手を離した。

「次郎さん」

「ああ」

「お茶を一杯ごちそうしてちょうだい。このまま帰ったら、自殺でもしてしまいそう。あまりにも惨めでしょ？」

「夕飯は食べたのか」

「食べたくないわ」

「俺も酒ばかり飲んでいた。どこかでうどんでも食べよう」

うどんを食べ、二人は別れた。

七章　旅立つ馬車

北に旅立つ前に緒方は錦州に行きたかった。錦州に寄ってから北上しようと考えたのだ。錦州は今回で三度目だ。なぜ錦州に行きたいのか、緒方は自分でもわからなかったが、多分、心が楽になるからではないだろうかと思った。どこまでも広がる澄んだ空と、空に沿ってじゅうたんを広げたような市街地。優しくて甘美な都市でもなかったが、見慣れなくてよそよそしく、拒否感を覚えるような所でもなかった。人と都市のあらゆる構造物は、なぜかわからないがありのままのように感じられ、何かを隠したりするような雰囲気もない。都市自体が自然で、月日がのんびりと道端に寝そべっているようだ。

列車の中で緒方は手紙を書いた。どこでもいいから降りた所で投函しようと思い、ソウルにいる趙燦（チョチャン）夏（ハ）に手紙を書いたのだ。冒頭、「旅というのは本当に気楽なものです」と書いた後、安否を尋ねる言葉と自分自身の心境をつづり、締めくくりの言葉を添えて封筒に入れた。緒方は本当に心が軽かった。潤沢とは言えないが、一年思いきり旅をして回れる旅費があるということにまず安心していた。三年間の会社勤めはこの旅行のためだったかもしれないとも思った。一人で使いたいだけ使っても相当な金額の貯蓄ができたのは、自分が日本人で、大学を出ていて、満州で勤めていたからだったが、とにかく旅行に出られたことに満足していた。新京を発った列車はひたすら走って四平街を過ぎ、開原も過ぎ、次第に奉天に近づいていった。

（撫順に行ってみようか）

緒方は心の中でつぶやいた。撫順は錦州とは方向が違うから奉天から大連に向かうルートに変更し、蘇家屯で降りて撫順行きに乗り換えなければならない。緒方は何度か大連に行ったが、汽車を乗り換えるのが面倒で撫順に寄ったことはなかった。今は時間を気にする必要もなく、計画のある旅行でもないのでそんなことを考えたのだろうが、それより村上の話を思い出したことが大きいかもしれない。虎頭要塞の話が出た時、村上は、

「そこは底なしの沼地だ。ウスリー川の向こう側にはイマン市があり、ソ連軍の移動状況もうかがえる。中国人労働者、満州人勤労奉仕隊、奉仕隊と言っても強制徴用だが、彼らを数千人ずつ連れていって仕事をさせる。冬は仕事ができないから、春に連れてきた労働者は秋になると送り返すことになっているものの、そのうちの何人が帰ることができただろうか。地下の要塞はもちろん軍用道路や砲陣の構築もする。彼らは人じゃない。牛でも馬でもない。あえて言うなら機械か。いや、道具だ。どれだけの人が生きて帰れるのか。沼地に捨てられた死体は、飢えたオオカミの腹を満たすだろう。工事が終われば、彼らは生きて帰ることができるのか。皆、殺されるだろうといううわさだ。殺し、殺されるためにやる工事に人間を連れてきては殺して……なぜ人間には万里の長城が必要なのかわからない。わからないんだ」

と嘆くように言った。

（撫順に行って僕は何を見ようとしているのか）

緒方は行くのか、このまま通り過ぎるのか、決心できなくて自問してみた。行くとすれば、何を見るために行くのか。炭鉱で働くあの数多くの労働者に会うためとしか説明できない。緒方は彼らに会いたいのではないし、会う理由もあいまいだった。石炭だけでなく、鉄、石油、アルミニウムの埋蔵量が世界屈指だという撫順炭鉱、鉱石の宝庫だという撫順炭鉱。埋蔵量が膨大であるほどたくさんの命が消耗され、生の権利は多く剥奪（はくだつ）され、侵害される。彼らに対する痛みを感じながら彼らの前に立って見つめる行為は果たして正当なのか。緒方は自分を凝視することができなかった。旅行かばんを放り投げ、一番底辺の人生の中に飛び込んで一緒に汗を流す……やはり緒方は自分自身の偽善とまやかしを凝視できなかった。「はたらけど　はたらけど　猶（なほ）わが生活（くらし）　楽にならざり　ぢっと手を見る」という石川啄木の短歌のように、緒方は自分の両手を見つめる。労働などしたことのない柔らかい手を。

（この手を僕は恥ずかしいと思うのか。恥ずかしいけれど僕は心の底から純粋ではない。偽善とまやかしなしにあの場に飛び込むことはできない。石川啄木の手はどうだったろうか。彼の手は労働でたこができていただろうか。彼の手も僕の手みたいに柔らかかっただろう。だとすれば、なぜ僕は恥ずかしいのか）

緒方の心の中になかなか答えは浮かんでこなかった。人というのは本来、自分勝手なものだ。節子の言うとおり、それを認めるのが正直だが、解決されない問題の提起は面倒なだけだと疑問を遮断してしまうことはできなかった。どちらにも動けず、両手を縛られたみたいな妙な怒りが込み上げる。金持ちや権力を握った者が、野望に燃えた者が、貧しい人をもっと貧しくし、基本的な権利である肉体と生命まで略奪するのはすでに数千年前から続いてきたことだ。兄弟よ、姉妹よ、同志よと数年間の投獄生活を勲章のように胸にぶら下げ、名声を得る人々にとって勤労者や農民は何なのか。洋酒を飲みながら共産主義を褒めたたえる人々にとって農民や勤労者は何なのか。今なお迫害される大衆は道具に過ぎない。彼らの指導者であることを夢見る者、エリート意識にとらわれている者、数多くの死体と血の臭いの中で光る勲章、栄光と地位、それは一人、あるいは少数の者だけが占有するものだ。詐欺師め！　死刑になった幸徳秋水、虐殺された大杉栄、刺殺された山本宣治*、拷問死した小林多喜二、彼らは誰なのか。

（彼らは本当の意味で正直な人たちだった。基本的権利である肉体と思想を略奪され、今は沈黙している。投獄の勲章もなく、あったところで何の役にも立たないが。ははは
っ……）

緒方は車窓の外を見つめる。線路沿いの大地や木々は永久に動かないかのように見えたが、彼の視界から次々と消えていった。

（石川啄木は、香り高いエジプトのたばこを吸い、三、四日かけて丸善から送られてくる新刊本を読みながら食事を待つ生活を夢見ていた。貧しいというのは悲しいことだが、啄木や僕は貧しさを悲しむことができる。しかし、こき使われる人たちは人間的な悲しみすら許されなかった。人でも牛馬でもない道具であり、使えなくなれば捨てられる存在、腹をすかしたオオカミのえさになる存在だった。なぜ、そうしなければならなかったのか。なぜ数千年をそうやって過ごさなければならなかったのか）

緒方は奉天で乗り換えず、真っすぐ錦州に向かった。

旅館で一晩泊まった緒方は、朝から通りに出てぶらぶら歩き回った。市街地の一角を流れる小凌河のほ

とりに行き、さわやかな朝の空気を吸いながら、日差しにきらめき、魚のうろこみたいに細かく波打つ川面をしばらく見つめる。そうして緒方は、川辺の広い野原に大の字になって寝転ぶ。濃い土の匂いと草の匂いが漂い、空には雲が浮かんでいる。

「ああ、気持ちいい！」

緒方は人から解放されて自然に返り、純粋な生命に返る喜びを満喫した。本当に空気は限りなく澄み、太陽は明るく輝いていた。太陽が中天に近づく頃、緒方はたばこを一本吸い、眼鏡のレンズを拭いた。尻を払って立ち上がった。

街中に戻ってきた。馬車や人々が通り、子供たちが遊ぶ声が聞こえる。奉天は美しく、雄壮で華麗な都市で、満州の文化が集結した所だが、錦州もまた数千年の歴史がよく保存された都市だ。ラマ塔を中心にしてなだらかに広がっている市街は、若干、退色しているとでも言おうか、歳月のコケが濃く生えていると言おうか、石垣が少し崩れた感じと言おうか。東門と南門と中門は、見ようによっては歯が抜けているようでもあり、目玉が抜けているようでもあり、三階建ての城門は随分ユーモラスだった。祭りの日に英雄や美女の仮装をして高足踊りをする人々の姿のようでもあり、盛装をして市場に出てきた純真な娘のようでもあり、歯の抜けた口を開けて素朴な笑いを浮かべる村の男の姿のようでもあった。

四千年の時を経たラマ塔もそうだった。市街で一番高くそびえ立っていたが、権威をかざしているような感じはなかった。誰かを諭そうとか率いようとするのでもなかった。山河や一つの丘陵のようにただそこにあった。四千年の間に古びたはずなのに、みすぼらしくもなく、崩れそうな気配もなかった。そこを通り過ぎる馬車や人、すべての建築物と同じように市街の中心に立っていた。

市場の通りに出た緒方は、道端に大きな鉄のフライパンを置いて葱油餅を焼いて売る男の横に休憩がてら座り込んだ。中年の男は緒方を一度見つめたが、仕事の手は止めなかった。指の爪が長く、爪の間に真っ黒な垢がたまっていた。男は、油と汚れにまみれた手で足元に山積みにしてあるネギの束からネギを一本ずつ取り、爪で根を切り取って土のついた皮をはがした後、両手で適当な長さに折ってフライパンの上で焼けている生地の上に載せる。そうして葱油餅をぐるぐる巻いてフライパンから取り出す。

緒方はしばらくの間、男が繰り返す動作を見つめていた。男の長い爪にはさまった垢が気になったが、緒方はつたない中国語で葱油餅を一つくれと言った。本当におなかもすいていた。男は、歯をむき出しにして笑いながら葱油餅を一つ、手のひらぐらいの大きさに切った新聞紙に載せて差し出した。緒方はポケットからちり紙を取り出して葱油餅を巻き、ハエを追い払いながらかじりつく。おいしかった。半分火が通ったネギは甘く、香りが舌先に残った。

「おいしい」

緒方は男に向かってうなずいて見せた。男はまた歯をむき出して笑った。緒方も笑った。

(これは本当に不潔だ。だが、油を引いて火を通したこの葱油餅を食べても病気にはならないだろう。彼らなりに殺菌処理をしているのだ。誰だっただろう。林か、小川か。チャンチャンバラバラ、刀で斬り合いでもして死んでしまいたいと言ったのは。そして、海辺に行ってたらふく刺し身でも食べたいと言ったのは。刺し身とは、刺し身。刺し身と葱油餅、刺し身と葱油餅、刺し身と葱油餅、葱油餅)

心の中で突然、混ざり合った。刺し身と葱油餅という二つの言葉が、緒方の心の中でうごめき始めた。それは非常に大きな意味を持って緒方に迫ってきた。その二つはそれぞれに長い歴史を持っている。しかし、緒方はその違いをうまく整理できなかった。

子供がロバを引いて通り過ぎる。ロバにぴたっとくっついて手綱を引いていく子供の服装が豊かに見える。そしてまた、見知らぬ男が通り過ぎる。最初に目に付いたのは、彼がかぶっているヘルメットだった。

次は腕に着けた白い腕章だった。カーキ色のゲートルに黒の靴を履いていた。そして、尻に水筒をぶら下げていた。武器を所持していないところを見ると軍人ではなかった。軍属か、軍部の支援を受けている旅行者だろうか。緒方は無意識に自分の格好を見る。灰色のシャツとズボン、かばんは旅館に預けてきたから手ぶらで、いくらか金の入った財布だけがポケットの中に入っていた。身につけているのはどれも日本のものではない。もっとも緒方も、下駄を履き、着物を着て大陸をのし歩くことはできない。

錦州でもう一晩泊まり、山海関に行こうかと緒方は迷った。山海関を越えると中国だ。山海関は万里の長城の東端で、北側は険しい山だが、西南側は肥沃な平野で、北京までそう遠くはない。

（あまり欲張らないでおこう）

緒方は、高句麗人や女真族の馬のひづめが聞こえてきそうな錦州を後にして再び奉天に行き、一泊した後、新京に向かった。ハルビンに直行しようかとも考えたが、急ぐ理由もなかったし、旅人としてちょっと新京に寄るのも悪くないと思ったのだ。新京に到着した緒方は、まず腹ごしらえでもしようと駅構内の食堂に入った。半分以上食べ終えた時だった。

「おや。これは、緒方さんではありませんか」

驚きながら声をかけたのは小川だった。

「ああ」

「旅に出ると言っていたのに、どうしてここにいるのですか」

「錦州に行ってきたんです。また出発しないと。小川さんはどうしたのですか」

「お客さんを見送りに来たんです。時間があるからお茶でも飲もうかと思って」

小川と一緒に入ってきた一行は少し離れた所で席に着き、こちらを見つめていた。

「そうだ、緒方さんは聞いてないでしょう？」

「何を」

「村上さんがけがをしたんです」

「けがだなんて！」

緒方は声を低くして言った。

「酒に酔って自殺しようとしたみたいです」

「そんなはずは」

「夫婦仲が良くなかったみたいです。奥さんが日本に帰って留守だし」

それはかなりショックな知らせだった。緒方は食事をやめて小川が教えてくれた病院に駆け付けた。村上は本当に病院のベッドに横たわっていた。包帯を巻いた脚は動かせないように空中につるされ、腕にも包帯が巻かれていて、顔にはばんそうこうが貼られていた。だが、彼の表情には自殺を図った人の深刻さはみじんもなかった。脇に林が立っていた。

「君がなぜここにいる？　送別会までして旅に出たのに、いったいどういうことだ」

「錦州に行ってきて、駅で小川さんに会ったんです。いったいなぜこんなことになったんですか」

村上は大声で笑う。林もにこにこ笑った。

「……？」

「蛇姫のせいだよ」

林が言った。

「何のことですか？」

新羅の義湘（ウィサン）*を思慕した唐の国の善妙は、別れを悲しみ、去っていく船を見つめながら海に身を投げた。そしてその後、竜に化身して、浮石寺（プソクサ）を創建した義湘を助けたという説話がある。その説話が伝わった日本では竜ではなく蛇に、それも片思いした女の怨霊が蛇に化身して男を苦しめるという内容になっている。もちろん、朝鮮にもそれと似たような説話は多いが、義湘と善妙の説話から派生したものではなさそうだ。しかし、日本のそれは善妙の説話が変化したものと思われる。蛇姫というのは、片思いをして執念を燃やした女を指して林が言ったのだ。

「蛇姫も知らないのか」

「……」

「片思いする蛇のことだ」

「と言うと……」

「どうしてそんなに鈍いんだ。津田妙子の仕業だよ」

「余計なことを言うんじゃない。あ、ああ！」

動こうとした村上がうめいた。

「では、自殺というのはどういうことですか」

「うむ。それは単なるうわさだ。お互いよく知っているのに、女を警察に突き出す訳にもいかないだろう」

「そんな」

「実際、よくあることだ。村上さんも罪深い。一度ぐらい、女の願いを聞いてやればいいのに。カトリック教徒でもないんだし。浮気者のくせして」

林が非難した。

「俺は、何とも思っていない女とはそんなことはしない。追いかけられるのは嫌いだし、怖くなる」

と弁明した。

「包丁を持って飛びかかるなんて、よっぽど恥ずかしくて腹が立ったんでしょう。本当に気をつけないと。緒方さんは独身だから、反面教師にして気をつけた方がいい」

「肝に銘じます。ところで、津田さんはどうなったんですか」

「取りあえず内地に返したさ。正気に戻ったら本人もここには居づらいだろうから」

「奥さんは？」

「それが、親父が死んだというから、葬式をやらないと……」

と言いかけた村上は、弁解するように続ける。

「女は男を追いかけてはいかん」

「古賀節子が聞いたら激怒しますよ。なぜ男にだけそんな特権があるのかって、突っ掛かってくるはずです」

林が言った。

「それは自然の摂理だ。強い者が追いかけるようにできている。追いかける女や捕まる男に魅力はない。だから腐れ縁ができるんだし、人生があいまいになる」

「それは言い訳です。波江さんのせいでしょう」

「何を言う」

村上はかっと腹を立てる。

「しかし、残忍でしたね」

「俺が？」

「いいえ、村上さんではなくて」

「……」

「波江さんです」

「波江がどうして？」

「村上さんの性格を知っていながら津田妙子を連れてきたのは、ひどいですよ」

「それもそうだが、本人が責任を取るべきことだ」

しばらく雑談をした後、林は帰り、緒方は特にすることもなかったので、病室にぼんやり座っていた。

「笑える話だが、一方で気分が悪い。こんなことになるなんて思いもしなかった。男がこんな目に遭って、みっともないことだ」

村上はぼんやり座っている緒方に愚痴をこぼした。

「何日いなければならないのですか」

「病院に？」

「はい」

「長くなることはなさそうだ。酔っ払って自殺未遂だなんて格好悪い。災難にしても程がある。いないと困るのが女だが、いると面倒なのも女だ。それで、お前はどうするんだ」

「夜の汽車に乗ります」

「コレラがはやっているらしいから、気をつけるんだぞ」

「コレラですか」

「ああ」

「大変ですね」

「俺も、不本意ながら病院の世話になることになってあれこれ考えることが多くなったが、後退しようかと思っているところだ」

「それはどういう意味ですか」

「内地に帰ろうかと思う」

「みんなこちらに来ようとしているのにですか？」

「そうだな……」

「帰ってどうするのですか」

「具体的なことまでは考えていないが、皆が来ていない時に来て、皆が来たから帰り、それも一つの生き方だ。欲をかいたら元手も失う」

「それは日本が戦争に負けるということですか」

「今、そんなことを考えている日本人はいない。俺も日本人だ。だが、満州がいつまでも日本人にとって太平天国であるはずがない」

「……」

「軍隊の後をちょろちょろついていくのも情けないし、もううんざりだ」

「内地に帰ったからといって、事情は変わりません」

「もちろん、そうだろう。だが、どのみちお前も俺も世の中の周縁をうろうろして暮らすんだ。それなりに生きるだけだ」

「それなりに……」

「もはや、生きることに対する責任感みたいなものもなければ、目標もない。青筋を立てて天皇陛下万歳と叫ぶには、あまりにも悟り過ぎてしまった。反逆する勇気もないし、若くもない。こんなご時世に手負いのイノシシと闘うなんて、まるでドン・キホーテだ」

「先輩がドン・キホーテなら、私はサンチョ・パンサとしてついていきます」

冗談で返す。

「何をやっても道化には変わりないが、林は漫画と言ったな」

「道化になるにも相当の覚悟が必要です」

「俺にはそんなものはないし、火をつけてくれるマッチの一本もない。そればかりか子供もいない。完全に意欲喪失だ。女にも一時は情熱を燃やすが、しょせんは他人だ。質屋や高利貸し、質屋、そうだ！　指につばを付けながら金を数える方がいっそのこと気が楽かもしれない」

「内地に帰って質屋でも始めるつもりですか」

緒方は笑いながら言った。

「そういう心境だと言っているんだ。お前が旅行に行くから、俺の心にも虚無の風が吹いたんだろう。目標がない。生きる意味がわからない」

「半生半死、そんな時代ですから、目標がないのはみんな同じです。今に始まったことではありません。昔も、そのまた昔もそうだったはずです」

「俺も若い頃は文学だとか哲学だとか、そんな類いのものを読んだ。ああ、そう言えば、高利貸しの話でドストエフスキーの『罪と罰』を思い出した」

「……？」

「若い頃、俺は高利貸しの老婆のことを、ぼろきれか干からびた餅のかけらぐらいに思っていた。命あるものだとはとても考えられなかった。小説に出てくるほかの守銭奴もそうだ。小説の中の小道具や彩りみたいに考えていた。なぜそう思ったか。それは習慣になってしまった思考か、観念か。いやそれは偏見だ」

「どうしてですか」

「考えてみろ。超人思想とは何なのか」

「ははははっ……」

「笑うんじゃない。高利貸しの老婆は、他人の小銭を盗むこそ泥じゃないか」

「こそ泥ですか」

「権力意志の化身である超人は、限界を知らない強盗だ」

「寝ていると、そんなことまで考えるんですね」

「絶対権力、絶対道徳は強盗以外の何者でもない。ニーチェはキリスト教の代わりに超人が世界を支配し、民衆はそれに服従すると言ったが、どんな道徳で支配しようと言うのだ。数千年が過ぎても、倫理道徳や宗教では人間を統治することができなかった。手段としてはもちろん使われたが。それに、俺はそれをすべて否定しているわけではない」

「その倫理道徳は完璧ではなかった」

「では、超人が作り出すものは完璧なのか」

「そうですね。完璧ではないでしょう」

「俺が言いたいのはそこだ。超人はどんな道徳を作り出すのか。言うまでもない。権力の意志に合うものを作り出すだろう。そして、一定期間は効果を得られるだろう。効果が得られなければ超人ではないからな。そうして彼らは言うだろう。向こう側には楽園があると。惨殺も圧政も侵略も、未来の楽園のためにはすべて合法的だと。ちくしょう！　権力を握った奴は皆、同じだ。喉の渇いた兵士には甘いアンズの幻想を植え付けてやらなければ、進軍も退却もできない。まやかしだ。超人？　超人思想？　九つの頭がある竜を信じる方がましだ。超人は不死身なのか。たかだか七、八十年の人生、一人で生きるんだ。楽園なんてない。わずかな大地を耕し、木を切って小屋を建てる方が確実だ」

「つまらないことをよく覚えていますね。そんなの言い古された話ですよ」

「ふん！」

「……」

「ふん！　俺も若い頃に聞きかじったんだが、俺は超人になりたかったんだ」

村上がふっと笑った。

「それで、大陸に来たのですか」

「ああ、そうだ。そのとおりだ。だから大陸に来たんだ」

「超人になれなくて今、うめいているのですか」

「とんでもない。そんなことを言わないでくれ。俺は今、喜劇を演出しているのではない。悲劇を演出しているんだ」

「悲劇をですか」

「これは真剣な告白だ。信じるか信じないかはお前の自由だがな。俺は大陸を放浪して新京に落ち着いたが、お前も知っているとおり、俺の身分にしては豪華な家で、使用人も多く、きれいな女を脇に置いて、殿様みたいな暮らしだ」

「殿様ですか。はははっ、はは」

「笑うんじゃない。放浪していた頃に比べればということだ。とにかく、すべてを手に入れて落ち着いた瞬間から俺の人生はぴたっと止まってしまったような気がする」

「満州帝国の皇帝になっていれば、どうだったでしょうか」

相変わらず皮肉るような物言いだった。

「頭がおかしくなるか自殺するかしていただろう。はははっ、ははは。あいたた！」

「先輩は、もう少し早く生まれて新撰組の局長になっていれば、ぴったりだったと思います」

「そのとおりだ。俺の性格はまさにそれだ。生半可に西洋の知識を学んだせいで、日本人の頭には決して定着することのない考えが俺を惑わすんだ。ちくしょう！　金鉱でも探しに行って、もう一度狂乱してみるか。馬賊にでも襲われたら、正気を取り戻すかもしれない」

「大げさなことを言うのはそれぐらいにして、ちょっと休んで下さい」

かばんを肩に掛けて病院を出た緒方は、街路樹の下に立って真っ赤に燃える西日をしばらく見つめていた。いったい、戦争はどの辺りで繰り広げられているのだろう。都市は平和に見え、熱気はまだかなり残っていたが、昼間より気温が下がった通りを行き来する人々はひときわ多かった。通り過ぎる馬車のひづめの音も軽快に聞こえる。今、戦争はどこで、惨殺はどこで繰り広げられているのか。近いうちにこの都市にも闇の帳(とばり)が下り、都市の人々も眠りにつくだろう。満州人、中国人、朝鮮人、ロシア人、モンゴル人、そして日本人、流浪の物乞いたちも皆、眠りにつくだろう。

いや、夜を徹してダンスホールで踊る人もいるはずだ。どこかの地下の監房でむごたらしい拷問が行われるかもしれない。麻雀をして阿片を吸う人たちもいるだろう。地下組織の密使の一人がクモのように壁を越え、闇の中に消えていくだろうか。売られてきた女の子が欄干をつかんで泣くだろうか。

苦悩と栄光ではなく、恥辱にまみれた清国最後の皇帝、溥儀は、目を覚ましている時はどんな姿で、寝ている時はどんな姿なのだろう。太陽が次第に沈んでいき、人の数だけ、それぞれ違う姿で過ごす夜が近づいてくる。洞窟の深い所にいる目のよく見えないコオロギのように、通りには多くの人々が行き来している。戦争はどこにも見当たらず、人々は目の見えないコオロギのように都市という巨大な洞窟の中を絶えることなく行き交う。

〈僕の行く道はどこだ。ひとみ〈仁実〉を、そして、真実を探してさまよう道なのか。逃避と忘却の道なのか。村上先輩は生きる目標がなくなったと言った。僕は何と言ったか。目標がないのは皆同じだと言った。昔も、そのまた昔も同じだっただろうと言った。昔も、そのまた昔も。だから、昔の人々はあんなにたくさん石を積んだのか。大げさに言っているだけだ。僕だっていつもそうだ。目の見えないコオロギは生存のために行き来する。虎頭のあの労働者たちは生存のために死んでいった。生存を拒否することができなかったために連れていかれた彼らの命を抹殺したむちと銃口はいったい何なのだ！　運命でも神でもない。別のコオロギの群れは、むちを振り回し、銃を撃つ時に生存を満喫し、人々の未来を約束する。人間よ！　あなたがたは超人を待っているのか。人間の最終目的は果たして何なのか。超人に会うことか、超人になることか）

緒方は、頭を振りながら沼から抜け出すように歩き始める。太陽は沈み、辺りはたそがれに包まれていた。緒方が映画館に入るとすでに映画は始まっていた。日本のチャンバラ劇だ。映画にはろくに目もくれず、闇の中で深い考えにふける。心臓の真ん中を風が吹き抜けるような気がした。奉天に着く前に緒方は撫順に行こうかどうしようかとためらい、錦州から山海関へ行くかどうかためらった。戻ってくる時はハルビンに直行すべきだったのに奉天で一晩泊まり、再び新京で降りてしまった。なぜそうしたのか。ハルビンから北満州一帯をたどっていこうと思っていたのに、なぜ新京に帰ってきたのか。緒方は時間に追われていないからだと思い、また欲張ったのだとも思った。

実際、彼は汽車の中で、旅とは気楽なものだと燦夏への手紙にしたためた。しかし、それは、その瞬間だけの気持ちだったかもしれない。村上は、すべてを手に入れて新京に落ち着いた瞬間、人生が止まってしまったと話していた。だが、緒方の場合は、三年間屋上にくくり付けられていた風船のひもが切れて宙に浮いてしまったとでも言おうか。目の前に広がった無限の空間、どこまでも続く線路のような時間、ひょっとすると緒方は方向感覚を失い、右往左往していたのかもしれない。

(村上先輩の言葉はすべて真実でありながらも真実ではない。これっぽっちも嘘はなかったが、彼は決して今の立場を変えないだろうし、僕もそうだ。今日の知識人はほとんどそうではないか。論理と行動の溝が広くて深い。結局、知識人たちは「余計者」に過ぎないのだ)

村上は中学の時からドン・キホーテのような男だった。体格や容貌(ようぼう)に似合わず北村透谷の詩集『蓬莱曲』をいつも手に持っていたのを緒方は覚えている。合理的でありながら矛盾だらけの日本で、自我の確立の苦しい闘争に疲弊した透谷は自宅の庭で首をつって死んだ。緒方は村上が透谷の影響を相当受けていると思っていた。しかし、それは村上の一面に過ぎない。時には淡々と、時にはずる賢く、妥協しながら世を渡ってきたことは事実だ。

単純かと思えば緻密で、いい加減なようでいて鋭く、俗っぽいようでありながらもニヒリストで、豪傑みたいに笑うかと思うと少年みたいに恥ずかしがってみせたりもする。波江以外の女とも関係があるのに、妙子を拒んで刺された。矛盾していて複雑なようにも思えるが、村上には不思議なことに親和力みたいなものがあった。彼の前では、誰もが遠慮せずに話をする。まるで底の抜けたかめに水を注ぐみたいに、村上は人々の言葉を大らかに受け止めた。緒方は慌ただしく動く白黒の映像を見つめたまま、ずっと村上について考えていた。いつか、彼は北村透谷について話したことがあった。

「若くして死んだから彼の文学や思想は未熟だが、とても大きな才能があった。詠嘆調の高山樗牛(ちょぎゅう)もほら吹きの土井晩翠も中身がない。透谷みたいな人間はそれでも日本文化の芯だ。浪漫派ではあるが、人間と自由を主張しながら苦悩した彼を評価すべきだ」

その言葉に緒方は同意した。高山樗牛、土井晩翠は共に広く知られる明治時代の文人だ。彼らは浪漫派というよりも感傷的な美文家で、ニーチェに心酔した樗牛と未熟な観念の羅列を楽しむ晩翠は、日本主義者、国家至上主義者であり、当時の支配階級の代弁者と言える。

緒方が無意識に村上のことを考え続けたのは、言うまでもなく日本人について考えたからでもあった。日本人は何者なのか。それは緒方のつらい課題だったのかもしれない。徹底した自由主義で、恋愛を神聖視し、個性の自覚と確立を主張し、キリスト教的でひどい潔癖症で、繊細な美意識を持った透谷。さすらいの歌人、西行。そんな少数の精神主義者たちが、細くてか弱いけれど日本の長い歴史の中で芯になってくれた。緒方はそう思った。

では、村上はどうか。気に入らないものを批判する意気ぐらいはあるだろうが、それはとても弱い勢力だ。大多数が義理と人情、生真面目さと正直さを持ち合わせ、勤勉で正確な日本人は、彼らの特質を批判のない服従へと向かわせ、ひたむきな愛国心、すなわち戦意として表す。そして、それは集団的エゴイズムになった。明治維新以後は特にそうだ。言い換えれば、そのすべての肯定的な特質は内輪だけのものであり、ひとたび外部に向けられると手のひらを返したように本能的な動物になる。野蛮性があらわになり、漫画になるのだ。彼らを追い立てるのは刀だ。

緒方は立ち上がった。劇場を出た彼はつばを吐く。日本人に対してではなく、自分自身に対してだ。街灯に沿って、街路樹に沿って、緒方は夜道を歩く。心地よい馬のひづめの音を立てながら馬車が通り過ぎる。風がさわやかだった。蒸し暑くて息の詰まりそうな昼間の熱気に苦しめられていた街路樹も、生気を取り戻したように風に揺れていた。かすんだ空の下で黒い葉が揺れていた。

（いつまで僕は自分の同族を、祖国をけなさなければならないんだ！　世界主義者、コスモポリタン？　いいだろう。それが逃げ道だと言うんだな。人類、人間、ああ、汚らわしくてうんざりする人間！　これは義憤なのか。いや違う。これは僕の趣向、個人的な感情に過ぎない。世界主義、厭世主義、ち、違う）

緒方は歩きながら頭を軽く振る。

（紙一重だ。人間というのは紙一重の違いだ。みんなそうだ！　残酷行為、侵略、惨殺、世界史はそんなもので血に染まっている。防御と攻撃は宿命で、それは人間が決して避けることのできないぬかるみだ。集団意識と自由主義は永遠に勝負のつかない綱引きなのだ。ふん、所属意識も、自由思考も本能だ！　ああ、みんな本能だ、本能！　人間だからといって偉ぶることはない。ああ、そうだ。まさに偉ぶるというその特性があるから人間なのであり、その特性のせいで人間は罪悪のぬかるみにはまって出られなくなる）

酒に酔った人のように心の中で叫びながら、緒方は敗北感に打ちひしがれ、夜遅くホテルに帰った。廊下は長くて真っ暗だった。冷たいドアノブをつかんで回し、ドアを開ける。明かりの消えた部屋が虚空のように、黒い霧のように緒方を出迎えた。緒方はドアノブをつかんだまま目をつむる。生きているという認識がこんなにも恨めしく悲しいとは知らなかった。ドアを閉め、手探りでスイッチを押して照明をつける。あらわになった空間と物体。ベッドにテーブルに椅子、カーテン、灰皿、スリッパ、それらは皆、屍だった。死だった。棺だった。緒方はかばんを投げつけてベッドに飛び込んだ。月暈(つきがさ)のようなオレンジ色の明かり、それは諦めだった。

ハルビンに到着した翌日の夕方、街は雨にぬれていた。行き来する人々をかき分けて駅前に出た緒方は人力車や馬車が集まっている所に近づいた。何台かの自動車も目に付いた。雨のせいか、人でごった返している。緒方は何気なく出発する馬車を見つめた。女の横顔が見えた。中国服を着ている。だが、それは柳仁実(ユインシル)だった。それに気づいた時、馬車は少し走りだしていた。

(ひとみ！　ひ、ひとみ！)

緒方は虚空に両手を伸ばし、必死に叫ぼうとしたが、それは声にならなかった。

(ひとみ！　ひとみ！　ああ、ひとみ！)

緒方は地面に倒れた。彼が馬車を捕まえて乗り込み、出発してくれと叫んだ時、仁実を乗せた馬車はすでに視界から消えていた。緒方は正気を失ったように叫んだ。

「早く出せ！」

仁実を乗せた馬車も、仁実も、どこにも見当たらなかった。

「早く、出発しろ！　早く！」

叫ぶ緒方を御者がちらりと振り返る。そして、馬をむちで打った。歩道は雨にぬれて光っていた。

(十六巻に続く)

訳注

第四部　第四篇

＊三章

【火のし】 金属製の器具に炭火を入れ、布のしわを伸ばすアイロンのような道具。

【百結（ペッキョル）先生】 新羅（シルラ）時代のコムンゴ（琴の一種）の名人。芸術に専念したため貧しく、隣家の餅米をひく臼の音を羨んだ妻のために、臼の音をまねた曲を作って聞かせ、悲しみを慰めた。

【三神堂（サムシンダン）】 サムシンは天帝の命を受けて人間界で子宝を授けたり、赤ん坊を守ってくれたりする神で、漢字では三神と書かれることが多い。三神堂はサムシンを祭ったお堂。

【参判（チャムパン）家】 過去に参判を務めた先祖がいる家であることを表す。参判は朝鮮時代の高級官吏の役職名。

【東学】 一八六〇年に崔済愚（チェジェウ）（一八二四〜一八六四）が創始した新興宗教で、民間信仰、儒教、仏教、道教などの要素を採り入れている。西学と呼ばれたカトリックに対抗する意味で東学と名づけられた。東学の信者（東学教徒）の団体は、東学党と呼ばれた。

【間島（カンド）】 現在の中国・吉林省延辺朝鮮族自治州に当たる地域。「墾島（カンド）」などとも書かれる。

【書房（ソバン）】 官職のない男性を呼ぶ時に、姓の後につける敬称。

【行廊（ヘンナン）】 表門の内側の両脇にある部屋で、主に使用人の住居として使われた。

【大庁（テチョン）】 小さな農家などの庶民住宅の場合、板の間（マル）は部屋の前に造られた生活空間だが、比較的大きな屋敷の中央にある広い板の間は大庁とも呼ばれ、部屋と部屋をつなぐ廊下のような役割を果たすとともに、応接間、祭祀のための空間としても使われる。

【針母（チンモ）】 針仕事をするために雇われる女。

【上海臨時政府】 三・一（サミル）運動（八章訳注参照）の後に中国・上海で独立運動家たちによって樹立された亡命政府。国民の代表が政治を行う民主共和制を標榜し、一九四五年十一月に主席の金九（キムグ）らが帰国するまで続いた。大韓民国臨時政府ともいう。

【アレンモク】 オンドルのたき口に近い、暖かい所。

＊四章

【しっかり隠れろ。髪の毛が見えるぞ。しっかり隠れろ】 かくれんぼの時に数を数える代わりに鬼が歌う童謡の歌詞。

【五福】 中国の古典『書経』に書かれた言葉で、長寿、裕福、無病息災、徳を好むこと、天命を全うすることの五つの幸福を指す。

【転がってきた石がもともとあった石をはじき飛ばす】 新参者が古顔を追い出す。

【大豆を植えた所には大豆が生え、小豆を植えた所には小豆が生える】 物事は原因によって結果が生じる。

【恨（ハン）】 無念な思い、もどかしく悲しい気持ちなどが心にわだかまっている状態。

【五日葬（オイルジャン）】 死んでから五日目に行う葬式。

【カラムシ】 イラクサ科の多年草。茎の皮から採れる繊維で織物が作られる。

【哭（こく）】 人が亡くなった時や祭祀の時に、死を悼んで泣き叫ぶ儀式。

【農庁（ノンチョン）】 村の農民が共同で農作業を行うための組織。一九二三年四月、晋州（チンジュ）で白丁（ペクチョン）が衡平社（ヒョンピョンサ）を発足させ、白丁に対する差別撤廃運動を始めた時、同地の農庁はこれに対し激しい反対運動を繰り広げた。

【三族】 身近な親族。父・子・孫、父方の一族・母方の一族・妻方の一族、父母・兄弟・妻子などを指す。古くは、罪を犯した人の三族にまで罰が及ぶ「三族の罪」があった。

【腕は内側に曲がる】 人は自然に、近しい者の味方をするようになる。

【水鬼神】 人や舟を水中に引きずりこむ鬼神。

＊五章

【霧社事件】 日本統治下の台湾で、霧社（現・南投県仁愛郷の山間地域）の原住民が台湾総督府の圧政に抵抗して一九三〇年に武装蜂起した事件。百三十四人の日本人が殺害された。翌月、台湾総督府によって鎮圧されたが、原住民側の犠牲者は九百人以上とも千人以上とも言われる。

【慕華思想】 中国の文物を崇拝する思想。

【三国遺事（サムグクユサ）】 高麗の高僧、一然（イリョン）（一二〇六～一二八九）が書いた古代朝鮮の歴史書。全五巻。新羅、百済（ペクチェ）、高句麗（コグリョ）の遺聞が九編に分けてまとめられている。

【献花歌（ホンファガ）】 新羅の第三十三代聖徳王（ソンドク）の時に、ある老人が作ったと言われる歌。江陵郡（カンヌン）の長官に任命された純貞公（スンジョンゴン）が赴任先に向かう途中、高い岩山の上に咲く美しいツツジを見た妻の水路（スロ）は、従者に採ってくるよう命じた。従者がとても不可能だと答えたのを偶然通りかかった老人が聞き、代わりにツツジを手折り、さらには歌を作って捧げたというエピソードが『三国遺事』に収録されている。

【儒者（ソンビ）】学識はあるが官職についていない人。

【葉銭（ヨプチョン）】朝鮮時代に流通した真鍮製の硬貨。日本の侵略が進むにつれて使われなくなり価値を失ったことから、朝鮮民族が自らを蔑む別称となった。

＊六章

【新幹会（シンガンフェ）】一九二七年に、社会主義と民族主義の両陣営が連帯して結成された朝鮮の民族統一戦線。元山（ウォンサン）のストライキ（十一巻訳者解説参照）や光州（クァンジュ）学生事件（十章訳注参照）支援活動の過程で多数の幹部が検挙された。

【芸盟（イエメン）】朝鮮プロレタリア芸術同盟、略称KAPF（カップ）。一九二五年にプロレタリア文学の実践組織として結成された朝鮮初の全国的な文学芸術家組織で、作家の李箕永（イギヨン）、韓雪野（ハンソルヤ）、林和（イムファ）らが中心となって活動した。一九三一年と一九三四年に二度の大量検挙を受け、一九三五年に解散した。

＊七章

【キムジャン】冬の間に食べるキムチを、立冬前後に一度に大量に漬けること。

【五広大（オグァンデ）】慶尚南道（キョンサンナムド）で陰暦の正月十五日に行われる仮面劇。

【犬焼酎（ケソジュ）】犬を丸ごと、ニンニクや生姜、ナツメなどと一緒に長時間煮込んで抽出したスープ。滋養強壮によいとされている。

＊八章

【舎廊（サラン）】舎廊房（サランバン）は主人の居室兼応接間を指す。大きな家には独立した建物（舎廊棟（サランチェ））が設けられた。

【ペクスク】肉や魚を調味料を入れずに水だけで煮込んだ料理。

【三・一運動（サミル）】一九一九年三月一日から約三カ月間にわたって朝鮮各地で発生した抗日・独立運動で、民衆が太極旗を振りながら「独立万歳」を叫んでデモ行進をした。朝鮮のキリスト教、仏教、東学の流れをくむ天道教の指導者ら三十三人の民族代表が計画し、独立宣言書を発表した。デモはソウルで始まり朝鮮全土に波及したが、日本軍の過酷な弾圧によって多数の死者、負傷者を出して終わった。三・一独立運動、万歳（マンセ）運動とも呼ばれる。当時の日本では「万歳騒擾（そうじょう）事件」などと報じられた。

【靺鞨】隋、唐の時代に中国東北部を拠点としたツングース系諸族。高句麗と対立していたが、渤海国が成立すると次第に征服された。

【東夷伝】中国の正史『三国志』のうちの『魏書』の中にあり、扶余、高句麗、馬韓、辰韓、倭人などについて書かれている。通称「魏志東夷伝」。

【豆満江】中国名は図們江。白頭山（中国名：長白山）に源を発し、現在の中国東北部、ロシア沿海地方との国境地帯を流れる大河。全長五二一キロメートル。

【鴨緑江】北朝鮮と中国の国境を流れる川。全長七百九十キロメートル。白頭山を源流とし、黄海に流れ込む。

【李重夏】一八四六～一九一七。土門勘界使、平安南道観察使などを歴任。清国側の代表と国境問題について話し合い、最後まで譲歩しなかった。

【龍井】現在の中国・吉林省龍井市。豆満江を挟んで朝鮮と接し、多くの朝鮮人が流入していた。

【安重根】一八七九～一九一〇。独立運動家。一九〇九年、ハルビン駅頭で、韓国統監府（後の朝鮮総督府）の初代統監であった伊藤博文を暗殺した。

【日清協約】一九〇九年九月四日に日本と清国との間で締結された「満州及び間島に関する日清協約」、別名「間島協約」。清と大韓帝国の国境を豆満江とし、日本の領事館設置を認めさせ、間島に住む朝鮮人の裁判権も一部、日本が握った。

【吉長鉄道】日露戦争後、日本がロシアから敷設権を譲渡された吉林—長春間の鉄道。全長六十キロメートル。一九〇九年に日本と清国の間で借款契約が結ばれて建設に着手し、一九一二年に営業開始。運営は満鉄に委託されていた。南満洲鉄道株式会社の項参照。

【延吉】現在の中国・吉林省延辺朝鮮族自治州の主都。清の時代には局子街と呼ばれていた。一九三二年の「満州国」設立によって間島省の首府となった。

【朝鮮鉄道】一九二三年九月に朝鮮中央鉄道、西鮮殖産鉄道、南朝鮮鉄道、朝鮮産業鉄道、朝鮮森林鉄道、両江拓林鉄道の六社が合併して設立された鉄道会社。

【弁髪】ツングース系民族である満州族（女真族）の男子の髪型。頭頂部あたりだけを残して剃り、残した部分を三つ編みにして長く垂らす。清国を樹立した満州族は、一六四四年に漢民族にも弁髪にするよう強要した。

【西北経略使】朝鮮時代に平安道、咸鏡道地域の国境貿易問題処理や地方官の行政を監督したりするために臨時に設けられた官職。

【魚允中】一八四八～一八九六。一八八三年に西北経略史に任

命され、土門江と豆満江（図們江）沿岸の国境地帯を調査した。

【定界碑】 一七一二年に白頭山付近の清と朝鮮の国境線を表示するために建てられた碑石。碑文には西は鴨緑江、東は土門江を分水嶺とするとあり、この「土門江」の解釈をめぐって清と朝鮮が対立した。

【李範允（イボミュン）】 一八五六〜一九四〇。官吏、独立運動家。間島在住の朝鮮人保護に力を注いだ。後に移り住んだ沿海州で独立運動の中心的人物となる。

【北清事変】 一八九九年から一九〇〇年の清朝末期に、中国・華北で起きた排外的な民衆運動（義和団の乱）に対して列強が出兵した事件。白蓮教系の秘密結社である義和団が、外国人やキリスト教会、各国公使館を襲い、日本をはじめとする欧米八カ国の連合軍によって鎮圧された。

【南満州鉄道株式会社】 日露戦争後、ポーツマス条約によって日本がロシアから譲渡された東清鉄道の一部（旅順―長春）や撫順炭鉱などを運営するため、一九〇六年に設立された半官半民の国策会社。関東軍と強く結びつきながら、鉄道、鉄鋼業部門を中心とするコンツェルンとなり、第二次世界大戦が終わるまで日本の満州経営において重要な役割を果たした。略称・満鉄。九章の関東軍の項参照。

＊九章

【張作霖】 一八七五〜一九二八。馬賊出身で、中華民国の建国期における軍閥の一つ、奉天派の指導者。

【蒋介石】 一八八七〜一九七五。中国の政治家。国民党の指導者。孫文死後の一九二六年に北伐を開始し、同時に共産党を弾圧した。一九二八年に中国全土をほぼ統一し、国民政府主席となった。西安事件（第五篇一章訳注参照）で東北軍に監禁されて国共合作に同意したが、抗日戦争中も反共政策を強行した。戦後、中華民国初代総統となった。

【関東軍】 日露戦争後、遼東半島（関東州）と南満州鉄道の権益を保護する目的で満州に設置された日本の陸軍部隊。一九一九年に関東軍司令部として独立し、満州国を実質的に支配した。張作霖爆殺事件や柳条湖事件など、しばしば政府や陸軍首脳（中央）の意向を無視して暴走し、満州事変を起こした。

【東三省（とうさんしょう）】 清の時代に中国東北地方の黒龍江、吉林、奉天（現在の遼寧）の三省を指した言葉。抗日戦争の頃までこう呼ばれた。満州の別称でもある。

【張学良】 張作霖の長男。父の死後、東三省の実権を握ったが、満州事変によって下野した。一九三六年に西安事件を起こして第二次国共合作のきっかけを作った。第五篇一章の西安事件の項参照。

【東清鉄道】日清戦争後の一八九六年、帝政ロシアが敷設権を獲得し、一九〇一年に完成。満州里―綏芬河間の本線とハルビン―旅順間の南部支線からなる。日露戦争後、日本が長春以南を譲渡され、南満州鉄道株式会社として経営し、東支鉄道、北満州鉄道と呼ばれた。

【ロンドン海軍軍縮条約を巡り天皇の統帥権を干犯した】一九三〇年にロンドンで開かれた海軍軍縮会議後の条約調印を巡る政治問題。日本は、イギリスとアメリカの約七割の補助艦を保有することが定められたが、政府が海軍軍令部の承認なしに兵力量を決定することは天皇の統帥権を犯すものだとして、海軍軍令部、野党立憲政友会、右翼が条約に調印した浜口雄幸内閣を攻撃した。

【智異山（チリサン）】全羅道（チョルラド）と慶尚南道にまたがる連山。西姫（ソヒ）たちの故郷である平沙里（ピョンサリ）に程近い所に位置する。

【チャンムセ】大根をしょうゆやコチュジャンに漬けたもの。

【元暁（ウォンヒョ）】六一七～六八六。新羅の華厳宗（ファオム）の僧侶。

【ムーダン】民間信仰の神霊に仕え、吉凶を占ったり、クッ（神に供え物をし、歌や踊りを通して祈る儀式）を執り行ったりする巫女。

【秋夕（チュソク）】陰暦八月十五日。新米の餅や果物を供えて先祖の祭祀を行い、墓参りなどをする伝統的な祝日。

【相思蛇（サンサベム）】恋わずらいで死んだ人の霊が蛇となったもの。

【クッ】ムーダンの項参照。

＊十章

【燕山君（ヨンサングン）】朝鮮王朝の第十代国王。朝鮮王朝史上、例のない暴君とされる。

【ネロ】一九三七～一九六八。ローマ皇帝。暴君として知られる。一九六四年のローマ市大火の罪をキリスト教徒に負わせて大虐殺を行い、それによって反乱を招き自殺した。

【疑妻症（ウィチョチュン）】妻が浮気をしているのではないかと異常なまでに疑う性癖。

【光州学生事件（クァンジュ）】一九二九年十一月三日、光州の通学列車内で朝鮮人女学生をからかった日本人中学生と朝鮮人男子学生が衝突した際、警察が朝鮮人学生だけを検挙したことに憤った学生たちが起こした反日運動。デモや同盟休校は全国に拡大し、数カ月続いた。

【朴珪寿（パクキュス）】一八〇七～一八七六。朝鮮時代末期の政治家。祖父は実学者の朴趾源（パクチウォン）。礼曹判書、右議政などを歴任し、景福宮（キョンボックン）の再建、シャーマン号事件など、興宣大院君（フンソンテウォングン）政権（一八六三～

一八七三）の内外政策を積極的に支えたが、鎖国攘夷政策に反対し、大院君の下野以降は明治維新後の日本との国交回復を主張した。

【崔益鉉】 一八三三〜一九〇六。朝鮮時代末期の文臣、儒者。抗日義兵闘争の先頭に立った。日本軍によって対馬に連行された後、食を断った末に没したと伝えられる。

【明月館】 大韓帝国時代に宮中の宴を担当する典膳司の責任者だった安淳煥が、一九〇九年に現在のソウル市鍾路区世宗路に開店した二十世紀最初の朝鮮料理店。同年に官妓制度が廃止されたことから宮中にいた妓生たちが店に多数雇われ、上流階級や文人らの社交場としても知られた。

【金開南】 一八五三〜一八九五。全琫準や孫華仲と共に甲午農民運動（一八九四、東学党の乱）を率いた。

【洪秀全】 一八一四〜一八六四。キリスト教信仰をもとにした「拝上帝会」を創設し、一八五一年に独立国家・太平天国を作り上げた。一八五三年には南京を占領して天京と改称し、首都とした。

【楊秀清】 ?〜一八五六。太平天国の指導者の一人で、洪秀全に次ぐ地位にあった。

【四端説】 孟子が唱えた道徳性に関する説。人が生まれながらにして持っている哀れみの心、悪を憎む心、謙譲の心、物事の是非を見きわめる心の四つを指す。

【柳麟錫】 一八四二〜一九一五。儒学者。明成皇后（閔妃）が殺害された乙未事変（一八九五）と断髪令を機に抗日義兵闘争を起こし、その後、ウラジオストク、間島に亡命して抗日闘争を続けた。

＊十一章

【中村屋の相馬夫婦】 十四巻の訳者解説参照。

【一九二八年のあの爆風】 一九二八年三月十五日未明に、田中義一内閣によって全国一斉に行われた日本共産党員の大検挙。治安維持法違反容疑で千五百人以上が検挙され、そのうち五百人近くが起訴された。

【康有為】 一八五八〜一九二七。中国の政治家、学者。主著の『大同書』では、国家、階級、人種、性別などによる束縛や差別をなくすことで大同世界（ユートピア）が実現されると説いている。

【幸徳秋水】 一八七一〜一九一一。社会主義者。日露戦争に反対し、一九〇三年に堺利彦と共に平民社を結成、週刊『平民新聞』を刊行して反戦論を展開した。渡米後はアナーキズムに傾倒し、直接行動論を主張した。一九一〇年の大逆事件で検挙され、死刑になった。

【大杉栄】 一八八五〜一九二三。社会運動家。平民社に出入りしながら幸徳秋水らの影響を受けて社会運動に参加し、無政府主義者となった。関東大震災の直後、妻で女性運動家の伊藤野枝（一八九五〜一九二三）、甥と共に憲兵大尉の甘粕正彦に虐殺された。

＊十二章

【クンジョル】 目上の人に対して行う丁寧なお辞儀。男性の場合は膝を折って両手を床に当て、頭を下げて額を手の甲に近づける。女性は立ったまま目の高さで両手を重ね、ゆっくり尻をつけて座って深くお辞儀をし、再び立ち上がって軽いお辞儀をする。

【スンニュン】 ご飯を炊いた後、釜の底に残ったお焦げに水を注いで煮たてた、お茶の代わりの飲み物。

【マジギ】 田畑の面積の単位。一マジギは一斗（約十八リットル）分の種をまくぐらいの広さを言う。田なら約二百坪、畑なら約三百坪。

第四部　第五篇

＊一章

【西安事件】 一九三六年十二月、共産軍討伐のため西安にいた東北軍の張学良が、戦況の監視に来た蒋介石を監禁し、内戦停止と挙国一致による抗日を要求。これを機に第二次国共合作による抗日民族統一戦線が結成された。

【盧溝橋事件】 一九三七年七月、北京郊外の盧溝橋付近で日本軍と中国軍が衝突した事件。現地では一時、停戦協定が成立していたが、第一次近衛内閣が不拡大方針を破って増兵を決め、国民政府も抗戦を決定して日中戦争へと発展した。

＊二章

【煙秋（ヨンチュ）】 沿海州地域最大の朝鮮人村で、抗日運動の拠点として知られた。三巻訳者解説参照。

【嘎呀河（ガヤハ）】 豆満江最大の支流。現在の中国・吉林省延辺朝鮮族自治州汪清県に位置する。

＊三章

【「先駆者」】一九三三年に作られた、尹海栄（ユンヘヨン）作詞、趙斗南（チョドゥナム）作曲の歌曲。間島の龍井を背景とした歌詞で、冒頭の「一松亭の青松は年老いていけども」の一松亭は独立闘士の活動拠点だった琵岩山（ビアムサン）にあった一本松を歌ったもので抗日運動の象徴とされていたが、近年になってそれを否定する説が出ている。訳者解説参照。

【カッパチ】革靴職人。朝鮮時代は賤民階級に属した。

【朝鮮革命党】一九三〇年代に満州で活躍した抗日独立運動団体。一九三二年には、中国の義勇軍、救国会と韓中連合軍を形成して日本の大部隊を撃破した。

【南京大虐殺】日中戦争中の一九三七年十二月、南京を占領した日本軍による中国軍捕虜や一般市民に対する大規模な略奪・暴行・虐殺事件。犠牲者の数は、日本では十万人以上、二十万人以上などとされているが、中国では三十万人と言われている。

【四大家族】中華民国時代の四大財閥。中華民国の設立以降、中華人民共和国が設立されるまで、政治や経済の実権を握って巨大な富を築いた。

【毛沢東】一八九三～一九七六。中国共産党の指導者。一九二一年、中国共産党の創立に参加。一九三一年、中華ソビエト共和国臨時政府を樹立して主席となった。日中戦争では国共合作し、抗日戦を指導して勝利。戦後は蒋介石の国民党軍を破り、一九四九年に中華人民共和国を建国した。

【ＣＣ団】一九三〇年頃、陳果夫・陳立夫兄弟によって結成された中国・国民党の最右翼結社。蒋介石の反共、独裁政治を支えた。

【藍衣社】中華民国時代、国民党内に結成された反共秘密政治結社。中心メンバーは黄埔軍官学校の出身者。一九三一年末に結成されたと言われている。ＣＣ団とは対抗関係にありながら、共に蒋介石の独裁政権の維持を目的とし、反対勢力の弾圧に当たった。

【袁世凱】一八五九～一九一六。中国の軍人、政治家。清国軍を率いて朝鮮の甲申事変に武力介入した。辛亥革命では革命派と結んで清帝を廃し、中華民国初代大総統に就任した。

【赤匪】国民政府が統治する中国において、共産党の指導のもとに活動したゲリラの蔑称。

【八路軍】抗日戦争期における中国共産党軍のことで、正式名称は国民革命軍第八路軍。

【思想犯保護観察法】治安維持法に違反した思想犯に対し、再犯を防ぎ転向を促すために保護観察について定めた法律。一九三六年に制定され、一九四五年、ＧＨＱ（連合国最高司令部）の指令により廃止された。

【陸軍特別志願兵制度】 一九三八年二月に公布。この制度によって朝鮮人が一般の兵卒として陸軍に入隊できるようになった。

＊四章

【ソクパジ】 パジやチマの下にはく、ゆったりとしたズボンのような下着。

＊五章

【大陸浪人】 明治初期から終戦まで、中国大陸に居住したり放浪したりして、日本の大陸進出に関わる活動をした民間人。国家主義やアジア主義など政治的理想を抱く者がいる一方で、軍部や日本企業と結びついて利権を得る者もいた。

【王道楽土】 武力ではなく、徳で治める「王道」で楽しく平和に暮らせる国を築こうという意味で満州国の建国理念となった。

【五・一五事件】 一九三二年五月十五日、ロンドン海軍軍縮条約を締結した内閣に不満を抱いた海軍の急進派青年将校が中心となって企てたクーデター計画。首相官邸を襲って犬養毅首相を殺害したほか、政友会本部、警視庁、日本銀行などを襲撃した。

【二・二六事件】 一九三六年二月二十六日、武力による国内改造を目指す陸軍皇道派青年将校らが起こしたクーデター。首相官邸、警視庁などを襲い、斎藤実内大臣らを殺害、鈴木貫太郎侍従長に重傷を負わせた。陸軍省、参謀本部、国会などを含む永田町一帯を占拠したが、三日後に鎮圧され、首謀者や理論的指導者の北一輝らが処刑された。

【虎頭要塞】 中国黒龍江省虎林市に一九三四年から五年かけて建設された東洋最大の地下軍事要塞。ウスリー川の対岸にソ連領のイマン市とシベリア鉄道、イマン川を渡る鉄橋が一望でき、関東軍の満州における対ソ戦略の主要拠点とされていた。

【マジノ線】 一九二七年から十年かけて、フランスが対独防衛のために築いた全長四百キロメートルの大要塞。名称は、構築を提案したマジノ陸相に由来する。

【国家総動員法】 日中戦争が長期化する中、一九三八年に制定された戦時統制法。戦争に必要な労働力、工場、機械、資材などの人的・物的資源の統制・運用の全面的な権限が政府に与えられた。

【待合】 待合茶屋の略称。芸妓と客との遊興のために席を貸すことを業とした。

【蚕食鯨呑】 本来は「蚕食鯨呑」で、強くて大きな国が弱くて小さい国を侵略していくことを意味するが、ここでは「蚕」が「蚕」に置き換えられ、解釈も異なっている。

＊六章

【張鼓峰事件】 一九三八年七月～八月、満州とソ連の国境付近にある張鼓峰で起きた日ソ両軍の衝突事件。二週間の激戦の末、日本はソ連に敗北。翌一九三九年のノモンハン事件のきっかけとなった。

【暴支膺懲(ぼうしようちょう)】 盧溝橋事件のきっかけとなった原因不明の発砲は中国の仕業であるとし、暴虐な支那（中国）を懲らしめよという意味で、宣戦なき日中戦争を正当化するために使われた大日本帝国陸軍のスローガン。

【国体明徴運動】 一九三五年二月、貴族院の菊池武夫が、美濃部達吉らによる天皇機関説は天皇の絶対性を否定し、天皇の統治権を制限しようとする反国体的なものだとして攻撃し、それに呼応した軍部、在郷軍人会、右翼団体などによって全国的に展開された運動。

【労働組合は産業報国連盟、農業組合は農業報国連盟】 戦争の長期化が必至となり戦時統制が進む中、労使協調による生産増強や食糧増産のかけ声のもとに労働組合や農業組合は解散させられ、一九三八年にそれぞれ産業報国連盟（後に大日本産業報国会として再編）、農業報国連盟として組織化された。

【小林多喜二】 一九〇三～一九三三。プロレタリア作家。『蟹工船』や『不在地主』などの小説を通して国家権力に抵抗する労働者や農民の姿を描き、官憲に逮捕されて拷問死した。

＊七章

【山本宣治】 一八八九～一九二九。生物学者、社会運動家。一九二八年、第一回普通選挙に労働農民党から出馬して当選。翌年、治安維持法の改悪に激しく反対し、右翼に刺殺された。

【義湘(ウイサン)】 六二五～七〇二。新羅の僧侶。唐に留学して華厳宗を学び、帰国後、慶尚北道栄州(ヨンジュ)市の鳳凰山(ポンファンサン)に浮石寺(プソクサ)を建立し、朝鮮の華厳宗の開祖となった。

訳者解説

第四部を締めくくる本巻は、一九三一年春から一九三八年夏までの七年間が描かれている。時代は、満州事変に始まり、上海事変、盧溝橋事件と日本と中国の間で宣戦布告なしに始まった争いが日中戦争へと拡大していった頃とほぼ重なる。

晋州(チンジュ)には、朝鮮の亡命政権である上海臨時政府を名乗る男たちが現れ、街の人々は一時、独立への夢に心を躍らせる。その頃、療養のために平沙里(ピョンサリ)で過ごしていた吉祥(キルサン)は、西姫(ソヒ)や還国(ファングク)、允国(ユングク)と自身との関係性に微妙な変化を感じていた。良絃(ヤンヒョン)の将来も気がかりだ。

複雑な事情を抱えながら東京に滞在していた仁実(インシル)は、絶望の果てに行方をくらます。満州に移り住んだ弘(ホン)は意外な人たちの訪問に戸惑い、新京では、緒方が大陸浪人である村上やその周辺の人々と無為な時間を過ごしている。

日本がじわじわと満州侵攻を進めていた頃、上海臨時政府は財政的に苦しい状況に置かれていた。さらに、満州事変によって中国の抗日運動が拡大する一方で、朝鮮の独立運動は停滞しており、その打開策として上海臨時政府は、天皇をはじめとする日本の要人を暗殺する秘密結社「韓人愛国団」を結成した。

手始めとして李奉昌(イボンチャン)が一九三二年一月、東京の桜田門外で天皇が乗った馬車に手榴弾(しゅりゅうだん)を投げた。しかし、計画は失敗に終わり、李奉昌は市ヶ谷刑務所で処刑される。いわゆる桜田門事件だ。その次に実行されたのが、上海の虹口公園爆弾事件だった。軍部や政府の要人が死傷し、義挙として中国人からも激賛されたが、韓人愛国団の団長で上海臨時政府の国務領（代表）の金九(キムグ)の捜索協力に懸賞金がかけられると、上海臨時政府の要人たちは、十三年にわたって本拠地としてきた上海を後にし、杭州や南京などへと身を潜めた。

十四巻ではＮＡＰＦ(ナップ)（全日本無産者芸術団体協議会）の話が出てきたが、十五巻では、それより三年早い一九二五年に結成されたＫＡＰＦ(カップ)（朝鮮プロレタリア芸術同盟）に言及している。その主要メンバーの一人である詩人の林和(イムファ)（一九〇八〜一九五三？）は、一九二六年ごろから詩や論評を発表しており、当時の詩作に「兄さんと火鉢」「十字路の順伊(スニ)」などがある。日本では『北の詩人』（松本清張著、一九六四）に描かれたことで知られている。

林和は、一九三二年から一九三五年の解散までＫＡＰＦの書記長を務めていた。しかし、解散後は、出版や映画などの仕事を通じて日本の植民地政策に協力していた時期もあった。

一九四五年八月の解放後は、ソウルで朝鮮文学家同盟を結成するなどして連合軍による軍政からの独立を目指していたが、左翼活動への弾圧強化に伴って一九四七年に北朝鮮に越境。朝ソ文化協会中央委員会副委員長などを務めたものの、アメリカのスパイとして反革命行為を働いたとして、一九五三年に北朝鮮政府によって粛清される。
『戦後日本文化再考』（坪井秀人編著、三人社、二〇一九）によると、越北作家であり、粛清された文学者である林和に関する資料が少ない中、『北の詩人』は林和という作家の存在を広く日本の読者に知らしめたものの、事実と異なることも含まれているのではないかという。いずれ、研究者たちによってもっと正確な人物像が明らかにされるだろう。

仁実が、海蘭江（ヘランガン）の川辺で中学生が歌っているのを聞いて感動した「先駆者」（尹海栄（ユンヘヨン）作詞、趙斗南（チョドゥナム）作曲）の一番の歌詞は次の通りだ。

一松亭の青い松は　歳老いていくけど
ひとすじの海蘭江（ヘランガン）は　千年を流れる
過ぎし日　川辺で　馬を駆せた先駆者
いまはいずこで　夢を見ているのだろう

〔『鳥よ鳥よ青い鳥よ　日本の侵略と韓国の抵抗のうた』

〔笠木透著、たかの書房、一九九九）より引用〕

この歌は、一九七〇年～八〇年代の民主化運動の際によく歌われ、金泳三（キムヨンサム）、金大中（キムデジュン）元大統領の愛唱歌としても知られる。韓国を代表する歌手、チョー・ヨンピル（趙容弼）のアルバムにも収録されている人気曲で、歌詞の内容に加え、映画『一松亭の青松は』（一九八三）の影響もあり、満州の原野で闘う抗日闘士をたたえる歌として知られてきた。

ところが、一九九二年の韓中国交正常化によって韓国と中国朝鮮族の交流が盛んになる中で、①歌のタイトルは本来、「先駆者」ではなく「龍井（ヨンジョン）の歌」である、②「祖国を取りもどさん　心に誓った先駆者」という三番の歌詞はオリジナルの歌にはないもので、書き換えられている、③「先駆者」は抗日闘士のことではなく、日本の手先となって独立軍討伐に当たった間島（カンド）特設隊を指している――などと指摘を受け、この歌に対する評価は近年になって変化している。

本巻には、西條八十、北村透谷、高山樗牛、土井晩翠といった日本の詩人の名前がいくつか出てくる。本文中で書かれている内容が朴景利（パクキョンニ）本人の評価だとするとなかなか厳しいが、詩に対する彼女の関心が高かったことがうかがえる。

朴景利は、一九五五年に金東里（キムドンニ）の推薦を受け、『現代文学』に発表した短編小説をきっかけにデビューしたが、最初は詩人を目指しており、金東里のもとに持参したのは小説ではなく詩だったという。一九八四年に発表した「私の文学的自伝」（韓国日報、一九八四年七月一日付）というエッセイには「何よりも学校生活を支えてくれたのは詩を書くことだった。かまどや布団の中にノートを隠しながら、来る日も来る日も日記のように詩を書いた。それは、爆発みたいなものだったのだろうか。縛られているという意識が紙の上で音もなく爆発したとでも言おうか」と綴っている。かまどや布団の中にノートを隠していたのは、彼女の父親が、女子が学問をすることを良く思っていなかったからだろう。

朴景利が初の詩集『出航できない船』（知識産業社、未邦訳）を出したのは、この『土地』十五巻に当たる部分を書いていた頃の一九八八年だ。その自序には「二度も連載を中断し、再開した後、どうにかこうにか南京大虐殺まで来たけれど、精根尽きてしまった」「事情はどうあれ、自分を奮い立たせなければならなかった。詩集の刊行は、私の持病への処方みたいなものなのかもしれない」などと書かれている。その後も、『土地』という大作を書き上げる苦しみを癒すように何冊かの詩集を出しており、逝去した二〇〇八年には、遺稿詩集『後は捨てていくだけだから実に身軽だ』（マロニエブックス、未邦訳）が出版された。

日中戦争はこの後、ますます激しさを増し、太平洋戦争へと展開していく。空しさを紛らわす旅の中で緒方は仁実と再会できるのか。その二人のために大きな決断をしようとしているチャンハはどうなるのか。龍井で別れた杜梅とその家族の行方は——。十六巻からはいよいよ最終部である第五部に突入する。

清水知佐子

二〇二一年十月

◉監修

金正出（きむ　じょんちゅる）

1946年青森県生まれ。1970年北海道大学医学部卒業。
現在、美野里病院（茨城県小美玉市）院長。医療法人社団「正信会」理事長、社会福祉法人「青丘」理事長、青丘学院つくば中学校・高等学校理事長も務める。著書に『二つの国、二つの文化を生きる』（講談社ビーシー）、訳書に『夢と挑戦』（彩流社）などがある。

◉翻訳

清水知佐子（しみず　ちさこ）

和歌山生まれ。大阪外国語大学朝鮮語学科卒業。在学中に延世大学韓国語学堂に留学。読売新聞記者などを経て翻訳に携わる。訳書にイ・ギホ『原州通信』、イ・ミギョン『クモンカゲ　韓国の小さなよろず屋』、キム・ハナ、ファン・ソヌ『女ふたり、暮らしています。』、共訳に金賢珠ほか編『朝鮮の女性（1392-1945）―身体、言語、心性』、イ・ギホほか『韓国の小説家たち　I』など。

完全版 土地 十五巻

2021年12月31日 初版第1刷発行

著者……朴景利
監修……金正出
訳者……清水知佐子
編集……藤井久子
ブックデザイン……桂川潤
DTP……有限会社アロンデザイン
印刷……中央精版印刷株式会社

発行人……永田金司 金承福
発行所……株式会社 クオン
〒101-0051 東京都千代田区神田神保町1-7-3 三光堂ビル3階
電話 03-5244-5426 ／ FAX 03-5244-5428
URL http://www.cuon.jp/

ISBN 978-4-904855-55-3 C0097

ソウルの地図

絵：キム・ボミン